ちくま文庫

青春怪談

獅子文六

筑摩書房

目次

「青春怪談」

獅子文六

花と石

「まだですか」

と、隣室から、若い男の声。

「はい、はい、もう直ぐですよ……」

答えたのは、一団の雪。もしくは、カマボコ。ひどく、肌が白く、豊かであって、陽気がいいから、肩も、胸も、スッポリと脱ぎ捨てた姿が、洋風化粧台の三面鏡のなかに、映っている。

ローションも、クリームも済んで、今、パフの作業が、始まってるところ——室内に、高価な化粧品の匂いが、充満しているが、肉体の活気も、相当、ムンムンしている。

話声は、それぎり絶えて、シンとした、静けさ。この家のある赤坂新台町は、戦災区域で、まだ、昔のように、家が建ちそろわない。建ってる家は、戦後型というのか、坪数を倹約して、日本中流階級の智慧そのもののように、セセコマしく、文化的にできている。この宇都宮家なぞ、代表的な建築であろうか。コンクリート・ブロック建ての、ガッシリした家屋だが、広間一つに、小部屋二つしかない。どれも洋室で、広間は、サルーン兼食堂兼居間兼台所と、応用が広く、現に、化粧室としても、使われている。他の二つは、家族の寝室。雇人《やといにん》は置かない主義で、女中部屋なんてものはないが、その代り、電気やガスの設備は、ゼイタク過ぎるほどで、家具類も、チャチなものは、一つもない。このサルーンの趣きも、まず、高級ホテルの一室ほどに、整っている。

それにしても、静かな家で、もの音一つ、聞えない。閑静というよりも、キビしい沈黙が、支配している。それは、この部屋で、女が化粧してるからだろう。

諸肌脱《もろはだぬ》ぎで、鏡に向う女の真剣さは、彼女に限らず、畏敬の念を起させるが、若い娘や若い奥さんは、まだ、ほんとに気合いが掛からない。三十女から四十女にして、はじめて、真剣の実を備える。その四十代も、次ぎの誕生日でお別れともなれば、殺気を帯びるのも、当然だろう。

宇都宮蝶子が、それである。

まったく、忘我的熱情をもって、三面鏡に向っているが、なに、それほど、化粧の必要もないのである。白粉《おしろい》を塗らなくたって、抜けるほど、色が白い。髪だってフサフサと、黒い。べつに、雪国の生まれでもないのに、キメの細かさ、肌の潤い——誰が、四十九歳の女の肉体と、思うだろう。勿論、仔細に眺めれば、十八歳の乙女の弾力とか、光沢とかは、どこにも見当らない。壁の雨洩りのような、シミだって、所々にある。しかし、寄る年波のシワの跡が、まるでないのである。恐らく、肉づきがよ過ぎて、シワの寄る隙がないのだろう。背は高い方でないのに、体重、十五貫八百。括ったような二重顎と、お供餅のような肩——彼女の苦の種である。そして、糸のように細い下り目、少し低い、円い鼻、シマリのない唇——それらの欠点を、彼女は、よく知っている。決して、自分を美人だとは、思っていない。

シンから、思っていない。珍らしい女ではないか。

「そろそろ、時間ですよ」

と、また、隣室から、若い男の声。前よりも、少し強い口調だった。

「ええ、わかってますよ、もう、お終《しま》い……」

なに、お終いどころではない。眼頭から小鼻へかけて、肉色濃い目の白粉、鼻筋に明るい色のそれを、塗りわけて、丹念に、境界をボカしてるのは、隆鼻《りゆうび》の錯覚を起させる工作であって、化粧の順序からいえば、やっと中道を越したところか。

蝶子は、こうやっていると、時移るのを知らない。血の出る真剣勝負であると共に、忘我の至境であって、何のために、誰のために化粧する、なぞという俗念は、少しも、彼女の胸中にない。純真な芸術家が、註文のない作品に、一心を傾倒するようなものである。

彼女は、化粧の天才といわれた。美人でもないのに、美人と同様に、人目をひくのは、化けけ方が上手だからだと、彼女の同性は評判するが、彼女の魅力は、もっと深いところにある。しかし、上手といえば、確かに上手。別人に化けるというよりも、化粧術そのものが、上手なのである。あんな濃化粧だが、実にアガリがいい。たいていの美容師だって、彼女に敵《かな》いはしない。それも、好きこそものの上手なれで、女学生の頃から、鏡台の前に坐るのが、何よりの愉しみで、誰に教わるともなく、白粉と紅の芸術を、会得《えとく》してしまったのである。やがて、色ッぽい娘として、卒業後の家庭生活を、一年と送る間もなく、流行外科医の宇都宮慎造に、見染められて、結婚した。二十一の時に、長男の慎一を生んだきり、妊娠の経験はないせいか、容色が衰えない上に、化粧術の腕も、次第に、本磨きが掛ってきた。三十四の時に、良人が急死して、未亡人生活に入ってから、かえって、彼女の芸術が、冴えてきた。尤も、後家さんらしく、ジミに振舞おうなぞとは、毛頭考えない女で、そもそも、良人《おっと》の葬式の日から、

「蝶子さんたら、呆れたわ。いくらなんでも、今日、二時間も、鏡台にネバって、葬儀屋に催促されるテはないでしょう」

と、混雑の中で、親類の女の陰口が、出たほどである。

その後、年が一つ加わる度に、対抗上、彼女の化粧術も進歩するのだから、キリというものがない。彼女の肉体が、世にも不思議な若さを持ってる上に、化粧の極意をきわめたのであるから、どう見たって、今の彼女は、せいぜい、四十ソコソコである。いや、光線や、周囲の情況によっては、三十代と、見まちがえられる時だって、珍らしくない。まず、更年期に見放された女と、いうべきだろう。

といって、気味の悪い、年知らずの精力絶倫女とも、ちがうのである。世間で、そんな評判はあっても、それは、体格からの連想に過ぎない。医者にいわせると、ナントカ・ホルモンが欠乏してるそうである。年をとらない原因は、むしろ、彼女の性格にあるのではないか。とにかく、こんな、屈托のない女も、珍らしい。いや、彼女としては、いろいろ心配ごともあるのだが、世間の標準からいうと、大分、ケタがちがう。そして、また、こんな——

「まだなんですか……」

ドアが開いて、一人の青年が、入ってきた。

蝶子の方では、口紅の金のホルダーを逆手に、今や、画竜点睛《がりゅうてんせい》の段取りだったのだから、ちょっと、惜しい妨害である。

「いいえ、いいえ、もう……」

「呆れますね」

パリッとした、グレーの背広、流行の無地濃紺のネクタイ、髪もキレイに櫛目《くしめ》を通して、すっかり、外出の支度のできた青年は、ジロリと、彼女の方を一瞥《いちべつ》してから、大きな肘掛《ひじか》けイスに、深々と、身を沈めた。

いや、その横顔のすばらしいこと！

こんな美青年というのも、近頃、めったに見当らない。上原謙とか、延原謙とかいう、美男の映画俳優がいるが、顔立ちばかりでなく、美しさの性質が、彼とよく似ている。日本の美男というものは、たいがい無表情にできてるが、彼も、その例に洩れず、ツンと、冷たく、整頓してる。また、日本の美男というものは、たいがい女性的であるが、彼も、例外でないとはいっても、賢婦型であって、シンが強く、品がいい。従って、エロ気が乏しいのは、やむをえないが、小さな苦情を抜きにして、どこへ持ち出しても、これなら、美男である。かりに、彼が今日の特急ツバメに乗るとして、一等から三等までの全部の男性の乗客と、比較してみても、恐らく、彼が一頭地を抜くであろう。恐らく、明日のツバメでも。

その美男子が、いやに、静かな口をきく。

「五時開演ということは、ご存じなんでしょうね」

「ええ、ええ、知ってますとも……」

「タクシーなぞでは、参りませんよ。バスですよ」

「あら、バス？　でも、結構よ」

「それならば、一丁目まで歩く時間と、バスの速力と、各停留所へ止まる時間を、よく、計算なすって下さいね。そして、これから、まだ、お着換えをなさらなければならない、ということもですね……」

理路整然と、落ちつき払って、文句の釘を打ち込んでから、美男子は、静かに、銀色のシガレット・ケースを、とり出した。切れの長い、やや細い眼を光らして、新生というタバコの本数を、勘定しながら、これが、今日六回目の喫煙であることを、確かめた後に、マッチの火を点じた。

外出の時に、女が支度に手間取って、男が文句をいう。これは、歴史と共に古い風習であるが、大体、夫婦間に起るのが、原則である。どんな優しい亭主でも、この叱言《こごと》だけは、細君に洩らした経験を持っている。ただ、叱言の形式が、関白亭主よりも、インギンであるだけの話である。

右の美青年も、極めて鄭重《ていちょう》に文句をつけたが、彼は、蝶子の良人というわけではなかった。ツバメという関係でもなかった。血縁も、戸籍面も、レッキとした、彼女の息子で、宇都宮慎一、二十八になる青年である。

慎一のような美男子が、どうして、宇都宮夫婦の間に生まれたか、誰しも疑うところである。蝶子は、可愛い女であるが、べつに、美人というわけではない。亡夫の慎造も、軍人のような強い顔で、眼も、眉毛も、やたらに釣り上っているばかりで、美貌には、縁が遠かった。しかし、加えて二で割ると、こんな答えが出てしまったのである。トビがタカを生むことは、学問では認めないから、調合の妙があったと、考える外はない。亡慎造は、体格的にも、性格的にも、一つの典型であった。たくましい、一疋の蟻であった。蝶子は、蝶であり、日ねもす、ヒラヒラと遊び歩いた。その両極端から、慎一が生まれたのである。日本人と日本人の間の、混血児のようなものである。混血は美貌を生むの理に、当るだろうか。

蟻は、よく働き、冬の食物を貯え、そして死んだ。今も神田にある、宇都宮外科病院が、それである。その名義料と、設備一切を含めた家賃で、遺族が生活しているわけだが、自宅の新台町の方は、戦災に遭い、地所だけ残ったのを、二年前に、新築したのである。それが逆になったら、蝶子や慎一も、今のようにラクな生活は、できなかったろう。

その新邸の特長は、前に書いたが、設計の一切は、慎一ひとりの案であって、蝶子に一言の口も、入れさせなかった。

「一間だけ、日本間が、欲しいんだけど……」

「いけません。生活の基礎を、乱します」

よほど、変った家庭であって、母親の発言権が、封じられるのは、家の建築ばかりではない。家計の主権を、息子が握ってるのである。尤も、蝶子名義の財産があるから、小遣銭に不自由することもないが、毎月の生活費は、キチンと、息子の手から渡され、その使途も、監督を受ける。では、慎一が一人前の男かというと、三年前に、K大の経済学部を出たが、まだ、就職もしていない。尤も、ブラブラ遊んでるわけではなく、非常な勉強家であって、本もよく読むと同時に、綿密慎重な眼を光らせて、最も有利な職業を、研究しているのである。

十五年前に、蝶子が未亡人となった時には、慎一も、こんな息子ではなかった。ママと呼び、慎ちゃんと答え、世間普通の親子だった。中学卒業の頃から、慎一は、次第に、ムツかしい顔をするようになったが、これは、天成の無表情な美貌のためとも、解釈できる。いい男というものは、思春期を迎えても、ゲラゲラ笑ったり、ニキビを出したりしないのである。

しかし、大学生時代に、明らかな転機がきた。

ハデ好みの母親は、息子にも、早くからセビロなぞ着せていたが、二人揃って、銀座へ遊びに出た時に、蝶子は、最近、親しくなったナニガシ夫人と、出会った。その女は、眼を円くして、美貌の慎一を眺めてから、蝶子にいった。

「ちょっと、あれ、誰？　仰有《おっしゃ》いよ、あんたのツバメ？」

「あら、ウソヨ。あれは、あたしの弟……」

これは、失言だった。

いかに、蝶子の肉体が、更年期を知らず、そして、服装が、チンドン屋のように、ハデだったとはいえ、息子を情人と早合点したその夫人も、常識を欠いてるが、問題は、蝶子自身の答えにあった。

いかに、若く見せたいのが、女性の本能であるとはいえ、わが腹を痛めた息子を、弟と詐称するのは、何事であるか。

それを、低声で、速口にいったつもりであったが、生憎、慎一の耳に、筒抜けに聞えた。

その時は、彼は、何もいわなかった。その後も、口に出して、母親を責めはしなかった。

しかし、彼の衝撃は、よほど大きかったと見え、俄然、母親に対する態度が、変ってきた。

——これは、革命の必要がある。

彼は、そう思ったのである。今までも、母親が、少し常規を逸した女であることを、知らないわけではなかったが、今度という今度、マザマザと、正体を見せられたのである。小娘のように、他愛ないといっても、これは、少し、度が過ぎる。十二歳以下である。

——主婦の大役は、お気の毒である。

そして、彼は、自分が役代りをしようと、決心したのである。つまり、家計と家事の主権を、母親から譲り受ける気になったのである。

でないと、この家は、とてもモタない。母親は料理がダメ、裁縫がダメ、家計の手腕がゼロ、得手といえば、お化粧と濫費《らんぴ》であり、オシャレのくせに、服装や持物の趣味が劣等で、その上、保存や整頓ということを、まるで知らない。家の中は、乱脈の極にある。今にして、改めなければ、悔いても及ばないであろう。

そして、彼は、ある日、母親に、退位を迫ったのである。理性に恵まれてる彼であるから、決して、烈しい口調は用いなかった。また、新しい孝道に従ってる自覚があるから、態度も、堂々としていた。しかし、心中、多少の危惧がないこともなかった。

ところが、蝶子は、子供のように、両手を打って、

「あら、ほんと? そうしてくれれば、ママは、どれだけ助かるか、知れやしないわ。これから、万事、慎ちゃんにやって貰うわ」

と、喜色満面で、承諾してしまったのである。

その日から、慎一が家計簿をつけるばかりでなく、時には、料理にも手を出すようになった。銀行や、株屋や、宇都宮病院なぞの対外的用事は、勿論、彼が一手に引き受けた。

それが、彼の大学生時代のことだから、今日では、彼の主婦振りというか、主人振りというかも、すっかりイタについてるのだが、蝶子の方では、必ずしも、この新しい体制に、満足してばかりもいられなかった。面倒な家事の責任を免れたのは、嬉しいが、慎一の家政が緊縮に過ぎて、呼吸《いき》もとまりそうな時があるからである。

およそ、慎一は、何が嫌いといって、ムダほど嫌いなものはない。

時間や精力のムダも嫌いだが、とりわけ、物資や金銭のムダが、この世の最大罪悪のような気がする。ムダは不合理であり、不合理はムダである。人間は、合理的に生きるのが、神への義務であり、感謝である。

彼が、K大の経済学部へ入ったのは、卒業後の就職に有利だと、考えたためだったが、経済学という学問を、教わってみると、身震いするほど、嬉しい学問だった。これは、ムダ嫌

いの学問だった。ムダの反対はトクであること、いかにしてトクをするかを、散々、研究する学問であった。金銭は軽蔑すべしなんて、どの先生も教えなかった。反対に、貨幣というイキモノが、どういう生態で、どんな偉大な働きをなすかを、教わった。ほんとに、学び甲斐のある学問だったが、学者になることはやめた。学者はムダなことを考え、ムダなことを発表しないと、学者らしくないことになってる。

消費慾の旺盛な二十代の彼が、なぜ、そんなムダ嫌いになったか。亡父の慎造は、病院経営の手腕に秀で、金を儲けた代りに、金使いも、荒かった。母親の蝶子に至っては、濫費の天才という女で、気前のいいこと、おびただしかった。その間に生まれた彼が、一銭の金も、おろそかにしない男なのである。先刻、シガレット・ケースを開けた時に、煙草の数を勘定したが、一日十本以上は、決して喫《す》わない習慣になってる。アメリカの雑誌に、一日十二本以上は、ニコチンの害を生ずると、書いてあったからであるが、同時に、一本の煙草を喫うことによって生ずる五分間のムダを、節倹する気持が、多分に働いてる。

そんな息子が、宇都宮夫婦の間に生まれたのは、彼が、絶世の美男子であることと同様に、造化の妙であるが、少くとも、母親が、あれほどダラシなくなかったら、彼のムダ嫌いの天性も、かくまで発達しなかったろう。

蝶子は、ムダをするために、生まれてきたような女で、金銭でも、物資でも、時間でも、感情でも、濫費するのが大好き。亡夫は、彼女を娘のように可愛がり、どんなムダ使いをしても、文句をいわなかったが、生まれつき、彼女は、惜しむとか、控えるとかいうことを、知らない女である。いや、ソンとか、トクとかいうことも、知らないのではないかと、思われるほど、計数にウトい。家計簿をつければ、とたんに頭痛がするが、デパートへ行って買物をすれば、たいていの風邪は癒《なお》ってしまう。金銭の濫費が好きなばかりでなく、忘れ物、落し物の名人であって、パラソルやスカーフを忘れるのは、常習であり、一度は、シッカリ嵌めた指環まで、落したことがある。

こういう対蹠《たいしょ》的な二人が、一所に住むと、監督者と被監督者の関係を生じてくるのは、やむをえないだろう。親といっても、子の監督に甘んじなければならない。息子が主人で、母親が封建的細君といった形になって、今も、化粧が手間取ったために、叱られたりするのである。

やっと、母の化粧が済んで、別室へ、着換えに立った後で、慎一は、ちょっと、腕時計を見てから、今夜会う二人の女について、考えた。

こんな、若い美男子だから、女の友達は、何人もある。皆、先方から、交際を求めてくるので、世間の青年のように、花を贈ったり、喫茶店に誘ったりするムダを、省くことができる。また、恋愛は、当分行わないことにしてるので、精神や時間のムダ使いを、避けることができる。

しかし、彼も、人間であり、人間の牡《おす》でもあるので、数多い女友達のうちで、好き嫌いがないことはない。ただ、世間の青年のように、絶対的に好き、唯一的に嫌いということがないだけだが、今夜、最初に会う奥村千春なぞは、かなり好きな方である。或いは、最も好きといって、いいだろう。

彼女は、二十三になる娘だが、バレーに凝って、それで身を立てようかと、考えてるくらいで、ヤイノヤイノと、彼を追い回すようなことがない。そこが、彼には有難く、しかも、少女時代からの古馴染みであって、気が置けない。彼が千春を好きな如く、彼女も彼を好いてることは、明らかであって、友好関係は甚だ濃いのであるが、キスなぞはいつでもできる自由を持ってるためか、いまだ曾て、一回も行ったことはない。そういうことは、ムダの一つと、考えてるのかも知れないが、極めて接近せる平行線が、ずいぶん長く、続いてるのである。

今夜は、千春から、切符が回ってきて、母親と共に、日比谷公会堂へ、ポール・ポーランの舞踊を、見に行くことになってる。彼女も、連続番号の席へ、来る約束になってる。その期待で、胸がフクラむというには、彼等は似たことを、繰り返し過ぎてるのだが、勿論、愉しくないわけではない。その証拠に、彼は、いつもより、メカしている。しかし、彼女に会って、バレーを観てから、後口にも回ることになってる。

別な女に、会う約束があるのである。どうしても、今夜、会ってくれという。バレーが、九時に済むから、銀座のホープレスというバーで、落ち合うことになってる。絶望という名のバーだから、どうせ、ロクなことは起りッこない。それほど、この女は、千春とちがって、危険性に富んでるのだが、詳しいことは、後回しにして——

「はい、お待ち遠さま。でも、まだ、時間、大丈夫だわね」

と、左側のドアを開けて、蝶子が出てきた。いや、そのお若いこと——着物の模様が、大きい上に、赤系統の色が、チラチラ使ってあるから、眼の覚める化粧と共に、開店祝いの花輪のように、ハデである。

「ええ、まだ、バスで行けます」

やっぱり、息子は、タクシーを倹約する量見らしい。二人は、玄関へ出て行くと、蝶子が、バッグから、鍵をとり出した。二人とも、鍵を持っていて、自由に出入りするのはいいが、それよりも、女中を置いて留守番をさせたら――と彼女は、外出の度に、息子の合理主義が、情けなくなるのである。

孝の道絶えず

日比谷公会堂というところは、暗い色の煉瓦壁と、鉄格子のようなアミ戸があって、刑務所を連想させるにも拘らず、戦後のハナバナしい音楽会や舞踊会は、たいがい、ここで催される。今日は、朝売《あさうり》新聞が招いたスエーデン人の名舞踊家、ポール・ポーランの一行が、初日を出すので、五時半開場の前から、入口階段の下に、黒山の人が集まっている。片端から入場させたら、混雑もないと思うのだが、例の鉄格子が、何かモッタイをつけるように、容易に開こうとしない。タクシーや自家用車で駆けつける連中も、次第に殖えてきて、広場は押し返すような群衆に充ちた。その中に、頭だけ飛び出してる、外国人の男女の数も、相当多い。雑沓の最後列には、ヤミ切符売りが、ウロウロしている。誰も、前売切符を、ムリして買い込んでるのだが、それでも、商売になるらしい。

戦後、バレー熱が、若い人の間に起ってるせいで、さすがに、群衆の大部分は、東京の青春というような色彩に、塗られてる。切り下げのお婆さんなんて、一人もいない。しかし、階段の近くの人混みの中に、やや異彩を放って、ゴマ塩の老人がいる。老人といっても、周囲の比較から、そう感じるので、べつに、ヨボヨボの爺さんというわけではない。口髭がたくましく、眼がギョロリとしている。日本人としては、背も高く、腰も、ピンと伸びてる。流行外れの黒い服に、黒い帽子をかぶり、ステッキをついてる姿は、むしろ、西洋人臭いほどである。しかし、ひどく古典的な感じがするので、こんな場所でなくても、老人扱いを受ける運命を、免れないだろう。

「ずいぶん、待たすじゃないか……」

彼は、一人ごとをいった。老人の独白は、近所を顧みない音量なので、側の大学生が、ビックリしたような顔を向けた。

「いつも、こんなかね」

彼は、ブッキラボウに、大学生に話しかけた。

「ええ、まア……」

「こういう催しで、野天に、人を待たすという法はない。天気がいいから、いいようなもの の……」

「はア……」

「一体、近頃、こういう催しが、多過ぎると、思わんかね。新聞社が競争して、外国の芸術家を呼ぶのもいいが、ノベツ幕なしは、智慧がなさ過ぎるね」

「さア……」

「昔は、エルマンとか、パブロヴァとか、帝劇の舞台へ、現われたもんだが、三年に一度ぐらいのものだったかな。あれくらいの間隔が、ちょうどいい」

「でも……」

「それに、外貨の流出ということも、考えなければならん。戦前の日本なら、外国芸術家招聘ぐらいの金は、惜しむに足らんが、今の日本は、世界のウラダナなんだよ、君。いや、ルンペン収容所みたいなものなんだよ、君……」

「しかしですね、僕等は……」

と、大学生が、抗弁しようとした時に、やっと、鉄格子が開いた。

宇都宮の親子が、公会堂へ着いたのは、鉄格子が開いてから、十分ほど後だった。そこは、慎一という計算家が付いてるから、外でムダ待ちなんかしない。すぐ、石段を昇って、入口でプログラムを買って、中の階段を昇って、二階正面の前から三側目の席に坐って、陰気な色のカーテンを、飽きるほど眺めているうちに、やっと開演になる予定なのである。

「千春さんは、どこに、待ってらっしゃるの」

と、二階へ上る時に、蝶子が訊いた。

「さア、そのうち、どこかから、現われるでしょう。ここを、わが家のように、出入りしてる人ですから……」

慎一は、無感動に答えた。好き合ってる若い者が、待ち合わせをする時のソワソワなぞは、ミジンもない。タマに会う二人でもないからであるが、慎一の神色自若《しんしょくじじゃく》は、生来であった。普通の男の無表情は、バカに見えるが、美男子や、皇太子は、そのために、犯し難い威厳を生じる。慎一が、側見もしないで、急ぎもしないで、手にした切符の番号を一瞥したきり、座席の通路を下ってく姿勢は、湖上の白鳥かと、疑われた。すでに、座席についてる女性の視線は、八方から、敵機を追う探照燈のように、付随するのであるが、その眼が、彼のすぐ後に、寄り添うような、蝶子のハデ姿を発見すると、？　？　？　彼女は何でしょうのクイズが始まる。気の早いのが、銀座で会ったナニガシ夫人の答えを出して、冷笑を浮かべる。

どこへ行っても、この現象が起るので、人のいい蝶子だって、視線の刺戟を、感じないわけではない。しかし、彼女の母性が、不潔感を味わうようなことはなかった。むしろ、なにか、愉しい気持も起る。自分が若く見られた満足もあり、それ以上に、美男子を生んだ母親の喜び、誇りというものが、大きい。美男子より、天才を生んだ方がいいなぞというのは、美男子を生んだことのない母親の心理に過ぎない。

とにかく、蝶子は、息子と外出するのが、大好きであって、今日は久し振りに、念願を達したのだから、心もウキウキで、彼女の方が、ランデ・ヴウの約束でもあるかのようである。

「慎ちゃん、C列は、この辺じゃない？」

なぞと、甘ッたるい声を、息子にかけてみたが、彼の方では、冷然と、それに答えず、C列はD列の一つ先きにきまっていると、いわんばかりに、そこの通路に立って、まず、母親を、導き入れる。

「三つ目です……」

彼自身は、その後から、二つ目のイスに、腰かけた。一つ目のイスは、空席であるが、やがて、千春がきて、そこに坐るのであろう。

「プログラム、見せて……」

また、甘ッたるい声が聞えて、無言の息子の手から、ポール・ポーランの〝牧神の午後〟の表紙のついた、大判のパンフレットが、渡された時に、彼女の左隣りの席から、

「やア、慎一君……」

と、首を伸ばして、話しかけた者がある。

それは、さきほど、開場前の混雑のなかで、見知らぬ大学生に、時代おくれの文句を列べていた、老紳士だった。

「あ、奥村のおじさま……」

慎一は、意外の色を見せて、挨拶のために、席から立ち上った。

「お珍らしいですね、おじさまが、こんな所へ……」

「いえ、千春が、なんでもかんでも、観ろといって、きかんもんだからね……。でも、あんたが、来られるということは、一言もいわなかった……」

「あたしにも、おじさまがお出でになるような話は……」

「いつも、一人合点で、困った娘ですよ」

そういう会話は、位置の関係上、蝶子を間にハサんで、両方が、首を伸ばしたり、捻じたりして、行わねばならなかった。蝶子も、その度に、首を曲げたり、反らしたりするのは、会話の流通をよくしようという量見であろうが、途中から、ニコやかな笑みを含んで、老紳士の方に、顔を向けてしまったのは、彼が息子の仲よしの千春の父親であると、覚ったからだろう。

ところが、老紳士の方は、人を畏じない蝶子の表情を、眩しい光線でも見たように、眉をしかめ、顔と顔とが真向きになるのを、避けるために、慎一の方を覗いて、首を上下するのだが、それにつれて、蝶子の首も同様に動くので、なにか、滑稽な動作になった。それを気にするように、彼は、苦りきって、口を噤《つぐ》んでしまった。

「申し忘れましたが、おじさま……」

隙《すか》さず、慎一は、腰を上げて、紹介を始めた。

「母でございます……」

すると、蝶子が、持ち物を息子の膝に置いて、業々しく、立ち上り、折れるように、身を曲めた。いくら若く見えても、こういう場合になると、年がかくせない。日露戦争時代に生まれた女は、どんなに礼儀作法を心得てるかを、披露するように、

「まア、まア、お父さまでいらっしゃいますか。これは、これは……駆けちがいまして、お

初にお目にかかります……いえ、かねがね、お噂は、千春さまや、慎一から、よく承《うけたまわ》っておりまして、是非、一度、お目通りを……」

ペラペラと、よく動く口であるが、そのくせ、立板に水というわけではない。或いは、少し、舌が短いのか、口調がタドタドしく、間も長い。しかし、何ともいえず、可愛い声である。ピヨピヨと、雛鳥が鳴くような気がする。彼女が若く見えるのは、確かに、声も手伝ってる。だが、その魅力ある声に対して、

「や……」

老紳士の答えは、これはまた、思い切って、短かかった。

「また、いつも、いつも、慎一が出まして、お世話さまになりますばかりで、そのお詫びにも、一度、伺わねばなりませんのに、つい、自分にかまけまして……」

「や……」

失礼な老人で、横を向きながら、返事をしている。

蝶子の挨拶は、開演ベルが鳴らなかったら、いつまで続いたか、わからない。

「では、いずれ、後ほど……」

と、腰を下した時には、カーテンが、半分、揚っていた。

明るい舞台の片脇から、男女の踊り子が現われた。音楽は、ピアノだけらしい。その音律が、眼に見えるように、女の踊り子の爪先きが、白く動く。すばらしく、みごとな脚である。小柄な体のくせに、スンナリと、丹念にノミで削り上げたような、長さと円みを持ってる。

まだ、年も若いらしく、顔が小さく、可愛い。

「まア、きれい！　なんていう人？」

　蝶子は、黙っていられない性分で、すぐ、息子に話しかける。

「ライナっていうんでしょう」

「男の方が、ポーラン？」

「ちがうでしょう、写真と似てないから……」

　男の方は、あまり、悧巧そうな顔ではないが、恐ろしく背が高く、やたらに、ピョンと、跳び上る。猿飛佐助のように、宙へ高く舞い上るが、どうも、それが自慢のような、芸の若さがある。座頭のポール・ポーランなら、も少し、重味のあるところを、見せるだろう。

「そういえば、千春さん、まだ、見えないわね」

　蝶子が、また、話しかけた。

　今度は、慎一も、返事をしなかった。周囲の観客が、一心になって、舞台を見てるから、妨害になっては悪いと、思ったのである。

　すると、蝶子は、方向を変えて、左隣りに、話しかけた。

「お嬢さまは、どう遊ばしたのでしょうね。あたしたちを、お呼び下すったのに、ご自分が、ご覧にならなくてはね……」

「なアに、どっかで、見てますよ」

　千春の父は、事もなげに、答えた。

「でも、せっかく、お席がとってございますのに……」

背後の方から、堪りかねたように、シッと叫ぶ声が、聞えた。さすがの蝶子も、それきり、口を噤んだ。

やがて、拍手の音と共に、最初の小品が終ると、次ぎは、ショパンの組曲だった。今度は、ポール・ポーランも、踊るらしく、番組に出ている。だが、前の曲との間は、幕間ではないので、客席の照明も、暗いままだったが、その薄闇のなかを、一疋の鼠のように、素速く、そして、音も立てず、黒い影が、背をこごめて、通路を走ってきた。影は、慎一の隣りの空席へきて、ピョコンと、腰をかけた。

「見た？」

低いが、男のように、太い声だった。

「うん……」

対手《あいて》のそうした所作には、慣れてるとみえて、慎一は、一向、騒がなかった。

「ライナ、よかったでしょう。でも、いま踊ってる、サラマンデル、あの人をマークしてるのよ、あたしたち。うまいわ。ポーランは、もう、オジイチャンで、ダメ！」

妙に速口で、潤いや、余裕というもののない、言葉使いである。

それが、奥村千春であったが、なにしろ、照明が暗いので、服の好みも、顔立ちも、ハッキリとはわからない。ただ、舞台からくる反射で、彼女の眼が、ギラギラと光り、歯も、唇の間から、カット・グラスの輝きを、示している。

多くの男性の経験によると、眼と歯の光る女性は、警戒すべきことになってる。

「どうだった？」

女らしくない、太い声が、囁く。

「なにが？」

「うちのパパ、照れたんじゃない？」

「悪趣味だな。お父さまも、来られるんなら、始めから、いってくれればいいのに……」

「だって、来るか、来ないか、早くから、わかるような人だと、思って？　間際になって、気が向いたから、ノコノコ、出てきたのよ」

「それにしても、君が出てきて、紹介ぐらい、するもんだよ」

「いいじゃないの。慎ちゃんが、いるんだもの。自分のママは、自分で紹介するのが、当然さ」

「だって、一緒に来たんじゃないの？」

「どう致しまして……。切符だけ、アテがっといて、あたしは、サッサと、飛び出しちまったのよ」

「一体、何か、目的があるの」

「そうね。あるような、ないような……」

「老人は、安静にさせとくもんだぜ」

「反対よ。刺戟によって、皮膚は、若返るのよ」

「つまり、君は、孝行をしたいの？」

「慎ちゃんの分も、ついでに、やってあげようというわけ……」

「ぼくは、ご免だぜ。うちのママは、刺戟なんかなくっても、皮膚は、若々しいんだから……」

「もっと、若返れば、なおいいじゃないの……。あら、いまのジャンプ、よかったわね」

「断っとくがね、必要のない企画は、ムダの一つだよ」

「必要か……。必要でなくても、面白いッてことがあるからね」

「その面白ずくでやられることが、ぼくには、一番、迷惑なんだ」

「そう、心配しなさんな。こっちは、万事、心得てるんだからね」

二人は、蜜のような仲の恋人同士みたいに、頭と頭をつき合わせて、極く、低い囁きを交わしてるから、近所から叱声《しっせい》を蒙《こうむ》る心配もなく、夢中で舞台を見てる隣席の蝶子にさえ、気づかれぬほどだった。しかし、会話の内容は右の如く、サバサバして、誰に聞かれたって、恥かしいものではなかった。

いつも、こうなのである。まるで、親しい、男同士のような口しか、きいたことのない、千春だった。

「さア、今度が、本命の〝牧神の午後〟よ。その後が休憩だから、廊下で、また会うわ」

そういったかと思うと、再び、鼠の如く、通路を走り去った。

〝牧神の午後〟という踊りは、およそ、慎一の性分に合わなかった。

夏の日盛りに、いかにも眠むそうな半獣神が、岩蔭に、ゴロンと臥ていると、ニムフが出てきて、戯れる。半獣神も、多少昂奮するが、結局は、バカバカしいといった工合に、また、ゴロンと臥てしまう。それで、幕。

音楽が、また、いかにも眠気を催すメロディーで、その上に、半獣神を踊るポール・ポーランが、もう五十歳にもなるので、脂肪が多くなり、ヨタヨタと動くのだから、怠惰、緩慢、不精の詩情が、満々と、舞台にみなぎる。時間のムダ使いを、讃美すること、この上ない。

しかし、観客は、拍手大喝采。

慎一は、勿論、手を叩かなかった。彼も、芸術嫌いというほど、野蛮な男でもなかったが、大体、感動することを、好かない男なので、拍手なぞしたことはないが、今夜は、特に、気が乗らなかった。

これで、第一部が終ったらしく、場内は、パッと明るくなって、休憩時間に入った。

「廊下へ、出てみますか」

彼は、母親に訊いてみた。

「そうね。でも……」

と、あまり気が進まないようだったので、慎一は、彼女を残して、座席を立ち上った。

正面のホールへ出ると、タバコの煙と共に、この建物特有の質素で、埃ッぽい空気がよどみ、それに調和するように、評論家とか、音楽家とか、文士とかいう連中が、所々に屯《たむ》ろして、笑い声を揚げていた。不思議と、ハデやかな女性の姿は、数少く、近頃の新劇の休憩時間の方が、もっと陽気だった。

「なにを、ボンヤリしてるのよ」

思いがけない方向から、千春が、飛び出してきた。チョコレート色に塗られた円柱の蔭に、ベレー帽をかぶった音楽評論家と、立ち話をしていた灰色スーツの人影を、男とばかり思っていたら、彼女だったのである。

「なんだ、いたのか……」

慎一は、苦笑を洩らした。男とまちがえたということが、落語のオチのようなものを、感じさせたからである。

それほど、彼女の体は、女放れがしていた。いや、女相撲や、ソ連女兵士と、似てるわけではない。その反対である。スラリとした長身が、ひどく、形がいい。胸が反り、腰が締り、脚が長い。足の先きだけは、家鴨《あひる》のように、外輪を向いているが、これは、永年、バレー・ダンスをやった結果で、やむをえない。顔だって、特に難点はなく、十人並み以上の採点を、受けるだろう。かりに、容貌を乙としても、肉体が甲の上だから、近頃の標準からいうと、美人の域に入る。女仲間では、羨望の的になるほどである。ところが、彼女を美人といった男は、一人もない。精悍の気が、溢れ過ぎてるからである。顔も、体も、極度に堅く引き締り、脂肪や水分というものを、まるで感じさせない。これまた、バレーの修行が、筋肉を変化させたのだろうが、美しい肉体も、ギリシャ彫刻そのものであって、触れば、コチンと、音がしそうなのである。

世に、男好きのする女と、女好きのする女が存在することは、明らかであって、前者は湿潤的で、ベタベタする感じ。後者は乾燥的で、サラサラする感じであるが、千春なぞは、その典型のようなものであろう。こういう女は、ハデな色彩を好まず、彼女も、身につけるのは、黒、紺、鼠、白——稀れに、黄色を用いる程度である。

今夜も、濃灰色のスーツを着て、帽子ともいえない、小さな黒いものを、頭に載せて、顔は、口紅の外に、脂粉の気がなく、タバコを喫うにも、くの字に肘を張って、鼻の穴から、太い煙を噴出するところは、まったく、色気がない。そのくせ、まるで、アポロに背広を着せたように、形がいい。そこが、女好きのする女の所以であるかも知れぬが、そういう女を、なぜ、慎一が好きになったのか。彼は、べつに、宝塚趣味というわけではない。まさか、彼女の筋肉が、あらゆるムダを省いてるから、というわけでもあるまい。好きということの理由だけは、まったく神秘であるが、彼が、自分の母親のような、女らしい女——脂肪や水分と共に、感情の過剰な女を、生活の妨害者として、警戒してることは、確かだった。

「慎ちゃん、ママは、出てこないの」

彼女は、床に捨てたタバコを、踏みにじりながら、いった。

「うん、誘ったけれど……」

「面白いな。二人で、何を話してるだろう」

「君ンところのパパは、席にいるか、どうか、知らないよ」

「いるにきまってるわよ。廊下の人混みなんて、大嫌いなんだから……」

「しかし、もう一度、訊くがね、君は、一体、どういう目的なんだい？」

切れの長い眼が、詰問的に、対手の顔に、見据えられた。少し、キッとなった好男子というものは、最も、美を発揮する。

「ちょいとした、思いつきよ。クドく、訊かないで頂戴」

「その思いつきが、気になるんだよ。いつも、それで、迷惑を蒙るからね……。まさか、おじさまと、うちのママとを、接近させようという計画じゃあるまいね」

「ところが、そうなの」

彼女は、小面憎《こづら》いほど、落ちついていた。

「接近させて、どうしようっていうの」

「孤独な人に、友を与えるっていうのは、善行の一つよ」

「君のパパは、孤独かも知れないが、ぼくンところのは、いとも賑やかに、暮してるんだ」

「まア、おばさまのあの寂しそうな顔が、わかんないの。だから、あんたは、芸術の不感性なのよ」

「かりに、うちのオフクロが、孤独だったにしても、おじさまと結びつけなければならない理由が、わからないね。まア、よけいな手出しは、して貰いたくないな」

「なぜよ。なぜ、しては悪いの。なにも、二人を、縄で縛っちゃおうというんじゃないのよ。チャンスをつくってあげるだけよ。それが、なぜ、悪いの」

と、肩でコヅくように、詰め寄った形は、どう見たって、女の仕草ではなかった。

仲のいい二人であるが、会えば、このような口争いを、きっと始める、二人でもあった。ことに、今夜は、慎一の態度が、強硬であるのは、問題が、母親に関してるからであろう。彼は、母親の監督者、もしくは保護者の立場として、千春の要らぬオセッカイに、立ち塞《ふさ》がりたかった。

「他人の子供に、ムヤミに菓子を食わせる、無知な女があるね。君は、まさに、それだ」

「どうして?」

「君は、その子供が、腹が減ってるか、どうかを、考えない。また、その子供の親が、子供に、濫食を戒めてるか、どうかも、考えない。ただ、菓子をやれば、親切だと、思ってる。ぼくは、その子供の親として、君に抗議するね」

「あたしは、ミネラルやヴィタミン入りの強化菓子を、他人の子供に与えるのは、無知でもなければ、不親切でもないと、考えるね」

「君ンところのパパは、ミネラル入りか」

「そうよ。あんな、善意と、清潔さを持ってる人、ありゃアしないわ」

「だが、申し分なく、ヘンクツでもあるね……。いや、ぼくは、おじさまに、文句をつける気はないよ。実際、いい方にちがいないよ。しかし、ぼくは、うちのママが、現状のままで、幸福で、何の不足もなく、暮してるのに、よけいな世話をやいてくれるなと、いいたいんだ」

「だって、慎ちゃん、おばさまに、うちのパパを紹介しただけで、何を、そんなに、心配するのよ」

「いや、ぼくは、なにか、危険を予感するね」

「なんて、苦労性なんだろう。危険な年齢は、とっくに、通り越してるじゃないの、二人とも……」

「どっちかが、結婚したいなんて、いいだすかも、知れないぜ」

「フフフ、愉快だわね」

「公算ということに立って、ものを考えるのは、ぼくの主義だ」

「でも、そんな公算、驚くことないわ。結婚したいッていったら、させればいいじゃないの……」

「そうはいかない。いろいろ、事情がある。まず、ぼくらの間に、結婚の公算が、高いだろう……」

「その公算、認める。ただし、高いとは、いえないね」

「仮りに、高いとして、すると、密接な関係の二組の夫婦ができる。一方の不和が、一方の幸福に影響する公算が……」

「もう、公算の話、やめよう。そこまで心配しなくても、大丈夫よ。いくら、老人は純情にしたところで、油が切れてるのに、火がつくわけはないわよ……。あたしはね、おばさまが、時々、パパの遊び対手、話し対手になって下されば、それで、本望なのよ。だって、パパ、ほんとに、一人ポッチで、おまけに、あたし、年中、家を明けるでしょう——可哀そうだわ。茶飲み友達っていうのは、なにも、結婚しなくても、いいわけよ。ガール・フレンド持つのは、なにも、青年に限らないわけよ。それに……」

千春の説得力が、次第に高まって、慎一も、耳を傾け始めたのであるが、ふと、意外な人の姿を、遠くに発見して、気が外れた。

十メートル以上隔った、人混みの中であるが、先刻から、妙にウロウロする一人の女を、慎一も、眼に入らないではなかったが、べつに、気にも留めなかった。しかし、そのウロウロ歩きが、どうやら、慎一を中心として、弧をえがき、彼を目がけて、強い視線が射出してくるのを知って、ふと、見返すと、驚いたことに、今夜、九時半から会うことになっていた、船越トミ子だったのである。

茶羽織というのか、ヘンにツッパったものを着て、幅の狭い帯を締めて、着物も、羽織と同じく、洋服地の織目と色合い——革色の黄褐色と、灰青色の組合せは、和装にして、和装に非ざるような、異様の姿だった。年の頃は、三十を過ぎてるらしいが、遠見が若く、蝶子未亡人とは別の意味で、化粧の練達家らしく、両腕を伸ばして、黒エナメルの大きなハンド・バッグを、下腹部のあたりに支えた姿に、技巧的なシナがあった。そして、シナをつくりながら、一心に、慎一の顔を、睨みつけているのである。

——睨まれる覚えはないが……。

慎一が、彼女と会うのは、今日が三回目である。最初は、あるパーティーで紹介され、二度目は、偶然、銀座で会った。その時に、彼女に誘われ、喫茶店へ入ったが、それが二時間にも亘る長い対談になったのは、恋愛の芽が吹いたのではなくて、事業の話が出たからである。

船越トミ子が、一通りの女でないことは、慎一も、最初の印象でわかっていたが、

「あたしも、あんな事件で、新聞に名をサラしましたけど……」

と、本人自身が、宣伝しなかったら、彼女の前身に、想像も及ばなかったろう。彼女の方では、世間の誰も、自分の名を知ってるから、隠す必要もないと、思ったにちがいなかった。

そういえば、まだ占領時代に、マダム・船越事件とかいうものがあった。占領軍司令部の高官と組んで、アクどい金儲けをやり、船越商事という会社の社長にオサまっているうちに、検挙の手が伸びたら、その高官の養女となって、日本法律の及ばぬ彼方に、逃げたとかいう噂が拡がって、かなり、世間に憎まれた女である。

「でも、あんなこと、みんなデマですわよ。ホントのことは、会社をやって、一時儲けて、じきに、みごとにスッちまったということだけ……」

と、婉然《えんぜん》と笑ったが、そんなことは、慎一にとって、どうでもよかった。興味のあるのは、この女が、日本女性に珍らしく、計数に長け、機略に富んでる話し振りだった。

そして、彼女は、失脚以来の数年間を、鳴かず飛ばずに、暮してきたが、もう徒食にも飽きてきたし、まだ小金の残ってるうちに、何か、仕事を始めたいと思ってるうちに、ちょうど、銀座裏にあるバーの売物の話が、持ち込まれた。彼女は、かねがね、バーのマダムというものを、一度やってみたい道楽気があり、また、経営次第で、ずいぶん儲かる話も聞いているので、その店を買うことにきめたそうである。

「でもねえ、ズブの素人が始めるのですし、その上、男手というものがまるでないのが、と

ても、不安ですのよ。もし、あなたのような方が、一肩入れて下すったら……」

海千山千のマダム船越のような女が、いくら、慎一がガッチリ屋の評判があるにしろ、青二才にすぎない男に、商売の協力を頼み込むなんて、少し、理窟《りくつ》に合わないのだが、彼は、真正面から、その話に乗ってしまった。

「そうですね、場合によっては、お手伝いをさせて頂いても、いいですが……」

「まア、ほんとですの。あなたが、後楯《うしろだて》になって下されば、あたし、まるで、千人力を獲たみたい……」

なぞと、感謝の熱意をこめた視線を、ジッと、彼の美しい顔に、集中したのであるが、生来、無感動の男であるから、ビクともするものではなかった。

尤も、慎一は、対手を、まだ、女性として認めるに、至ってないのである。早くいえば、貨幣が女の着物をきて、口をきいてる、ぐらいに思ってる。金談、もしくは儲け話をする対手と、思っている。

儲け話とくれば、乗り出さずにいられない。彼は、まだ就職をしていないが、収入皆無というわけではない。極く小さな事業だが、事業を経営しているのである。それで、金銭に不自由したことがない。彼は、家計を預かっているから、母親の小遣銭や被服費に、相当の制限を加えるが、自分自身に対しても、小遣銭は、三千円しか計上していない。大学生時代と、同額である。それで、リュウとした服装で、毎日、戦後の青年紳士らしく、ノシ歩いているのだから、足りる道理がない。しかし、不足分を、家から貰わずに、自分で稼ぐのが、彼の信条であり、それを、正確に実行しているのである。

しかし、彼は、今の〝極く小さい事業〟で、満足してるわけではなく、追々に、手を伸ばしたいところだった。そこへ、船越トミ子の話が、舞い込んだので、真正面から、それに応じたのだが、彼の将来の夢は、なかなか大規模であって、バーの経営なぞは、勿論、〝極く小さい事業〟としか、思っていなかった。ただ、彼は、人を研究したいのである。それも、人間探求なんて、不急事業ではない。金を費《つか》う人――つまり、金を儲けさせてくれる人の本質を、飽くまで研究、把握したいのである。それには、今やってる事業や、銀座裏のバーなぞというものが、完備した実験室に当る。

そこで、彼は、船越トミ子の提案に乗り、第三回目の会見を、今夜に約したのである。場所を、政治家や芸術家の出入りする〝ホープレス〟に択《えら》んだのは、流行バーの見学を兼ねて、具体的な相談に入ろう、というわけだった。

ところが、彼女も、ポール・ポーランの舞踊を観にきてるとは、意外だった。慾の深い女が、バレーを見物しては、不当だという理窟はない。彼女も、現代のキレ者だから、話題になってる西洋名舞踊家の公演初日に、顔を出すぐらいは、むしろ当然だろう。

しかし、慎一の姿を見たら、目礼ぐらいは、したっていい。何も、睨めることはないではないか。親の仇にめぐり合ったように、眼を剝《む》くことはないではないか。

しかも、彼女は、睨めるだけでは、我慢できなくなったように、やがて、ツカツカと、慎一の方へ、進んできた。

「宇都宮さん、今晩は！」

カンが昂ぶってるとみえて、キンキンと、凍った鉄のような声である。

驚いたのは、慎一ではなくて、船越トミ子に背を向けて、立ち話をしていた千春の方だった。背後で、突然、クラクションを鳴らされたようなものである。

驚いて彼女が、首を向けると、ハンニャの面のような顔が、ハッタと、睨んでいた。船越トミ子の容貌は、醜いとはいえないが、シャクれて、骨張って、愛嬌というものがない。ことに、眼が釣り上って、薄い唇が、裂けたように、尻上りになってるところは、能楽やお神楽に出てくるハンニャの面と、そっくりである。ハンニャとオカメは、日本女性の二大類型を表わすもので、宇都宮蝶子が、後者の典型とすれば、この女の面相は、前者の標本のようなものであろう。しかも、知られざる怒りに燃えて、硬直してる姿を見ると、彼女の青白い額の両端から、無形の角が、逆立ってるような気がする。

――まア、怖い！

と、千春は、心中で叫んだが、とたんに、シャネルだか、ゲランだか、高価な香水の匂いが、プンと、彼女の鼻を打って、近代的怨霊の印象を与えた。

「やア、船越さん、あなたも、バレーですか」

慎一は、落ちついて、挨拶した。

「ええ、あたくしだって、バレーぐらいは、観ますのよ。あたくし風情が、芸術に趣味を持っては、センエツでございましょうけれど……」

「いや、決して……。只今の"牧神の午後"なぞ、いかがでした？」

「結構でございましたわ。さすがは、外人のバレーでございますわね。日本人の〝牧神〟も、観たことがございますけど、とても、比較にはなりませんわ」

と、日本人のバレリーナが、側にいるのを、知ってか、知らずか、失礼なことをいうばかりでなく、ジロジロと、千春の頭から足の先きまで、仔細に観察している。

「あ、ご紹介します——こちらは、ぼくの友達で、奥村千春さん……」

慎一は、とりなすような態度に出たが、対手には、〝ぼくのともだち〟という言葉が、耳障りだったらしい。

「船越トミでございます。よろしく」

ツンとして、愛想のないこと、おびただしい。そして、お辞儀が終るや否や、

「お邪魔して、済みませんでしたわ。でも、宇都宮さん、お約束どおり、九時半には、ホープレスへ、お越し頂けるでございましょうね。何なら、帰りに、ご一緒に、お供致しても……」

と、媚態ともいえる、シナをつくった。

「あら、慎ちゃん、今夜、お約束があるの？」

千春が、残念そうな声を出した。

「うん」

「あたし、帰りに、おばさまやパパも一緒に、新橋あたりで、お茶を飲もうと、思ってたのよ」

慎一が、それに答える前に、船越トミ子が、口を出した。

「でも、こちらは、一週間も前からのお約束でございましてね……」

その時、開幕を告げるベルが、高々と、鳴り渡った。

松の花

鵠沼《くげぬま》の椿小路というところに、奥村千春と、父の鉄也が、住んでいた。小さな電車が、ゴトンゴトンと通る線路から、そう遠くない所だが、巨きな松が生えた砂山が、防壁になってるせいか、至極閑静な住居である。その代り、門も、塀も、家そのものも、ずいぶん古びて、関東震災以前の海岸別荘風の建築様式を、そのまま残している。

というのも、この家が、鉄也の父の別荘だったからで、三つあった別荘の一番貧弱なのを、彼が貰ったのである。奥村といっただけでは、通りが悪いが、奥村明治堂といえば、あの健母散の本舗かと、誰でも名を知ってる薬種問屋が、鉄也の生家だった。尤も、店主の父は、遠い昔に亡くなり、明治堂も、今は、株式組織の大きな製薬会社になって、鉄也の兄が、社長を勤めてるが、彼は、万年監査役として、名ばかりの重役であり、めったに、会社に顔出しもしないのである。

会社に顔を出さないばかりでなく、彼は、満五十二歳の今日まで、遂に、社会に顔出しをしたことがない。就職の味も知らず、金儲けもしたこともない。生来、あまり、そういうことを、好かないのである。まず、一種の変人であるが、もう、余生といっても、知れたものであるから、一生、この調子で続ける事であろう。生活能力もないし、親譲りの明治堂の株の配当が続く限り、生涯、隠居で暮すつもりだろう。

彼は、社会生活を知らないばかりでなく、結婚生活の経験もなかった。長い生涯を、独身で通してきた。千春という娘があるのに、結婚を知らぬというのは、不思議なようだが、これには仔細がある。

彼も、生まれながらの変人ではなかった。彼にも、花の咲く青春があった。富裕な家の次男として、自由で幸福な学生時代を送り、東京商大をよい成績で卒業して、イギリスへ留学の予定もきまってる時に、ふと、恋愛に落ちた。対手は、わが家の小間使のお長《ちよう》だった。

彼は、心から、お長を愛した。愛すると同時に、結婚の決心をした。ところが、両親も、長兄も、彼の希望に大反対で、お長に金を与えて、暇を出すと共に、彼は、時期を早めて、ロンドンへ追いやられた。

その時、お長は、すでに妊娠していた。彼女は、それを鉄也に打ち明けることすら、遠慮するような女だった。やがて、玉川在の実家で、女児を分娩したが、産褥熱《さんじよくねつ》の手当が悪かったために、間もなく死亡した。そして、子供は、春生まれなので、カンタンに、お春と名づけられ、お長の実家で育てられた。

四年間の滞英を終って、帰朝した彼は、その事実を始めて知って、ひどく落胆すると共に、両親や長兄のブルジョア生活に、わざと反抗する態度に出た。薦められる縁談には、耳をかさず、お長の遺児を引き取って、一家を構えた。名も千春と改め、庶子として、入籍した。

　彼も、学生時代から外国留学にかけて、社会主義にカブれたが、ホンモノではなかったとみえて、自ら額に汗して働くこともなく、読書に耽ったり、放蕩をしたり、ただ、奥村の家風に背くようなことばかり、敢えてしているうちに、次第に、年をとった。気がついた時には、社会にも、奥村家にも、用のない、日蔭者になっていた。夜半、慚愧後悔の念に襲われる時もあるが、持ち前の意地を張って、世外人《せがいにん》の生活を、続けているのである。

　この鵠沼へ移ってきたのは、戦争の二年前で、千春が、学齢に達した時だった。その頃、鉄也の両親は、すでに歿し、兄の家では、この別荘を、ほとんど使わないので、彼が住むことになったのだが、この付近に、カトリックのよい女学校と付属小学部があることが、彼を決心させた一つの理由だった。なぜなら、千春は病弱な子で、都会の住居を避けることが、必要だったが、適当な学校のある地方は、少いからである。

　果して、千春は、鵠沼へきてから、メッキリ、丈夫になった。空気のいいせいもあったろうが、それよりも、ふとしたことから、バレーの稽古を始めたことが、影響したらしかった。藤沢のS舞踊研究所に、一週三回通うだけで、急に、彼女は、健康をとり戻して、鉄也を喜ばした。

　そこまで、彼女を育てたのは、主として、鉄也の乳母だった女であったが、老衰して、他の婆やと入れ代ったのを機会に、鉄也自身が、養育に、手を下すことになった。そうすると、千春の性格まで、変化してきた。男手に育てられる女の子は、男性化するのか、オテンバというよりも、暴れン坊で、戦争ゴッコが好きという少女になった。尤も、世の中も、硝煙弾雨の時代に入っていた。

宇都宮の慎一や蝶子と、彼女が知り合ったのも、この頃のことである。もう未亡人だった蝶子は、鵠沼の親戚の家へ疎開して、慎一も、ここから東京へ通学していた。中学生の慎一は、オテンバ少女の遊び対手になり、蝶子は、彼女を可愛がった。

戦後、宇都宮一家が、東京へ帰る頃には、千春も、女学校を出て、麴町の芦野《あしの》良子《ながこ》舞踊団に入り、毎日、稽古に通うようになったので、交際は、土地を変えて、継続された。時代も変って、ボーイ・フレンド、ガール・フレンドと呼ばれる関係が、できあがったわけだが、その心理的内容については、追々と、詳述したい。

父親の鉄也は、イギリス仕込みの自由主義というのか、娘が、バレリーナとして、身を立てたいといっても、誰をボーイ・フレンドに選んだといっても、一向、干渉もしない代りに、すべての責任は、娘自身が負うべし、というような態度を、とっていた。まず、近代的父親といえるかも知れないが、実は、相当、千春にテコずってるのである。実母のお長とは、打って変って、飛んだ気の強い、悍馬《かんば》のような娘で、反対なぞしたって、耳にも入れないだろうことが、よくわかっているからである。その上に、近頃は、少し父親をバカにして、逆に、子供扱いをする形跡もある。

といって、彼も、深く娘を愛してるし、千春も、態度は荒々しくても、父を愛してることは、世間の娘以上だった。彼女が結婚して、家を出たら、鉄也の寂しさは、想像にあまるし、彼が病気でもしたら、千春はバレーの稽古も手につかないだろうという、強い結びつきにある、父と子だった。

そして、婆やとの三人ぐらし、水入らずだが、閑寂《かんじゃく》な生活が、今日まで、続いてるのである。

鉄也は、朝が早く、昨夜、日比谷公会堂を出てから、娘と、宇部宮蝶子と三人で、新橋でお茶を飲んで、十一時過ぎに、鵠沼へ帰ったのだが、六時には、床を離れ、七時には、朝飯の膳に向っていた。千春は、寝坊だから、まだ、顔を出さない。

「よいアンバイに、お天気が続きまして……」

六十近い婆やのお杉が、角盆に、紅茶ポット、牛乳、半熟卵、燻製鮭、トーストなぞを載せて、茶の間へ入ってきた。イギリス風の朝飯を食べるのは、彼の長い習慣で、紅茶をいれるのも、人手を煩わさない。順序や湯加減を、まちがえられると、茶がまずくなるという、ウルさい爺さんである。

「ああ、鵠沼は、今頃が一番だな」

藍色のセルを着て、餉台《ちゃぶだい》の前にアグラをかいた彼は、新聞を読んでいた老眼鏡を外すと、見慣れた庭の景色に、眼を転じた。

爽やかな、五月の朝で、梅や楓の若葉が、塗りたてペンキのように、鮮かである。それに、松の匂いが、プンプンするのが、気持がいい。松の花が咲いて、ずいぶん久しくなるが、まだ、花粉が飛ぶのだろうか。

彼は、慣れた手つきで、鉄瓶の熱湯を、ポットに注ぐと、ミルク入れの温かさを手で検《しら》べながら、カップに移した。まず牛乳、そして紅茶というのが、彼がイギリスで覚えた順序で、日本では、何事も、すべて逆だと、講釈を始めるのが、彼の癖である。

いつもは、新聞を読みながら、朝飯を食べるのが、例となっているが、どういうものか、今日は、死んだお長のことが、しきりに、思い出されて、紅茶を飲む手も、休みがちになる。

——いま、生きていれば、四十八か。いや、おれと三つちがいだから、九だろう……。いい婆さんになって、ニコニコと、朝飯の世話でもしてくれたろうな。

彼は、想像力を働かして、白髪混りのお長が、紅茶をついでくれる姿を、心に描こうとするが、ムダな努力だった。彼女のもちまえのニコニコした笑顔は、すぐ眼に浮かぶが、豊かな頬と、ツヤツヤした黒髪で、どうしても、年をとってくれないのである。彼女は、別れた時の年齢で、永遠に、生きているのか。

彼も、お長以外に、女を知らないわけでもなかった。帰朝後のヤケ遊びの間に、多少は、深入りした女もあった。しかし、どの女の記憶も、水に流れる泡のように、消えてしまって、残るのは、結局、お長の面影だった。

どうして、お長が、そんなに魅力があるのか。容貌だって、愛嬌があるというだけで、十人並み以上ともいえず、教養は、小学校を出ただけで、字の下手なこと、無類だった。裁縫も不得手で、また、よく粗忽《そそう》をして品物を壊し、鉄也の母親に叱言ばかりいわれていた。

それなのに、鉄也は、自分が年をとると共に、いよいよ、彼女の美点と魅力が、わかってくるのである。

——あの女は、求めることを、知らない女だった！

鉄也を、あれほど愛していたのに、彼から、何を求めようとしたか。愛の誓いだとか、結婚の約束だとか、彼女は、一度だって、要求したことはなかった。妊娠してることさえ、彼に告げず、ニコニコした顔で、家を去ったではないか。

——あんな女は、外国にはいない。そして、あんな日本的な女は、日本にもいない。あまりにも、日本的だからだ。

鉄也は、日本的という語のなかに、最上の讃美を、含ませたつもりだった。最高の稀少価値を、与えたつもりだった。彼も、初老に入って、保守反動の傾向が著しいが、なまじ外国生活の経験ある者の祖国贔屓は、四十過ぎての女道楽のように、始末の悪いものである。日本的な女を、世界一と心得てるから、非日本的女性の横行する現代の日本に、痛憤やる方ない。そして、死んだお長への追慕が、日増しに深くなる一方で、実際、彼女が、それほどの女だったか、どうだか、知れたものではない。しかし、根が正直で、一本気の男だから、永遠の女性を信仰する傾きがあり、一所懸命、お長の記憶を美化し、理想化して、心を慰めているのかも、知れなかった。

——しかし、妙だな。どうして、今朝は、こんなに、お長のことばかり、考えるのだろう。

彼は、トースト・パンを、一口齧りながら、首を傾げた。彼だって、二十余年前に死んだ女のことを、そう毎日、考え続けてるわけではない。少し寂しかったり、腹が立ったりする時に、彼女を思い出すわけなのだが、今朝の心は、外の景色と同じように、晴れ渡っているのである。

——うん、そうか。昨夜、会った女のせいなんだな。

やっと、彼は、原因をつきとめて、バカバカしいといった風に、パンを、食べ続けた。

まったく、下らないことである。千春のボーイ・フレンドの母親が、年齢と名だけ、永遠の女性と、似てるというだけのことである。千春の話によると、あの母親は、今年四十九で、名はチョー子——でも、字がちがう。

——蝶子なんて、俗な名だな。お長の方がいい、お長の方がいい。

そう結論がつくと、彼は、蝶子のことも、お長のことも、考えるのをやめて、セッセと、食事の方へ、身を入れた。

庭の若葉は、いよいよ明るく、朝の微風が、縁側から吹き込んでくると、松の匂いが、一段と強く、鼻を打つ。

「パパ、お早よう……」

千春の長い軀が、中廊下から、現われた。顔だけは、洗ってきたらしいが、水色のシマの入ったパジャマのままで、ダンスの稽古で変形した足の爪も、平気でムキ出した素足である。

こういう不行儀は、嫌いな父親で、少し苦い顔をしたが、叱言はマトめていう主義の男だから、

「あ、お早よう……」

と、横を向いた。

娘の方では、一向平気で、餉台の向側へ、ペタンと坐ると、男のように引き締った両手を伸ばして、パンパンと掌を鳴らした。

「婆や、お腹、ペコペコ……。早く、あたしの分、持ってきてね」

父親は、もう、食事を終って、膝に置いたナプキンで、髭のあたりを、強く拭ってから、座を立とうとすると、

「パパ、偶《たま》には、親子で、ゆっくり、話をするものよ……。どう、昨夜、面白かった?」

「そうさな――バレーも、ずいぶん、変ったもんだな」

鉄也は、浮かした腰を、再び下して、娘の対手になった。

「そんなに? でも、その頃から、ポール・ポーランは、パリで、踊っていたんじゃない?」

「名は、聞いていたが、観たことはなかった。ロンドンへ来たことがあるかも知れんが、あたしは、元来、バレーは、あまり、好きではないよ」

「失礼致しました……。だけど、ニジンスキーくらいは、観たんでしょう」

「おい、おい、冗談いいなさんな。ニジンスキーを観てるほど、あたしを、老人と思ってるのか」

「あ、そうか。パパは、それほどの年でもないのに、老人振るのが好きだからね。つい、お見外れ申しあげちゃうのよ……」

そこへ、婆やが、父親と同様の朝飯を、運んでくると、待つ間も遅しという風に、ガツガツと、口を動かしながら、

「まア、バレーは、それくらいにして、他に、面白いことなかった?」

「ほかに、何かあったかな」

「何にもないけど、帰りに寄った喫茶店なんかで……」

「うん、恐ろしく、殺風景な店だったな。ありゃア、汽車へ乗る人が、ライス・カレーでも、食う店にちがいない……」

父親の顔には、昨夜の痕跡が、何も、認められないようだった。千春は、少し失望したが、

「そういえば、パパ、慎ちゃんところのおばさま、始めて、お会いになったのね」

「うん、駆けちがってね……」

「どう、お思いになった?」

と、さり気なく、半熟卵を食べながら、

「どうッて、普通の女じゃないか」

「そうか知ら。ずいぶん、変ってらっしゃるのよ。第一、あのお化粧……」

「女は、塗りたくるのが、商売さ。お前は、別として……」

「パパは、どっちが好き? あたしみたいに、構わないのと……」

「いや、お前だって、オシャレはしている。芸術家気取りのオシャレをね。あんまり、趣味のいいものではないな」

「だって、あたしなんか、宇都宮のおばさまのように、本格的で、アカデミックなお化粧したって、似合やしないことよ」

「何とも、わからんさ。お前が、女らしく、若い娘らしく振舞ってくれれば、少くとも、あたしは喜ぶね」

「その点、宇都宮のおばさまは、とても、女らしい方よ」

「しかし、あの年で、若い娘らしく振舞うのは、滑稽だね。むしろ、脅威を感じさせるよ。婆さんは、婆さんらしく……」

「それは、パパが、あの方の性格を、ご存じないからよ。あの方ほど、天真ランマンな方、見たことがないわ。我慾だとか、害意だとかいうものが、全然ないの。人を疑るとか、人を憎むとかいう感情を、先天的に、欠いてるのよ。なんでも、善意にとっちゃうの。まるで、生まれたての赤ン坊のように、邪気ッてものがないのね。あの方の不思議な若さは、そこからくるのよ。若く振舞うんじゃなくて、ほんとに若いのよ……」

　千春は、ここをセンドという風に、力を入れて、慎一の母親の美点を、算《かぞ》え立てた。薬の能書きを、列べるのではない。事実、そうした彼女の性格に、好感を持ってるのだから、空々しくも聞えなかった。

「あのおばさまと、お話ししてると、まるで、春風に包まれたみたい——とても、いい気持になっちゃうのよ。それに、あの、童謡的なお声でしょう……。あたし、あの声、大好き……」

「えらく、褒めるじゃないか」

「だって、純真そのものって感じで、中婆さんの嫌らしさが、全然ないことは、パパも、お認めになるでしょう」

「つまり、あの女、少しバカなんじゃないのか」

鉄也は、ニコリともしないで、短兵急なことをいった。

「あら、それは、ちがうわ。バカと、無邪気とは……」

父親の冷酷な批評で、彼女は、肩スカシを食ったように、落胆した。だが、鉄也は、やはり、ニコリともしない真面目さで、

「いや、悪口をいってるんじゃない。あたしは、どっちかというと、バカな女の方を、尊敬してるからね」

「ほんと？　じゃア、おばさま、バカでもいいわ。いいえ、バカじゃなくて、悪智慧の働かない方——あたしも、尊敬を感じるわ。バレーの世界なんか、悪智慧のある人が、ウヨウヨしてて、ヤンなっちゃうの」

「小悧巧な女ほど、いやらしいものはない。そこへいくと、お前を生んでくれた人なぞ、立派なものだった。世間の標準からいえば、バカな女と、笑われたかも知れないが、まア、神だね。神様に、近かった……」

鉄也は、さきほどの追想を、もう一度、求めるような、眼つきをした。

千春は、彼女の生母のことを語る父親と、いつも、歩調を合わしきれない自分を、感じて

いた。いつも、父親は、母といわずに〝お前を生んでくれた人〟というが、そのせいか、彼女は、誰でも持ってる母親への感情を、わがものにすることができなかった。顔も知らず、写真も見たことのない母親は、白い幕のようなものであって、どこを的に、追慕の情を送っていいやら、わからなかった。愛情は、むしろ、彼女を育ててくれた、父親の乳母のクラに対して、多く感じた。しかし、母という観念は、持っているから、自分の途惑いしてる愛情を、済まないような、寂しいような気がしてならなかった。それに、彼女は、母親の素性も、自分を生んだ経過も、薄々、耳に入れていた。べつに、それを恥辱と考える理由は、ないと思ったが、愉しい記憶ではなかった。彼女は、なるべく〝自分を生んでくれた人〟のことを、考えないようにしていた。

しかし、母と同じ年頃の女性に対して、心の動くのは、事実だった。ことに、宇都宮蝶子は、少女時代から、自分を可愛がってくれたばかりでなく、その人柄が、好きでならなかった。母方の親戚とは、交際がないし、父の兄弟に女がいないので、叔伯母の味を知らぬ千春は、その代用品としても、慎一の母を、大切に思っていた。

そんなわけで、蝶子が、自由に、わが家に出入りできるように、家同士の交渉が始まってくれれば、結構なことである。そして、父親と蝶子が往来してるうちに、次第に親しくなって、まさか、恋愛も始めないだろうが、茶飲み友達とかいう名目で、寂しい同士が一緒になるような運命に至ったら、いよいよ、結構なことではないか。

蝶子は別としても、父親の孤独は、誰よりも、彼女が知っていた。痩《やせ》我慢の強い性分だから、一言だって、寂しさを洩らしたことはなく、時計学とかいうものに、熱中しているけれど、世の中に背を向けた人間のションボリした姿は、彼女として、見ていられないのである。その寂しさを、慰めてあげる伴侶を、前から、欲しいと思っていたが、最近では、もっと実際的な意味からも、父親の身辺に、女性の必要を感じてきた。

五十歳を越した父親が、いつ、どんな病気をするかわからないが、その看病をしたり、場合によったら、死水をとる人が、いてくれなければ困る。

千春自身が、その役回りを引き受ければいいが、生憎、大望ある身で、薄情のようだが、なるべく、ご免を蒙りたい。現在だって、芦野舞踊団のソリストとして、自分の稽古と、先生の代稽古で、多忙を極めているが、将来は、独立して、日本の奥村千春と謳われたく、孝行専門のヒマがある道理がない。実をいえば、鵠沼から通う時間も惜しく、早く、父の家を出て、東京のアパート住いがしたいところなのである。

そこで、慎一の母に、白羽の矢を立て、まず接近の機会をつくるために、ポール・ポーランの舞踊会を利用したのだが、父親に、そんな目的を感づかれたら、勿論、出席するわけはない。ヘンクツの上に、ひどいテレ屋の鉄也は、未見の婦人が同席すると聞いただけで、足を渋るにきまっている。それで、すべて抜打ちの計画を用いたのだが、一体、彼女は画策が好きであって、賢女牛を売り損った経験が、何度もあるのに、一向、懲りようとしないのである。

昨夜は、日比谷公会堂でも、帰りの喫茶店でも、鉄也は、木で鼻をククったように、蝶子の彼に不愛想だったが、それが父の性癖と知っているから、彼女は、少しも悲観せず、蝶子の彼に与えた印象を、ソロリソロリと、索《さぐ》り出そうと、かかっていた。しかし、彼が、ズケズケと、蝶子を批評するのは、驚かないが、突然、死んだ母親のことを、持ち出されたのには、打撃を受けずにいられなかった。死者に対する父の追慕が、深ければ深いだけ、千春の計画は、望み薄になるからである──

「パパ、宇都宮のおばさまね、一度、どうしても、パパをお訪ねしたいんだって……」

と、千春は、ウソをついてみた。

「何用だ」

「さア、用ッてわけでもないと、思うんだけど、やっぱり、頼りになる相談対手が、欲しいんじゃないか知ら……」

「慎一君という息子が、いるじゃないか。それに、あたしは、誰よりも、最も頼りにならん男だ」

と、ニベもなく、答える。

──これは、絶望かな。

千春は、心の中で、溜息をついた。

話が途絶えると、鉄也は、大きなアクビをして、

「サア、仕事にかかるかな……」

と、座を立った。

「修繕の材料あるの」

千春は、スピードをかけて、食べ始めた口の中から、不行儀な声を出した。

「今週一杯はね。お次ぎを、また、心がけてくれ」

「この前みたいに、なお工合を悪くされちゃ、困るな……」

「大丈夫。あれは、機械の寿命が、尽きていたのだ」

彼は、中廊下をスタスタ歩いて、客間、次ぎの間、何とつかずの間と、ムダの多い家の中を通り抜け、昔は茶室だった離れ座敷——今は、仕事場と呼んでいる室の引戸を、開けた。

まるで、古道具屋の店先きのように、ゴタゴタと、ものの列んだ内部である。すぐ眼につくのは、大小の日時計、砂時計、油時計等の原始時計から、行燈《あんどん》のような自鳴鐘《じめいしょう》、和琴《わごん》を立てたような懸時計なぞ、古い時計が、各種にわたって、床の間から壁面を、埋めている。また、シナ風の書棚に、ギッシリ詰ったのは、時計に関する和洋の書籍らしい。それだけなら、好事家の書斎といってもいいが、庭に面した障子の前に、安物の大きな机があり、その上には、時計直しの小さなネジ回しやピンセット、機械を洗うガソリン入れ、小さな油注ぎ、拡大鏡、屈伸スタンドなぞが、油臭く、汚らしく列び、ありふれた眼覚時計や、腕時計、懐中時計類が、一山いくらという風に、置いてある。

鉄也は、もう十数年前から、時計の蒐集を始めたが、次第に深入りして、時計学というものに凝り、時計の知識は、すっかり身につけただけでは、満足できず、近頃では、修繕の仕事に興味を覚え、自分の古時計はもとより、近所の知人の壊れた時計を、漁り集めて、再び、チック・タックの音を立てさせるのを、何よりの道楽としていた。尤も、動くことは動いても、時間が一向合わないという苦情が、ないではなかったが、無料奉仕をタテマエにしてるのだから、尻を持ち込まれる心配はなかった。

毎日、朝飯が済むと、正午まで、この室に立て籠るのが、彼の日課で、それを、仕事と称しているが、当人は満足そうでも、千春の眼から見ると、いかにも、世捨て人の孤独を紛らせてるようで、気の毒でならない。こんな道楽はやめて、せめて、ゴルフでもやって欲しいと、思うのだが、鉄也は、意地を張るように、この油臭い仕事に、熱中しているのである。

乱雑な室の中を、飛び石を伝うように歩いて、机の前へくると、彼は、職業的な手つきで、壁につるした黒ブルースを着込み、ドッカと、古びた座布団の上に、腰を下した。

「さてと……」

ひとり言をいって、彼は、塵除けのガラス器の中から、分解した腕時計の機械をとり出すと、静かに、それを眺めてから、側の拡大鏡を、右の眼窩《がんか》にはめた。彼の眼は、ギョロリとして、大きいから、そんなものを、食い込ませるには、適当であるが、たくましい口髭と、波打った半白の髪と、秀でた顴骨《ほおぼね》とが、どうみても、時計屋さんというガラでない。将軍が、作戦地図でも睨んでるという風体である。

そして、鉄也は、悠々として、仕事を始めたのだが、不思議なことに、態度や手つきだけは、いかにも悠々としても、気持の方が、いつものように、悠々としてくれない。つまり、仕事に身が入らないのである。

――はて?

彼は、拡大鏡を外して、煙草に、火をつけた。気が向かなければ、仕事を休む。名人気質といいたいが、実は、無料奉仕の気安さからである。

——千春の奴、あの未亡人を、わしに近づけたいらしい。

さすが、父親である。娘の計略ぐらい、すぐ見破ってしまったが、それというのも、以前から、彼女が、父の再婚を望み、そのことで論争までしたことが、あるからだった。

「今更、なにも……」

それが、彼の拒否の論点だったから、娘の方では、ヤッキとなって、説き伏せようとしたのも、当然だった。

しかし、彼自身の考え方からは、まったく〝今更……〟だった。再婚といっても、死んだお長と結婚生活をしたわけではないから、自分では、独身をたてとおした気持なのである。それは、彼の子を生むことによって死んだ女に対する、節操とばかりもいえず、詮じつめれば、彼の意地から出たことだった。その意地とは何？　いかなる価値ありや——と、反省することは、無理な註文だった。そこまで、センサクすると、彼の人生の全部を、否定してしまうことになる。なぜといって、長い独身生活ばかりでなく、生家や世間にスネとおした自分の半生が、無意味になって、自殺でもする外はない。それでなくても、働かざる者食うべからず——何をいッてやがるんだ、と思いながら、チクチクと身を刺す、針の言葉だったのだから。

こうなっては、正体不明の意地なるものと、心中する外はない彼なので、〝今更……〟の内容は、案外、強硬なのである。

それと、もう一つ、彼自身も知らない、妨げがあった。羞恥というもの——明治生まれでないと、持ち合わせない感情であるが、これが、大いにワザをしている。五十の坂を、二つも越していながら、今更、結婚するのがハズカシイ。今更、嫁を貰うなんて、思っただけで、大羞恥。尤も、これは、説明のしようのない感情であって、本人は、鏡を見ないから、顔の赤くなったことに、気がつかない。

そんなわけで、過去の結婚談と同様に、今度の千春の企謀にも、耳を傾ける心算《つもり》はないのだが、心を惹く何物かがあると見えて、とかく、昨夜の回想が頭に浮かび、また新しく、一本の煙草に、火をつける始末だった。

——確かに、バカだな、あの女は。頭が悪いというより、頭の中がカラッポなのだろう。休憩時間に、ずいぶん下らないことを、わしに喋《しゃべ》ったな。初対面の男に、家庭の打明け話までするのだから、恐れ入る。尤も、千春を、慎一君の嫁に欲しいので、わざと、親しみを見せたのかも、知れんが……。とにかく、近頃珍らしい、鷹揚な女だ。だが、あの着物の好みは、鷹揚過ぎるね。まるで、若い女の——いや、若いことは、確かに、若い。あれで、四十九とは……。

そんなことを、考えてるから、仕事に手のつく道理がない。

「パパ、行ってまいりまアす……」

千春は、父の仕事場の外から、声をかけた。

「はい……」

と、いつもに似合わず、ドギマギした声が、中から聞えた。空想に耽《ふけ》っていたところを、不意に呼ばれて、父が座布団の上に跳び上ったなぞということは、勿論、娘の想像も及ばなかった。

「さっきのこと、よく、考えといてね」

「うん、まア……」

と、照れかくしの声を、娘は、気のない返事と解釈して、舌打ちしながら、廊下を戻った。

「婆や、今夜も、ご飯の支度、いいわ」

玄関に送って出たお杉さんに、彼女が、話しかけた。

「さいですか。偶には、家でご飯をあがらないと、パパさんが、お寂しゅうございますよ」

なに、婆やは、自分の方が、寂しいのである。口煩い奥さんのいないのはいいが、千春が留守だと、お寺のようにシンとするのが、この家のキズなのである。

「うん、そのうちに、松坂の肉でも買って帰るわ」

サッサと、靴をはいて、彼女は、玄関を飛び出した。

服は、昨夜と同じもの。ハンド・バッグを持たぬ代りに、方形のビニールの提げカバン。その中味は、トウ・シューズに、稽古用のタイツに、タオルと、軽いものばかり――これが、毎日、家を出る時の携帯品である。

片瀬で、折り返してくる電車が、松林の間から、姿を現わす頃に、彼女は、踏切りを渡り、停留場へ入ったトタンに、ちょうど、運転台から乗り込む段取りが、寸分のスキもなくできてるのは、慎一の感化というよりも、毎日の通勤が生んだ、練達に過ぎない。

もう、十時過ぎだから、電車も、混んでいない。これで、十時三〇分の藤沢発湘南電車に、待たずに乗れる。この列車が、重役出勤用で、わりと、空いてる。彼女も、女重役というわけではないが、月収、一万五千から二万ぐらいになるので、お嬢さんのお稽古通いと、同一視できない。

芦野舞踊研究所で、プリマというところへは、まだ一歩であるが、子供のレッスンや、地方出張所の代稽古で、それくらいの収入はあるのである。尤も、トウ・シューズも、タイツも、甚だしい消耗品であり、毎日の交通費や外食の費用、やたらに喫茶店へ飛び込む費用を入れると、勿論、赤字であるが、とにかく、稼いでいる自覚が、この剛健な娘を、一層、剛健にしていることは、争われない。

姿勢のいいのは、商売がらだが、胸を張り、背を反らして、国鉄へ乗換えのブリッジを渡り、藤沢駅のフォームへ降りると、待ち合わせた乗客も、ちょいと、眼をソバ立てるほどの偉観か、異観であった。

やがて、橙《だいだい》と緑の湘南電車が、ゴーッと入ってくると、空いてるといっても、客は乗車を争うが、身が軽いのが一得で、まっ先きに三等車へ飛び込んだ彼女は、たった一つの空席を、素速く見つけて、腰を下してしまった。そこまでは、いつもと変らぬ、彼女だったが――

大船で止まって、後は、横浜まで通過だから、いつもなら、文庫本でも読み始めるのだが、どうも、今日は、その気にならない。

前の座席のお婆さんが、居睡りをしている。窓の外の景色は、毎日、見飽きてる。どこへ眼をやっても、面白くも何ともない。そのせいか、千春は、もの想いを始めた。彼女として、珍らしい現象である。

——昨夜の女の人、あれ、何だろう。

公会堂のホールで、慎一から紹介された、船越トミ子のことが、頭へ浮かぶのである。洋服地の茶羽織も、シャクれた顔の引き眉毛も、エメラルドの回りにダイヤをちりばめた指環も、いやに、ハッキリと思い出される。

——慎ちゃんは、あの女と約束があるからッて、お茶をつきあわなかったけど、何の用だったのかな。

これまた、珍らしい現象だった。慎一が、どんな行動をとったって、気にするような彼女ではなかったのである。船越トミ子より、もっと若く、もっと美しい女と、彼が交際するのを知っても、少しも騒がなかった彼女だったのである。

彼女は、ヤキモチを知らないのか。いや、バレー仲間の嫉妬排擠《はいせい》は、もの凄いものであって、彼女も、断じて人後に落ちない。むしろ闘志に燃え過ぎてるほどである。しかし、愛情の方のヤキモチは、まだ、経験がない。その点、ひどく、サッパリしている。というのも、後にも先きにも、親しく交際してる男性は、慎一だけであり、その慎一が、どうも、ヤキモチを焼かせない男に、できてるのである。

彼が、稀れなる美男子であることは、彼女も、認めている。女に好かれることも、知っている。しかし、彼のハートが金属製で、合理主義の動脈しか通っていないことを、あまりに、よく心得てる。あんな男に、恋愛ができる道理がない。また、誘惑の手に、乗せられるわけもない。

そこで、ヤキモチの棚上げということになるが、しかし、その原因、果して、慎一の性格のみにあるだろうか。彼女のハートには、全然、異状がないといえるだろうか。前回の世界大戦後に、フランスでは、ギャルソンヌ（オトコ娘）という女の形態が生まれたが、どうやら、千春には、その気味がある。彼女も、戦争で性《セックス》に影響を受けたのか、それとも、生まれつきなのか、女の優美繊細の情に欠け、体つきまで、男臭くできあがっている。灰色のスーツの胸部は、かなり隆起してるが、それは例のニセモノの仕業であって、実物は、まことにおはずかしい状態である。

その上、慎一に対する心の歴史まで、平坦であった。十五、六の時に、少しは甘いアコガレを懐いたこともあったが、対手が、まだ中学を出たばかりで、ラブ・レターを書いても、通用しそうもなかった。鉄は熱いうちに打てというが、まったくその通り。グズグズしてるうちに、どうでもよくなった。毎日のように、繁く往来してるのが、却っていけないのかも知れない。草が湿めって、燃え上らないのである。その代り、親しみという点では、兄妹以上のものがある。好きということにかけても、世のいかなる男性にも、優っている。そんなツキアイで、ここ数年、続いてきたのだが——

今日のように、千春が、慎一のことで、もの想いに沈むなんてことは、身に覚えのないことなので、

——オカしいわ、これは。

当人も、そう思わずにいられない。しかし、ヤキモチ或いはその変種が原因してるなぞとは、毛頭、考えない。

——そうよ、あの船越トミ子ッて人、とても、感じが悪いから、心配するのよ。慎ちゃんが、悪い友達を持たないようにッてね——それだけの話よ。

それで、論理がとおる。しかしそれで、もの想いが、おしまいというわけにはいかない。

——でも、慎ちゃんとあたしの将来ッてものを、よく、考えなくちゃいけないわ。

男と女が仲よくなれば、恋愛するとか、結婚するとか、たいがい、相場がきまってる。世間でも、慎一と千春は、やがて結婚するものと、考えてる。だが、当人同士は、そこまで決心してるわけではない。と同時に、結婚しないと決心してるわけでもないのである。

「結婚してもいいんじゃないかな、ぼくら……」

慎一は、その言葉を、口に出したことがある。〝も〟の字が、気になるが、これは、急いで式を挙げなくて〝も〟の意味と、解釈していい。彼は、奥村鉄也のような、独身主義ではなく、人間は結婚すべきものと思い、結婚するなら、千春のような、熟知せる女性がいいと、考えてる。結婚生活につきものの過大評価や、過大要求や、その結果としての幻滅や絶望と

いうものは、人生の大きなムダであり、それを避けるには、熟知せる二人の結合が、最も合理的だと、考えている。ただ、情熱によらざる結婚は、急ぐという理由を持たない。両方の最も都合のいい時に、挙式すればいいと、考えてる。つまり、彼は、二人の結婚を、肯定しているのである。

千春の方は、必ずしも、そうでなかった。彼女は、芸術というものに、最大の情熱をささげている。舞踊家としての生命や生活を妨げる一切のものに、彼女は反対する。結婚というやつ、どうも、その一つに該当する疑いがある。バレリーナの中で、既婚者が絶無というわけではないが、内外ともに、独身者が多いのは、その証拠である。家庭の人となって、家事の煩いも、サマタゲの一つだが、何よりも恐ろしいのは、妊娠ということ――まだ、生んだことはないけれど、戦慄的惨事らしい。大きな腹をして、踊ることはできないが、その期間ぐらい休むとしても、万一、出産によって、脚の筋肉や神経に故障を起し、一生、トウ・シューズが穿《は》けないことになったら、ああ、もう、あたしは、青酸カリをのむ――

それなら、結婚を断念してるかというと、そうでもない。彼女は、慎一が好きである。愛してるといって、いいかも知れない。彼女は、バレー界の男性を、ずいぶん見ているが、一人として、ロクなのがいない。少くとも、慎一ほどの合理的、意志的人物に乏しい。亭主に持つなら、慎一の外に、適格者はない。それに、夫を持って舞台に立ってるバレリーナもないことはなく、妊娠の方は、例の手段で失礼すれば、芸術と結婚が、両立しないこともないではないか。

そこは、彼女も女で、慾が出る――

その迷いは、五分と五分で、取捨をきめるのに、困難だったが、千春の場合も、慎一と同様、何も急いで決める必要がなかった。対手の慎一が、急いでいないからであるが、彼女自身も、普通のお嬢さんとちがって、グズグズしてると、婚期を逸するなぞという、心配がない。人生は短いが、芸術はヤタラに長い。その芸術というものに、身を献げてるのであるから、二番手の方は、早いも遅いも、問題ではない。全然、お取り止めにしたところで、べつに、痛恨事というわけでもない。

そんな風に、考えているから、慎一と交際していても、ひどくサバサバと、まるで、同性の親友のような関係を、続けてきたのであるが、今日は、少し、様子がちがってきたようである。

――慎ちゃんだって、そういつまでも、独身でいられないし……。

実は、それとなく、慎一の母親から、早く、息子と一緒になってくれるように、催促されたこともある。蝶子は、千春が大のヒイキで、息子の嫁になってくれるものと、頭から、きめこんでる。そして、砂糖につく蟻のように、息子に女がタカってくることを、知らないではないから、マチガイのないうちに、早く身をカタめさせたいというのは、ノンキな母親でも、母親である以上、彼女の考えなのである。

――昨夜の女のような人もいるんだから、おばさまが心配なさるのも、ムリないわ。どうも、船越トミ子のことが、頭へ浮かんでくる。

――あの女、昨夜、あんなに晩《おそ》く、慎ちゃんと会って、それから、どうしたろう。これは、平素の千春にあるまじきオセッカイである。

――まさか、鉄の心臓が、あんな女に、すぐイカれちゃうとも、思わないけれど……。しかし、わからない。生憎、バレーに夢中になって、男女の道というものの研究を、疎《おろそ》かにしていたから、こういう時には、暗中の手探りになってしまう。

――あら、いけない。新橋だわ！

まだ、横浜かと思っていたら、停車したフォームの下に、屋根が見える。慌てて、飛び下りた後から、ドア・エンジンが、音立てて、閉まった。

――醜態だわ、ほんとに！

彼女が、自分を恥じるなんて、滅多にないことだが、正面改札口を出て、駅前の雑沓の中に入ると、やっと、正気になった。そして、折りよく、隙《す》いた黄バスが待っていたので、素速く、それに乗り込んだ。

麴町の芦野舞踊研究所へ行くのに、彼女は、長年の間、毎日、この列車に乗り、このバスに乗るのが、習慣になっていた。

二番町で降りて、左へ曲ると、塀だけはコンクリートで、立派な研究所の建物が見える。戦後、焼跡へ、慌てて建てただけあって、貧弱な木造だが、東京でも有名なスタジオの一つである。

千春は、研究所の玄関へ入ると、すっかり、平常心を取り戻した気持で、いつものとおり、自分の靴箱へ靴を入れ、脱衣場のドアを、開けた。そして、いつものとおり、まず靴下から脱いで、自分のロッカーの中へ、突っ込もうとすると、

「なにを、ボヤボヤしてんの」

と、隣りから、文句がきた。同僚の品川ミエ子のロッカーと、まちがえたらしい。

やはり、いつもの千春ではなかった。

夜風

慎一が、男用の白いカッポウ着をひっかけて、ガス台の前に、立ってる。こんな美男のコックは、日本中にいないだろう。

「パンは、二片ずつで、いいですよ」

彼は、フライ・パンの中のベーコンが、狐色に焦げてくのを、眺めながら、いった。

「はい、二片ね」

調理場の前に、カウンター式の細長いテーブル兼仕切りがあって、その上に、西洋皿やナイフ、フォークが列んでいるが、長い食パンに、パン切りナイフを宛てて、鋸をひくような、不器用な手つきをしてるのは、母親の蝶子だった。

彼女は、夕食前に、外出先きから、帰ってきたので、着物も着換えず、食事の手伝いをしているのである。

「また、手を洗わないで、パン切ってるんじゃないですか」

慎一は、丼に卵を割りながら、声をかけた。

「あの、いいえ、洗いましたわ」

どうやら、まだ、洗っていない様子。それを、ゴマかすように、

「このサラダは、ミキサーにかけるのね」

「ええ、そりゃア、ぼくがやりますから……」

グルリと、身を返した慎一は、フライ・パンの中から、二人前のベーコン・エッグスを、食卓の皿の上に、取りわける。

「まア、おいしそうに……」

自分が、料理が不得手だと、母親も、そんなお世辞をいわなければならない。

慎一は、無言でミキサーの中に、レタスの青い葉を投げ込み、ズラリと列んだブリキ缶の中から、白い粉や、黄色い粉や、青黒い粉を、匙ですくって、それに加え、最後に、蜂蜜と水を入れて、電流を通じると、グーッと、音がして、ガラス筒の中に、西洋甘酒のようなものができ上る。

それを、二つの大コップに、注ぎ終ると、

「さア、食べましょう」

と、カッポウ着を脱いで、テーブルについた。

「はい、頂きます……。でも、あたし、お三時に、お餡を出されて、あんまり、お腹が空か

ないのである。

と、蝶子は、また、ウソをいった。なに、食慾は、大いにあるのだけれど、息子の愛用する、このハウザー食の生野菜ジュースというやつが、どうにも、青臭くて、手が出ないのである。

「間食は、なるべく、なさらない方が……」

と、美男子は、修身の先生のような顔つきで、静かに、コップを取り上げた。彼だって、このジュースが、べつに美味というわけではないが、また、特にマズいとも思わない。味覚に捉われるのは、合理的な生き方ではない。男の自炊に、これほど軽便で、栄養に富む調理は、他に少いと知ってるからに過ぎない。また、食事は、よく嚙むことが、最も必要であるから、ムダ話の如きものを、行おうとは思わない。一切無言で、モグモグやってる。

蝶子の身になると、これほど、ツラいことはない。

「ねえ、慎ちゃん、奥村さんのお父さんは、お幾歳《いくつ》なんだろう？」

「さア、五十一とか、二とか……」

千春の父親が、何歳であろうが、問題ではない。フレッチャー式に適うように、何回咀嚼するかが、重要である。

「まア、そんなに、お若いの！」

蝶子は、ビックリ仰天という顔をする。

「五十を越してるんだから、べつに、若くもないでしょう」

「いいえ、お若い。そんなにお若いとは、知らなかったわ……」

ひどく、お若いことを、力説するのは、千春の父が、彼女自身と、正反対であると、知ったからであろう。外観的に、お若いのも、悪くはないが、何といっても、実質的にお若いのに、越したことはない――

「そういえば、お髪《ぐし》は、少し白くても、お色艶はいいし、それに、お声に、力があって……」

蝶子の観察は、なかなか、微細にわたっていた。

「さア……」

息子の方は、ベーコン・エッグスを、うまそうに食ってる。彼も、男であって、料理に手を出すといっても、そう種類を、知ってるわけではない。ベーコン・エッグスは、まず得意の方だが、これを、今朝も食って、今も食って、それで、飽きた顔もしないというのは、やはり、この男の特色だろう。

しかし、母親の方は、もうゲンナリであって、一体、毎日、洋食紛いのものを、食べねばならぬということからして、閉口この上もない。それは、息子の嗜好というよりも、栄養と軽便の主旨からであるのは、よく知ってるけれど、タマには、お酢の物に、お椀《わん》に、お煮付けといったもので、食事がしたいのである。彼女は、肥満質のくせに、食物は、淡泊なものが好きで、ことに、香の物が、大好物。ところが、息子は、新築以来、ヌカミソ桶を置くことに、絶対反対なので、彼女も、物置の隅で、密造ということも考えたが、悲しいことに、漬け物一切、知識と経験がゼロであって、結局、食べずに我慢することになる。

漬け物より、もっとツラい辛抱は、日本人と生まれながら、お米が、ほとんど食べられないことで、慎一は、米食そのものに反対しないが、現代日本人の不経済きわまる和洋二重生活を、排撃してるタテマエから、主食は、パンかマカロニの一点張り。つまり、断然、洋の衣食住に立ってるから、この家には、おハチもなければ、飯茶碗もない。ご飯を食べようたって、食べられない。お米の配給が、減ろうが、殖えようが、問題ではない。

だが、蝶子とすると、これが、一番やりきれない。外出の度に、スシやウドンを食べて、わずかに心を慰めているが、実は、自分の家で、お茶漬サラサラとやりたいのが、彼女のセツない願望であった。

食物のウラミは、最も恐ろしいというが、抑圧した願望が、どんなフロイド的症状を起してるか、これから起すか、それはわからない。陽気で、人のいい彼女は、息子にウラミをいわず、他人にも、グチをこぼしたことはないが、心の底で、もう一軒のわが家が、欲しいと思ってることは、確かだった。ご飯とお香コが、思う存分食べられ、そして、合理主義から遠く隔てられた、わが家が――

そこで、食事はソコソコにして、テーブルを離れた蝶子は、別室といっても、ベッドとタンスで一ぱいになった、狭い寝室だけだから、サルーンの中央の肘かけイスに、腰を下した。

こういう時に、タバコでも一服するといいのだが、彼女は、生憎、大嫌い。少し痩せようと思って、試みたこともあったが、頭がクラクラしたので、それッきりで、やめてしまった。

それなら、夕刊でも読むというテもあるが、彼女は、汚職や少女殺しのような話は、あまり好かない上に、活字というものに、興味がないのだから、困ったものである。従って、どうも、所在がない。息子に、煩がられると、知りつつ、話しかけずにいられない。

「奥村のお父さまは、お仕事もなさらないで、毎日、ご退屈だろうね」

と、また、鉄也のことになる。

「さア、時計直しに、夢中になってるそうですから、そんなでもないでしょう」

慎一は、まだ、フォークを動かしている。

「まア、時計直しが、お道楽なの。まア、呆れたわ……。でも、面白い方だわね。きっと、見かけによらず、ご器用なのよ」

「どうですかね」

「亡くなったパパは、メスをお使いになることは、お上手だったけれど、他のことは、一切ダメ……釣魚《つり》をおやりになっても、針に糸が結べないほどだったのよ」

「親父、そんなに、釣魚が、好きだったんですか」

「いいえ、一時、おコリになっただけ……なんでも、すぐ、お飽きになるのよ」

「ママには、飽きなかったんですか」

慎一も、なかなか、辛辣なことをいう。

「飽きるどころか……。ホッホホ」

母親のノロケなんか、聞いたって、トクにはならないから、慎一は、黙って、ネス・キャフェの壜を、食器棚から下した。

「でも、あんまり、甘やかされるのは、それほど、嬉しくないものよ」

「そんなものですかね」

「お父さまが、きびしく、叱言をいって下すったら、あたしも、こんなバカにならなかったかも、知れないわ」

蝶子は、ほんとに、自分は悧巧にあらずと、思ってるらしく、度々、そういう言葉を、口にする。彼女が、慎一に逆らわないのも、息子はエラくて、自分はバカだと、思ってるためらしい。

「いや、母さんは、ただ、計数にウトいだけで……」

気の毒そうに、息子が答える。

「なにもかも、ウトいものだらけよ。お料理も、お裁縫も、ソロバンも、何一つ、できやしないわ。いくら、習っても、ダメだったのよ。つまり、バカだからだわ。こんなバカな女、世界にいないわ……」

少し、ヘンである。いつもは、自分をバカと呼んでも、これほど、クドくいわない女なのである。そういえば、声のどこかに、ヒステリックな調子が、聞えないでもない。米食慾望の抑圧が、祟《たた》ってきたのだろうか。

蝶子が、ヒステリーを起すなんて、天変地異に近いから、慎一も、飲みかけのコーヒー茶碗を、手に持ちながら、母親の向側のイスに、座を占めた。

——べつに、変った様子もないが……。

母親の顔は、天の岩戸が開いた時のウズメノミコトそのものであった。いつものように、明るく、楽天的だった。しかし、世の中には、憂いのきかない顔というものがあって、親の死目に遇っても、ニヤニヤしてるように見える人がある。此間も、死刑宣告の裁判で検事が笑ったとかいって、ずいぶんモメた。だから、慎一も、油断をしないで、それとない観察の眼を、母親から離さなかった。

「奥村のお父さんは、とても、気むずかしい人らしいわね」

蝶子は、小鳥のように、可愛らしく、首を傾けて、いった。

——おや、また、奥村のお父さんか。

慎一は、眼を光らせた。

「気むずかしい人ッて、割りと、気が優しいものね」

——え？　そんな、矛盾した話はない。

「いいえ、気が優しいから、気むずかしくなるのよ」

——いよいよ、わからない。

「それに、そういう人は、きっと、男らしいわ。女のご機嫌なんか取らないで、銅像みたいに、シャンとして……」

「気むずかしいと、男らしいんですか」

ちょっと、慎一が、反問してみた。

「どうだか、知らないけど、男らしい人は、気むずかしいものよ」

と、気むずかし屋を賞めること、おびただしい。

――これア、予想の如く、危険な雲行きだぞ。

慎一は、公算を無視する千春を、今更のように、困りものだと、思った。

「そうそう――喫茶店で、あたしが、お勘定を払おうとしたら、奥村のお父さんたら、グッと、あたしをお睨めになるの、ホッホホ」

「さア、睨めたわけでもないでしょう……。しかし、ママは、いやに、あの親父さんのことばかり、話しますね」

慎一は、少し、意地悪く出た。

「あら、どうして……」

これは、いけない。見る見る、蝶子の顔が、赤くなった。なにしろ、雪のように、色が白いので、赤くなっても、青くなっても、すぐ人目につくのである。

「いや、どうしてッてことも……」

「まア、慎ちゃんて、ヘンな人ね。あたしが、奥村のお父さまのお話をしては、どうしていけないの？」

いつになく、蝶子は、攻勢に出てきた。

「いけないなんて、誰も、いってやしませんよ」

「慎ちゃん、あたしが、あの方のお話をするのは、当然じゃなくて？」

「と、仰有ると……」

「将来、切っても切れない仲に、なるかも知れないからよ……」

「え？」

慎一は、いささか、度胆を抜かれた。

――これは、予想以上だ。昨夜、始めて会った男と、もう、将来を共にする気でいるのか。

「驚くことは、ないでしょう。あなたの胸に、聞いてみれば、わかることよ」

「ぼくの胸に？」

「そうよ。あなたが、千春さんを、どう思っているか……」

「それが、奥村の親父に、関係があるんですか」

「大有りじゃないの。あなたがたが、結婚すれば、あたしと、あのお父さまとは、親同士の関係になるじゃありませんか。とても、密接な親類に、なるじゃありませんか。だから、あの方のお噂をしたって、なんにも、おかしいことはないわけよ」

なるほど、これは、一理ある。これほど、頭の働く蝶子を、愚女と評した奥村鉄也は、認識が足りなかった。

「そうですか……」

と、慎一も、苦笑しながら、

「しかし、ぼくは、千春ちゃんと、いつ結婚するか、或いは、結婚そのことについても、未定なんですがね」

「あら、未定だなんて——結婚するのも、未定だなんて、いけないわ、そんなことといっちゃ……」

蝶子は、憤然たる面持ちになった。

「いえ、ぼくは、細君を持つなら、彼女にしますよ。そして、来年あたりは、その時機じゃないかと、思ってるんですけど、千春ちゃんの気持は、少し、ちがうんです。結婚そのことについて、迷ってるというのは、彼女の方なんですよ」

「まア、あなたがた、あんなに仲よくしていながら、そんなこといってるの？」

「ええ、実情を申しますとね……」

と、慎一は、落ちつき払って、答えた。いくら、彼が好男子で、引く手アマタだといっても、この態度は、冷静過ぎる。

「ダメ！　あなたがたは！」

母親が、怒った。

「え？」

「あなたがたは、それで、恋愛してると、いえるの。恋愛ッて、そういうものだと、思っているの？」

「待って下さい。それア、恋愛してるって、いえないことも、ないでしょうが……」

「いえるも、いえないも、ないことよ。もう、何年も、あんなに好き合って、仲よくなっていながら、今更、結婚するのを、迷うなんて――千春さんの気持も、わからないけれど、それを、平気で、どっちでもいいような顔をして、あたしに話す慎ちゃんは、どういう量見？」

「いや、それは、つまり……」

「昔は、そんな、いい加減な気持で、愛し合ってる人は、一人もなかったわ。恋愛ッていえば、火のようなものだったわ。死んだお父さまが、あたしを貰いにきた時だって、まるで、軍人の突貫みたいだったわ。それを、あなたは、千春さんのような、いいお嬢さんと、恋仲でありながら……」

その時、玄関のベルが鳴った。

「おや、誰でしょう、今頃……」

慎一は、計らずも、母親から、窮地に追い込まれた時だったので、わざと、小耳を立てた。

「きっと、お隣りから、電話借りに入らッしたのよ……。それよりも、慎ちゃん、千春さんのような、シッカリした、その癖、気サクな、いいお嬢さんは、滅多に……」

また、ベルの音が、聞えた。

「わかってますよ」

慎一は、立ち上って、玄関へ出ていった。といって、すぐ、ドアを開けるような彼ではなく、ユダヤ人窓と呼ばれる覗き穴に、顔をつけて、

「どなたですか」

「はア、ヘンな時刻に、上りまして……」

答える声は、女であり、もう、青々と暮れた初夏の宵闇に、大きな包みを抱えて立ってる姿は、媚《なま》めかしい和装だった。母親の友人であろう、と思って、

「失礼ですが、お名前を……」

「あら、慎一さん、いやでございますわ、昨晩の船越でございますよ……」

その昨夜から、まだ二十四時間と経ていないのに、船越トミ子が、自宅へ訪ねてくるなんて、彼も考え及ばなかったし、彼女の声が、忘れられないほど、感銘を受けているわけでもなかった。結局、いやでございますわ、といわれる理由に、乏しかったけれど、ドアを開けないわけにはいかない。

「さア、どうぞ……」

「ご免遊ばせ……。まア、結構なお住いで、いらっしゃいますこと……」

「なにか、急なご用件でも……」

「いいえ、あなた、昨晩はお忙がしいところを、ご足労かけましたので、一度、お礼にと思っていましたら、ちょうど、今日、渋谷まで参りまして、その序《ついで》といっては、失礼ですけど……」

「そんなご心配は、要らなかったんですが……」

「いいえ、あなた、あんなに、よいお智慧を拝借した上に、いろいろと、また……」

慎一のよく使う手だが、玄関で用の足りるお客さんは、玄関で帰って貰う方が、相互の時

間的ムダを省くというタテマエから、船越トミ子に対しても、一向に、上れという言葉を、口にしない。ただ、お礼にきたと、彼女自身がいうのだから、これは、玄関解決の部に属する。

ところが、このお客さんは、一向に、帰るという言葉を、口にしないばかりか、

「では、ちょいと、お邪魔を……」

と、スリッパを、自分で揃えて、板の間へ上ってしまった。

まさか、家宅侵入を訴えるわけにもいかない。

「どうぞ……」

慎一は、サルーンへ通じるドアを、開けると、

「お客さま?」

母親が、イスから腰を浮かす姿が、見えた。彼は、それを制して、べつに、低声でもなく、

「かまいません、じきに、お帰りになると、思いますから……」

期せずして、オカメとハンニャの対面となって、お神楽のように、賑やかで、単調な挨拶が、交わされたが、それは略して、

「これは、ほんの心ばかりの品でございますが、お母さまにご挨拶に出ましたお印までに……」

と、船越トミ子は、チリメンの風呂敷を解いて、季節に早いメロンやら、葡萄やらの堆高《うずだか》い果物籠を、テーブルに置く。玄関では、慎一に礼にきたといったが、蝶子の顔を見ると、母親への挨拶と、忽ち看板を塗り換えたあたり、ハンニャの芸は、鮮かであった。

尤も、蝶子は、不意に闖入《ちんにゆう》したこの客を、持ち前の底抜けの好意で、迎えたわけでもなかった。人に好き嫌いのない彼女でも、息子というものを、間にはさむと、母親の本能が、働かずにいない。その勘からいうと、この女は、あまり、気持がいいことはなかった。少くとも、千春との結婚を、あれほどムキになって勧告した直後であるから、得体の知れぬこの女性に、警戒心も強くなり、高価な果物ぐらいで、忽ち買収されそうもない。

その様子を、早くも見て取って、船越トミ子は、慎一には、眼もくれずに、蝶子の方ばかり眺めて、

「失礼でございますが、奥さまは、以前、T大におりました、H外科のHを、ご存じでいらっしゃいますか」

「ええ、H先生は、亡くなりました主人の恩師で、ございますから……」

「あら、まア……いいえ、ご子息さまから、お父さまが、外科の先生と伺いましたので、ちょっと、思い出したんでございますが、実は、Hは、あたくしの伯父でございましてね、オッホホ」

と、ウソかマコトか、スラスラ答える。

「伯父の生きてる頃には、あたくしも、東京におりまして、若葉（女学校）へ通っておりましたけど……」

「そうですか。あたしも、若葉ですわ」

「あら、まア、奥様も！　なんて、嬉しいんでしょう。いつ頃、ご卒業遊ばしまして？」

「大正十三年でしたかね」

「まア、大先輩ですわ。あたくしは、昭和十七年――でも、卒業のちょっと前に、家庭の事情で、関西に移りましたので、名簿には載っておりませんけど……」

怪しげな身分証明だが、蝶子の警戒心を解くには、だいぶ役立ったらしい。

「すると、まだ、お若くていらっしゃるのね」

「はア、痩せていますので、こんな、お婆さんに見えますけど……」

「そんなこと……見掛けも、お若いわ」

「あら、それは、奥さまのことですわ。慎一さまのお母さまということを、存じ上げなければ、あたくし、何と考えたことでございましょうね。世の中に若づくりの方も、沢山ございますけれど、奥さまは、それとはちがって、ほんとにお若いのですから――まるで、慎一さまのお姉さまか、ことによったら、同い年のご夫婦かと……いいえ、誰だって、そう思いますわよ。お色が、お白くていらっしゃるせいでしょうけど、ほんとに……ほんとに、どうして、そうお若いんでございましょうねえ！」

船越トミ子の甘言が、効を奏して、蝶子は、ニコニコと、対手の言葉に、耳を傾けるようになった。慎一だけは、いかに女のオシャベリは、ムダが多いかを、研究するように、黙って聞いていたが、やがて、横を向いて、東洋経済を読み始めた。

「……そんなようなわけで、奥さま、あたくしは、まだ、結婚もいたしませんけれど、なにも、独身で通そうなんて、生意気なことは、考えておりませんの……。ただ、いろいろ苦労をいたしました間に、日本の女——ことに、妻が、不幸で、不当な待遇を受けますのは、結局、経済力を持たないからだと、気がつきましたんですの。まるで、使用人が、主人からお金を頂くように、親なり、良人から、生活費やお小遣銭《こづかい》を貰っていては、とても、女の地位の向上は、望まれませんからね」

「それは、そうよ。要るものは、要るのに、なかなか、出してくれないんですもの……」

蝶子のアイヅチは、熱意がこもった。といって、結婚時代の回顧をしてるわけではない。現在、慎一の緊縮方針に、不満やる方ないからである。

「それで、あたくし、いささか発憤いたしまして、女だって、お金儲けができない筈《はず》はないと、事業を始めたんでございますよ」

「まア、おえらい。あたしに、そんな腕があれば、今からでも、やりたいわ」

「いいえ、腕のなんのと、そんなわけのものではございませんけれど、戦後景気のお蔭で、トントン拍子に、事業が当りましてね」

「あなた、運がいいのね」

「どうやら、一生、遊んでいられるだけの財産が、できたんでございます」

「まア、お羨ましい！」

「あら、奥さまだって、何一つ、ご不自由のない、ご身分じゃございませんの。あたくしなんか、車も、此間、売ってしまいましたし……」

「自動車、持ってらしたの？」

「はい、大型は、何かにつけて、厄介でございますから、今度は、中型に買い換えたいと、存じまして……」

「あたしは、一生、自家用車の味知らずよ」

「あら、そんなこと……。車も、なかなか、気に入ったものが、ございませんでね。形がスマートだと思えば、エンジンが甘かったり……実用一点張りで、不恰好な、ジープのような車も、ございますし……。やはり、ボデイが素晴らしくて、馬力が強くて、エンジンがカタくて、その上、理解に富んだ……」

船越トミ子は、慎一の方を、チラと見て、妙なことを口走ったが、ノンキな蝶子は、気にも留めなかった。

「でも、ほんとに、いいお身分ですわ」

「飛んでもございません。ただ、遊んで暮しても、退屈ですから、今度は、小規模な事業を思い立ちまして、それで、慎一さまに、ご相談を願ってるわけなんでございますわ。ところが、慎一さまは、ほんとに、素晴らしいアドヴァイスを……」

と、いいかけた時に、慎一は、腕時計をちょいと見て、スックと、立ち上った。

「ぼく、ちょいと、出かけます……」

慎一は、二人に、軽く目礼して、座を離れようとした。

「そう」

母親の方は、今頃、彼が外出することに、慣れてるとみえて、一向、驚かないが、船越ト

ミ子は、

「あら、お出かけ?」

と、早や、疑《うたぐ》りの眼を、向けた。彼女は、もう二時間も、話し込んで、蝶子に、だいぶ取り入ったが、もう一押しという時に、慎一が外出するといい出した。今頃、どこへ行こうというのか――

「まア、まア、始めて伺いまして、こんな長座をいたしまして……もう、九時ですわ。あたくしも、お暇いたします」

「いや、どうぞ、ごゆっくり……。ぼくは、渋谷まで用があって、出かけるんですから……」

「あたくしは、電車道で、車を拾いますから、途中まで、ご一緒に……」

「車なら、電話で、呼んであげますよ」

「飛んでもない、そんなお手数には、及びません……。奥様、では……」

と、急に、彼女は、帰り支度を始めた。器用な女で、来た時の長口上に引き代え、今度は、ペコペコ頭を下げて、挨拶を端折《はしょ》ってしまう。

慎一は、帽子もかぶらず、スプリング・コートも着ないで、外へ出たが、折りカバンだけは、手に持っていた。まるで、医師が、近所の家へ、往診に出かけるといった風――

「お母さまッて、ほんとに、いい方ね」

船越トミ子は、暗い往来へ出ると、俄然、慎一の側に寄り添ってきた。柔らかい肩が、何かサイソクでもするように、慎一の体にブツかってくるが、彼は、女性のこの種の行動に、慣れてるので、敏感な反応を、示さなかった。

「ええ、とても、ノンキなんです」

「でも、色のお白いところの外は、あなたと、似てらっしゃらないわね」

と、暗に、好男子を礼讃しながら、肩の行動に移る。

「性格も、反対です」

「そうらしいわね。ああ、あたし、とても、嬉しいッ……」

「なにがです」

「あなたのお母さんには、お目にかかれるし、初夏の夜を、あなたと、こうして歩けるし……」

こういう言に対して、答えは必要と認められないので、慎一は、黙っていた。

「慎一さんッ」

「なんですか」

「あなた、これから、どこへ、いらっしゃるの」

「渋谷へ、用事があるんです」

「どんな、ご用事？」

「なに、極く小さい事業を、やってるもんですからね」

「ウソ、仰有い。ランデ・ヴウでしょう」

「そういう閑《ひま》が、ぼくにはないですよ」

「お隠しンなっても、ダメ。道玄坂の喫茶店あたりで、昨夜のお嬢さんが、首を長くして、待ってらっしゃるんでしょう？」

電車通りへ出て、タクシーが何台もくるのに、船越トミ子は、一向呼び止めようとしなかった。

「ぼくは、都電で行きますから……」

慎一は、いつまでも、舗道《ほどう》に佇んでいる気はなかった。

「あたしも、電車にしようか知ら」

彼女は、慎一の蹤《あと》を追った。

「お宅は、高輪だと、仰有いましたね。遠回りですよ」

「関わないわ、国電で、品川へ出れば……」

そういうものを、慎一も、振り捨てるわけにはいかなかった。

やがて、赤坂見附の方から、電車の灯が見えた。

「ところで、昨夜のお話ですが、今日、ちょっと調べてみても、坪当り三十万円は、値頃のようですね」

空いていた座席に、隣り合わせに腰かけると、慎一は、ハキハキと、彼女に話しかけた。

こういう問題になると、彼の声も、活気を帯びてくる。

しかし、船越トミ子の方では、もっと、別な話がしたいらしく、

「そうかも知れないわね……。時に、あのお嬢さん、バレーがお上手なんですッて？」

「ええ、相当……。尤も、掛合いようによっては、一、二万、引くんじゃないかと、思いますね。勿論、充分にネバって、交渉しなければいけません……」

昨夜、二人は、酒場ホープレスで、落ち合って、それから、売物に出てる西銀座のバーを、客を装って、検分してきた。場所も、悪くないし、客種も、上等だし、少し、店内装飾に、手をかければ、相当のバーになると、慎一は、睨んだ。そして、坪三十万という権利金は、不当でないと思ったが、念のため、その道の人に聞き合わせて、確信を獲た。しかし、彼も、粋狂で、彼女のバー開業を、手伝うつもりはない。消費的人間性を、研究する傍ら、利潤もタップリ欲しいので、場合によっては、共同資本の共同経営にしてもいいと、考えている。まだ、そこまで、彼女に話してないのは、彼も、財閥というわけでなく、資本金の捻出に、苦労しなければならない。さしあたって、今の〝極く小さい事業〟を、売りに出す策が、頭へ浮かぶ。これも、なかなか、魅力ある商売だが、バー経営の方が、歩《ぶ》がありそうに思うのは、船越トミ子が、マダムとなって、店に現われる志望だからである。彼は、一見して、彼女が、優秀なバー・マダムの素質があることを、見抜いていた。雇われマダムとしても、彼女なら、高給を獲るにちがいない。昨夜の話し振りも、そうだったが、今夜の肩の行動なぞ、高く評価されなければならない——

「慎一さん、そのお話は、明日にでも、もう一度、お目にかかって、ゆっくり、伺いたいわ。

今夜は、なんだか、あたし、センチになって……」
「おや、それは、いけませんね」
慎一が、妙な返事をした時に、電車は、渋谷へ、着いてしまった。
「じゃア、これで、失礼します。用件の方は、お電話下されば、いつでも……」

駅前で、船越トミ子と別れた慎一は、広場ともいえない、セセコマしい広場を、通り抜けて、道玄坂の方へ、歩き出した。途中に、哨兵《しょうへい》のように佇む女が、数人いたが、彼に話しかけようと、近づいても、顔を見ると、回れ右をした。恐らく、かかる好男子は、何の不自由もないから、商談に不向きと考えるからだろう。

戦前なら、まだ宵の口という時間で、最も雑沓する大通りだが、さすがに、復興も、そこまでに至っていない。といって、映画館のハネ時だから、どの店も、明るい灯と、人の姿で、賑わっている。ただ、舗道が、いくらか寂しくなった、というに過ぎない。

その南側の舗道を、慎一が、大股に、側眼《わきめ》もふらず、歩いていく。その跡を、十メートルぐらい離れて、見え隠れに、蹤《つ》けていく女がある。いま別れたばかりの、船越トミ子である。

——あら、いやに、急いでいくよ。やっぱり、あの娘と、早く、会いたいからだわ。

ハンニャというものは決して、低能ではないのだが、シンイの焰に燃えたつと、こういう結果となる。実は、彼女が、今夜、慎一を訪ねたのも、一日逢わねば千日の想いだったからで、彼を誘い出して、また、銀座あたりに出動する、下心だったのである。ところが、計らずも、母親と対面して、まず馬を射よの格言に従い、存分にご機嫌をとってるうちに、時間がたち、当人の慎一は、俄かの外出となって、計画がグレたので、どうも、胸が収まらない。そして、どうも、慎一の今夜の行動が、クサいと、睨んだ。その辺から、持ちまえのシンイの焔が、燃えひろがって、昨夜紹介された、女惚れのするスマートな娘が、道玄坂の喫茶店で待ってるものと、きめ込んでしまったのである。果して、駅前で別れた彼は、鎖を放たれた犬のように、道玄坂を駆け上っていくから、ヨシ、一番、現場を見届けてやれ、という気になった。尤も、現場を抑えたら、いかなる利益があるか、或いはいかなる権利を行使できるか、という点になると、心細いのであるが、

――いいわ、復讐を忘れないから！

と、そこは、怨霊の考え方は、人間とちがう。

慎一は、ズンズン、歩いていく。男の足に、追いつくのは、容易なことではない。まして、エナメルの草履ばきときているから、足袋が滑って仕方がない。そのうち、喫茶店の多い桜小路へでも、曲るだろうと、思っているが、慎一の足は、一直線だった。彼女は、呼吸も苦しく、汗だらけになって、その跡を追うと、有難いことに、突然、慎一が、舗道に立ち留まった。彼女も、十メートル余の間隔で、足を休めた。

――おや、おかしいよ。あの人は、パチンコが好きなのか知ら。

慎一が、立ち留まったのは、閉店時刻を控えた一軒のパチンコ屋の前で、彼は、驚くべき熱心さをもって、店内を、覗《のぞ》き込んでいる。流行する店とみえて、満員電車のように背中合

わせの客たちが、機関銃式とかいう新機械を、夢中になって、パチパチいわせてる。

一心に、店の様子を眺めていた慎一は、やがて、また、スタスタと、歩き出した。

パチンコと絶世の美男子とは、少し不調和であるが、慎一は、その店の前を離れると、今度は、大通りを、直角に、横切っていく。船越トミ子も、慌てて、横断を始めたが、危く、一台のタクシーと、衝突するところだった。

——向側には、静かに、レコードを鑑賞するというような店があるから、きっと、そこよ。

ところが、コッテージ風のその店の前へきても、慎一は、サッサと、素通りをした。さては、恋文横丁あたりの裏町へいくのか、と思って、油断なく、跡を追うと、再び、彼は、往来へ立ち留まった。

——あら、また、パチンコ屋よ。

今度の店は、前ほど、人が入っていない。もし、彼が、逢曳《あいび》きに行く途中で、五十円ばかり遊んでいく量見なら、すぐ、店内に入りそうなものなのに、虎視タンタンというような眼つきで、しきりに、内部を観察してるだけである。

——あの人、パチンコがしたいんだけど、ガマ口を忘れてきたのか知ら。

まったく、彼の様子は、そういう想像を起させるのに、充分だった。

やがて、彼は、再び歩き出した。追跡者は、彼がパチンコ狂であることを、認めざるを得なかった。人は見かけによらぬもの、あんなスマした顔をして、こんな、つまらない道楽があるとは、彼の弱身をつかまえた気がする——

それから、彼は、なおも、喫茶店、レストオラン、日本小料理屋等の前を、歩いたが、いずれも、急行列車のように通過――やがて、ツカツカと、右手の小路へ折れる。

――おや、温泉マークか知ら。

そんな旅館も素通りで、一段と、速足になったが、次第に、町のフンイ気が、変ってきた。昔なら、御神燈が下っていそうな家々――戦災で、すっかり焼かれた代りに、今度は、新風スキヤ造りの表構えで、築地赤坂の同業者を、安手に模倣してるような待合が、ズラリと軒を列べた、円山の花街なのである。

――おや、呆れた。いくら、アプレにしても、こういう家で、お嬢さんが、先きに待ってるなんて、なんという世の中だろう。

船越トミ子は、シンイの焰と共に、世相の慨嘆《がいたん》まで、燃やさずにいられなかった。

ところが、慎一は、ここも素通り。時々、洩れる絃歌《げんか》の声には、耳も傾けない様子で、街の中央を、胸を張って歩いていくが、やがて、ダラダラ坂を下ると、ツカツカと、道を斜めに、一軒の店へ、飛び込んだ。

――あら、驚いたよ。また、パチンコ屋よ。今度は、とうとう、入ってしまった……。

パチンコ屋で、ランデ・ヴウというのは、新手にちがいないのだが、その店は、大通りのそれとちがって、いかにも、小さく、貧弱であった。

しかし、彼は、わがもの顔に、店内に、高い靴音を立てると、パチンコ台の裏側から、ロクロ首のように、機械係りの女の顔が現われて、

「マスター、いらっしゃい！」

「今晩は、マスター」

と、愛想を振りまいた。

夜の花

慎一が、パチンコ屋を経営してることを、知ってるのは、千春ぐらいのものだろう。彼は、パチンコ屋を、恥ずべき商売と、思っていないから、人に秘《かく》す必要もないのだが、学者が研究室の扉を閉じるように、彼も、吹聴を避けてるに過ぎない。

母親の蝶子も、息子が、そんな商売に手を出してることを、知りもしなければ、知ったところで、文句をいうような女ではない。息子のすることは、何でも、道理のあることで、口出しすれば負けと、心得てる。

そして、息子が、よく、夜の九時過ぎに外出することも、何か必要があるのだろう、という以上に、考えない。その必要が、情事に関係あると、想像したところで、マダム・ハンニャのように、追跡の慾望も起さないだろうし、まして、叱言を食わせるなんて気持は、毛頭ない。その点、彼女は、比類なく、ヒラけた母親である。尤も、良人の在世の頃も、ヤキモチに類した言動を、一度も見せたことがなく、恐らく、彼女は、良人にも、息子にも、占有慾を欠いてるのではなかろうか。金銭の濫費も、恐らく、紙幣を一人占めして、ガマ口に幽閉するに、忍びないからではあるまいか。

この寛大なる母親に対して、息子の行動も、見上げたものだった。毎夜の如く、渋谷の花街に出入りするが、金を費うためではなくて、金を持ち帰るためだった。パチンコ屋の営業は、十時で打ち切るが、それから後が大変――タマと現金の計算、景品と売上げのバランス・シート作製、入り過ぎる機械の釘直し、タマ磨き、その他、多事多端の用事がある。尤も、慎一は、バランス・シートを一覧して、タマを倉庫に入れて鍵をかけ、現金を持ち帰るのが、日課であるが、前にも述べたとおり、彼は、ただ儲けるのが、目的ではないから、消費的人間性を研究するために、いろいろのグラフを、つくっている。例えば、客の買うタマの数と、推定年齢、推定職業との関係。また、四季や天候や温度、月数や曜日から、兌換券《だかんけん》発行額や、社会的大事件等々の客数及び消費額に与える影響。その他、パチンコ機械のチン・ジャラジャラの確率研究なぞ、使用人の協力を得て、データを集める。そのために、彼は、カバンを提げて、店へ出るのである。それくらい、商売熱心だから、同業者の店の前を通ると、立ち留まって、観察を怠らないから、船越トミ子を、イライラさせる結果となった。

一体、彼が、そんな花街の片隅に、店を持ったのは、比較的安い売り物があったからで、パチンコ屋で儲けようと思えば、渋谷駅前のような、交通量の多い所でなければ、ダメである。その代り、四、五百台も、機械を置いて、多数の使用人が必要だから、とても、慎一の資本力では、手が出ない。もともと、これは、彼にとって〝極く小さな事業〟であり、金儲けの研究室に過ぎないのだから、小遣銭だけ収入があればいいので、店の名も〝小鳩〟と名づけ、使用人は、女子三人、機械も四十台しか、置いてない。

開店の頃には、慎一も、円山花街に集まる遊客が、ゾロゾロ、入場してくれるだろうと、期待したが、それは、彼の人生経験が、まだ青いことを、証拠立てるに過ぎなかった。

色と慾は、両立しない。少くとも、同時に働かない。数多い遊客諸君のうちには、パチンコのタシナミのある人物も、いるにちがいないが、今日は色の日ときめた以上、一目散に、御待合の軒へ、駆け込んでしまう。では、帰りがけに、モテなかった連中なぞが、腹癒《はらい》せに遊んでくれるかと思ったが、これまた期待外れ——酒場でヤケ酒の方へ、回ってしまう。結局、遊客は彼にとって、縁なき衆生《しゆじよう》であった。

ところが、遊ぶ人は来てくれなくても、遊ばせる人たちが、足を運んでくれた。つまり、この土地の姐さんたちである。彼女等は、昼間はヒマなのか、それとも、職業的にパチンコと相通ずるものを持ってるのか、〝小鳩〟をヒイキにすること、この上もない。尤も、彼女等の間に、店主の慎一の評判が、拡がってることも、事実である。謙ちゃんソックリだとか、海老さまに似てるとか、あたしの方を見たとか、口をきいたとか、いろいろいう。

しかし、そんな、浮いた量見のお客ばかりではない。真に、パチンコというものを、愛するお客のうちに、料亭の板前もいれば、見番《けんばん》の帳簿係りもいる。慎一なぞには、眼もくれないで、一心に、タマの行衛《ゆくえ》を睨めてる連中のうちには、待合の飯たき婆さんさえ、いるのである。そういう人たちの遊び振りを見て、慎一は、ジッと、考える時がある。彼自身の考えからは、およそ、パチンコ遊びぐらい、下らない行為はない。まったく、時間と労力の徒費《とひ》である。しかし、お客の真剣な眼つき、手つきは、何を求めているのだろうか。一箱のタバコや、安全カミソリの刃だろうか。

そして、お客の大部分が、庶民というか、被圧迫階級というか、とにかく、余裕ある人々が稀れであることも、彼を考えさせた。パチンコ・プロと呼ばれる連中さえ、ロクな服装をしているものはない。中には、ヨレヨレの簡単服を着たカミさんを連れて、小便に立つ間も、よく入る機械を他人に取られまいと、番をさせてるお客もいる。

そういう有様を見たといって、慎一は、べつに、左傾するわけではない。消費的人間性は、結局、金のない連中ほど、多分に持ってると、思うだけである。また、金儲けということは、結局、金のない連中から、金をマキ上げることだと、合点するのである。なぜなら、千人の貧乏人から一円ずつマキ上げる方が、一人の富豪から百円儲けるより、十倍の利益がある。そして、貧乏人ほど、金を費いたがるものはなく、彼等の数は無限である。アメリカの月賦販売法は、そこを狙ってる——

そんな風に、慎一が、研究材料を与えられるのは、昼間の方が多いのだが、開業以来、一年に及んだ昨今は、夜、閉店の時刻に、駆けつけるのが、常となっていた。

今夜も、十時を打ったから、最後の客を送り出して、カーテンを引こうと、彼が店先きへ出ていくと、

「あら、お兄さん、ちょうど、いいとこだったわ……」

と、往来から、媚めかしい声をかけた者がある。

「やア、今晩は……」

慎一も、多少は、愛想のいい声を出したというのは、対手が、店の上顧客《じようとくい》である上に、土地第一の売れッ子の筆駒《ふでこま》姐さんだったからだった。

「いま、松月さんの宴会が、済んだところなんだけど、あたし、今夜、なんだか、クサクサしちゃってね。後口《あとくち》、断って、帰ってきたのよ……」

年の頃は二十一か二、色が白くて、豊頬で、姿がいいが、柳腰なんていうのではなく、八頭身とかいうに近い。髪も、アップ・ラインのパーマだし、着物も、左ヅマなんか、とるにとられぬ仕立てである。戦後、日本の芸妓は、急激に素人化し、健康化したが、この筆駒さんなぞも、どう見たって、お嬢さんである。千春なぞより、よほど、お嬢さん臭い外観を備えてる。

こんな、お嬢さんソノモノの芸妓を、何も、高い金を出して、座敷へ呼ばなくても、わが家で、わが娘の顔を見てれば、事足りると思われるが、どういうものか、彼女の売れ方は、圧倒的なのである。それも、彼女の伯父さんとか、父親の年齢にあたるお客に、ヒイキが多い。尤も、戦後、若い者が、こういう遊びから遠ざかったのは、経済的理由によるもので、新中年初老の客といえども、自腹を切る者は少く、いわゆる社用族が多い。その社用族も、新橋赤坂で見られるより、少し小型であるのを、免れないが、習性は似ているらしく、お座敷で、コソコソ話をしたり、小切手を書いたりする点に、変りはないばかりでなく、お嬢さん風芸妓を、愛好する傾向も、同じである。従って、そういうお座敷に、筆駒さんが現われないことは、滅多にない。というよりも、筆駒さんが現われなければ、そういうお座敷の体裁《ていさい》をなさぬまでに、至っている。それほど、筆駒さんは、若いながら、土地の評判芸妓であり、誰知らぬ者のない、売れッ子なのである。

慎一も、こういう対手に、多少の敬意を払うのに、吝《やぶさ》かでない。まして、彼女の遊び振りは、気前よく、タマも、だいぶ、預かり放しになっているので——

「そうですか。しかし、残念ですな、生憎、閉店時刻で……」

「あら、パチンコやりにきたんじゃないわよ。お兄さんが、お店にいたから、ちょうどいいッて、いったのよ」

と、何やら、意味ありげな言葉だが、口振りは、アドけなく、素人ッぽい。ただ、惜しいことに、少し、北海道訛りがある。

「ああ、そうですか。まア、お入りなさい」

といっても、立ちんぼの商売だから、イスの設備もないのである。

「いいのよ。それより、お兄さん、十分ばかり、あたしと、つきあってくれない？」

筆駒さんは、珍らしいことを、いい出した。

「どこへですか」

「ちょいと、甘いもの食べに……」

慎一も、これから店の勘定をしなければならないのだが、対手が、商売の取引先きとあれば、ムゲに断ることもできなかった。

「じゃア、じきに、失礼させて頂くことにして……」

そして、美男子と評判芸妓が、肩を列べて、外へ出た。

花街のなかのお汁粉屋――といっても、近頃は、オシルコはイスに腰かけて食べるものと、きまっている。そして、小料理屋のように、ヘンにイキがった店構えで、役者の贈ったノレンなぞが、ブラ下ってるにきまっている。

「あら、姐さん、入らッしゃい。どうぞ、奥へ……」

筆駒さんは、顔が売れてるから、オカミさんが飛び出して、磨き丸太の仕切りで、店さきから客の姿の見えない、奥のテーブルへ、案内した。

「あたし、アンミツ。お兄さんは?」

「そうですな。ぼくは、磯巻き……」

慎一は、甘いものが嫌いというわけではないが、酒と同様、夜晩くなってからは、腹に入れない。

「お兄さん、さっき、あたし、とても、クサクサしてるッて、いったでしょう」

筆駒さんは、美しい眉を寄せた。

「ええ」

「あれ、ほんとなの」

彼女は、白い腕を立てて、軽く、顎をのせた。つまり、頰杖であるが、一向、伝法風でない。むしろ、令嬢が読書をしてるようで、この辺に、彼女が売出した所以があるのだろう。

「ああ、そうですか」

「あたし、ジレンマに、堕ちてるのよ」

彼女が、英語を使った。

「はア」

「なにもかも、お兄さんに、いっちまおうか知ら……。お兄さん、相談に乗ってくれる?」

長いマツゲが動いて、少し眠むそうな、オットリした瞳が、慎一の顔を見た。

「そうですな」

即答は、差控えねばならない。磯巻きをオゴって貰ったぐらいで、他人の重大問題に、脳の血液を使用すべきや否や。

一体、筆駒さんが、そんな相談を、彼に持ち込むことからして、不思議である。

「あたし、パチンコのやり方、知らないから、教えてよ」

と、最初、店へきた時に、慎一に、狎《な》れ狎れしく口をきいたのが、交際の緒《いとぐち》だったが、それから、店で顔を合わしたといっても、精々、四、五回で、軽くアイサツを交わす程度だったのである。それだけの関係で、ジレンマの解決に、彼の助力を求めるのは、一足飛びといわなければならない。尤も、船越トミ子も、ご相談の筋があるからと、面談を申込んできた。近頃の女は、相談に飢えてるのか。

慎一が、意志表示を避けてる間に、いいアンバイに、誂《あつら》え物が、運ばれてきた、筆駒さんも、早速、アンコと豆を、掻き回して、口へ運び始めたから、相談の方は延期になるかと、

喜んでいると、

「あたし、芸妓ッてものを、やめようかと、思ってるのよ」

と、サジを置いてしまった。

「なぜですか。あなたのような売れッ子が、惜しいじゃありませんか」

計算の道に反くことであるから、慎一も、つい、釣り込まれた。

「あたし、もともと、芸妓、好きじゃなかったのよ」

筆駒さんは、伏眼になって、バラ色の柔らかそうな、わが掌を見つめた。

「はア」

「あたし、女学校にいた時には、卒業したら、歯科医専に入るつもりだったの」

「歯医者が、好きだったんですか」

慎一も、少し、驚いた。

「ええ。白い診察衣着て、いろんな機械、使って……」

「美人の歯科医で、評判になったでしょう」

「あら、そんなこと……。でも、家が貧乏になっちゃって、女学校も中途でやめて、東京へ出てきて、働いてるうちに、とうとう、こんな商売するように、なっちゃったの」

そして、彼女は、気に染まない水商売で、意外な成功を博した経路を話した。この土地で、最もハバのきく客筋は、電鉄会社と撮影所関係であるが、そのどちらかの会社の重役が、彼女の最初の旦那となり、似た身分の人が、第二の旦那となり、第三の旦那となり、半年前からは、そうした会社と関係のある区会議員が、第四の旦那となってる——

「まるで、あたしは、一枚の株券のように、人から人の手に、渡るのよ。みんな、ウチのママさんの意志で、名義書換えされるの。株券は、何にもいわないけれど、株券の気持は、わかって下さるわね……」

慎一にとって、適当な引例なので、彼は、大きく、頷いた。

「それで、あなたが、転業したいという気持は、よくわかりましたが、先刻、あなたのいわれた、ジレンマというのは、前借の問題でも……」

彼は、恐らく、それに関する金談でも、彼女が、持ち込んできたのではないかと、考えた。

「そんなもの、とっくに、消えちゃってるの。それに、あたし、そのうち、沢山お金が入るかも知れないの」

全盛芸妓は、悠然と答えた。

「じゃア、何も、迷うことはないじゃありませんか」

「それが、あるのよ。だって、そのお金を出すっていう人が、五番目の株主になりたいッていうのよ」

四番目の区会議員氏の身辺に、ゴタゴタが起きて、世間を憚り、筆駒さんと切れることになったが、早くも、五番目氏が、名乗りをあげた。

この旦那は、よほど、彼女に打ち込んでいるらしく、彼女の身を、引く手あまたの花柳界から抜いて、手活けの花にしたい、希望である。そして、もし、彼の二号となるなら、宮益坂に新築された高級アパートに、住まわせた上に、何か商売がしたければ、その資本として、五十万円までは、出してもいい——

「結構な話じゃないですか。あなたの宿望の転業が、できるのだから……」

「でも、その人、去年還暦をすませたという老人で、あたしと、四十一も、年がちがうの」

「年ぐらい、我慢するんですな」

「それに、あたし、何の商売をやっていいか、わからないし……」

という話を聞いて、慎一は、急に、身を乗り出した。

「どうですか、筆駒さん、パチンコ屋をやってみる気は、ありませんか」

慎一の頭に、そういう名案が、浮かんだのである。

「パチンコ屋？　あら、いやだ……ホッホホ」

彼女は、ダイヤの光る指を、口もとに当てた。

「べつに、いやなことはありません。正業です。儲かる正業です」

「ご免なさい。お兄さんの商売を、ケナしたわけじゃないのよ。ただ、若い女のする商売としては、変ってるじゃないの」

「しかしですね、かりに、あなたが麻雀屋を、始めたとする。それを、十坪の店として、十卓が精々でしょう。半荘で、百円とったとしても、一時間の上りが、千円です。ところが、同じ坪数のパチンコ屋だとすると……」

彼は、細かな数字をあげて、説明を始めた。すると、オットリと、上品にカスんでいた筆

駒さんの眼が、次第に、輝きを帯びて、

「まア、お兄さん、頼もしいのねえ。若いのに、まるで、社長さんみたいなこと、知ってるのね……。パチンコ屋って、そんなに儲かるとは、知らなかったわ」

「尤も、四、五百台置く店でないと、事業ともいえませんが、そういう店は、失礼ながら、あなたの資本金では、手が出ませんよ」

「でも、あたしにできるような、手頃な店の売物が、あるか知ら？」

「ありますよ。ぼくの店です」

「あら、あの店、売るの。お兄さんも、転業したいの」

「ぼくは、あなたのように、商売がいやになって、転業するんじゃありません。また、儲からなくなった店を、人に押しつける気でもありません。ぼくは、ただ、急に投資の必要が起ったので、残念ながら、あの店を手放そうというのです」

彼は、船越トミ子のバー開業計画に、一口乗るためには、パチンコ屋を人手に渡す外ないと、考えてたところだった。家の金を持ち出すことは、彼の主義に反していた。

「お兄さんなら、信用できるから、あのお店、譲って貰ってもいいけど、でも、あたし、心細いわ」

筆駒さんは、首を斜めにして、慎一の顔を、横眼で見た。それは、いかにも、余情タップリで、また、花売少女のように、可憐でもあった。

「なにがです」

「だって、慣れない商売を、女の手一つで、やっていけるか知ら？」

「そうですね。慣れるまでは、少し、骨が折れるでしょう。しかし、あなたは、今までに売った顔があるから、これが、大きな資本ですよ。あなたをヒイキにしたお客を、全部、吸引できたら、すごい繁昌でしょうね。渋谷第一の高級パチンコ屋になる公算が、ありますね」

「あら、あたし、そんなに繁昌しなくても、いいのよ。それより、お兄さんが、暫《しば》らくの間でも、手をとって、商売を教えてくれない？　つまり、お兄さんつきの売り店ッて風に、して貰えないか知ら。でないと、あたし、とても、心細くッて……」

筆駒さんは、鼻にかかる声で、そういったと思うと、柔らかい掌を、慎一の手の甲に、重ねた。

海近し

宇都宮蝶子が、沼津行きの湘南電車に、乗っていた。

昼食時間が終った頃で、温泉地行きの客は、まだ乗り込まないから、二等車は、ガラ空きだった。彼女は、四人座席を、一人で占領したような形で、荷物も、網棚にのせず、側に置いた。

朱茶色のチリメンの風呂敷で、丁寧に包んであるけれど、一見して、贈り物の果物籠と知れる。二、三日前に、船越トミ子が、慎一を訪ねてきた時の土産と、同じ品物である。

「慎ちゃん、こんなに沢山、果物を頂いて、とても、家では食べきれないわね」

と、その翌朝、蝶子がいった。

「電気冷蔵庫へ入れとけば、保《も》ちますよ」

「そうね」

そして、その翌日になると、

「慎ちゃん、あんな見事な果物、家で食べちまうの、モッタイないわね」

「そうですね」

しかし、慎一は驚いた。母親が、モッタイないなんて言葉を、口にするのは、彼がもの心がついてから、最初といっていい。

「いっそ、どこかへ、おつかい物にしたら、どう?」

これも、蝶子として、珍らしい発言だった。お中元やお歳暮を、山のように貰ったところで、タライ回しをするような智慧の働かない女だったのである。

「しかし、そんなものを、持っていく先きが、あるんですか」

「奥村さんのお宅は、どうかと思うの」

蝶子は、即座に答えた。

「あすこなら、そんな義理をするにも、及ばないでしょう。それに、ぼくは、千春ちゃんと、始終、会ってるんだから、わざわざ、訪ねていく必要は、ないんですよ」

と、慎一が反対すると、

「慎ちゃんは、そうでも、あたしの気が済まないわ。此間は、わざわざ、あたしまで、バレーのご招待を受けたんだから、そのお礼に、一度、お伺いしなければ……」

　蝶子は、屈しなかった。

「そうですか。ママが、いく気なんですか」

　慎一は、ニヤリと笑った。

「それが、礼儀ですもの。それに、慎ちゃんが、いつも、お世話になってるんだから、親の身として、ご挨拶に出なければね」

「でも、そんなに、急いで行かなくても……」

「だって、グズグズしてれば、あの果物が、腐っちまいますよ。そんな不経済なことをしては、よくないわ」

　これには、慎一も、一本参って、頭を掻いた。まさに、おカブをとられたというところである。

　こうして、蝶子は、鵠沼の奥村家を訪ねる機会を、捉えたのである。

「あの親父さん、午前中は、時計直しに、夢中になってるから、時間をうまく見て行かないと、ダメですよ」

　そう聞いて、早午食《はやひる》を済ませて、この列車に乗ったのであるが、家を出る前のお化粧が、何時間かかったか、それは、説明するまでもなかった。

藤沢駅の陸橋も、江ノ電の車体も、蝶子にとって、久し振りの懐かしさだった。疎開から帰って以来、彼女は、一度も、鵠沼の土を踏んでいなかった。

——あれから、ざっと、十年よ。

江ノ電へ乗ったが、容易に発車しないので、彼女は、感慨にふけった。

——疎開した時は、まだ、三十代だったのよ。満で算えれば。

女が、三十代から四十代へ移る瞬間は、大事件である。女の四季は、日本の気候のように、推移がハッキリしている。夏は夏。秋は秋。そして、四十の声を聞けば、女の秋である。その重大な瞬間を、鵠沼で迎えたのだが、いいアンバイに、戦争最中で、買出しだの、防空当番だのという騒ぎで、知らずに、関所を越してしまったようなものだった。周囲の人も、彼女が四十になろうが、八十になろうが、気にかける者もなかった。

ところが、今度は、そういかない。

——あたしは、来年、五十になるのよ。

彼女が、日に一度は、考えずにいられないことが、またしても、頭へ浮かんでくる。女の秋は、期間が短い。瞬く間に、終ってしまった。今度は、冬である。こいつは長く、寒く、ミジメな季節らしい。

息子を弟といって通用したほど、世間では、彼女を若く見てくれるが、当人自身は、自分の年を、ゴマかせない。天知る、地知る、戸籍原簿も知っている。そして、寄る年波が、顔に表われないといっても、それは夜目遠目であって、毎日、精密に、鏡を覗き込んでる彼女は、どんな変化が起きてるかを、無視できない。来年は、再来年は、あの肌の疲れが、縦横無尽のシワとなって顔一杯に、拡がるのではないか——

——でも、次ぎの誕生日まで、あたしは、まだ、四十代だわ。

確かに、そうにちがいない。彼女が、やっと、そこに気がついた時に、電車も、プーと、笛を鳴らして、動き出した。

とたんに、彼女の気持が、明るく転換してきた。こういう風に、長く、悲しみの淵に沈むことのできないのが、彼女の特長であった。取越し苦労ということは、結局、我慾から起るのである。所有ということに恬淡《てんたん》な彼女は、暗い想いも、アッサリと、捨ててしまうことを知ってる。

——まるで、遠足にきたみたい……。

電車が、藤沢の町を出て、松の多い展望になると、彼女は、子供のように、心が浮き立ってきた。雲が低く、風も、初夏らしくない冷たさだが、彼女の世界は、明るく、晴れてきた。やはり、これから訪問する先きのことが、胸にあるからだろう。

椿小路で降りると、二年間を送った土地だから、道に迷うこともなく、奥村の家の前に出た。彼女が住んでいたのは、線路から反対側だが、狭い土地だから、築地《ついじ》の上に生垣を回《めぐ》らせた、奥村の家の前も、一、二度、通ったことがあった。

石の柱に、古びた木の扉が、閉まってる様子は、十年前と、少しも、異らなかった。ベルを押す彼女の気持も、三十九歳に立ち返ったようだった。

　宇都宮の家も、来客が少いが、この家は、よほど、訪ねる人が珍らしいらしく、取次ぎに出た婆やは、大事件のような顔つきをして、奥へ入ったが、慎一の母という正体が、わかったとみえて、

「さア、さア、どうぞ……ご遠方から、よく、まア……」

と、ひどく、お世辞よかった。

　玄関へ上ってから、彼女は、

「これは、到来物《とうらいもの》ですが、ご主人さまに……」

と、果物籠を差し出したが、口上ばかりでなく、ほんとに到来物なので、顔から火が出そうだった。息子に対する手前、あんなことをいったものの、この家の主人への土産は、心の籠ったものに、したかったのである。

　十畳の客間へ通されてから、すすめられた座布団も、遠慮して、主人の出てくるのを、待っているのだが、一向に、姿を現わさない。

　仕方がないから、蝶子は、部屋の見物を始めた。べつに、数寄をコらしたという建物ではないが、安普請でもなく、荒れないままに、古びている。昨今の家屋とちがって、すべてが大マカで、その上、主人の好みでもあるのか、違い棚にゴテゴテ物を列べず、床の間も、横物の山水の古画が、薄暗く懸っている下に、黄瀬戸の香炉が置いてあるだけで、花のないのは、女主人がいないためであろう。

　――いいわね、こういうお部屋は。

蝶子は、書画骨董のわからぬ女だが、日本風の住居に対する憧れは、いかなる人よりも、強いものを持ってる。それも、赤坂の現在の家へ住んでからのことであるが、西洋風の窮屈さと、重苦しさには、ホトホト、音をあげている。まるで、アルミの弁当箱の中で、暮してるような気がする。彼女は、肥ってるせいか、一日に一度は、ゴロリと横になりたいのだが、どこへ行ってもイスばかりで、体を休めることができない。慎一は、ベッドで休めというけれど、病人ではあるまいし、そんな真似はマッピラである。第一、あのベッドなるものからして、フカフカと、雲に乗ってるように頼りなく、畳の固さが、思い出されてならない。そして、何よりも、彼女に堪らないのは、客間と台所とを合併させた、何とかキッチン式の設計で、いくら世の中が変ったといっても、お客さまの眼の前で、煮炊きをするという法があるものではない。いまに、便所も合併ということになりはしないか。

——お客間は、やはり、こういう風でなければ……。

そして、開け放した障子の間から、石やら、ツクバイやら、太い松の幹やらが、程よく按配された庭が見える。どこかで、春蟬の鳴く声がする。若葉の匂いと、松の匂いがする。それを運んでくる微風は、南から北へ、座敷を吹き抜けていく。密閉式な赤坂の家と、まったく反対である。こういう家で、ユックリ午睡でもして、檜の日本風呂へ入って、それから、チャブ台の前に坐って、サケの焼いたのと、お新香で、お茶漬でも食べたら、どんなに、幸福であろうか——

彼女が、ウットリと、空想にふけっていると、廊下の奥から、足音がして、客間に近づくと、エヘンと、咳払いが聞えた。

「やア、これは……」

鉄也が、入ってきた。

あんなに、長く待たせたから、服装でも更めてきたかと、思ったら、藍色のセルに、ヘコ帯を巻きつけた、普段の姿だった。

「いつぞやは、あたくしまでお招きにあずかりまして……また、今日は、お忙がしいところを、お邪魔に……」

蝶子は、肥った体を、二つ折りにして、型の如きアイサツを述べるのだが、それにしては、声が弾み過ぎた。

「いや、一向、忙がしくないんです。それに、此間のバレーは、あたしも、招待された側なんで……」

彼は、お辞儀も、言葉つきも、ひどく、無雑作だった。あまり、無雑作過ぎて、かえって、わざとらしく、見えないでもなかった。

「ほんとに、閑静な、よいお住いで……」

蝶子は、茶碗を頂きながら、感に堪えた声を出した。お世辞ではないからだろう。

「なアに、こんなボロ家――間取りは悪いし、隙間風は入るし、それに、こう古びてしまっちゃ、古びた人間と同様、手のつけようがありませんな」

謙遜とは思えない、言葉の調子だった。

「あら、そんなこと……ちっとも、そんなご様子は、ございませんわ。それに、あたくし、新しい家なんて、大嫌いでございます」

「しかし、此間お建てになった、赤坂のお宅は、大変、文化的だとか、千春が、賞めておりましたよ」

「いえ、その文化的が、あたくしには……なにしろ、あなた、畳というものが、一枚もございません上に、応接間とお勝手が、一緒でございまして……」

「そんな建築が、近頃、流行るようですな。戦後、建築費が暴騰したのと、アメリカ生活の影響と、両方なんでしょう。まア、能率的にはちがいないが、今の日本人には、ちと、ムリかも知れません。朝から、洋服を着て、洋食を食っていない限り……」

「いえ、そのカギリの方を、いたしてるんでございますよ、慎一は……」

と、蝶子は、声を高くした。

「なるほど、慎一君なら、平気かも知れませんな」

「でも、あなた、その巻添えになる身にも、なって下さいませ」

「あなたも、お宅では、洋装を……」

「いえ、洋服は着ませんけど、ご飯は、朝から頂けない、仕組みになっております」

「しかし、朝は、パンの方が、工合がいいようです。あたしも、外国から帰って以来、ズッと、そうしていますが……」

「それは、あなた、朝一度ぐらいでしたら、パン食も、結構でございます。一日中、いえ、一年中、一粒だって、自分の家で、お米の顔が見られないというのは、あんまりで……」と、蝶子は、平素の不満が溜ってるので、われを忘れたような、声を出した。そして、子供が、母親に訴えるような、一心な眼つきで、鉄也の顔を、覗き込んだ。

始めて、訪ねてきた家で、アイサツも済んだか、済まぬかという時に、百年の知己に対するような、訴えをする女を、鉄也は、ドギマギしながらも、興味を感じずにいられなかった。そして、微笑と共に、硬ばった心も、いくらか、解ぐれてきた。

一体、彼は、女に警戒心が、強かった。そのために、女嫌いのような顔つきをするが、実は、女に慣れないからに過ぎない。男が女に慣れるのは、結婚生活が、一番の早道である。漁色家は、案外、女を知らない。彼は、放蕩の経験も浅かったが、良人として、一人の女を研究したこともなかった。つまり、彼は、女に慣れず、女をよく知らないのである。そのくせ自分では、年齢の手前、一カドの女性観なぞを持って、ギョロギョロと、白眼で女を眺めたりするけれど、それは、痩我慢のようなものに過ぎない。女の前へ出ると固くなり、神経を尖らす点に於て、二十歳の青年と、異らない。尤も、彼ぐらいの年になると、若い女は、先方で対手にしないと思うから、気がラクだが、中年の女には、警戒心が働いてくる。宇都宮蝶子なぞは、一番、年頃の悪い対手で、おまけに、いやに色ッぽいところがあるので、今日も、婆やの取次ぎを聞いた瞬間から、サテは来たなと、敵を迎えるような量見で、この座敷へ出てきたのだった。わざと、汚れた普段着のままで、無雑作で不愛想な応待をしたのも、敵を無視する戦術に過ぎなかったが、対手が、最初から武装解除で、戦意がないのかと、思われる節があって、彼も、心の紐を、弛めないでいられなかった。

「ハッハハ、それア、お困りでしょう。しかし、慎一君も、なかなか、感ずべき青年ですよ」

彼は、面白そうに、笑った。

「あら、ご飯を食べないところが――でございますか」

蝶子は、不服そうに、対手を見た。

「いや、今の若い者は、好んで、二重生活を、洋式一辺倒に切り換えていますから、慎一君のやり方も、珍らしいとはいえないでしょうが、ただ一つ、他の者に真似のできない点がある……」

「お料理に、手を出すことでございますか」

「いやいや――そんなことでなく、失礼だが、慎一君は、相当、ケチンボだそうで……」

と、聞いて、蝶子は、手を打たんばかりに、喜んで、

「いえ、もう、そのコマかいことと、申しましたら、一銭一厘も、ムダに致しませんし、パンの切れッ端だって、捨ては致しませんし、その上、時間をムヤミに大切に致しまして、時計と睨めッこをしておりますんですからね。ハタの者は、気詰りで、頭が痛くなって……」

「いや、そこが、見上げたものです。あの年頃で、よく、そこへ気がつき、よく、果敢に実行したものですよ。今の世の中で、ケチほどの美徳はない。あたしなぞも、なんとかケチになろうとして、奮励努力するのですが、事、志とちがって……」

と、彼は、妙なことをいい出した。

奥村鉄也のような世外人《せがいじん》が、何をホザこうと、問題ではないが、その頑迷な保守反動振りは、後世の史料にならぬとも限らぬから、記録して置くと、

「いや、ひどいことになったもので、一家離散を目前にひかえた家族が、朝から、酒を食らって、ドンチャン騒ぎ——これが、あなた、日本の現状なんですよ。それも、八方、力尽きてのヤケ酒というなら、まだ同情すべきだが、米ビツが空になってるのを知らないで、唄をうたってるのだから、痴というか、狂というか、論外の沙汰です。

もともと、此間の戦争を始めたというのも、根本の原因は、日本が貧乏国だったからですよ。それで、栄耀栄華《えいようえいが》がしたくなって、隣人の懐中へ手を伸ばした——尤も、戦争なんて、いつの世でも、ドロボー行為ですがね。それが、見事失敗して、元も子もなくして、ドロボーする前より、百倍も貧乏になってしまった。今度は、極貧ですよ。ほんとに、路頭に迷ってるんですよ。今の日本の経済状態を知って、震え上らない奴は、正気じゃありません。しかし、生きてく上には、なんとか工面をして、食料も、鉄も、石油も買わなければならない。生憎、家族の口が多いんだから、生優しい金ではない。せめて、輸出貿易で補わねばならんのだが、こいつが、戦後、サッパリです。経済の面だけに限っても、日本は、ニッチもサッチもいかないところへきている。国民の運命は、明日をも知れない境目へきている。それなのに、あのパチンコ屋の店先きは、何事ですか……」

慎一が、同席していなかったから、いいようなものの、彼は、口を極めて、国を挙げての

パチンコ熱を罵った。それから、競輪競馬はもとより、バーから喫茶店、洋裁店から美容院の繁昌、外国自動車の輸入、ゴルフの流行を、罵った。誰も彼も、戦前よりオシャレになり、食いシンボーになり、見栄とゼイタクに、浮身をヤツす。日本空前の危機がきてる時に、日本未曾有の奢侈《しゃし》的消費が起るとは、何事であるか——

「こういう世の中になってくると、ケチという感情及び行為が、実に、燦然と、輝いてくるではありませんか。できるだけ消費をしない——これは、聖人の道にひとしい。最も合理的に消費する——これは、哲人の行いです。慎一君が、先覚者的に、範を示してるのは、ホトホト、敬服に堪えないのですよ……」

と、長い一席をブッたのは、よほど、好機嫌の証拠と、思われた。

蝶子としては、息子の緊縮主義を賞められるのは、痛しカユしであるが、千春との縁談を打診してみるのは、この時と思って、

「そんなにいって頂きますと、なんですか、あたくしまで、嬉しくなりますわ。親の目から見ますと、ただ堅い一方で、あんな融通のきかない男はないと、思いますのですけど、こちらさまでは、それほど、買って下さいますのですかね。あれも、もう二十八になりますし、それに、一人息子のことでもございますから、そのうち、家内を持たせなければと、存じておりますが、それには……」

「いや、あたしは、何から何まで、慎一君を賞めてるわけではないですよ」

鉄也が、口をはさんだ。

「と、仰有いますと……」

「第一に、美男子過ぎるじゃありませんか。あれは、いけませんよ……」

美男子だから、いけない――そんなことをいわれたのは、始めてなので、蝶子も、開いた口が塞がらないでいると、

「映画俳優かなんかなら、知らぬこと、普通人に、あんな美貌は、不必要ですよ。むしろ、邪魔でしょう……。何事も、ホドということがありますからな」

鉄也は、極くムリな文句をつけた。

「ほんとに、親に似ない子で……」

「いや、あなたに罪はない。まア、神様の悪戯の結果でしょう、あんな好男子が生まれたのは……」

これも、解釈一つで、失礼な皮肉となるが、蝶子は、一向、気を回さない女で、

「でも、追々、年をとれば、男振りも下って参りますから……。それよりも、こちらの千春さまは、もうお年頃ですけど、ご養子をなさるおつもりですか、それとも、他家へお出しになるお考えでしょうか」

と、彼女がサグリを入れると、今まで、いい気持に気焔をあげていた鉄也が、水をかけられたように、シュンとなった。

彼は、腕組みをして、悲しげな声で、

「いや、奥さん、その点で、あたしは、弱りきってるのです……」

養子なぞということは、毛頭、考えてもいない。貰ってくれる男があるなら、一日も早く、その家へ嫁がせたい。それなのに、本人は、バレーに夢中になって、縁談めいたことでも持ち出せば、眼の色を変えて、怒りだす――

「日本人の貧弱な体で、バレーなぞやったって、児戯にひとしいのですが、本人は、アワよくば、世界に名を揚げる量見なのです。そして、そのバカバカしい夢のために、みすみす、女の一生を棒に振ることを、顧みない。親として、見るに忍びないから、忠告でもしようものなら、牙をムき出して、刃向ってきます。奥さん、自分の娘でも、二十を過ぎると、手に負えなくなりますな、ことに、近頃の娘は……」

こんな、内心の告白を、他人にするのは、彼として、珍らしいことであった。対手が、無類の好人物であることが、彼の自重癖を破らせたのであろう。彼が、平素、自由主義者振って、娘に無干渉の態度をとるのも、実は、娘にテコずった結果のお手揚げに過ぎないということまで、白状した。

「すると、あなたは、千春さまが結婚なさる気におなりになったら、どんな対手でも、関わないと、仰有るのですか」

蝶子は、一段と、サグリを深くした。

「ええ、それこそ、絶対無干渉主義……」

「あの……慎一のような好男子でも……」

この質問は、世間に通用しないだろう。

「慎一君なら、希《ねが》ってもないくらいで……。あの節約主義が、頼もしいばかりでなく、あれくらい気心のわかってる青年は、他にありませんからな」

「まア、なんて、嬉しいンでしょう。あたしも、千春さまを、あの子の嫁に頂けたら……」

蝶子は、重い尻を、座布団の上で、躍らせた。

「千春を、嫁にやって、安心もしたいが、奥さん、親には親の利己主義がありましてね。あたしは、それから、静かな老後生活を、愉しみたいのです、この松に囲まれた、古い家で……。しかし、その夢は、いつ、果されることやら……」

蝶子は、近来になく、満腹の快感を懐いて、奥村の家を出た。

話が長くなって、夕飯の馳走になったが、婆やの手づくりの料理が、案外に、美味だった。いや、通り一遍の惣菜料理であったにしろ、合理主義的食事で悩み続けている彼女には、天上の味覚なのである。ことに、色のいい胡瓜とナスの香の物で、お茶漬を食べたのは、本望を遂げたようなものであった。

その上、彼女は、精神的にも、いい工合に、腹をフクらませることができた。

――あのお父さまも、慎一と千春ちゃんの結婚を、望んでいらっしゃるんだわ。

これは、彼女として、思いがけない、大きな土産だった。

食事の間にも、その話は、二人の口にのぼった。

「そうと、お気持がわかりましたら、あたくし、精々、慎一を説き伏せて、お話を急がせますから……」

「いや、あまり、露骨に運動されない方が、よろしいでしょう。近頃の若い者は、無用な反抗を、好みますから、それとなく、という手段が、適当ですな。あたしも、千春に、それとなく……」

そんな風に、相談がまとまったのが、何より、嬉しかった。思うとおりに、慎一の縁談が進行するのは、もとより、嬉しいが、父親の鉄也と、腹を合わせて、そういう企みをするのは、もっと嬉しかった。

——ほんとに、サッパリした、そして、見かけに寄らない、頼もしい方だわ。

彼女は、江ノ電の中でも、国鉄に乗り換えてからも、鉄也から与えられた好印象を、大切な陶器でも運ぶように、胸のあたりに抱いていた。

——気むずかしい人には、ちがいないけれど、親切なところがあるわ。

彼女は、座席についても、手から離さなかった蛇の目傘に、眼をやった。玄関へ出た時に、もし降るといけないからと、鉄也が、貸してくれた傘だった。

——それに、とても、見識があって……。

彼女の亡夫は、自分の職業には、人一倍、熱心だったが、それ以外のことには、まったく興味のない男だった。鉄也のように、国家社会の批判なぞ、一度だって、口に出したことはなかった。それが、べつに、不満ということもなかったが、鉄也が、あんなことをいうのが、人間の教養に富んでるように、尊敬を感じた。閑人《ひまじん》ほど、悲憤慷慨するものだとは、蝶子は思ってもみなかった。そして、感心しながら、聞いた言葉のうちでも、特に、耳に残る一言があった。

——親には親の利己主義があるって、ほんとに、そうだわ。あたしだって、そう慎ちゃんにばかり、尽していられないわ。自分の身の振り方を考えて置かないと、今に……。

列車が、新橋へ着いた。彼女は、階段を降りて、改札口から、地下鉄口へ足を運ぶ時に、ふと、入口に立ってる人待ち顔の男が、慎一の姿に、似ていた。

「あら、慎ちゃん！」

平常《ふだん》なら、すぐ、そう呼びかける彼女が、体の中心から、羞恥心が湧き出して、コソコソと、地下鉄の階段を降りてしまった。

茶と酒

その男は、やはり、慎一だった。

彼は、八時に、新橋駅の北口で、千春と会う約束になっていた。彼女が、研究所から帰りに、そこへくることになっていた。

それはいい。

しかし、八時四〇分に、正面入口で、船越トミ子とも、会う約束をしてるのは、少し、乱暴ではなかろうか。なるほど、千春は、たいがい、新橋発二〇時四〇分の熱海行きで、鵠沼へ帰るから、その二、三分前には、フォームへ昇ってしまう。だから、四〇分に、他の約束の人と会うことは、差支えないようなものの、普通の青年と、多少、神経がちがうような気がする。

その上、彼は、十時から、自分のパチンコ屋で、筆駒さんと会う予定にもなってるのだから、どこまで、時間を有効に使う量見か、わからない。

新橋駅は、待ち合わせの名所だから、彼の外にも、ポツンと、壁や柱にもたれて、人待ち顔の男女がいる。尤も、時刻が時刻だから、昼間のように、林立ということがない代りに、皆、相当、深刻な顔をしているのは、対手がきたら、明朝まで、時間と精力のムダ使いをする覚悟だからだろう。

慎一は、千春と落ち合うのに、よく、ここを選ぶが、いつも、彼女は、じきに姿を現わした。彼女の方が、先きへきてることもあった。尤も、普通の男女のランデ・ヴウとちがって、どちらが先きへくるとか、遅れるとかいうことに、心理的関係はなかった。惚れてる方が、早く来るという現象は、二人の間に、起らなかった。惚れるという高熱条件を、欠いてるからであったが、その代り、戦後の国鉄のように、多少の延着を問題としない淡泊さがあった。

今夜も、千春は、もう七分ほど、時間に遅れていた。しかし、慎一は、一向、ジリジリしなかった。待ち合わせは、十分待って来なければ、自由行動をとる内規が、二人の間にあって、その点は気楽だし、また、今夜、特に話し合わねばならぬ用件も、なかった。二、三日置きに、会って話し合うのが、習慣となっているから、今日は、慎一の方から、研究所へ電話をかけたに過ぎない。

しかし、船越トミ子との会談は、そうノンキにも、構えられなかった。今朝、彼女から電話があって、例のバーを買う話は、もう、手金まで打って、契約が成立した。もし、慎一が、共同出資を望むならば、今夜会って、金額や、現金受渡しの期日を、決めて欲しいというのが、彼女の要求であった。

慎一としては、パチンコ店を売って、その資金に当てたい腹があるので、今日も、午後から渋谷へ行って、筆駒さんと、売買の話を決めたいと思ったが、生憎、彼女は熱海とやらに遠出で、お座敷の時間までには帰ってくるということなので、十時に会う伝言をしてここへ回ってきたところなのだった。

――十分過ぎまで待って、千春ちゃんが来なかったら、四十分までの半時間を、どう使うかな。

彼は、改札口の上の電気時計を眺めてから、入口の方へ目をやると、千春の姿がチラリと、人混みの中に見えた。だが、どうやら一人ではないらしい。

「待った？」

千春は、ニッコリ笑って、近づいた。

袖の短い、紺のトロピカルのツウ・ピースに、白いブラウスが覗いてるところが、とても、スッキリした装いである。慎一が見たことのない服だから、新調にちがいない。オロシたての服を着ると、女は昂奮するが、そのせいか、今夜の彼女は、樫の木のような体に、血が通ったようで、一種の色気を感じさせた。

「うん、十分ぐらい……」

慎一は、眼を瞠《みは》るように、彼女の姿を眺めたが、いい気持を味わうには、邪魔があった。彼女の後から、おつき女中のように、シナシナと蹤《つ》いてくる、一人の少女が、気に食わない。

「今晩は……」

彼女は、慎一を見ると、義務的に、お辞儀をした。

「や……」

彼も、不愛想なアイサツを、返した。

「ちょうど、帰りに、シンデがいたから、連れてきたのよ」

と、千春が、口を出した。

「ああ、そう」

慎一は、横を向いた。

シンデというのは、略称シンデレラの略で、本名藤谷新子といって、芦野舞踊研究所のB組の生徒である。バレーを始めて、まだ二年ぐらいで、やっと、トウ・シューズ・クラスへ、進んだばかり、体も小柄で、顔も小さく、声がまた、甘ッたるく、可愛らしく、一目で、純情可憐の少女と、知れるのである。それで、有名な童話の主人公で、バレー映画の〝赤い靴〟に出てくるシンデレラ姫のアダ名を、貰ったのであるが、意地悪な継母にいじめられそうな、感傷的な少女である。従って、研究所の誰彼からも、可愛がられているが、とりわけ、千春は、彼女の面倒を、よく見てやった。新子の方でも、誰よりも千春が好きで、崇拝の的で、小犬のように、彼女に付き絡《まと》うのである。むしろ、新子が、あんまり千春の跡を追うので、情にホダされたという方が、適切かも知れない。

なにしろ、影の形に添う如く、千春に蹤いて歩くので、慎一も、すでに、数回、会っている。しかし、どうも、この少女が、好きになれない。見かけは、いかにも無邪気だが、妙に、色ッぽいところがある。年も、満十八を過ぎて、春知らぬわけでもないのに、少女を売物にしてるようで、気に食わない。第一、女のくせに、女の千春に夢中になるなんて、大きなムダではないか。また、千春が、他愛なく、彼女を甘やかすのも、気に食わない。妹でもないのに、実妹待遇を与えるのは、不合理行為である。

それだけなら、まだ我慢もするが、新子の方で、妙に、慎一を敵視するのである。いつも、彼に、ヨソヨソしくするのみならず、時には、白い眼を剥いて、睨んだりする。天下の美男子も、彼女に遇っては、カタなしであった。

とにかく、小憎らしい娘で、飛んだシンデレラ姫だと、思っている。その彼女が、せっかく、千春とゆっくり話そうと思ってる今夜、出現したのだから、一層、可愛くない。

「お茶、飲む？」

彼は、千春にそういって、歩き出した。

しかし、いつも、二人でよく行く、コーヒーのうまい店の方角には、足を向けなかった。

小憎らしいシンデレラが、一緒なら、駅の構内にある大衆的な喫茶店で結構だと、考えたからである。

　地下室のように、コンクリートの天井が低く、実用向きなイスが列んでる店内は、かなり、混んでいた。

「ぼくは、コーヒー……」

　慎一が、註文した。

「あたしも……。だけど、シンデは、遠慮なく、好きなもの、そういいなさいよ」

　千春が、優しく、彼女にいった。

「そう？　じゃア、あたし、ショート・ケーキに、クリーム・サンデー……」

　いやに、高いものばかり註文して、イマイマしい娘だと、慎一は思った。しかし、品物が運ばれると、彼女も、少女らしく、一心に、甘い物に取りついてるので、

「今日、うちのママ、鵠沼をお訪ねしたよ」

と、千春に話しかける機会を、つかまえた。

「へえ、そう。大ニュースだわ、そいつは……」

　彼女は、コーヒー茶碗を、持った手を、休めた。

「べつに、驚くこともないさ。単なる儀礼だものね」

「儀礼でも、なんでも、あたしは、嬉しいな……。おばさま、何時ごろ、お出かけになった？」

「早午食でいくと、いってたがね」

「うちで召上れば、よかったのに……。でも、その時刻なら、パパは、きっと、家にいたわ。どんな、パ・ド・ドウ（二人踊り）だったかな。見たかったな……。でも、パパは、照れ屋だから、ロクロク、口がきけなかったと、思うわ」

「いや、うちのオフクロが、ひとりでシャベるから、心配ないよ」

「少しは、意気投合したか知ら」

そんなことで、二人の話の緒が解けていくのを、シンデレラは、甘い物を食べるサジを運びながら、ジッと、横眼で、睨んでいた。

「恐らく、おじさまは、うちのママに、愛想をつかしたろうと、思うな。その点、今日、ママがお宅を訪問したのは、かえって、よかったと、思っているんだ」

慎一は、シンデレラの視線を、気にしながら、そういった。

「なぜよ」

「君の下らない企画が、中絶されるだろう、という意味でさ」

「下らないとは、失礼ね……。まア、見てらッしゃい。二人の会見は、きっと、好調に進行したにちがいないわ。おばさまは、きっと、夕ご飯でも上って、お帰りになったわよ」

「断じて、そんなことはないね。うちのママだって、始めて行った家で、食事をしてくるほど、礼儀知らずじゃないよ」

「礼儀の問題じゃないわ」

と、二人の口争いが始まると、シンデレラ姫が、片頬に、笑みを浮かべた。

どうも、面白くない晩になった。慎一と、千春が、親しさのあまり、口争いをするのは、珍らしくなかったが、今夜は、それからそれへと、両方の言葉が、妙に、カラむのである。涯《はてし》なく、喧嘩の花が、咲いていくのである。

千春は、自分の意見を固執した挙句、側の藤谷新子に、合槌を求めた。

「慎ちゃんの公算なんか、ダメよ。あたしたち芸術家は、直感と想像力で、パッと、真実を捉えちまうのよ。その方が、いくら正確だか、知れやしないわ。ねえ、シンデ……」

と、藤谷新子の方に、親しげな笑顔を向けると、

「モチ、そうよ、お姉さま……」

と、彼女は、小憎らしい白眼で、慎一を見た。

——チビのくせに、芸術家面をして……。一体、こんな娘を、連れてくる必要はないじゃないか。少し、ヘンだよ、千春ちゃんは。

と、彼が考える。

そういえば、今夜の千春は、確かに、ヘンであった。故意に、慎一につッかかり、意地の悪いことばかりいう。例の眼が、ギラギラ輝くのは、彼女が、昂奮してる証拠である。そうかと思うと、フッと、悲しげな表情を、浮かべたりする。晴天のように、カラカラした彼女に、そんな陰影が混ると、世間並みの女の魅力も、生まれてくる。確かに、彼女は、何事か

を悩み、心が混乱してるらしい。

「まアね、どっちの観測が正しいか、今にわかるとして……それよりも、慎ちゃん、あたし、今度、秋の公演の役がきまったの」

と、彼女は、話題を変えた。

「とても、いい役を、おとりになったのよ、お姉さんは……」

シンデレラが、嘆賞的な声を出した。

「だから、当分、あたし、忙がしくなるわ」

聞きようによると、多忙になるから、慎一とも会えないというような、千春の言葉使いだった。

——いよいよ、ヘンだ。公演に出るのは、今度が始めてでもないのに……。

さすがに、慎一は、冷静であって、今夜の千春に、それ以上、逆らわないことにして、彼女の異状の正体を、つきとめようという気になった。

「そう。それは、よかったね。で、今度のダシモノは?」

彼は、優しく訊いた。

「白鳥の湖……」

彼女は、ソッケなく、答えた。

「瀕死の白鳥と、ちがうの」

と、慎一の言葉に、彼女は鼻さきの冷笑で、

「シロートは、瀕死の白鳥の一つ覚えね。ねえ、シンデ……」

「そうよ。〝湖〟の方が、どんな大作だか、知らないのね」

「それに、作曲だって、サンサーンスと、チャイコフスキーで、まるでちがうじゃないの」

「だから、あたし、シロートの人と、バレーのお話するの、嫌いよ」

ご馳走になってるくせに、シンデレラは、ナマイキなことをいう。

「ほんとだわ。わたしたちの世界ッてものは、まったく、別なんだものね」

千春は、シンデレラを語らって、芸術の世界という城に立てこもり、トキの声を揚げて、城外の俗人を嘲笑する態度に出た。尤も、平素から、彼女は、慎一を、芸術を解さざる俗人といって、カラかっているのだが、それは、むしろ、親愛の表われだったに拘らず、今夜は、冷酷な差別待遇をもって、閉め出しを食わそうとするのである。

――これは、ぼくを怒らせようとするタクラミだな。

慎一は、早くも、そう気づいたが、彼女の真意が、どの辺にあるのか、一向、見当がつかなかった。人を怒らせて、いかなる利益があるか、その計算はむつかしい。正確なる答えを出すには、少くとも、一、二時間、彼女と話し合わねばならぬだろう。それにしては、今夜は、少し、時間がタテ込んでいる。二番目の面会時間が、後五分後に、差し迫っている。

「さア、そろそろ、出かけようか。千春ちゃんも、八時四〇分に、乗るんだろう?」

彼は、伝票を持って、立ち上った。すると、千春も、不承不承に腰を上げたが、明らかに、不満の様子がある。慎一が、一向、彼女のタクラミに乗らず、平然と構えてるためであろう。

「あたし、どうしようかな。一列車延ばして、シンデと、遊んでいこうかな」

慎一に聞えよがしの独り言をいって、彼女は、喫茶店のドアを押したが、どこか、子供のマケオシミのような、寂しい調子があった。そして、彼女は、言葉のとおり、北口の改札口の方へは行かずに、暗い広場の方へ、歩き出した。新子が、その後に従った。

慎一は、正面入口で、船越トミ子と会う時間が迫っているから、その辺で、別れを告げようと思ったが、どうも、千春の様子が気になるので、暫らく、肩を列べて歩いた。

「千春ちゃん、今度、いつ会う?」

彼は、優しい兄のように、彼女の顔を覗き込んだ。すると、彼女は、その優しさが、腹立たしいように、顔を反けて、

「わかんないわ」

そんな無情な言葉を、滅多に口にする彼女ではなかった。

「君、今夜、どうかしてるんじゃない?」

慎一は、その言葉が、口まで出かかったが、イマイマしいことに、二、三歩遅れていたシンデレラが、小走りに、近寄ってきた。

「じゃア、近いうちに、また、研究所へ、電話かけるよ」

慎一も、遂に諦めて、千春と別れようと、歩を止めた時に、再び、悪いことが起った。

「あら、慎一さんじゃありません?」

明るい店舗街の方から、息を切らして、広場を横切ってきた人影は、船越トミ子だった。

「やア、これは……」

「少し、遅れまして、申訳ありません。でも、いいところで、お目にかかりましたわ」

と、慎一の側へ寄ろうとした彼女は、忽ち、千春の姿に気づくと、傲然と、切り口上で、

「あら、お嬢さま、いつかは、公会堂で、大変、失礼申しあげまして……」

慎一と二人きりになると、船越トミ子が、すぐ話しかけた。

「まア、あのお嬢さん、怖い方——ずいぶん、ツッケンドンな挨拶を、なさるのね」

なに、自分の方が、よほど、ツッケンドンだったのである。

慎一は、黙っていた。

しかし、千春の態度も、確かに、礼儀を失っていた。対手が、船越トミ子と知ると、踊りの第一ポジションのような、棒立ちとなって、ロクに頭も下げず、マトモな口もきかず、直ちに、シンデレラを拉《らつ》して、電車通りの方へ、速足で、去ってしまったのである。そのことを、船越トミ子は、非難するのだろうが、慎一としては、その時、広場の暗さのなかに、怪しい光りもののように、キラキラした彼女の両眼の方が、忘れ難かった。喜びにつけ、悲しみにつけ、感情が昂奮すると、夏の水の反射のように、ギラギラする眼ではあったが、今夜のような大スパークは、曾て知らなかったからである。

——ほんとに、どうかしてるぞ。今夜の彼女は。

いよいよ、謎が解けなくなるので、彼は、沈思黙考の外はない。

「まア、そんなに、ボンヤリなさって、おかしいわ。さ、どこかへ参って、気付け薬でも、頂きましょう」

と、いわれて、正気に返った慎一は、

「いや、失礼しました。買約の方も、すっかり、お済みになったそうで……」

「あら、いやだ。こんな所で、立ち話もできませんわ……。慎一さんのお馴染みの家でもあれば、連れていって頂けません？」

彼女は、甘い声を出して、寄り添ってきた。

「そうですな。コーヒーのうまい家なら、知ってますが……」

「あら、そんなところでなく……。今夜は、ゆっくり、ご相談に乗って頂きたいのよ」

彼女は、一段と、接近運動を起した。

「生憎ですが、ぼく、十時から、会う人がありましてね」

「え、まだ、これから、会う人が？」

ほんとに、驚いたらしい、声だった。慎一が会う必要のある人物は、たった今、別れたばかりである筈なのに——

「ええ、事業上の用件でね」

「まア、こんなに、晩《おそ》く……」

「ええ、あなたにお目にかかるのだって、二〇時四〇分なんですから、二二時からの会談だって、不思議はないわけです」

やっと、慎一も、平常通りに、理窟っぽくなった。

船越トミ子は、やや、考えていたが、やがて、

「では、お手間はとらしませんわ。その代りに、あたしの知ってる家に、来て下さらなければダメよ」

「ええ、時間まででしたら、どこへでも……」

そして、彼女は、先きに立って、駅の構内を通り抜けると、烏森の飲食店街へ出たが、すし屋、やき鳥屋、トンカツ屋には、用がないらしく、一つの露次《ろじ》に入ると、黒板塀の高い、待合風の料亭の前に、足を止めた。

表構えほど、立派な料理屋でもなかったが、それでも、小座敷が多いらしく、二人が通された六畳も、小ザッパリとして、半床《はんどこ》の投入れの花も、マトモに活かっていた。

「お見つくろいで、結構。お酒は、早く下さいね」

船越トミ子は、もの慣れた調子で、註文をすると、女中さんは、畏まりながら、ちょいと、慎一の顔を横眼で眺めて、オヤ、これは、〝お連れ込まれ〟と、踏んだらしく、以下、鮎の塩焼を持ってきても、水貝を運んできても、邪魔にならぬように、サッサと、退場するのである。

「べつに、おいしい家じゃないけれど、便利な割りに、静かでしょう……。さア、ごゆっくり、召上ってよ」

と、お銚子をとる。

慎一は、酒が好きな男ではない。しかし、飲めば、いくらでも飲める。そして、酔ったという経験がない。また、酔いたいと、思ったこともない。だから、酒を飲むということは、無意味であり、且つ、ムダでもあるので、自分から進んで、盃を手にしたことは、一度もない。だが、禁酒論者でもないので、人から、盃をさされれば、断りもしないのである。

「まア、お見事……。どうぞ、お重ねになって……」

あんまり、無雑作に、慎一が盃を空けたので、船越トミ子は、感嘆しながら、お酌をすると、平気で、それを受ける。そして、今度は自分の盃に、酒を注ぐのに、慎一が、お酌でもしてくれるかと、控えていたが、一向に、その気配がないので、手酌と出かけた。

「あたし、女のくせに、とても好きなのよ、お酒……。毎晩、頂かないと、眠れないの」

「結構です」

落ちつき払って、慎一が答えたのは、お世辞ではない。やがて、バーのマダムとなる女が、僅かのアルコールで、耳まで赤くするようでは困ると、思うに過ぎない。

「慎一さんは、お強いんでしょう？　此間、ホープレスでは、あんまり、あがらなかったけれど……」

「ええ、何杯飲んでも、同じですから……」

「まア、頼もしい。そんなに、お強いの……。じゃア、馬力をかけて、お酌しますわ」

好男子なんていうものは、少し飲んで、サクラ色になる程度を、理想とするけれど、底抜けも、憎いようで可愛らしいと、彼女は、眼を細くした。

「お酒も、頂きますが、同時に、用談の方を……」

慎一は、膝に手を置いた。

「ええ、勿論ですけど、慎一さんが、もう少し、くつろいで下さらないと、お話もできないじゃないの。そんな、カタキと向い合ったようなお恰好をなさらないで、せめて、膝ぐらい、お崩し遊ばせよ」

「そうですか。では、失礼します」

早速、薦めに応じたのは、ゆっくり飲む量見ではなくて、ズボンの筋目を、労《いた》わるためである。

「そこで、一杯、上って頂いて、あたしにも、お盃、下さらない……」

お銚子が、三本ほど、カラになったのに、船越トミ子も、酒が強いとみえて、少しも、酔った様子を見せないのは、いいとして、肝心の用件に触れない話ばかりするのは、慎一としては、迷惑であった。

「で、例のバーの件ですが……」

彼は、堪りかねて、口を挿んだ。

「ああ、あの話ね、無論、そのことで、お呼びしたのだから、お話を伺わなくちゃ……。でも、その前に、いろいろ、聞いて頂きたいこともあるのよ」

彼女は、流し眼で、彼を見た。

「そちらのお話も、伺いますが、実は、ぼくの方にも、提案がありましてね……」

慎一は、堅く、譲らない態度を、見せた。彼女も、仕方なしに、折れて、

「どんなこと?」

「あなたが、今日、お支払いになったのは、坪当り三十万の六坪ですから、百八十万——それに対する手金ですね」

「そうよ」

と、いったものの、少しフンイ気の出かかった、差し向いの席に、数字が飛び出してきたので、彼女は、眉をしかめた。

「そして、店の代が、変りますと、気分を一新するために、店内改築をするのが、習慣のようですから、この費用を、二十万と見ましょう」

「そんなに、安くできますの」

「いえ、それ以下で、あげる心算《つもり》です。専門家よりも、舞台装置家なぞのアルバイトとして、依頼すると、安くて、風変りのものができます」

「まア、よく、お調べになったのね」

彼女は、感心の口吻《こうふん》を洩らしたが、実は、合槌であって、早く、慎一の話を切り上げさせて、自分のいいたいことに、移りたいためらしかった。

「その他、酒代、グラス代、開店披露の費用なぞを加えて、二十万あれば、いいでしょう」

「あら、そんなことで、いいの?」

「酒は、三万も出せば、高級品が揃ってしまいますよ。器具代も、お話にならないほど、掛

かりません……」

ポケットから、手帖を出して、慎一は、彼の調査した細かい費用を、読み上げた。

「まア、多少の出入りはあるとして、このバーの投資額を、大体、二百二十万と踏んでいいかと、思います」

「ええ、結構よ。もっと、掛っても、関わないわ」

「そこで、ぼくとこの店の関係を、明確にして置きたいと、思うんですが、まず、ぼくにも、共同出資をさせて頂きたいのです」

「およし遊ばせよ、慎一さん。あなたも、まだ、一家のご主人というわけでもないのに、お金の心配なんかなさらなくても、相談に乗って下さるだけで、沢山……」

「いや、ほんの少額なんです、三十万ばかり——後は、労力出資として、経営に、全力を尽します」

彼は、筆駒さんに、パチンコ屋の店を売る額を、そう決めていた。

「ホッホホ、三十万ぐらいのお金、どうでもいいじゃないの。是非にと、仰有るなら、別だけど、あなたの〝極く小さな事業〟とやらにも、いろいろ、経費が必要じゃないの」

そういって、彼女は、意味ありげに、笑った。

船越トミ子は、いつかの晩に、慎一の跡をつけて、彼がパチンコ屋を経営してることを知ってから、少し、彼をバカにし始めた。軽蔑というわけではない。彼が、そんな不似合な商売をしてまで、零細な金を欲しがるというのは、よくよく、慾張りの証拠で、金で動く男なら、クミしやすいと、思ったのである。尤も、美男子のくせに、慾張りだからといって、幻滅を感じるような、彼女ではなかった。むしろ、同好の士だと思って、いよいよ、頼もしく感じるのである。ただ、パチンコなぞの儲けを狙ってるようでは、彼も、まだその道の〝坊や〟で、可愛くはあるが、これから、指導の必要があると、考えてる。

そもそも、今度のバー開業についても、彼女は、慎一の智慧なぞ借りなくても、立派にやっていける自信を、持っている。それなのに、何事も、彼に縋《すが》るような身振りをするのは、勿論、彼の意を迎えたいからである。

彼女は、パーティーで、始めて慎一に会った時から、この美青年を、モノにしたくなった。彼女も、今まで、いろいろの男と、交渉を重ねたが、こんな毛並みのいい、純種のイロオトコを、見たことがない。そして、一番、彼女が、彼に魅力を感じるのは、あんな好男子のくせに、イロオトコ意識がないことである。どうも、近頃、少し二枚目だと、じきにツケあがって、女性を搾取することなぞ考える。彼には、その心配がなさそうである。その上、あまり浮気もしないだろうと、見当をつけてる。

彼女も、通称三十歳だが、戸籍面は三十三で、いつまでも、独身でいたくない。いくら、気が強くても、女は女で、誰もする結婚生活を、彼女も望んでいるのである。ただ、なまじ金を持ってるために、彼女に接近してくる対手は、常に、慾が動機だった。そんなのに、係《かかわ》り合ったら、骨まで、シャぶられてしまう。結婚の対手は、良家の息子でなければ困る。そして、彼女の資産を、一緒になって、殖やしてくれるような対手であれば、申し分がない。

このむつかしい註文に、ピッタリ合うのが、慎一であって、その上、稀代の美男子というのだから、彼女としても、摑んだ手を、めったに放したくないのである。年齢は、通称の方でも、彼女が二つ上だが、戦後は、そういうことを、問題にしなくていいことになってる。世間の女優や舞踊家は、十何歳も年下の良人を持ってるのに、家庭は幸福、世人も何ともいわない。

ただ、慎一に、すでにムシがついてるか、どうかが、大問題であったが、果して、奥村千春というお嬢さんと、仲がいいらしい。これは、長期の侵略戦を行うより外ないと、覚悟はしたが、生まれ持った嫉妬深さで、つい、道玄坂の尾行というような、ハシタない行いも、せずにいられなかった。

しかし、あの晩、慎一が千春と逢引きをしたのでないと、わかって、一安心した上に、今夜は、また、希望の芽が、吹いてきた。

どうも、慎一と千春の仲が、ウマくいってない臭いを、あの暗い広場の別れ方の様子で、嗅《か》ぎ出したのである。

これは、チャンスだと、船越トミ子は、ほくそ笑んだ。若い同士は、じきに喧嘩するが、じきに仲直りをするので、油断ができない。少しでも、隙があったら、その時を利用しなければいけない。長期戦を覚悟していたが、或いは、今夜、電撃を加えれば、勝いくさとなるのではないかと、希望が湧いてきたので、必死と、慎一をモテなしたのである。

ところが、対手は、共同出資なぞと、不粋なことを、持ち出した。実際、三十万やそこらの金を、出して貰ったところで、何のタシにもならない。ことに、可愛い男の懐中から、金を出させたいとは思わない。そこで、何とか、彼を飜意させようとしたが、頑として、承知しない。

「投資というリスク（危険）を賭けないで、事業をするのは、資本家の恥辱になります」

なぞと、四角ばってしまった。あれでも、資本家のつもりかと、彼女は可笑しくなったが、あまり、逆らっても、よくないと思って、

「じゃア、出資の方にも、参加して頂くことにしますわ。でも、済まないわね。あなた、ムリなさっちゃ、ダメよ」

「いや、今やってる事業を、売りに出すつもりですから……」

「あら、パチンコ屋を……」

と、いってしまって、船越トミ子は、慌てて、口を抑えた。

ところが、慎一が、顔でも赤くすると思ったら、大ちがいで、

「よく、ご存じですね」

と、気にもかけずに、タバコの煙を吐いた。どうして、彼女が知ってるか、ということを、問題にもしなければ、いい若い者が、パチンコ屋稼業なぞしてることを、秘す気色は、些かもない。これは、普通の青年とちがってると、彼女も、認識を更めた。

——つまり、慾一点張りなのよ、この人は。

そう思って、対手の顔を見直すと、澄んだ眼と、隆《たか》い鼻、匂うばかりの頬の色——お金のことをヒナッパとでもいいそうな、気品に富んだ、優美な人相なのである。美男子といっても、銀幕なぞに現われるのとは、タチがちがう。この男が、慾深か爺さんのソノモノだとは、誰に想像できるだろう。彼女は、その矛盾を解こうとして、遂に、間貫一《はざまかんいち》という明治小説の主人公に、思い到った。

——そうなのよ、この人は、貫一さんなのよ。だけど、お宮は、どこにいるのか知ら。

今夜の雲行きは、怪しかったにせよ、千春がお宮でないことは、明らかであった。つまり、フラれた形跡がないのである。ことによったら、現代という時代では、お宮なしでも、貫一が生まれるのではないか。

「そこで、船越さん、共同出資者としての二人の権利と、義務を、明確化して置きたいと、思うんですが……」

と、貫一は——いや慎一は、居ずまいを正して、対手の顔を見た。

「結構ですね」

と、答えたものの、彼女は、相当ヘキエキしたらしく、矢庭に、手を伸ばして、呼鈴のボタンを、強く押した。

顔を出した女中に、

「ウイスキーを、壜ごと、持ってきて頂戴。それから、氷を入れたお水もね……」

と、口速やに、註文をした船越トミ子は、慎一の方に、向き直って、

「そうですよ。なにからなにまで、今夜のうちに、きめてしまいましょうよ」

と、積極的に出たのは、どういうコンタンであろうか。

慎一は、腕時計をチラリと見て、だいぶ、時間も経ったと知ると、後口へ回るために、早く、話を運ばねばと、思った。

「どうでしょう、ぼくの現金出資額は、僅かですが、経営面に全責任を持ちますから、利益を、折半ということに、願えないでしょうか」

いよいよ、いうことが、イロ・コイと遠くなった。そして、ずいぶん、虫のいい要求だと、彼女は思った。

「しかしですね、それは、単に権利の設定であって、あなたに対しては、別途に、売上げの歩合いを、計上しますよ」

「あたしに歩合い？」

「あなたは、マダムとして、毎夜、店頭で働くわけですからね。つまらないお世辞をいったり、飲みたくもない酒を飲んだり——その上、深夜の労働ですから、当然、報酬を要求すべきです。ぼくの調査では、雇われマダムでも、普通、三万円ぐらいの月給、もしくは、歩合いをもらってるらしいです。あなたの場合は、使用人ではありませんから、月給というのも、おかしいでしょう。しかし、歩合いは……」

と、熱心に語り出す慎一の言葉を、耳に入れてるのか、いないのか、彼女は、女中が持ってきたウイスキーの壜を、水飲みコップに、タップリ注いで、少しばかり水を混ぜると、ガブガブと、呷《あお》り始めた。よほど、酒量があるらしく、バーのマダムとして、慎一のメガネに適っただけの理由はあった。

「ちょいと、慎一さん、お話、よくわかったわ。すべて、O・K。なんでも、結構。あたし、あなたの提案に、全部、従うわ。その代り、お願いだから、一杯、飲んでよ。あなた、洋酒の方が、お好きじゃないの」

と、慎一のコップへも、ナミナミと、注ぐ。

「せっかくですが、ぼくは、これから、他へ回らなければなりませんから……」

「そんなこといわないで、少しは、ひとのいうことも、きいて下さるものよ」

慎一も、仕方がないから、コップに口をつけた。しかし、渋谷駅から円山まで、七十円がとこ、タクシー賃をフンパツしないわけにいくまいと、覚悟をきめた。渋谷まで、地下鉄で、後はタクシーなら、危く、筆駒さんとの約束時間に、滑り込むだろう——

「なにを、ソワソワしてらっしゃるのよ、慎一さん……さ、景気よく、一杯、召上れ」

「もう、結構です」

「あなた、事業のことで、人と会うなんて、ウソでしょう」

「いや、ホントです。ぼくの極く小さい事業というのは、パチンコ屋のことで、それを売ることについて、今夜、人と会うんです」

「ウソ、仰有い。あなたは、これから、芸妓と会うんでしょう」

それには、慎一も、いささか驚いた。

パチンコ屋をやってることを、知られたのは、営業名義人に本名を用いているのだから、どんな筋から、洩れないとも限らないが、今夜、筆駒さんに会うことまで、ズバリと当てられては、彼女の神通力を認めないわけにいかないのである。

「ええ、そうです。しかし、よく、また、そんなことを……」

と、眼を円くするのを見て、船越トミ子は、シテヤッタリと、

「そうよ。あんまり、あたしを、甘く見ないで頂戴。あたしは、なんでも、慎一さんのことにかけては、見透しなのよ。これからだって、あなたの行動は、鏡に映るように、あたしにはわかるんだから……」

と、対手を、ジッと眺めて、ウイスキーを、呷った。

しかし、種を明かすと、彼女も、それほど、確証を握っていたわけでもない。あの晩、慎一を追跡して、パチンコ屋営業をつきとめてから、おかしいやら、バカバカしいやらで、暫らく、あの辺を歩いてから、ちょうど、通りがかりの空き車を捉えて、帰路についたが、その車が、花街を抜ける時に、慎一に似た男が、一人の芸妓と連れ立って、汁粉屋の軒を潜《くぐ》ろうとするのを、車の窓から、一瞥《いちべつ》しただけのことなのである。その男が、慎一とは、ハッキリわからないし、また、彼が芸妓遊びをするような、気前のいい男でもないので、人ちがいと思っていたが、こんな晩い時刻に、人と会う約束があるなぞというので、ヨモヤと考えながらも、ハッタリをかけてみたら、彼が、正直に、白状した。それで、慎一も驚いたが、もっと驚いたのは、彼女自身で、まア、この男は、あの嬢さんと、美人芸妓とを、両手に花と、

賞《め》でているのかと、シンイの焔が、またしても、燃え上ってきた。

「いや、実は、その芸妓が、パチンコ屋の店を、買ってくれることになってるものですからね。その話で、これから、出かけるわけです」

慎一は、ムダな隠し立てなぞ、行う男でない。

「まア、白々しい。よく、そんな、ウソがいえるのね。どこの国に、パチンコ屋なんか、買う芸妓がいるもんですか！」

これは、彼女のいうのも、モットモ――普通、芸妓の買うものは、白粉とか、三味線の糸ぐらいのものだろう。

「しかし、事実、彼女は……」

「なにをいってるのよ。あなたが、そんなに、人をダマかすなら、あたしも覚悟があるわ。今夜は、もう、あなたを帰さない！　さ、お飲みなさい！」

彼女は、ひどく、高飛車になって、慎一に、命令を下した。そして、彼に酒を強いて、盛りツブす量見らしかったが、自分も、ガブガブと、立てつづけに、二杯ばかり、飲み干した。

それには関わず、

「では、もう、時間ですから……」

慎一は、時計を見ると、立ち上った。

「嫌ッ、帰さない！」

彼女も、一緒に立ち上って、彼の上着を摑もうとしたが、先程からの酔いが、一時に発したとみえて、フラフラとなると、音を立てて、畳へノビてしまった。

「船越さん、どうしました？　シッカリして下さい」

反哺《はんぽ》の孝

奥村千春は、今朝、二時間ほど、寝坊した。

今日の稽古は、夕方から始まるので、ゆっくり、家にいられる。それで、いつも寝坊の娘が、馬力をかけたので、十一時近いのに、まだ、寝床に入ってるのである。尤も、眼は、ずっと前から覚めていて、雨戸の隙間から、白い光りの縞が、障子に映るのを、眺めながら、もの想いに耽っていた。

彼女は、もう、二週間以上も、慎一と会っていなかった。故意に、会おうとしなかったのである。彼が、研究所へ電話をかけてきても、不在といわせたり、手紙がきても、返事を出さなかった。

彼と知合いになってから、十年にもなるのに、こんなことは、始めてだった。また、こんな気持になったことも、最初の経験だった。

彼女は、べつに、慎一と喧嘩したわけではなかった。彼と会うと、苦しくなりそうなので、会うのを、避けるのである。

なぜ、苦しくなるのか、彼女にもわからない。今まで、兄妹のように、親しく交際してきたが、気持は、サバサバと、拘わりがなかった。船越トミ子という女が出現してきてから、彼女の気持が、変ってきたのである。それまでも、慎一が女友達と交際したことは、何度もあったが、彼女も、一緒になって遊ぶほどで、少しも、気に留めなかった。船越トミ子には、日比谷公会堂で、始めて会った時から、不思議な警戒心と、競争意識を、彼女に起させたのである。

それなら、慎一に前よりも接近して、チヤホヤしてやればいいのに、彼女のすることは、逆なのである。わざと、慎一にタテつくような態度に出た。この間の夜、新橋駅で彼と会った時だって、なにも、シンデレラなぞ、連れていかなくてもよかったのである。わざわざ、邪魔者を連れていって、慎一に不快を与えると共に、彼女自身の心をも、邪魔させようとした。そんな手の込んだ企みをするから、天罰テキメンで、暗中に船越トミ子が現われて、慎一をサラっていってしまった。あの後の彼女のミジメさといったら――

一体、なぜ、彼女は、そんなに、慎一と闘わなければならないのか。いや、なぜ、自分自身と闘わねばならぬハメに落ち入ったのか。

それには、芦野良子舞踊団の秋の公演が、大いに、関係している。今度の〝白鳥の湖〟は、外国の初演台本を採用したので、舞踊的に第一幕が重要となったが、その中で、村の娘と村の男のパ・ド・ドウ（二人踊り）が、見せ場である。芝居だと、村の男女なぞといえば、セリフも少い端役であるが、このバレーでは、大役であって、各自のソロ（独舞）の後に続くコーダ（終節）では、キリキリと、コマのように、三十二回も回転する、難かしい踊りになる。その男の役を、田宮という第一舞踊手がやるのは、順当であるが、娘の役が、千春にふられたのは、異常な抜擢で、団員の眼を円くさせた。

それも、その筈で、右の村の娘の役は、プリマが踊るのが、普通である。ソリストの千春が、配役されたのは、団長の芦野女史のゴヒイキではないかと、陰口が出るのも、無理ではなかった。

どうも、バレーというものが舶来品なので、とかく外国語が出てきて耳障りだが、プリマというのは、花形であって、この舞踊団にも、二人しかいない。ソリストは、準花形というか、第二女性舞踊手であり、野球なら新人選手で、これが、五名ほどいるが、いずれも、同僚を抜かんと、ハリキリを極めている。千春も、その一人であって、清流をのぼる若鮎のように、群を抜きつ、抜かれつ、今日まできたのであるが、当面の競争対手に、同じソリストの品川ミエ子がいた。

二人は、技術の点では、まさに伯仲であったが、団内の席次からいうと、ミエ子の方が、一枚上であり、芸風も、ひどく異っていた。彼女は、古典風舞踊が得意で、顔や体も、美人型であるが、千春の方は、性格的な踊りに長じてる上に、半分男のような肉体の持主である。性質も、それに準じて、対照的であり、従って、あまり仲のいい二人ではなかった。

なんとかして、対手を追い抜きたいと、血みどろになって、闘ってきたのであるが、今度、千春に大役がついて、彼女がノシてきたことになった。しかし、それは、見事、その大役を演じ遂げた時のことであって、失敗でもすれば、逆に、千春が転落して、ミエ子の後塵を拝することになろう。ミエ子の今度の役は、比較的軽くて、失敗の危険がないからである。

そんなわけで、秋の公演は、千春にとって、天下ワケメであるから、何事も忘れて、稽古に没頭したい。頭のテッペンから足のツマサキまで、芸術の世界に浸っていたい。ところが、慎一が妨害するのである。いや、彼は何も知らないが、船越トミ子という女が現われてからの慎一が、ハラハラと、気になって、仕方がないのである。

——あたし、今ごろになって、慎ちゃんに、恋愛したのか知ら。

もし、そうだとしたら、大変！　時が悪い！　是が非でも、揉み消しか、繰り延べをしなければならない。

彼女は、まだ、恋愛感情の経験がないが、それは、恐らく、大火事のようなものだと、想像される。従来の慎一との関係は、ストーブの火ぐらいのものだった。適度の暖かさで、身を灼く心配がなかった。もう一つ、シンデレラの藤谷新子との関係も、火鉢ぐらいの温度であった。新子は、やたらに熱烈な言葉を吐き、露わに求愛を見せるけれど、そこは同性のありがたさで、焰なぞは燃え上らない、安全な暖房だった。

千春は、秋の公演という大事を控え、火の用心に気を配っているが、暫時でも、慎一のことを忘れるためには、むしろ、シンデレラに関心を深くすることが、必要ではないかと、考える時もある。慎一が、シンデレラを好かない事実があるに、於ておやである。そこで、此間の新橋駅のような芝居も、やってみたのである。

千春は、寝床の中で、大きなノビをした。

──アーア、いくら考えたって、しようがない。今日の稽古は、夜だけれど、早くから、研究所へ行ってやろう。あすこの空気は、すべてを忘れさせるから……。

と、ウットウしい想いを、蹴飛ばすように、麻の夜具を足で跳ねのけて、スックと、立上った。五尺四寸八分の長身が、白樺の木のように、見事だったが、夜具もフトンも、畳もうとはしないで、すぐ、洗面所へ出かけるというのは、家庭的女性の所業ではなかった。

「まア、ずいぶん、お寝坊ですね」

婆やが、箒を持って、洗面所の側を通った。

「うん、夜半に、眼が覚めちゃったもんだからね」

歯ブラシをクワえたままで、口をきく。

「パパさんは、とっくに、お出かけですよ」

婆やは、お嬢さんの寝坊を、懲戒する気持があるらしい。

「あら、お出かけ？　珍らしいわね。散歩？」

「いいえ、東京……」

「なお、珍らしいや。どこ？　会社？」

「さア……。九時二三分に乗るッて、お出かけでしたよ」

「いやに、早い汽車に、乗ったもんだなア、会社へ、お金でもとりにいったかな」

鉄也が、明治堂本社へ顔を出すのは、重役会の時か、手当を貰いにいく時に、限っていた。

「晩ご飯も、ことによったら、東京で食べるかも知れないッて……」

「へえ、いよいよ、珍らしいや。もっとも、パパだって、タマには、外のものも、食べたくなるわよ。あれで、なかなか、食道楽なんだからね」

「そうですか。あたしにア、食べ物の叱言は、一切、仰有いませんよ」

「アキらめてるんだよ……。まア、いいから、早く、お掃除をして、早く、ご飯にしてよ。今日は、朝とお昼と、兼帯にするわ……」

彼女は、婆やを追い払って、ゴシゴシ、顔を洗い始めた。宇都宮蝶子なぞから比べると、彼女の化粧は、実に、簡単である。鏡に向ったかと思うと、手品のような速さで、済んでしまう。それでも、今日は、食事をして、すぐ、出かけようと思うから、パジャマのままで、餉台《ちやぶだい》に向う不行儀はしなかった。手早く、此間新調した紺のツウ・ピースに、着換えて、茶の間へ、出てきた。

梅雨も、終りに近いのか、今日は、すっかり晴れて、強い日光と、濃い陰影が、庭に溢れている。紫陽花が、ネオンの青の色に輝いて、立ち樹の間から、顔を出している。

――パパも、東京で、暑がってるわ。

父親が、家にいないのは、珍らしいから、一人で茶の間にいると、かえって、彼の身が、想われる。

彼女は、やがて、餉台の上の新聞に、手を伸ばそうとすると、

「ご免あそばせ……」

玄関で、声が聞えた。

婆やは、台所にいて、声が聞えないらしく、千春が、自分で、玄関へ出ていった。

「あら、おばさま！」

彼女は、驚きの声を立てた。宇都宮蝶子の肥った体が、この好天気に、片手に蛇の目傘、もう一方に、土産物の包みを持って、格子の外に、佇んでいた。

「こんなに早く、伺って……」

「いいえ、そんなこと……さア、どうぞ……」

千春は、嬉しかった。慎一とは、会うのを避けているが、それだけに、彼の母親と会うのは、胸が躍るほどで、彼女は、タタキに飛び下りて、安全栓を抜いた。

「まア、なんて、急にお暑くなったんでしょうね……」

蝶子は、鼻の頭に汗をかいて、薄物を着た胸も、ハダけていた。そして、草履を脱ぐ前に、糸で結んだ蛇の目傘を、差し出しながら、

「いつぞや、お伺いしました時に、お父さまから、これを拝借しましてね、すぐ、お返しにと存じながら……」

「あら、おばさま、誰も使わないんですから、いつでも……」

「いいえ、お大切の品物を……」

蝶子が、いやに、傘の重大性を力説するのは、理由があった。

彼女は、この前、この家を訪問した翌日から、もう、再訪したくて、堪らなかった。しかし、儀礼の訪問を、そう度々、行うわけにもいかず、ふと、思いついたのが、傘の返却とい

う名目である。傘一本を、わざわざ、東京から運んでくるのは、ご丁寧過ぎるが、他に、口実も見つからなかった。この前も、傷みやすい果物を、口実にしたが、どうも、鵠沼へくるには、苦心を払わねばならない。尤も、今日の土産物は、貰い物ではなく、赤坂の有名な菓子屋へ寄って、一個三十円のネリキリを、数多く、詰めさせてきた――

「おばさま、どうぞ、こちらへ……」

見ると、蝶子は、先きに立って、座敷へ案内しようとしたが、対手は、後に続いてこなかった。見ると、蝶子は、玄関の間の片隅に、小腰を屈めて、コンパクトを覗きながら、一心に、化粧の崩れを、直している。なかなか、手間を要する。やっと、それが済んだと思うと、今度は、襟もとを直したり、帯に触ったり、容易に立ち上る気色がない。

――まア、おばさまッたら、まるで、お見合いにいくみたい……。

千春は、おかしくなった。

やっと、客間へ通って、型のようなアイサツが、始まったが、千春は、対手が、いつものように、打ち解けず、バカ丁寧に、固くなってることに、気づいた。

「ほんとに、こちら様は、いつ伺っても、清々として……」

なぞと、庭の景色ばかり見ているのは、そのうち現われる何人かを、心に描いて、気もソゾロなのではあるまいか。

「今日は、ご門が開いていましたので、ベルも鳴らさず、お玄関へ参りましたけど……」

「ええ、父が、早く、東京へいったんで、きっと、開けっぱなしになっていたんですわ」

と、何気なく、千春が答えると、蝶子の顔色が、サッと、変った。それは、子供が、手に持ったお菓子を、泥の上に落した時といおうか、オモチャを取り上げられた時といおうか——失望落胆の色が、これ以上ハッキリと表われるのは、むつかしいと、思われるほどだった。つまり、来年五十になる女が、完全なベソをかいたのである。

「まア、お留守なの……」

その顔色を見ては、誰も、奇異を感じずにいないが、まして、彼女と父親の接近を企《たくら》んだ張本人の眼には、ハタと、膝を打たずにいられないものが、映った。

——おや、おばさまは、いつの間にか、そんなに……。

これは、驚かずにいられない。筋書を書いた当人も、役者が、それほどハリキルとは、知らなかった。そして、千春は、会心の笑みを浮かべると共に、対手の失望落胆に、心の底から、同情を感じた。

「まア、おばさま、前もって、お電話でも下されば、よろしかったのに……。せっかく、お出で下すったのに、残念ですわ」

と、シミジミ、残念そう。

「ほんとに、そうすれば、よござんしたのにね。いつも、時計を直していらっしゃるものとばかり、思ってたもんですから……」

と、これも、アケスケな無念の表情。

「いいわよ、おばさま、今日は、ごゆっくり遊ばせよ。夜になれば、パパも、きっと、帰ってきますわよ。なんなら、お泊りになって、お出で遊ばせよ」

「飛んでもない……。いいえ、じきに、お暇しますわ」

「そんなこと、仰有らないで……。お泊りになるのがおイヤなら、また、明日、お出で遊ばせよ」

「まさか、そんなに、毎日……。それに第一、お傘をお返しに、伺っただけよ」

と、いって、彼女は、悲しくなった。もう、蛇の目を返してしまったら、後の口実がないのである。

「とにかく、おばさま、お急ぎにならないで……。あたくし、今日は、お稽古が、夜なの。それまで、おばさまと、沢山、お話がしたいわ。ね、よろしいでしょう？　それとも、あたくしでは、お気に召さない？」

「あら、そんな……」

なぞと、年長者をカラかったりするのは、近頃の娘の悪癖であろう。

と、真ッ白な顔に、モミジが散る。最早、隠すより、露わるるはなき状態で、千春も、少し気の毒になってきた。

「まだ、少しお午飯《ひる》に早いから、その辺、ブラブラ歩いて、ご覧にならない？　あたくしも、ここにいながら、全然、外を歩いたことがないのよ。ちょうど、お天気もいいし……」

彼女は、じきに、聞き耳を立てる婆やのいないところで、蝶子と、話がしたかった。

「そうね。あたしも、疎開していたご近所を、久し振りで、歩いてみたいわ」

そう話がきまったので、千春は、婆やを呼んで、午飯の支度をいいつけると、縁側から、庭下駄をはいて、土を踏んだ。

「婆や、お客さまに、海水帽、持ってきてあげてよ。陽にお焼けになると、いけないから……」

「どっちを、歩いてご覧になる？」

「そうね、川の方まで行って、それから、本鵠沼へ出ても、いいわね」

蝶子は、愉しそうに、答えた。経木の海水帽なぞ冠るのは、まったく、久し振りで、それだけでも、気が若やぎ、鉄也の不在の悲しみも、いくらか忘れた。千春の方は、パラソルもささないで、顔も、腕も、日光の直射に任せているのは、べつにヤケになったわけではなく、夏の日焼けは、若い女の見栄の一つでもあろうか。

「あの時分、チイちゃんも、まだ、おカッパ頭で、この辺を遊んでいたわね」

蝶子は、疎開の頃を、追想した。

「ええ、十二だったんですもの。隔世の感よ……」

「すると、慎一が、十七だったわけ……」

「慎ちゃん、いつも、K中の服着て、頭は、丸坊主だったでしょう。今の中学生に、あんなのいないわ」

千春は、慎一の噂をするのが、悲しく、また、懐かしかった。

「でも、戦時中は、不思議と、子供が、親のいうことを、よく、きいたものよ。あれだけは、とても、助かったわ」

合理主義生活で、キュウキュウいわされている母親は、そんなことが、いいたくなる。

「でも、慎ちゃんッて、変らない人ね。あの時分から、とても、キチンとしてたわ。そういえば、おばさまだって、ちっとも、お変りにならないけれど……」

お世辞でなく、千春は、そういわずにいられなかった。

「あら、こんな、お婆さんになって……。お父さまに、あの時分、お目にかからなくて、よかったわ。こんなに、フケたことが、おわかりにならないから……」

「父は、女も、四十を越さないと、真の魅力はないなんて、いってますわ」

「でも、あんまり越し過ぎたのは、いけないわ……。一体、お父さまは、どんな風な女が、お好き?」

「さア、とても、アマノジャクだから、どこが本音なんだか、わからないけれど、自然な女――女らしさを、天真ランマンに持ってる女が、好きらしいわ。つまり、懐古型よ」

それを聞いて、蝶子は、少し考え込んでから、

「お亡くなりになった、あなたのお母さまッて、どんな方だったの」

「あたし、全然、覚えがないんだけれど、父は、〝求めることを知らない女〟だって、いっていますわ。それを聞いて、男ッて、ずいぶん、狡《ずる》いと、思っちゃったわ。求めることを、知らない女なら、男にとって、とても、都合がいいわ。魅力があるのも、当然よ。すべての

男は、エゴイストだから、求めることを知らない女なんてものを、讃美するのよ。きっと……」

千春は、生みの母に、記憶を持ってないせいか、情愛が薄く、そういう女を軽蔑する口吻を、洩らした。

「でも、その方、お料理や、お裁縫が、お上手だったんじゃない？　女らしい女ッて、みんな、そうよ」

「あたくし、まるで、知らないの。だって、あたくしを生んで、十日と、生きていなかったというんですもの……。でも、父は、不器用な女だったと、よく、いいますわ」

千春は、蝶子を、勇気づけるようにいった。

「いくら、不器用でも、あたしほどじゃないと思うわ。女の仕事ッてものが、全部、できないんですものね。女のカタワよ、あたしは……。だから、慎一にお嫁さんがくると怖いの。きっと、バカにされちゃうから……。チイちゃんのように、あたしの欠点を、よく知ってくれてる人なら、安心だけど……」

「あら、あたくしなんか、おばさまより、もっと、何にもできないわ。お料理やお裁縫、てんで、したことがないのよ。そんなこと、かりに、上手だったとしても、あたしには、もっと、根本的なもので、欠けてるものがあるのよ。女のカタワというのは、あたしのことよ」

彼女の声は、いつもになく、沈んでいた。

「あら、あなたが、そんな……」

「いいえ、おばさま、あたくし、ことによったら、女じゃないかも知れないの」

千春は、スゴいことをいいだしたが、蝶子は笑って、対手にしなかった。

「ムリに、カタワのおつきあいしなくても、いいことよ」

「おばさまは、ちっとも、カタワじゃないわ。カタワどころか、おばさまほど、女らしい方、ないくらいよ。お料理や、お裁縫なんて、女でなくても、できるわ。料理番と仕立て屋は、たいがい、男よ。そんなことができなくたって、ちっとも、卑下なさることはないわ。それよりも、おばさまは、女でなくちゃできないことを、どんな女よりも、立派に、おやりになる方よ」

「あたしが？　冗談じゃないわ」

「いいえ、あたくし、前から、そう思ってるの。それで、おばさまを、崇拝してるのよ」

千春の声は、戯れとも、思われなかった。

「あたしに、そんな取柄があるの？　あたしッて、一度だって、人から賞められたことのない女よ」

蝶子は、不意に、頭を撫ぜられた子供のような、顔をした。

「そうね、おばさまのその大きな美点は、ちょっと、口に出して賞めるわけに、いかないかも知れないわね」

二人は、いつか、片瀬川の縁に出ていた。昨日まで、雨が降っていたので、水は、黄色く濁っているが、海に近い流れの豊かさがあった。芦の葉が、微風に動き、紋白蝶が、飛んでいた。

「おばさま、お疲れになりはしない？」

千春は、川の土手の草の上に、足を止めた。

「くたびれはしないけど、暑いわ……」

彼女は、海水帽をもち上げて、襟首の汗を、拭った。

「暫らく、ここで、お涼みになったら……」

大きな灌木の蔭に、千春は、ハンカチを敷きながら、さっきの話を続けた。

「つまり、おばさまは、男を愛する資格も、男から愛される資格も、満点の方なのよ」

日蔭へ入れば、まだ、空気もヒンヤリする、時候だった。水の匂いと、微かな草いきれが、二人の女を、日常の心から、離れさせた。それで、ずいぶん、オシャベリをした。しかし、話せば話すほど、千春の云い草が、婆さん臭くなり、蝶子の言葉が、娘ッぽくなるのは、奇妙な対照だった。それに、声まで、千春はシャがれてるのに、蝶子は、玉を転がす美しさだった。もし、録音テープに入れたら、千春が未亡人で、蝶子がお嬢さんの対話となったろう。

「そんなに、チイちゃんがいって下さるなら、あたしも、考えるわ」

と、蝶子は、着物の袖をイジリながら、いった。

「お願いよ、おばさま」

「でも、恥かしいわ……」

「あら、なにが？　ちっとも、恥かしいことじゃないわ。こんな、正々堂々たる話が、外にあって？」

「だって、この年になって……」

「この年も、あの年もないわよ。此間、芳原大使と結婚なすった方は、おばさまより年上よ。大使ときたら、うちのパパより、二十の余も、老人なのよ……」

千春は、遂に、父の縁談を、蝶子に切り出す機会を、つかまえたのである。蝶子の持ってる真の女らしさを、賞讃したのは、決して、話をそこへ運ぶ詐略ではなかったのだが、それからそれへと伸びていく話題が、〝今こそ〟と、彼女に決心させる経過を、たどったのである。

彼女は、蝶子の心が、すでに動いてることを、先程、察してはいたが、勿論、そんなことは、気振りにも出さず、父の孤独寂寥の生活を救うため、他方、彼女自身の解放を導くために、是非とも、蝶子の決意を懇請するという風に、持っていった。

「あたくしたちを、助けると、思って……」

老練な結婚仲介人は、よく、こんな口調を用いるが、千春は、まんざらウソをいうのではないので、その言葉も、熱意と説得力に、富んでいた。そして、蝶子も、〝考える〟という返事をする段階に、至ったのである。こういう話で、当人が、考えるといったら、実質的には、考える必要がないほど、意が進んでることになるのだが――

「でも、チイちゃん、あたしが、かりに、その気になったとしても、お父さまは、どうなの？　お父さまのお気持は、あなたに、わかっているの？」

蝶子は、ふと、不安を感じた。自分ばかり、乗気になったところで、また、千春が熱望したところで、当人の鉄也の心が、動いてくれなければ——

「ええ、パパは、無論……」

と、千春は、答えかけて、グッと、詰った。

父には、それとなく、度々、匂わせてはあるが、まだ、正面から、切り出したことはない。いつか、蝶子が訪ねてきた時の有様は、婆やの口から聞くと、ずいぶん、二人の話が、ハズんだというし、また、此間、新橋駅の喫茶店で、慎一と争った時に、蝶子が鉄也と食事するか、しないかが、賭けのようになったが、彼女の勝利に帰したところから、見込みは充分と、見当をつけただけで、代理の確答するまでには、至っていなかった。

やはり、若い者は、月下氷人《げっかひょうじん》というガラではない。一番、大切なことは、ヌキにして、話を進めたのは、重大な手落ちであった——と、気がついたものの、事態がここまで進んでは、千春も、ありのままを告げることができなかった。それは、対手の女の面子を、泥で塗ることになるではないか。蝶子が若い娘でないだけに、一層、体面を考慮すべきではないか——

「ええ、パパは、無論、その気ですわ」

千春は、ハッキリと、いってしまった。少し、声が震えたけれど。

「そう……」

蝶子はニッコリ笑って、二重顎を動かせた。

「パパは、おばさまが、好きですもの」

千春は、いわでものことまで、いってしまった。坂を降りだした車は、容易に止まらぬようなものである。

「あら……」

「とても、好きなのよ、おばさまのような方が……。きっと、求めることを知らない女性の一人だと、思ってるんでしょう」

もう、こうなれば、トコトンまで行くより外はない。

「まア、どうしましょう……。でも、そんなことはないわ。お父さまが、あたしを、お好きだなんて……」

蝶子は、十七の娘に返ったように、眼の縁を染め、伏眼になって、水の流れを見た。

「いいえ、好きなのよ。大好きなのよ。パパが嫌いな女といえば……」

千春は、船越トミ子の顔を、空《くう》に描いた。しかし、鉄也は、まだ、彼女に会ったことがないのだから、なんというか、知れたものではない。

「悧巧ぶった女、慾の深い女、ソロバンの達者な女、切り口上でものをいう女、羞恥というものを知らない女、ギスギス顔で尖ンがって、額から角が生えそうな女――そんな女が、パパは、大嫌いですわ」

と、千春は、船越トミ子の人相書きのようなものを列べたが、それが、一々、蝶子の胸に響くというのは、彼女が、その正反対であるからだった。

「でも、あんまり、ダラシのない女も、お嫌いかも知れないわ」

蝶子は、箇条書きの外にある、自分の欠点を、知っていた。

「おばさまは、そんな方じゃないわ」

「いいえ、あたしは、娘の時から、そうなのよ。ちっとも、直らないのよ」

彼女の声が、悲しく、曇った。

「そんなこと、小さな欠点よ。それより、おばさまの大きな美点を、よく理解させるために、おばさまが、度々、パパにお会いになる必要があるわ。つまり、婚前の交際よ」

「あら、ご交際？」

と、蝶子は、若い笑い声を立てたが、

「でも、あたし、かこつける用事もないのに、度々、お訪ねするの、キマリが悪いわ」

と、体を曲げたところは、花羞《はず》かしいといいたい風情だった。

「そんな口実、なんでもないわ。おばさまのところに、きっと、壊れた古時計があるわよ。それを持って、お出でになれば、パパは、いつでも、大喜び……」

話が、一段落ついたので、二人は、川の岸から、立ち上った。

「おばさま、本鵠沼の方へ、お回りになる？」

「そうね、少し、くたびれたわ」

「あたくしは、お腹が空いちゃったの。まだ、朝ご飯も、食べないもんだから……」

「まア、呆れた。そんな、お寝坊なの、あなたは……」

「今日は、特別よ。でも、あんまり、早い方でもないかな」

「お父さまは？」

「パパは、早いわよ。この頃は、六時ぐらい……。早起きッて、老人現象なんですッてね」

「あら、まだ、そんなお年じゃないわよ」

蝶子は、ムキになって、弁護した。千春が、クスクス笑った。川の中の行々子《よしきり》も、騒々しい声で、ハヤし立てた。

蝶子は、幸福だった。鉄也の不在は、残念だったが、千春から持ち出された話は、それを償って、余りがあった。彼女にも、まだ未来があり、生活があるということは、何という喜びであるか。再び、男というもの——頼るべき巨木の蔭を、見出すことは、何という安心であるか。いくら、シッカリしてるようでも、息子の慎一では、彼女の安全感が、生まれてこないのである。男でなければ、良人でなければ——

しかし、彼女は、膨らむ胸の一隅に、ふと、懸念を感じた。彼女と鉄也の話の前に、まだ、先口があった筈である。慎一と千春の結婚のことである。鉄也も、そのことには、大賛成といったし、彼女自身は、以前からそれを望んでいる。二つの家の親同士、子同士が、夫婦になるというのは、異例には相違ないけれど、お目出たいという点では、これ以上のことはない。なんとかして、そう運びたいと思うけれど、この頃、慎一と千春の様子が、少しヘンである。万一、子供たちの縁談が、不調になるようだったら、親たちの話の方へ、影響しないわけにいかない。その意味でも、慎一と千春の仲が、心配になるのである——

「時に、チイちゃん、ずいぶん暫らく、家へ、遊びに見えないわね」

と、蝶子は、サグリを入れて見た。

「ええ、秋の公演のお稽古で、とても、忙がしいもんですから……」

千春は、さり気なく答えた。

「でも、稽古場の行き帰りに、お寄りになるくらい、何でもないじゃないの」

「それはそうですけど、慎ちゃんも、この頃、お忙がしいんでしょう。銀座で、バーを始めるとかいって……」

「よくは知らないけれど、そんな様子ね。船越さんて女の人と、共同で……」

「おばさま、あの人と、お会いになった?」

「ええ、とても、キサクな、いい人よ」

その後も、船越トミ子は、赤坂の家を訪ねてきて、蝶子の機嫌をとるのに、ヌカリはなかった。

千春は、急に悲しくなる心を、必死と食い止めて、鎌倉山の方の白い雲を眺めた。

店開き

慎一は、カンカン帽をかぶって、カバンを下げ、西銀座の裏通りを、歩いていた。こんな夏帽子は、近頃、あまり見当らないが、彼のような端正な顔には、なかなか似合って、流行のサキガケかと、疑わせる。尤も、彼は、パナマは遊び人臭いから、この帽子を愛用するに過ぎない。

時間は四時過ぎであるが、日ざしは、まだ強く、カンカン帽に、反射している。彼は、忙しげに、闊歩しながら、とある小路へ入ると、まだ店を開けていない、一軒のバーに、飛び込んだ。

「ご主人、お出でですか」

帽子を脱いで、彼は、汗を拭った。

昼間のバーなぞというものは、見られたものではない。天井裏のように、薄暗い店の中は、ムッと暑苦しく、異臭がただよい、逆さにイスをのせたテーブルの隅で、下シャツ一枚の若い男が、アルミの鍋を前にして、時外れの食事をしていた。

「マスターですか。あなたは？」

その男が、不愛想な声を出した。

「先日伺った、宇都宮です」

やがて、彼は、二階へ導かれた。そこも、客席になっているが、下より明るく、掃除もできていた。

「やア、坊ッちゃん、入らっしゃい」

奥のカーテンの間から、白いワイシャツの腕をまくった男が、ノシノシと、出てきた。重量級の拳闘選手のような、巨大な男で、同じく大きな手に、太い指環が、金色に輝いてる。

「此間は、どうも、いろいろ……」

　慎一は、招かれたイスに腰を下した。

「どうです、準備は、着々、進行してますか」

　と、ダミ声を出した巨漢は、この店の主人の毛利で、通称モウさんという。この店ばかりでなく、他に三軒のバーを、銀座で経営していて、G・B・S（銀座バー協会）の理事長を、勤めている。戦前はバー・テンダーをやっていたが、今は、銀座の成功者の一人で、この道の顔役だった。

　こんな男と、早く知合いになって置けば、慎一も、今度の店を出すについて、どれだけ助かったか、知れないのであるが、やっと、四日前に、紹介を受けたのである。それも、宇都宮外科病院の事務長が、同郷とかで、名刺を書いてくれたのだが、会ってみると、慎一の亡父のことなぞも、よく知っていて、親切に相談に乗ってくれたのはいいが、彼のことを、〝坊ッちゃん〟と呼ぶのは、いささか、閉口だった――

「ええ、改築の方は、九分通り、進んでいます。開店披露のアイサツ状も、昨日、発送しました」

　慎一は、神妙に答えた。

「どんな筋へ、出しましたね」

「ぼくの友人とか、船越さんの知合いとか……」

「友人てやつは、とかく、勘定を払わないから、気をおつけなさいよ。そこへいくと、女の人の知合いは、ミエを張るから、大丈夫だけど……。文士や映画俳優には、出しましたか」

「映画俳優には、少し出しましたが、文士は……」

「いや、文士をバカにしちゃいけません。あれア、ロクな金は費《つか》わないが、バーの装飾品みたいなもんでね……」

バーテンや女給の世話も、慎一は、前から頼んであった方を捨てて、一切、モウさんのアッセンに従うことにしたのだが、そのバーテンには、今日、ここで、会うことになってる。

「三島といってね、腕ッコキだし、人間も、確かだから、お薦めできますがね。ただ、こいつ、少し飲みアがるんでね……」

モウさんの話では、酒好きのバーテンというものは、客受けはいいが、店の酒を盗み飲みする傾向がある。毎夜、閉店時には、マダムが残って、バーテンを先きに帰す方がよろしい

——


「女給の方は、純情型の方が、お宅には、向いてるでしょう。マダムが、切り回す店には、その方がいいンです。第一、美人でなくていいから、保証収入も、安くて済みます……」

それから、彼は、開店披露の注意や、当座の心得を、いろいろ話した末に、

「しかし、坊ッちゃん、ヤキモチだけは、焼いちゃいけませんよ」

「ヤキモチ?」

慎一は不思議な顔をした。

「それアね、バーのマダムともなれば、いろんな男の機嫌を、とらなけアなりませんからね。サービスってやつは、そうアッサリやっていた日にア、サービスになりませんよ。だから、どんな男と、どんなイチャつき方をしたって、サービスと思わなけれア、いけませんよ。それア、少しぐらい、好きな客できたって、これも、サービスの結果と、眼をツブるんですね。亭主やヒモのヤキモチで、店が衰微した例も、何軒かありますよ……」

モウさんは、どうやら、船越トミ子と慎一の仲を、早飲み込みをしてるようだった。

「いや、その点は、心配ありません」

慎一は、断乎と、答えた。

「一体、この商売は、バーテン以外に、男ッ気の要らない——というより、邪魔になるものでね。まア、坊ッちゃんも、あんまり、店へ顔を出さない方が、無事だと思いますね。殊に、あんたのような好男子が、奥の方でウロチョロするのは、客の気分を、害するからね」

「そうですか」

これは、困ったことになったと、慎一は、思案した。円山のパチンコ屋では、彼の存在が、女の客を引いたが、銀座のバーでは、逆の現象が起るらしい。

「尤も、マダムがいなくて、女給任せの店なら、男主人が邪魔になることもないがね。あたしみたいな、相撲取りみたいな野郎は、かえって、客に嫌われないんですよ。いい男と、いい女が、オシドリみたいに列んでる店なんかに、わざわざ、酒を飲みにくる男は、ありませんよ……。だからさ、あたしは、坊ッちゃんに、忠告するね。一、二カ月やって、様子次第で、キッパリ、店を閉めるんですな。損の少いうちに……。悪いことはいいませんよ。一体、この商売は、素人のやるもんでもなければ、坊ッちゃんのような、立派な紳士が、手を出すものでもありませんよ……。その証拠に、あの店の権利を、坪三十万も、払ったそうですが、大カブリですよ。まず、あたしたちの相場なら、二十一、二万というところだね。早く相談して下されば、何とかしてあげたものを……」

モウさんの忠告が、親切から出てるだけ、慎一のショゲ方は、大きかった。

そこへ、雇い入れるバーテンの三島が、入ってきた。

慎一は、自信を失って、モウさんの店を出た。

契約を済ませたバーテンは、頼もしそうな男だったが、そのことすら、彼の心を勇ませなかった。モウさんの言葉は、お面一本というほどの打撃を、彼に加えたのである。

改築中の彼の店は、並木通りを、ちょっと入ったところにあったが、これから、そこへ行く足も、自然と、重くなった。

彼も、自分が素人ということは、自覚しているし、モウさんのような、斯道《しどう》の大家から、あのような忠告を受けたところで、今更、腰がグラつくような、無定見でもなかった。彼には彼の目的と成算があって、バー開業に乗り出したのである。専門家の言は、参考として、承《うけたまわ》って置くだけのことである。

——船越さんと、オシドリ的形態にならぬこと。

こんなことは、実行が甚だ容易である。元来、彼女とは、なるべく離れていたいくらいである。

ただ、ギクリと、胸へきた一言――それは、今度の店の権利を、二、三の銀座人の言と、興信所の調査とに従い、坪三十万を、高からずと、踏んだことだった。モウさんの評価が正しいとすると、三割近くの買いカブリである。それも、自分の損失だったら、諦める手もあるが、共同経営者の船越トミ子が、目下は、全部の金を出してるのだから、まことに、申訳がない。

慎一は、そういうことに、ひどく、責任感の強い男である。人から損をかけられるのが、大嫌いなだけに、人に損をかける苦痛も、人一倍なのである。その上、船越トミ子に、「その値頃なら、買いモノでしょう」なぞと、立派な口をきいた手前がある。

――船越さんに、頭の上らないことが、また一つできた……。

彼は、今日知ったこと以外にも、彼女にキマリの悪いことが、あったのである。過ぐる日、烏森の料亭で、彼女が乱酔した夜のことである。彼女は、慎一を酔いツブそうとして、自分の方が酔ってしまい、座敷へブッ倒れてから、大苦しみを始めた。慎一は、慌てて、女中を呼び、頭を冷やしたり、金ダライをあてがったり、介抱をしてるうちに、時間が経ち、少し、落ちついたところで、急いで、タクシーを飛ばせたが、筆駒姐さんは、もう帰ってしまった。いや、店の者まで、帰ってしまったと見えて、灯を消し、カーテンも引いてあった。

その翌日、彼は、円山へ行って、早速、見番で、彼女の所在を問い合わせたが、その日は、芝居見物で、その翌日が、また遠出とかで、やっと、彼女をつかまえたのは、五、六日も経ってからであった。

ところが、彼女は、汁粉屋で会った時ほど、パチンコ屋経営に、熱意を示さなくなった。その代り、結婚ということについては、驚くべき意欲を、明らかにした。つまり、芸妓をやめることはやめるが、第五番目の株主を煩わさず、独立の女性として、人生の伴侶を求め、その人と共に、パチンコ屋経営でも、お好み焼き屋でも、なんでも、正業につきたいという。その人の名はというと、ハッキリは明さないが、どうやら、慎一その人ではないかと、思われる節があった。

慎一としても、目下欲しいのは、細君ではなくて、三十万という金であるから、直ちに筆駒さんの仄めかす提案に、乗るわけにいかなかったが、そのために、船越トミ子に手渡す出資金のアテが、すっかり外れてしまった。尤も、筆駒さんも、人間宣言を実行するか、株券的境遇に甘んじるか、気迷いの最中であり、一方、慎一も、スポーツ新聞に、売り店の広告を出しているから、入金の機会が、絶無というわけではない。しかし、今や大パチンコ店時代であるから、四、五十台の小店なぞを買う人は、まず少いであろう。その上、昨今、〝小鳩〟の営業状態が、目に見えて、悪くなったというオマケがある。

「あのイロオトコ、どうも、筆駒さんと怪しいわよ」

そういう噂が、パッと、あの界隈に立ったのが、原因だった。慎一は、金談のために、筆駒さんを追いかけるのだが、世間は、そう見てくれない。その上、筆駒さんは、同業の婦人たちから、かなり、憎まれてる。あんな、白ばッくれたカマトトはないという評判だが、事実は、全盛をソネまれてるのであろう。その憎まれ女が、好男子を独占したとあっては、収まる道理がない。姐さんたちは、皆、道玄坂のパチンコ屋へ、足を転じてしまった。仕方がないから、慎一は、カタギの顧客を招くように、営業方針を変えた。近所の商店に交渉して、景品を、お惣菜コロッケ、カツレツ、つくだ煮などの交換券にして見たが、店運衰える勢いには、抗し難かった。

　つまり、慎一は、筆駒さんから飛んだ損害をかけられたことになる。金は貰えないし、店は寂びれるという結果になった。尤も、あの晩、約束の時間に、彼女と会っていたら、どう話が進んでいたかも知れない。それを妨げたのは、船越トミ子である。なぜ、妨げたかといえば、この好男子が、他の女と会いにいくらしいからである。そういえば、筆駒さんが、人間宣言を始めたのも、彼が好男子であることと、密接な関係がある。すべて、彼の美貌が、彼の経済的発展を妨げているのだが、頭がいいくせに、好男子意識のない彼は、一向、そこに気がつかなかった。ただ、約束の時に、約束の金を調達できなかった誤算を、〝資本家〟の恥辱《ちじょく》と、心得ている。

「どうも、済みません。事実上の出資ができるまでは、友人として、無償の協力をさせて貰います」

　と、堅苦しいことを、船越トミ子に、申し出た。

「あら、水臭い。あたしとあなたの仲で、そんなことというもんじゃなくてよ。すべて、今まで通りの気持で、やって頂戴よ」

　彼女は、もとより、慎一の金なぞアテにしてない。その上、あの鳥森の夜、好男子の前に、コマモノミセまで展げてしまった失敗を、とりかえすために、最上のサービスを続けてるところなのである。慎一の方も、違約を申訳ないという心理があるから、以前のように、ツンツンしなくなった。そのために、二人の仲は、睦まじくなったともいえるのである。そこへもってきて、慎一は、権利金の評価で、彼女に、また、負《お》い目ができた。

　店へ行くと、ゴッタ返す混雑だった。

　もう、大工の手は終って、ペンキ屋と家具屋の仕事が始まっていたが、狭い店先きに、キャタツが立ったり、道具類が散らかったり、その中を、数人の職人が動き回ってるので、足の踏み場もなかった。

「マダムは、まだ、来ない？」

　慎一は、一人の職人に訊いてみた。

「ええ、まだ……」

　その職人は、ブツブツした漆喰塗りの上に、金粉塗料を刷いてる最中だった。家具屋が、とりつけている固定ソファや、イスのクッションも、模造皮ではあるが、金色に塗られていた。註文中のグラス類も、金筋入りにした。つまり、この店へ入ってくると、ヤタラに、輝く金色だの、燻し金色だの、あらゆる金色に取り巻かれる趣向になってる。開店の時に、お客に進呈する記念の灰皿も、昔のイギリスの金貨を、模してある。なにか、慎一の拝金主義を表象したように思われるが、あながち、そうでもない。

「ねえ、お店の名前に、あたしの名を使っちゃ、いけないか知ら」

そういい出したのは、船越トミ子だった。よほど前のことである。

「バー・トミですか」

慎一は、首を傾けた。

「トミーとしたら？」

「どこかにありそうですね」

しかし、彼は、マダムの名を家号に用いることに、反対ではなかった。彼女の吸引力を、利用する店だからだが、その上、トミは富であり、経済学の書物に出てくる文字の中で、彼が最も好きな文字である。富と繁栄ぐらい、彼の好きなものはない。また、これほど健康な、人類的な趣味はないと、心得てる。それなのに、日本人という国民は、根ッからの貧乏性で、とかく、富と繁栄に見放されるようなことばかり、考えたり、シャべったり、行ったりしている。それを、是正する意味に於ても、店名は、是非、〝富〟にあやからなければならないと、早速、和仏辞典を引ッ張り出したのは、無論、戦後の銀座の流行に、従ったので、フランス語の家号でないと、ソバ屋も開業できないような、世の中である。そして、辞典をひくと、忽ち、ＲＩＣＨＥＳＳＥという字が、出てきた。

「まあ、すてき！　バー・リシェスなんて、とても、いいじゃないの」

お富さん、すっかり、喜んでしまった。

「ホープレスより、いくらか、気がきいてるでしょう」

そこで、店名の決定を見たのであるが、バーというものは、店独特のフンイキをつくる原則的必要があり、富と繁栄の幻想を湧かすべく、設計註文したら、こんな、アプレ金色堂のようなものが、できあがった。その代り、慎一の組んだ予算の倍額も、掛ってしまって、責任上、船越トミ子に、詫びをいわねばならなかった。

「いいじゃないの、ジャンジャン儲けて、とりかえせば……」

彼女は、どれだけ金を持ってるか、知らないが、平気で、小切手を書くのである。とにかく、バー開業が近づくに連れて、慎一は、彼女に、頭の上らないことが、多くなった。

船越トミ子と、五時ごろ、店で落ち合う約束になっているが、一向、彼女の姿は現われないで、改築の設計家の阿久沢さんが、アインシュタインのような、長い白髪をナビかせて、入ってきた。

「やア、だいぶ、進みましたね……」

彼は、慎一に、アイサツした。

一体、慎一は、費用を安くあげるために、新劇の舞台装置家に、設計を頼んだのだが、〝どん底〟のような暗い店に直すなら、お手のものだけど、富と繁栄のフンイキは不馴れだからと、断られたので、やむをえず、ホテルやキャバレの室内装飾の専門家である阿久沢氏に、高い報酬を払うことになった。これも、彼の誤算の一つだった。

「まだ、完成はしてないけれど、これで、設計図の感じ通りに、いくんでしょうか」

慎一は、やや不安を持って、訊いた。

「いや、ご心配なく……。壁を塗り終ると、ズッと、調子が出てきます。それから、照明機具をとりつけると、画竜点睛ということになりますな」

「しかし、そういっては失礼ですが、少し、チャチな気がするんですが……」

「それは、昼間の光線で見るせいでしょう。その上、あなたはシラフですからな。薄暗い間接照明のもとで、ヨッパライのお客が眺めれば、設計図以上のゼイタク気分が、現われるようになってるんですよ」

「すると、阿久沢さんのデザインは、ヨッパライの酔眼に訴えるのですね」

設計料が高かった腹イセに、慎一は、皮肉をいった。

「勿論ですよ。客観的にゼイタクな改築をするのなら、工事費も、三倍かかります。バーの装飾なんて、幻覚を起させればいいんですからな」

「つまり、魔術ですか」

「いや、芸術です」

阿久沢さんは、職人たちに注意を与えると、胸を反らして、帰って行った。

——芸術か！

慎一は、鼻から吐息をついた。店の開業準備を始めてから、大は、店のフンイキ醸成から、小は、サービスのマッチの図案に至るまで、芸術的感覚というべきものが、案外に、必要なのに、驚いてるところなのである。そんなものが、金儲けに必要だとは、夢にも考えていなかった。そして、彼には、美だとか、芸術だとかいうものに対するカンが、まるで、欠けていた。その点、まだ、船越トミ子の方が、彼よりマシであって、気のきいた智慧を出すのである。

しかし、それくらいのことで、合理主義者が、溜息をつくわけはない。芸術という言葉を聞くと、すぐ、千春のことを思い出すのである。

——暫らく会わないが、どうしているのか。秋の公演に熱中するのはいいが、そのために、なぜ、ぼくを疎外しなければならないのか。なにか、ぼくに秘《かく》していることが、あるらしい。本気になってシンデレラに、血道をあげてるのだろうか。

そうだとすると、心配である。同性愛は、新憲法で許可か、禁止か知らないが、彼としては、絶対不賛成で、千春を、人生の悪疫から、救わねばならない——

慎一が、ボンヤリして、店の入口に立っていると、

「あら、遅くなっちゃって……」

船越トミ子が、露次を、駆け込んできた。まるで、白鷺《さぎ》が羽ばたいて、降り立ったように見えたのは、白いレースの服、白いバッグ、白い靴という姿のせいのみだろうか。

「いえ……」

慎一は、彼女が、和服と同じように、洋装も似合うことを、認めないでいられなかった。

「あア、暑い……。今日は、四谷まで行って、家主と、交渉してきたのよ。とても、いい工合に、話がまとまったの。そのこと、後で、話すわ……」

面白い女で、洋装になると、話し振りから、手つきまで、変ってくる。まるで、女優のようである。

「いま、設計家がきましたが、工事はうまくいってるそうです。ぼくは、必ずしも、そう思いませんが……」

慎一は、彼女に不義理があるせいか、対等とはいえない態度であった。

「そう？　工合が悪ければ、後で直せばいいわ」

彼女は、店の中へ、歩み入った。すると、先刻、慎一には、ロクにアイサツもしなかった職人たちが、

「今日は……」

「お暑うございい……」

なぞと、彼女に、頭を下げた。どうやら、彼女が主人で、慎一はマネジャー格と、踏まれているらしい。

「あら、カウンターが、立派にできあがったわね」

彼女は、六坪の店には大き過ぎるカウンターの前に立って、台の上を、撫ぜてみた。お馴染み振って、この台の前に腰かける客が、彼女の目あてなのである。屋台店の客と同じように、狭い場所でも、詰め込みがきくから、テーブルは三つだけにして、こっちの方を、大き

く取った。マダムが切り回す店には、この方式がいいと、そういうことには、慎一の智慧も、抜目がなく、その点を、設計家に頼み込んだので、立派で、使い心地のいいカウンターができた。

「ここが、あたしの戦場ね。どう、武者振りは?」

彼女は、台の裏側に回って、気取ったポーズをつくった。

「とても、似合いますよ」

お世辞でなく、慎一は、そういった。まったく、そのものズバリの物腰で、以前に、バー勤めの経験があるかと、疑われるくらいであった。

「ところで、慎一さん、あなたに相談しなくて、悪かったけれど、あたし、ここの二階も、借りることにしたの」

彼女は、囁くようにいった。

「え? もう、店を拡張するのですか」

慎一は、彼女の積極方針に驚いた。

「いいえ、そうじゃないのよ。こんな、狭い店では、あなたの居場所というものが、ないでしょう。それに、あたしだって、着換えの部屋ぐらい、欲しいわ……」

二階というのは、隣家との間の狭い階段から、出入りするので、別棟のようなものであり、前の経営者は、借りていなかった。小さなバーは、客の便所以外に、金のとれない場所を、置かないもので、女給も、更衣室がないから、自宅から盛装して、出勤する。その狭い店内で、ゴッタ返すように商売しなければ、繁昌といわれない。

その点を、実は、慎一も、気にしていたのである。彼も、共同経営者として、店に出勤した時に、どの一角に坐しても、商売の邪魔になる。まさか、ドア・ボーイのように、入口に突ッ立ってるわけにもいかない。その上、先刻、モウさんから聞いた一言が、気になる。船越トミ子と、オシドリのように列んでは、客が逃げてしまうというのである。こんな狭い池の中で、オシドリにならぬようにしろといっても、無理である。

「それア、よかったですね。しかし、権利や家賃を、相当、支出しなければなりませんが……」

「いいわよ、そんなこと。それは、店の会計以外に、あたしの別途支出にするの。だって、慎一さんに、毎晩、出勤して貰わなくては、心細くて、商売もできないし、そうかといって、こんな狭い店に、休み場所もないし……」

「いや、バーという商売は、バーテン以外に、男性は、店へ出ない方が、いいのだそうです」

「あら、知ってるの？」

船越トミ子は、笑い声を立てた。

「たとえ、店へ出ても、あなたと親密そうにしては、いけないそうです」

「それア、そうよ。ことに、慎一さんのような、好男子の場合はね」

「そうだそうです」

と、平然と答える。

「だから、あたし、二階を借りる気になったのよ。あたしも、腕にヨリをかけて、商売をするところを、慎一さんに見られたくないわ……」

彼女は、気をもたせるようなことをいった。

「いや、ぼくは、平気ですが……」

「それに、この頃は、女の客も、時々、バーへ来るのよ——女代議士だの、女文士だのがね。そんなのに慎ちゃんを会わせると、心配だわ……」

「なぜです」

「女代議士なんて、すぐ、議長のイスを、占領するんですもの……」

と、流し目で、慎一を見た。それには答えずに、

「ところで、ぼくは、あなたに、お詫びをしなければならないことが、あるんです」

彼は、ふと思いついて、いった。

「あら、あたしと慎一さんの仲で、詫びるもなにもないわよ、共同経営者なんですもの……」

「それだから、お詫びしたいんです」

「なんだか、知らないけど、それより、二階を見にいきましょうよ。あなたは、始めてだから……。その部屋を、将来、どういう風に使うってことが、あたし、とても、愉しみなのよ……」

二人は、便所の横のハシゴのような狭い階段を昇って、物置のような、薄暗いオドリ場のドアを開けると、案外小ぎれいな日本間が、眼に入った。床こそ、ついていないが、壁も、畳も新しく、三角の地袋《じぶくろ》も、シャれてできていた。

「あら、感心に、掃除ができてるわ……」

船越トミ子が、先きに立って、靴を脱ぎ、部屋に入った。それでも、室内は、ムッと、熱気がこもってるので、彼女は、洋風窓を開けた。

「家主が、何かの用に、使っていたらしいから、割りと、荒れてないわね。これなら、慎一さんも、そう気持悪くないでしょう?」

彼女は、窓際の畳の上に、脚を投げ出した。

「いや、モッタイないくらいです。家賃が増加する分を、是非とも、店の売上げで、補わなければいけません」

彼も、彼女と列んで、アグラをかいた。

「この部屋、畳をあげて、洋風に改造してもいいし、長火鉢でも置いて、冬は鍋物で一パイ飲むという風にしてもいいし……慎一さん、どっちが好き?」

彼女は、旦那が二号に相談するようなことをいった。

「いや、酒は、階下で、客に飲ませるだけでいいです。それよりも、事務机が一つ、欲しいですな。店の帳簿は、ここでつけることにして……」

「じゃア、洋風の方がいいわ。そしたら、あの押入れを、取り払って、ベッドを入れましょう」

「ベッドが、要るんですか」

「それア、この商売は、晩くなりがちだから、泊る設備があった方がいいわよ。あなたにしても、あたしにしても……」

慎一は、ベッドより、金庫でも欲しいと思ったが、口には出さなかった。

「でも、慎一さん、いよいよ、あたしたちの夢が、実現するわね。あたしがマダムで、あなたがマスター……きっと、この店は、流行るわよ」

彼女は、ウキウキした声を出した。

「そう行けばいいですが……。それから、今日、バーテンの契約をしてきました。東京クラブにいた、腕ッこきだそうですが、少し、酒飲みだそうです」

「少しは、飲んだって、働いてくれる男なら、いいわよ。女給も、きまって？」

「ええ、純情型というのを、二人、頼んであります」

「あら、大変。美人だったら、どうするの」

「美人なら、結構じゃありませんか」

「あら、そんなことをいって……あんた、女給を口説いちゃダメよ。それだけは、前もって、断って置くわ。店の風儀を紊《みだ》したら、お客さんが、寄りつかないわよ」

「それは、ご心配要りません。バーテンに店の酒の盗み飲みを、禁ずるのと、同様の理由で

「……」

「そうよ。そのこと、絶対に忘れないでね……。もし、女給の方から、慎一さんを口説くことがあっても、絶対に、応じちゃダメよ」

と、船越トミ子は、怖い顔をして見せた。

「ところで、船越さん、ぼくはあなたにお詫びをしなければなりません」

慎一は、態度を更めた。

「まア、何よ。先刻から、そんなことばかりいって……」

「今度の店の評価のことなのです。権利金の坪三十万を、値頃だなぞといいましたが、その道の人の話では、七、八万の買い被りらしいのです。あなたに、ご損をかけて、申訳ありません」

彼は、律気に、頭を下げた。

「何だと思ったら、そのことなの……。それなら、ご心配いらないわ。あたしが値切った額と、大体、同じなんですもの」

船越トミ子は、落ちつき払って、そう答えた。

「え？」

「あたし、いまの相場なんて知らないけれど、商売は、値切るのが、常法よ。少しネバったら、じきに、負けたわ」

慎一は、頭の下げ損をしたわけだが、バカを見たと思う代りに、彼女に、尊敬を感じた。色恋のことになると、彼女も、他愛ないが、ソロバンの道は、一日の長がある。

「ねえ、慎一さん、二人で、ウンと、お金を儲けましょうよ。今度の店で、早いとこ、サッと儲けて、他の事業に変ってもいいわ。なにも、バーばかりが、商売じゃないから……」

「仰有るとおりです。現在のデフレ的傾向は、いよいよ、深刻になっていくとすれば、将来は、パチンコ屋やバーの時代ではありませんからな」

「そうよ。さすが、慎一さんは、眼が高いわね。あなたは、将来、どんな商売がいいと、思う？」

「今川焼屋なぞが、不景気になると、繁昌するそうですが」

「まさか、あたしに、今川焼屋のマダムになれっていうわけでもないでしょう」

「いや、廉価な食品関係の事業という意味です」

「それもいいけれど、慎一さん、あなたと二人で、手を繋《つな》いでやるのには、もっといい事業があると、思うわ」

彼女は、慎一を口説く時と同じような、眼つきをした。

「何です」

「個人的な金融業よ」

「つまり、高利貸しですか」

「そう。デフレになればなるほど、繁昌する商売なのよ」

「なるほど」

慎一は、大きく頷いた。

「こう見えて、あたしは、その方に、経験があるのよ。今まで遊んで暮せたのも、そのためよ。でも、慎一さんほどの才能は、持っていないわ。あなたは、金融業者として、磨かれざる珠だと、思うわ」

「そうでしょうか」

「あたしの経験に、あなたの才能をプラスすれば、これこそ、鬼に金棒なの。どう、一心同体になって、やってみる気はない？」

「いいですね、それは……」

慎一は、満身の血が、沸き立つように感じた。

「その代り、そうなったら、浮気は禁物よ、絶対に……」

自分は、そういいながら、彼女は、慎一の手を握った。

汗

公演まで、後二カ月。

まだ、安心なぞと思ったら、飛んでもない。バレーの公演の稽古ぐらい、日数を食うものはない。稽古が長いという新劇だって、一カ月が精々——近頃は、その半分にハショる一座なぞもあるが、バレーの方は、まず、五、六カ月が普通。今度の〝白鳥の湖〟は、いろいろの事情で、多少、短縮のやむなきに至ったが、それでも、公演四カ月前から、稽古にかかって、今が、ちょうど、峠というところである。

いつも、秋の公演というと、稽古が、暑中にかかる。また、その稽古場が、都心に近い焼跡にあって、樹木が少く、通風が悪いときているから、ジッとしていても、堪らないのに、飛んだり、跳ねたりの重労働で、眼がクラみそうに、暑い。

三十坪ぐらいの板敷きの一間《ひとま》。まず、雨天体操場という、殺風景な建築であって、大きな鏡がはめこんである一側面が、キラキラ輝く外は、汚れた壁に、太い棒を回《めぐ》らしてあり、室内スケート場と似ている。爪立《つまだ》ちのアンヨはお上手の稽古をするためだろう。

東側の明け放した窓の前に、粗末なソファがあって、そこに、団長の芦野良子女史が、黒いタイツを穿いた脚を、長く伸ばしている。年の頃、四十を越してるらしいが、髪を短くしてるせいか、若く見える。日本で名のある舞踊家に、美人はいないことになってるから、彼女も、例外ではないが、眼鼻立ちが謹厳であって、芸術家というより、教育家の感じがする。古典舞踊の大家といわれ、稽古のやかましいので、評判の女史であるが、それ以外の時は、誰にも柔和で、殊に、新聞記者なぞには、よく愛嬌をふりまく未亡人である。

そこから、少し離れたところに、一台のピアノがあって、スポーツ・シャツ一枚の若い男が、鍵盤に向っているが、完全に、暑さにウダって、怒ったような表情になっている。

鏡の前には、約十人ほどの女たちが、白いタイツの脚を、組んだり横にしたり、ゴタゴタと、床に列んで、稽古を見ている。露わな腕と、汗ばんだタイツから、女性の体臭というやつが、踊る者と、憩《やす》んでる者とを問わず、ウンカの如く発散するが、中華料理のスブタの匂いに似て、あまり色気と関係はない。一体、バレーの稽古場というものは、雑誌の口絵写真などでは、エロ味を漾《ただよ》わせるが、実物とくると、むしろ、柔道道場に近いのである。

中央で、二人の男女が、踊ってる。千春と、田宮君という男の第一舞踊手で、〝白鳥の湖〟の今度の台本の第一幕で村人の踊りに続いて、村の娘、村の若者の二人踊り——今、稽古してるのは、アダジオのところ。

芦野先生は、組んだ脚の上に、頬杖をついて、一心に、二人の踊りを、眺めている。開かれた窓から、時々、生温かい風が入り、若い青桐の木に、ジイジイ蟬が啼いている。ピアノの音も、それに負けずに、カッタるい。

突然、先生が、ポンポンと、二つ、手を鳴らした。

「どうしたの、奥村さん、シッカリ踊りなさい！」

きびしい声だった。

「はい……」

と、千春は、素直に、頭を下げた。彼女が、そんな、殊勝な声を出す対手は、芦野先生だけであった。

また、始めから、やり直し。

第一幕の第五節、終いには、例の三十二回の回転があるが、そこまでは、前途遼遠で、まず、緩慢な男女二人の踊り——男が女の体を、コワレモノのように、大切に支えて、大気取りで、アッチへ行ったり、コッチへ行ったり、女の方も、蝶にでもなった気で、いやにフワフワと、宙に浮いたり、一本脚を揚げたりする——そのアダジオのところだが、女は、いつも、男にモチ上げられているから、体がラクだろうと思うと、大ちがいで、あのフワフワの技術が、難事らしい。その上、その優美な動きを出すためには、男女の舞踊手のイキが、ピッタリ合っていないと、すぐ、バランスが崩れる。一人だけ巧く立ち回っても、どうにもならないところが、夫婦生活と似ているらしい。

今日は、田宮君の方は、神妙にやってるのだが、千春のイキが、外《そ》れるのである。どこで、どう外れているのか、素人眼にはわからない。彼女の体は、今日きてるバレリーナのうちでも、飛び抜けて美しく、新しい、白いタイツの脚の伸び、腰の細さ、小さいお尻の締りが、アポロの絵のようで、どんな動きも、申し分ないように思われるが、芦野先生には、サッパリ、気に食わないらしい。

「ダメ、ダメ！　そう固くちゃア……」

と、声がかかる。ピアノが止む。ジイジイ蟬の声が、高くなる。

「まるで、平行線が出てないじゃないの、テンデン、バラバラで……。いえ、田宮さんのせいじゃない、千春ちゃんが、早くて、固いのよ」

先生は、真ッ向から、千春をキメつけた。

今度の配役は、千春にとって、破格の抜擢なので、いろいろ風評も立ったが、それに影響されてか、芦野女史は、千春の稽古に、極めて、厳格だった。決して、彼女を甘やかしてるのでないというところを、見せる腹なのだろう。しかし、今日は、特別であって、最初から、ビシビシと、叱言の連続であった。それは、千春の踊りに、明らかな欠陥があるからに、相違なかった。

千春自身も、それを、知っていた。なんだか、今日は、体の調子がヘンなのである。体の調子というより、心と体がチグハグで、ほんとの原因は、精神にあるのかも知れない。体の方は、満身ビッショリ汗をかいて、鼻の頭から、湯気を立てそうに、一所懸命、動かしているのである。そして、先生から叱言を食う度に、休憩組の中の品川ミエ子の冷笑が、チラリと眼に入るので、今度こそはと、馬力をかけるが、そうすればするほど、コチコチになって、間が外れてくる――

「さ、そこを返して……。ツンタタ、ツンタタ……」

先生は、ピアノを煩わさず、口で調子をとった。千春は、もう一度、懸命に踊ったが、先生は、大きく、首を横に振った。

「千春ちゃん、あんた、今日は、どうかしてるわね。まるで、ボヤボヤして……。失恋でもしたんじゃない？」

稽古が終ると、千春は、駆け出すようにして、洗面所へ行った。

この研究所は、建物がお粗末だから、洗面所といっても、普通の家庭と、あまり変らないが、一つの洗面器に、大きな氷塊が入っていて、桃や梨が、その上に載せてある。氷の方は、研究所から出るが、果物は、誰とはなしに、団員が、交互に、持参してくるのも、女を主にした集まりのシオらしさだろう。

千春は、大きな錐で、氷を砕くと、それをコップに入れて、水道の栓をひねった。氷が解ける間も、待ちかねるように、一杯を、飲み干した。すぐに、また、お代り。ゴクゴクと、喉を鳴らして、いかにも、うまそうに――

それから、顔と襟首を洗って、いくらか、セイセイしたが、いつもは、すぐ、カブリつく果物に、今日は、ちっとも、手が出なかった。

彼女は、大きな吐息をついて、ボンヤリ、窓の外を、眺めた。

――今度の役、あたしに、勤まるのだろうか。

鼻の先きに、コンクリートの塀があり、それへ、油照りの、薄い日光が、染みついていた。稽古場のピアノの音が、塀の反射で、いやに大きく聞えた。

今日の芦野先生の叱責は、ひどく、彼女の身にコタえたのである。普通なら、あれくらいのコゴトには、横を向いて、舌を出すぐらいの芸当を、心得ているのだが、グザと、心臓を刺される想いがしたのは、彼女自身が、それ以前に、自信を失っていたからである。ことに、今日は、われながら、どうしたのかと疑うほど、ミが入らず、体の崩れが、眼に見えていた。

――叱られるのが、当然だわ。

こんなことで、あの大役が、演じ了《おお》せるだろうか。稽古を積めば積むほど、成績が悪くなるのだから、公演間近になったら、どんなことになるやら——

——あたしには、才能がないのではないか。バレリーナになる資格が、ないのではないか。

芸事に携わる者の宿命で、一度は、この不安に墜入《おちい》ることを、免れない。尤も、彼女の蹉《つまず》きには、原因がないこともなかった。

例のシンデレラの藤谷新子が、彼女の心を掻き乱すようなことばかり、伝えてくるのである。シンデの家の近所に、毛利のモウさんの家があって、懇意に往来してるのだが、ふとしたことから、慎一の噂が出て以来、彼女は根掘り葉掘りして、聞いたことを、逐一、千春の耳に入れた。いよいよ、船越トミ子とバーを開業したことも、毎日、開店時刻の前に、二人が、オシドリのように、仲睦まじく、二階の一室にコモっていることも——

そういうことが、気になって、稽古に思うように身が入らないのは、確かなのだが、千春は、案外、それに気づかなかった。恐らく、彼女の自尊心が、その自覚を妨げるのであろうか。

彼女は、ただ、一途に、自分の才能の疑惑に、心を囚えられた。

——ウラノワやマルコワ（世界的女流バレリーナ）を夢見るより、女事務員にでもなる方が、性に合ってるかな。

その疑惑は、昨夜も、千春の胸を蝕《むし》ばみ、いつまでも、眠りを妨げた。やっと、ウトウトしたと思うと、品川ミエ子が、あの役を、ものの見事に踊って、大喝采を受けてる夢を見たり、寝汗をかいたり、朝起きても、グッタリと、体が疲れていた。

そんなことも、今日の稽古に影響して、あんな不出来を、演じたのかも知れない。

──それにしても、気の散ることばかり、重なったもんだわ。

もう一つの悩みが、彼女を待っていた。

蝶子のことである。いつか、父の留守に、彼女が鵠沼《くげぬま》へ訪ねてきた時に、千春は、あの善良な中老婦人の胸に、どういうものが動いてるかを、ハッキリと、見て取った。いや、観察どころではない。彼女自身の口から、千春の父に対する燃ゆる想いを、打ち明けられたのである。

──まさか、来年五十になる女が、そんな、熱烈な恋愛感情を、胸に納《しま》ってあるとは……。

千春は、ひどく、驚いた。しかし、それは、感謝すべきことであっても、彼女にとって、迷惑な筈はなかった。そんなに、父を愛してくれる人が、この世にいることは、なんと、嬉しいことであるか。

ところが、彼女が、あれから数日後に、結婚の話を、正面から、父親に持ち出してみると、

「以ての外のことだ。今更、妻を貰うくらいなら、二十年前に、貰ってる。なんのために、今まで、独身をとおしたと、思うのだ」

と、剣もホロロの言葉だった。

「それア、パパが、あたしのために、そうして下さったのは、よく、わかってるわ。とても、感謝しているわ。でも、もう、あたしも、一人前の娘になったんだから、遠慮なく、奥さんを、お貰いになってよ」

千春は、一心に、父を説いた。

「よけいなお世話だよ。わたしには、時計という可愛い女房が、いるんだ。それに、あんた

は、まだ一人前といえないよ」

「なぜ？」

「図体ばかり、大きくなったって、バレーなんて、日本人に不向きな仕事に熱を上げて、女としての完成を、忘れてる。あんたが、娘から細君になる時がきたら、わたしは、一人前になったと、認めるよ。結婚は、わたしより、あんたの問題なんだ。わたしの世話を焼くより、あんた自身の結婚を、考えて貰いたい。それも、対手がなければ、仕方がないが、宇都宮の慎一君という立派な青年と、仲よくしてるじゃないか。あの男なら、わたしも異存がないのだから、母親より、まず息子の方を……」

と、思わぬ方に、話が伸びてきて、千春は、匆々《そうそう》に、退却しなければならなかった。

しかし、困ったことができた。父親が、ウンといわぬとなると、今更、蝶子に、何と返事をしたらいいか。言葉のハズミで、父も結婚を希望してると、彼女にいってしまった手前、弁解の道もない。時々、研究所へ、蝶子から電話が掛ってくるが、言葉の裏には、それとない催促が、感じられる。

――飛んだことになっちまったわ。

千春が、そのことでも、大きな溜息をつかずにいられなかったところへ、この暑いのに、いやに生暖かい手で、彼女の脊筋を撫ぜる者がある。

「止してよ、気持の悪い……」

千春が、イラ立った声で、振り向くと、藤谷新子の夢二的な眼が、ジーッと、彼女を見つめていた。

「シンデ、暑いのに、人の体に触《さわ》るもんじゃないの」

千春は、ツッケンドンにいった。

「…………」

シンデレラは、人形のように、瞬《まばた》きをしないで、千春を、見つめ続けた。彼女も、やはり、稽古着のままで、タイツも、シューズも、頭に巻いた黄色い布も、千春とソックリ同じものを、用いているが、骨格は、似てもつかない繊弱さで、小規模で、皮膚の色も、青白く、貧血している。それでいて、体の線が、円く、優しく、女性の特徴に、溢れていた。

マネキン人形のように、不動だった彼女の表情が、長いマツ毛の動きと共に、崩れた。一点の水滴が、彼女の頰に伝わった。

「お姉さま……先生ッたら、あんまり、ひどい……」

半泣きの声である。

「なにがよ?」

「あんな……あんな、ひどいこといって、お姉さまを、叱るんですもの……」

「ちっとも、ひどかないわよ。あたしの出来が、とても、悪かったんだから……」

「いいえ、そんなことない……。シンデ、よく見てたわ……。アラベスクのポアンだって、ピルエットだって、とても、立派だったのに……」

「まだ、あんたには、いいも、悪いも、ほんとのことは、わかってやしないわよ。バレーの技術ッてものは、見た眼だけに訴えるもんじゃないんだからね」

「ご免なさい、お姉さま……。でも、先生が、必要以上に、お姉さまを叱ったことは、確かよ。きっと、お姉さまより、品川さんの方が、可愛くなったのよ。きっと、そうよ……」

「なにをいってるのよ、下らない……」

「だって、あんな、意地悪なこといわなくても、いいと思うわ。お姉さまが、失恋してるんじゃないか、なんて……」

それには、千春も、答える術を知らなかった。芦野先生は、ポンポン、出まかせに、ものをいう癖があるから、あんなことをいわれても、気にも留めなかったが、シンデからそういわれると、何か、アクドく、胸に響くものがある。

「ねえ、先生は、きっと、慎一さんのことを、知ってらっしゃるのよ。それで、あんな、アテコスリを、仰有ったんじゃない？」

シンデが、少し図に乗って、得たり顔のことをいうと、千春の表情が、見る見る、変った。

「バカ！　なにをいうのよ、あんたは……」

声は荒く、眼は鋭かった。

「あたし、なにも、失恋なんかしてないじゃないの。先生が、そんなことを、知るも、知らないも、ないじゃないの。よけいなこと、いうもんじゃないわよ。子供のくせに……」

まるで、平手打ちのような一言を食うと、シンデは、再び、人形の眼になって、ジーッと、千春を、見つめ出した。だが、今度は、それも、長くは続かず、片手で、眼をコスリ出したのを合図に、この世の悲しみを、一身に集めたように、シクシクと——

それから、三十分ほどして、千春とシンデが、昔の赤坂離宮——今の国会図書館前の広場を、歩いていた。もう、夕刻なので、高い鉄柵の扉も閉まり、遊覧バスの終車も、出発した後だった。よく育ったプラターヌの並木の下は、人影が少く、やっと吹き出した夕風に、葉擦れの音がした。

二人は、研究所からここまで、話しながら、歩いてきたのである。シンデは、今泣いたカラスが、もう笑ったという表情で、お姉さんに、寄り添っていた。

いつも、二人は、今日のようなことを、繰り返している。男性の親友同士だって、時には、口角アワを飛ばすから、この二人が、イサカイを起すのも、不思議とはいえないが、いつも、千春が怒って、シンデが泣くのである。シンデが怒るとか、千春が泣くということは、曾て、一度もない。どうやら、シンデは、千春に叱られて泣くのが、タノシミではないかと、思われる節もある。また、千春がシンデをイジめる時も、多少の快感なきにしもあらずという、調子がある。

そして、千春が怒り、シンデが泣いた後の結末は、どうなるかというと、これも、ハンコで捺したように、きまっている。千春が、シンデを、憐れむのである。フビンで、可哀そうで、堪らなくなるのである。そして、シンデの機嫌をとるような、優しい声と言葉で、彼女を包むのである。すると、シンデが、悲しみから喜びに至る微妙な諧調を、恍惚として奏《かな》でる。時としては、スネることもある。千春の優しさは、倍加しなければならない。しかし、そうした努力の後では、和解の喜びも、倍になるのを、常とした。雨降って地固まるどころではない。そういう時の二人の仲のよさというものは、蜜よりも甘く、酒よりも濃い。

どうも、二人の形態を見ていると、封建時代の夫婦に似たところがある。ひどく古風な関係だが、異性に対しては、シンデといえども、決して、このように屈従的な娘ではないのである。むしろ、千春よりも、強硬なレジスタンスを行うであろう。ただ、千春のためならば、婦唱婦随——いかなるドレイ的服従にも、甘んじるのである。これを、変態と名づけるのは、慎一流の合理的判断であって、女性の世界の出来事は、すべて、バラ色のカーテンに遮られ、紳士諸君の窺知《きち》を許さないのである——

「お姉さま、晩ご飯、一緒に食べて下さる?」

歩きながら、シンデは、千春の顔を見上げた。

「うん、いいわ。何にする?」

「お姉さまは?」

「あたしは、ハンバーグ・サンドウィッチと、グレープ・ジュースにでも、しようかな」

「あら、不思議!」

「なにが?」

「あたしも、ちょうど、ハンバーグが、食べたかったの」

シンデは、天下の奇蹟を発見したような、声を出した。

「でも、まだ、少し早いから、ここで、休んでいかない?　あたし、疲れた……」

千春は、プラターヌの下のベンチの方へ、歩んだ。

二人列んで、腰かけると、

「今日は、なんだか、体が抜けそうだわ」

千春は、男のように、脚を開いて、ベンチの背に寄りかかった。

「無理もないわ、あんなに、何度も、返し稽古を、やらされたんですもの。おまけに、あんな、ひどいダメまで出されて……」

シンデは、先刻の痛憤を、想い出したような口調だった。

「でも、今日ばかりじゃないの。この頃、とても、体が疲れるのよ」

千春の声は、暗かった。

「いやよ、お姉さま、そんなこといって……。早く、お医者に、みてお貰いなさいよ。公演を控えて、故障でも起きたら、大変よ」

シンデの憂色は、俄《にわ》かに、濃くなる。

「大丈夫よ……。でも、公演なんて、あたし、少し、バカらしくなってきちゃった……」

千春は、ステバチのようなことを、いい出した。

「あら、なにいってるのよ、せっかく、ミイ公を蹴落して、あの役がついたのに……」

ミイ公というのは、猫のことではない。品川ミエ子を憎んで、シンデが、蔭で、そう呼ぶのである。

「ミイ公と競争するなんて、意味ないわ。あの役が欲しければ、いつでも、譲ってあげるわよ」

そんなことを、口にする千春ではなかった。いつも、対抗馬と、闘志をミナぎらせている彼女が――

「だメよ、お姉さま、そんな弱気になっちゃ……。ミイ公は、この頃、先生のご機嫌をとろうとして、この間も、アイスクリーム一缶、献上したわよ。シンデ、ちゃんと見て、知ってるんだから……。お姉さまが、油断してると、蔭で、どんなことされるか、わからないわよ」

「好きなようにしたら、いいわ。あたしは、献上品なんか、持っていかないだけよ……」

「それア、お姉さまの方が、技術的にダンチなことは、先生も知ってると、思うけれど、研究所もラクじゃないから、公演の切符を沢山売る人の方が、先生だって、可愛くなるわ」

「ミイ公、そんなに、引き受けたの」

「ええ。三百枚……」

それを聞くと、千春は、イヤな顔をした。

いつも、公演の時は、彼女も、二百枚ぐらい、切符をサバくのであるが、それは、慎一や蝶子が、大部分を、売り歩いてくれるので、助かっていたのである。今の彼女の心境では、とても、二人に、頼みにいくどころではない。会うことさえ、避けているのである――

「あアあ、公演なんて、犬に食われてしまえば、いいわ」

千春が、悲しい声を揚げた。

「あら、そんなこといって……」

「序《ついで》に、バレーなんてものも、この世から、抹殺しちまった方が、いいわ。才能のない者には、眼障《めざわ》りだわよ！」

と、ヒステリック調が、一段と高くなったので、シンデが驚いて、対手を見ると、もっと、驚いた。千春の顔に、涙の露が光ってる。

遂には泣かぬ弁慶が、涙を出したとあっては、シンデも、驚かずにいられない。

「お姉さま、今日は、一体、どうなすったのよ」

と、オロオロ声。

「いいのよ、心配しなくても……。ただ、世の中が、ツマらなくなっただけだから……」

千春が、呟くように答えた。

「あら、世の中がツマらなくなっちゃ、大変よ。心配しないでいられないわ」

厭世は、大事件である。

「シンデが、いくら心配してくれたところで、どうにもならないことよ」

千春の声は、沈痛を極めた。

「そんなことないわ。シンデが、どんなバカだって、一心になれば、お姉さまの幸福を考えること、できるわ。お姉さまが、世の中がツマらなくなったことには、きっと、原因があると、思うの。それを、聞かしてよ」

「原因なんか、ありアしないわよ」

「いいえ、あるのよ。シンデには、わかってるわ……」

彼女は、悲しげに、しかし、ハッキリと答えた。

「あら、あたしにわからないことが、あんたにわかるの?」

「ええ、よくわかってるわ……」

彼女の顔が、暗くなって、下をむいた。頰に、光るものがある。尤も、シンデの涙の露は、再三のことであるから、驚くほどのことではない。

「じゃア、いってよ」

「いってもいい?」

「ええ、関わないわよ」

と、強気な千春の顔を、恨めしそうに、シンデが見つめていたが、やがて、ズバリと、いった。

「お姉さまは、慎一さんのことが、忘れられないのよ。そのために、厭世家になっちゃったのよ」

「まア、シンデは……」

千春は、生爪をハガされたように、跳び上った。まさに、急所をつかれたのである。いや、彼女自身で、急所と知らないでいた箇所を、刺された痛みで、それと知ったようなものである。

それにしても、シンデには、慎一のことなぞ、一言だって、洩らさないのに、どうして、察してしまったのだろうか。恐るべき、直感力といわねばならない。

「そうよ、お姉さま、いくら、秘したって、ダメよ」

彼女の眼は、嫉妬のために、輝いた。船越トミ子のシンイの焔を、タキ火とすれば、これは、酸素熔接の青い火のようなもので、どっちが、熱度が高いだろうか。

「毛利さんの話じゃ、慎一さんは、あの女に、クラゲのように、骨なしにされてるんですッて……。お姉さまのことなんか、全然、思ってもいやしないわ。そんな青年を、お姉さまは、いつまでも、恋しがってるの？　大切な公演のことも、忘れて……」

と、封建時代の細君のように、ヤキモチ混りの忠言を試みると、

「うるさいッ」

千春が、非文化的な亭主のような、怒声を発したので、シンデが、跳び上って、驚くかと思ったら、これがまた、シンボー強い女房のように、少しも騒がず、

「はい……」

と、首をウナだれた。

「よけいなこと、いうもんじゃないよッ」

「はい……」

なるほど、こういう風景を演ずるには、喫茶店なぞは不向きで、人の少い、離宮前の夕暮れに限るようなものであった。

「さ、もう、ご飯食べにいこう。二人きりになると、シンデは、すぐ、そんなことといい出すから、いやさ……」

千春は、ベンチを立ち上った。

「もう、いわないから、怒らないでね」

後れじと、彼女も、腰を上げたが、ヤキモチを断念したというわけではなかった。愛する暴君の前に、頭を下げたというだけであって、シンイの焔は、むしろ、火力を強めたのである。なぜといって、千春が怒ったということが、慎一に未練のある確証ではないか。それを弁解ができないものだから、あんな、ジャケンなことをいって――

しかし、彼女は、千春を恨まなかった。憎いのは慎一で、彼在るがために、千春が、心を迷わせるのである。彼女が、千春を独占することを、妨げるのである。しかも、慎一が、無比の強敵であることを、彼女は、よく知ってる。第一に、彼は、男性である。つまり、官軍である。その上、稀代の美男子ときている。錦の御旗を掲げた、水爆機の如きものである。これに抗する彼女は、ただ熱情と献身の竹槍しかない。その劣等感が、慎一に対する怨恨や憎悪に、変形したのであるが、とても敵わぬ対手と、アキらめてもいたのである。ところが、最近、彼と千春が不仲となって、乗ずべき隙ができてきた。アワよくば、千春を独占できる希望が出てきたので、彼女の熱情と献身が、極限に発揮されてるところなのである――

「ねえ、お姉さま、お食事したら、映画でも見ない？」

彼女は、一刻でも長く、千春と共にいる時間を、延ばしたかった。

「そうね……」

千春は、なにか、もの想いに耽ってるらしく、気のない返事だった。

「映画でなくても、アイス・スケートでもいいわ」

「うん……」

四谷見附まで歩く間に、シンデが、煩《うるさ》いほど話しかけるのに、千春は、ロクに返事もしないで、考え込んでいた。

都電の交叉点の近くに、彼女等が、よく立ち寄る喫茶店があった。先刻の約束では、そこで食事することになっていたので、シンデは、その方へ、足を向けると、千春が、急に立ち止まって、

「シンデ、ほんとに、悪いけれど、お姉さま、とても疲れちゃったから、四谷から国電に乗って帰るわ。また、明日、ね……」

上りの急行電車は、すいていたので、千春は、すぐ腰かけられたが、一人になって、ホッとした気持だった。

――シンデには、可哀そうだったけれど、とても、やりきれなかったんだもの。

彼女は、自分自身に、弁解した。

今日ほど、シンデを、煩く感じたことはなかった。しまいには、絡みつくクモの巣のような、気持になった。

決して、シンデが、嫌いになったのではない。しかし、こんな、突ッ放すような別れ方を、一度だって、したことがあったろうか。

二人の仲は、研究所の中でも、評判になっていた。千春は、何と悪口をいわれても、彼女を可愛がることを、やめなかった。実際、二人の気が、よく合うことは、楽器の合奏に似ていた。それは、性格の調和でもあろうが、性の同一が、大いに関係してると、思われた。一体、彼女は、妙齢になってからも、男友達より、女友達の方が、遥かに好きだった。男の色情をマル出しにして、ニヤニヤと、近寄ってくる青年なぞ、溝の中へでも、叩き込んでやりたくなる。中年男は、もっと汚らしい。すべての男が、不潔なケダモノである。

そういうことを、彼女に考えさせたのは、戦後の性的テンヤワンヤも、一因となっている。エロ雑誌と、ストリップ・ショウの氾濫する時代に、青春期を迎えた彼女は、自己防衛的にも、男嫌いになったのかも知れない。

彼女が、一種の男嫌いであることは、確かだったが、慎一だけが、例外であった。それは、彼と子供の時から、親しくしていたのと、彼の人柄が、あまり、性を感じさせないからであろう。彼は、一度だって、恋愛の言葉をささやいたことがない。ただ、結婚しようといっただけである。男女のそういう友情が、結婚に入るのに、もっとも合理的だという、彼の理論からである。実際、千春にとって、彼は半分は異性であるが、半分は、同性の友達の気持がしていた。

ところが、船越トミ子出現以来、彼女の気持が変ってきたのである。どうやら、慎一が、次第に、完全な男性に近づいてくるのである。それは、彼女に、嫌悪と魅力とを、同時に感じさせるから、厄介である。不潔な慎一と、新鮮な慎一とが、重なり合って、彼女に立ち向ってくるのである。そして、今日のように、自分の才能に、深い疑いが起きたりすると、トタンに、慎一は、懐かしく、縋《すが》りつきたい人間に、変ってくる。

——慎ちゃんは、あんな女に、迷わされる人じゃないわ。あたしは、慎ちゃんを、信じているわ。

彼女は、急に、慎一の顔が、見たくなった。つまらない意地立ては、一切、捨てて、彼に会いたくなった。尤も、いつかの新橋駅の別れ際を、考えると、彼に会見を求めるのも、工合が悪かったが、幸い、いい口実があった。いや、口実ばかりではない。実際、その相談をする必要がある。二人の親同士の相談のことなのだから。

——そうだわ、東京駅のフォームで、慎ちゃんのところへ、電話かけよう。

そう決心すると、彼女の心が、俄かに、軽くなった。ちょうど、電車が、水道橋を通過する時で、後楽園の夜間野球の照明が、暮れ残った空に輝くのが、メッポーに、美しく見えた。

汗の後

バー・リシェスは、開業以来、驚くべき繁昌を、続けていた。

どこのバーでも、店開きの当座は、義理の客や、新物食いの客で、賑わうものだが、半月も経つと、グッと、客脚が落ちてくる。リシェスの場合は、逆であって、いよいよ繁昌するばかりか、その客種が、悪くない。尤も、客種がいいといっても、優秀な日本人というよりも、金のある日本人が、ここを訪れることは、確かであった。デフレ時代でも、金を持ってる者は、持ってる。しかし、やはり、時代の影響で、彼等も、遊興費の節約を計る。築地赤坂へ行くのを、一度控えて、銀座のバーで、三度遊ぶ。それでも、沢山、オツリがくるからである。といって、彼等も、普通のバーへ飛び込んだところで、面白くはない。なにか、上品みたいなフンイキと、色気と才気を兼備して、話し相手になるマダムのいる店へ通うのは、体面上からも、差支えないことになってる。

「おい、マダム・船越が、バーを始めたというじゃないか」

「いや、わしのところへは、当人がアイサツにきたが、彼女、本気で、マダム業を始めるらしい」

「どんなツラをして、サービスするか、見に行きたいね」

「義理を果す意味でも、一度、寄ってみるかね」

そういう客が、自家用車なぞ、リシエスの前に止めて、ちょいと三十分ほど、遊興の目的で、軒を潜《くぐ》るのであるが、運転手が、正直に、車内で待っていても、必ず、長い待ちボケを食わされる。そして、二、三日経ってから、

「おい、此間のリシエスという家な、あすこへ着けてくれ」

と、主人の命令が、下るのである。

よほど、魅力のある店らしい。といって、何も、特別なウマい酒を、飲ますという噂もない。また、戦後、特別なウマい酒なんて、外国にも、種切れである。では、美人女給でも雇っ

てるかというと、これが、アルバイトではないかと思うほど、女学生臭いのが、二人いるだけ。結局、マダムの船越トミ子が、店の招き猫なのである。彼女が、すべての客を、すっかり、いい気持にさせてくれるので、酒なぞ飲まなくても、いいくらいなものである。その点、慎一の眼力に狂いはなかったが、彼女が中年の男性に対して、それほど魅力を持ってることは、彼の計算外だった。

ある大新聞の文芸部長が、人を連れて、飲みにきたが、彼女のサービス振りを見て、

「これア、ホープレスのマダムを、凌駕《りょうが》するかも知れんぞ」

と、鑑定したという。ホープレスというのは、曾て、慎一とトミ子が、見学に出かけたほど、マダムで売出したバーである。

とにかく、客種がいい上に、いろいろの客がくる。メーカーみたいな客、病院長みたいな客、代議士のような客、自衛隊の幕僚のような客、外国人のような客——つまり、二世であるが、それから、外国人そのものも、時々、姿を現わす。すべて、船越トミ子と、以前から知合いらしく、彼女の過去が、ボンヤリ、覗けるというものである。

今宵も、八時にならないうちから、店の中は、賑わっていた。

カウンターの内側で、船越トミ子が、お客の対手をしている。バーテンは、隅で小さくなってるほど、彼女は、もっぱら、ここで、サービスに努め、更に一段、待遇を強化する必要を認めた時に、ハネ板を揚げて、外側へ回り、客の間に伍して、肩にも触れば、背中も打ったりするのである。但し、それは、最低三回以上の通勤者に対して、行う儀礼に過ぎない。

「まア、イーさんたら、うまいことといって……」

と、カウンターから、半身を現わしてる彼女は、見ちがえるほど、女振りを上げていた。或いは、頭上の照明なぞに、工夫があるのかも知れないが、婦人雑誌の表紙のように、多彩鮮明に、彼女の顔が、浮き出すのである。ハンニャ型の顔は、化粧で引き立つものだが、ニッと笑った口許の裂け工合も、外国の映画女優みたいで、ホロ酔いの男たちに、快い刺戟となるらしい。改築設計者の阿久沢さんは、彼女の顔つきまで、プランに入れていたかも知れない。

「いや、ママ、ほんとですよ。うちの会社なぞ、ロクにボーナスも出せなかったくらいで、ぼくも、午飯は、ざるソバ一杯にきめてるんだ……」

イーさんと呼ばれる男は、英国地のポーラなんか着て、小肥りで、横幅の広い、四十男である。戦後に羽振りのいい男は、どういうものか、在米邦人二世のように、ツヤツヤと、栄養が行き届いた顔色をしている。昔だって、金持は、ウマいものを、食っていただろうに

——

イーさんは、二人の友人を連れて、カウンターの高いイスに腰かけ、コニャックのグラスを前にして、船越トミ子と話し合ってるのは、常連の証拠であるが、しきりと、自分の会社が、倒産に瀕してるようなことを列べるのは、不況時代にかかわらず、事業好調なのを、裏書きするようなものである。この種の男は、そんな形で、自慢をしたがる。

「あら、イーさんは、昔から、おソバが好きじゃないの」

「え、知っていたか」

と、大仰に、頭をかく。

「ええ、そして、お宅に、どんな方面から、リベートが入るということもね……」

と、船越トミ子は、わざと、睨めるような、横眼を使う。

「ママ、今日は、シャれた着物だね」

「ダメよ、ゴマかしたって……」

「いや、ほんとに、変った単衣《ひとえ》ですね」

と、連れの男が、口を出した。

「これ？　月並みなのよ、レース……」

彼女は、胸を押えるように、赤い爪の手を当てた。クリーム色の舶来レースを、着物に仕立てて、濃いエンジの帯を締めている。あまり、月並みでもない。

「いや、ママという人は、不思議な人だよ。以前は、洋服ばかり着ていて、これが、飛び抜けてスマートだったが、和服を着ると、このとおり、スッキリ似合う……。女社長をやった頃は、近寄り難い威厳を備えていたが、バーのマダムとなると、とたんに……」

イーさんなる人物は、どうやら、船越トミ子に、相当の執心を、寄せてるようであった。

「いやよ、まるで、あたしが、妖怪変化みたい……」

と、美しいハンニャは、本性を秘すようなことをいったが、マンザラでもない様子で、対手を眺めた。

「しかし、タヌキ御殿だとか、猫騒動だとかいう映画は、たいがい、美人女優が、妖怪になるじゃありませんか」

と、連れの一人が、追従《ついしょう》のようなことをいった。

「あら、あたくしが、美人？」

ウヌボれてるくせに、眼なぞ、円くして見せる。

「美人でなくても、シャンでいらっしゃる」

もう一人の連れが、下らないシャレをいうのだが、

「まア、こちら、お上手ね」

と、賞めてから、その男がクワえた煙草に、即座に、帯の間から、金色の小型ライターを出して、火をつけてやるあたり、彼女の接客業は、イタについたものだった。

そこへ、入口のドアが、開いて、

「入らッしゃいませ」

と、テーブルにいた女給が、立っていくのに、ちょいと、会釈しただけで、スタンドの方へ、真っ直ぐに歩いてきたのは、雲つくほどの大男の外人で、どこの国人やら、人相は、不確かだが、言葉は英語で、

「ハウ・ディ・ドウ・マム……」

と、狎《な》れ狎れしく、船越トミ子に、話しかける。

「オウ・ミスタ・フランキイ、ユウ・ア・クヮイト・エ・ストレンジャア！」

てなことを、ベラベラと、彼女も答えて、その方へ寄って行くのを、イーさんは、渋い顔

をして、見送った。しかし、右の外人が、彼の方へ、愛想よく会釈をすると、硬ばった笑顔を返したのは、既に、顔見知りの仲だろう。

「このバーも、いいが、どうも、混んでいかんな」

彼は、連れに話しかけた。

「河岸でも変えますか」

「さア……もう一杯、飲んでからにしよう」

マダムに、未練があると見えて、彼は、時々、外人と話してる彼女に、横眼を使いながら、コニャックを舐めていたが、やがて、堪りかねたように、バーテンを呼んだ。

「君、マダムを、ちょっと……」

昔の吉原の落語に、こんな風景があった。

やがて、一渡りのサービスを済ませた彼女が、ニッコリ笑って、此方へくると、

「ママ、三十分ばかり、体、貸しなさい」

「なによ、イーさん、急に……」

イーさん、彼女をサラって、日比谷の会員組織のキャバレへ、踊りにいこうというのである。

「車を持ってきてるから、すぐ、帰してあげますよ」

彼は、セキ立てるようにいった。

「だって、ドレスに着換えなきゃ……」

彼女は、隅の方へ行って、バーテンの三島に、囁いた。

「マスターは、もう、来た?」

「いいえ、まだ、お見えになりません……」

慎一が、この頃、店へ出てくるのは、開店時刻の一時間前ぐらいだった。六時には、女給が出勤するので、前夜のチップの勘定をしなければならない。そして、バーテンと、いろいろ相談をしたりするが、店のドアを開ける時分には、コソコソと、二階へ姿を消してしまう。そして、前日の売上げや、諸出費を、帳簿に記入したり、パチンコ屋の顧客と異る、消費の形態を研究したりする。つまり、事務をとるのだから、二階のことを事務所と呼び、畳の上に、イスとテーブルを列べ、窓にも、カーテンをとりつけた。船越トミ子は、大改築を望んだが、彼は、その程度で食いとめた代りに、ベッド一台を買い入れることは、反対できなかった。部屋に不相応な、見事なベッドが、押入れを取り払った跡に、置いてある。まだ、一度も、使用したことはないが、慎一が、仕事に疲れると、ソファ代りに、臥転《ねころ》ぶぐらいのことはある。

船越トミ子も店へ出てくると、まず、この部屋に上る。彼女の化粧直しや、着換えのために、小さな鏡台や、トランクなぞも、置いてある。時には、二人が、ここで、近所から取り寄せたもので、夕食を共にすることもある。

しかし、慎一は、近頃、帰りの時刻を、警戒するようになって、なるべく、閉店前に、家へ帰ることにきめていた。なぜといって、その時刻の船越トミ子は、客の対手をした酒の酔いが、一時に出てくるらしく、すっかり、淑女のタシナミを、失ってしまうのである。

「慎一さん、どっかへ、踊りにいかない？」

　これぐらいは、無事であるが、

「あたしの家へ、行きましょうよ」

と、いうのは、穏かでない。バーが、店を閉めるのは、十一時であるが、なんのかんのと、十一時半から十二時になってしまう。グズグズしてると、乗物のなくなる時刻である。それから、彼女の家へ行けば、泊るということを、意味する。

　それでも、暗示的交渉のうちは、まだよかったが、ある夜なぞは、酒臭いイキを、焔の如く吹きかけ、眼は狂乱の光りを放ち、いきなり、彼の首に、両手を巻きつけたと思うと、

「ねえ、今夜、ここへ、泊りましょうよ。何のために、ベッド、買ったと思うの？」

と、露骨極まりなくなって、さすがの慎一も、恐怖心を起してきた。

　彼女の、商業主義精神と、その実践には、慎一も、多大の尊敬を惜しまないのだが、あのような果敢な魅惑行為を、お客に向けないで、共同経営者に見せるのは、反則というべきであった。その原因を、ツクヅクと、彼が追求してみると、結局、彼が、共同経営者の実を、備えていないからに、相違ない。現在の彼は、この店のマネジャーというか、ことによったら、会計係りに過ぎないところがある。彼女の使用人と見做《みな》されて、あんな、ハシタない行動に、及ばれるのかも知れない。

　――どうしても、ぼくも、出資者にならなければ！

彼は、早く、パチンコ屋の店を売って、彼女の立替金を、埋める必要がある。さもないと、なるべく、閉店時刻に姿を消すようにしてるものの、いつ、危難が振りかかってくるかも、わからない。

そこへ、今日、筆駒さんから、電話が掛ってきた。

彼は、今日の午後三時ごろから、例のシルコ屋で、筆駒さんと、会談したのである。

「お兄さん、あたし、また、気が変っちゃったの」

と、彼女は、慎一の顔を見ると、すぐ、いった。

「はア、よく、変りますな」

「でも、今度は、お兄さんにとって、悪くない、変り方よ」

筆駒さんは、今日は、珍らしく、洋装をしている。ホタル籠のように、中が透けて見える服地であるが、彼女のような素人臭い女でも、芸妓の洋装は、どこか、一本、釘が抜けたようなところがある。

「それは、結構ですな」

「早くいえばね、お兄さんと結婚するの、止めることにしたの」

「え？」

これには、慎一も、驚いた。まだ、結婚の申込みもしていないのに、中止するというのは、気が早や過ぎる。尤も、それとなく、匂わせるぐらいのことが、あったにしても――

「あたしね、お兄さんは、パチンコ屋の主人とばっかり、思っていたのよ」

彼女は、氷ジルコを掻きまぜながら、述懐を始めた。

「いや、今でも、そうなんですがね」

「あれは、世を忍ぶ仮りの名で、ほんとは、大きな病院の息子さんなんですッてね」

「いや、病院は、人に貸してあります……。しかし、よく知ってますね、そんなことを」

「結婚するには、身許調べが、必要じゃないの……。それに、お兄さんは、大学も、出てるんでしょう。その上に、上原謙の若い時みたいな、好男子……。少し、道具立てが、揃い過ぎてると、思わない？」

「そうですな」

慎一は、他人事のような、アイヅチの打ち方をした。

「そんな人と添うと、苦労するッて、いわれちゃったの」

「誰にです」

「うちのお姐さん……。それから、易者も、いったわ、お兄さんと、星が合わないんだって……」

「それは、いけませんでしたな」

慎一は、クヤミの言葉を述べたが、それだけのことをいうのに、彼女が面会を申込んだかと思って、失望も感じた。

「そう聞いたら、パッと、気が変っちゃったのよ。あたしは、ダメとなったら、未練なんか、残さないわよ」

「賛成ですな。ぼくも、その主義です」

「そいで、あたし、すぐ、株主さんに、O・Kッて返事しちゃったのよ」

「ああ、例の去年還暦の人ですか」

「そう。そいで、バタバタと、話が進んで、先月の末に、退き祝いをして、じきに、宮益坂のアパートへ、入っちゃったの。だから、あたし、もう、芸妓じゃないのよ。そいで、洋服、着てるの……」

　彼女が、結婚の希望を、放棄したことは、慎一にとって、重大問題ではなかったが、洋装の由来に至っては、まったく、興味がなかった。そんな話を、聞かされるために、呼び出しをかけられたのかと、バカバカしくなって、

「何にしても、結構なご身分ですな。ところで、ぼくは、これから、出掛ける先きがありますから……」

　と、腰を上げかけると、筆駒さんは、慌てて、止めた。

「あら、お兄さん、まだ、あたしの気が変った話も、聞かないで……」

「また、変るんですか」

「いやアよ、まだ、そこまでいかないじゃないの……。もう一杯、氷ジルコお代りしてから、お話しするわ」

　彼女は、それから、まず、アパート生活が、いかに退屈であるかということを、説き出した。

「いくら、お寝坊しても、時間が、余っちゃうのよ……。そこで、あたし、ふと、お兄さんのパチンコ屋の店のこと、思い出したの。あの時は、お兄さんを口説くために、あんなこといったけれど、本気じゃなかったのよ。今度は、マジメに、あの店、譲って頂こうかッて、気になったの」

「それは、有難いです。是非、買って下さい。ぼくも、金の必要があって、一刻も早く、売りたいんです。パチンコ屋経営の秘伝は、全部、教えますから……」

　慎一は、急に、熱心になった。

「ところが、株主さんが、パチンコ屋は、男が大勢くるから、いけないって、いうのよ、お好み焼屋かなんかだったら、お金を出してやるっていうの……」

「お好み焼、結構です。デフレ的営業の一つですよ。あの店を、ちょっと改造なされば、すぐ、開店できます。場所としても、花柳界の中で、悪くありませんな」

　慎一は、店を買って貰いたいから、極力、賛意を表した。

「あたしも、そう思うの。お好み焼なら、土地の人も、きっと、来てくれるわ。それに、女の商売としても、パチンコより、合ってるわよ」

「それア、そうです」

「だから、あのお店、買いたいけど……少し、マカらない？」

　筆駒さんは、可愛くいい、小首を傾けながら、商談に入った。

「三十万は、高くないと、思いますがね」

「そうかも知れないけど、改造費だとか、道具を買うのに、お金が要るでしょう。その上、今度の株主、あんまり、気前がよくないのよ」

「どの位にマケろと、仰有るんですか」

「半分ぐらいに、どう？」

ニッコリ笑って、彼女が、値切った。

「十五万ですか。それは、ひどい……」

慎一は、無茶な値切り倒しに、驚いたが、ふと、船越トミ子がバーの権利を買った時のことを、思い出した。

女は、値切るのが、本性であるのか。

結局、二十万で、慎一は、手を打ったが、急ぐ金でなければ、こんな譲歩はするものかと、イマイマしかった。

「でも、もう一つ、条件があるの。お兄さんが、あたしのお店の顧問になってくれなければ、買う気しないわ」

「え、お好み焼屋の顧問？」

さすがの慎一も、今日はクサって、家へ帰った。

小娘のように、ウブだと思った、筆駒さんに、シテやられたという感じがしてならない。

あの店を、売りに出してから、玄人のような男も、買いにきたが、二十万と値をつけたので、慎一は、売らなかった。今日、筆駒さんが値切った価格と、同じである。早く、船越トミ子に、金を渡したいから、遂に、折れてしまったものの、あの令嬢芸妓は、玄人同様の取引きをしたことになる。スミに置けないというのは、このことであろうか。

それだけなら、こっちの弱身と、アキラめもするが、第二条件が、空恐ろしい。彼女は、慎一に、お好み焼屋の顧問のイスを、懇請したが、商売の智慧を貸してくれというのは、体裁であって、実は、二号生活の退屈を紛らすオタノシミに、彼を用いるコンタンらしかった。つまり、マブとか、ヒモとかいう使用法である。

彼女は、慎一と結婚することには、釣合わぬは不縁の元という格言に、従ったらしいが、ヒモやナワとして、繋留する人物には、最高の適格者と、踏んでるらしい。

「姐さんも、そういったわ、そういう人がなければ、とても、二号さんなんか、勤まるものじゃないッて……」

彼女は、別れ際に、そういったが、どうも、よくない姐さんが、ついてるらしい。いや、案外、彼女自身の希望を、架空の姐さんに、托してるのかも知れない。虫も食わない顔をしながら、まったく、フトいアマだからである。

慎一も、嬪夫《ひんぷ》となってまで、店を売りたいとは思わなかったが、表面上の資格は、顧問であるから、その限りに於て、承諾したけれど、どうも、ムネクソが悪い。

家へ帰ったが、母親は外出中なので、閉め切った室内は、ムンムンと暑く、彼は、不愉快な気分と、汗とを、一緒に洗い落すつもりで、シャワーを浴びた。

そして、コンビネーション一枚で、窓際のイスに、腰かけてると、どうも、女というものが、イヤになってきた。

筆駒さんばかりではない。船越トミ子だって、せっかく、金とソロバンの道の同好の士だと、思ったのに、じきに、首ッ玉へカジリついたり、温泉場の宿引きのように、泊れ、泊れと、強要する。

いや、その二人だけではない。オフクロの様子が、この頃、少し妙である。陽気な性質とは知っているが、あのウキウキ振りは、正常ではない。その上、彼女のオシャレが、輪をかけてきた。お化粧も、肌の地を整える工作に、必死だし、着物や装身具を、やたらに、買い入れる。夏になって、何枚、着物を註文したか知れない。慎一が渡す小遣銭では、とても足りる筈がないから、自分名義の株でも、売ってるにちがいない。

母親の変調は、どうやら、女としての性に、関係があるらしい。筆駒さんや、船越トミ子の言動は、明らかに、性の直接衝動である。

――女もいいが、性《セックス》がうるさいな。

こんな、ムリな註文もないものだが、慎一が、大マジメに、そう考えてる時に、電話のベルが鳴った。

「ハイ、ハイ……」

慎一は、コンビネーション一枚の姿で、電話口に立った。

「あら、慎ちゃん？　し、ば、ら、く……」

ほんとに、暫らくである。彼が、耳を疑ったほどに――

「チイちゃんかい？　どうしたのさ、その後……」

慎一だって、これくらい、弾んだ声が出るのである。ただ、倹約家であるから、滅多に出さないだけだが、今日は、大いに、気前を見せた。というのも、千春の声が、曾て経験のないほど、懐かしく、聞えたからで――

「うん、いろいろね……。慎ちゃん、変りない？」

「とても、元気……。君は？」

「うん、まア、それがね……会って話さなけれア、わかんない……」

と、いつもになく、千春の言葉に、複雑なカゲがあった。

「じゃア、会おうよ。君さえ、差支えなかったら……」

「あのね、慎ちゃん……今晩、お体、あいてますか」

「いやに、ヨソ行きなんだね。おかしいよ」

「だって、この頃、お忙がしいンでしょう」

「バーの方？　でも、そんなに、早く行かなくても、いいんだよ……。君、今、どこにいるの？」

「東京駅のフォームの電話……」

「じゃアね、後、三十分したら、新橋のいつもの場所で、会おうよ、ね……」

「ありがとう。待ってるわ……」

その時には、千春の声も、明るくなったが、慎一は、先刻からのユーウツが、一ぺんに、吹き飛んだ気持だった。

大急ぎで、麻のワイシャツに、手を通しながらも、彼は考えた。

――ぼくは、こんなに、千春ちゃんが、好きだったのかなア。

実際、彼女に会うのが、ひどく嬉しいのだから、そう認める外はないが、どうも、不思議でならない。今まで、比較的好きだった彼女が、俄かに、絶対的みたいな位置に、ノシ上ってきたのは、果して、何の理由によるのであろうか。

――そうだ、ぼくは、彼女を再発見したのだ。

彼女に於ける性の劣勢という事実――これが、彼にとって、いかに大きな福音《ふくいん》であるかに、気づいたのである。これを、古い俗語に飜訳すると、サッパリした女に限りヤスということになって、値打ちがなくなるが、女たちに覆われた男の心理は、今も昔も、変りはない。それを、ゼイタクなどというのは、美男子でない輩《やから》の不逞《ふてい》の言であろう。

――しかし、彼女の性の劣勢を、ぼくが好むというのは、ぼくにも、その方の不足があるからにちがいない。

慎一は、エロ雑誌に書いてあるような、性の衝動を、一度も、経験しないのである。いつも、その方は、満腹感なのである。それは、彼がカタワに生まれたのか、それとも、後天的に、女がウルさい境遇に置かれたためか。

地下鉄の階段の一番下から、千春の姿が、もう見えていたので、慎一は、急いで、駆け上った。

「待った？」

「うん、ちょいとだけ……」

彼女は、ニッコリ、柔和に笑った。

――いやに、可愛いぞ、今夜の千春ちゃんは。

それは、彼女が変化したのか、それとも、彼の気のせいか。

「ご飯、まだなら、つき合わない？」

彼も、優しく、誘った。

「まだなの……」

「何、食べる？」

「そうね、ハンバーグ・サンドウィッチと、グレープ・ジュース……」

シンデが聞いたら、怒るだろう。

「ぼくも、今夜は、そんな軽いものがいい」

二人は、土橋通りのコーヒー・ショップへ行くために、歩き出した。

「こんなに会わなかったこと、始めてだね。どうしたのさ、なんか、感情害したの？」

慎一が、訊いた。

「もういいの、そんなこと……」

千春は、弱々しく、答えた。

「よかアないよ、誤解ッてやつは、人生のムダの一つだからね」

「だけど……」

いつもなら、この辺から、論争の緒が開けていくのだが、千春は、そういっただけで、黙ってしまった。

――いいたいこと、聞きたいことが、沢山ある。でも、今は、何もしたくない。ただ、慎ちゃんと一緒に、歩いているだけでいい。

「お父さま、お変りない？」

慎一も、今夜は、口喧嘩がしたくないと見えて、話題を転じた。

「相変らず、時計ばかり、イジってるわ」

「おじさまにも、暫らく、お目にかからないな……。ぼくは、老人て、あんまり好きじゃないけど、おじさまは、別だな」

「パパも、そうなのよ。いまの青年に、反感ばかり示すくせに、慎ちゃんだけには、厚意持ってるのよ……」

厚意どころではない。彼との結婚を、早く進捗しろとまで、催促されたところだが、それはいえない――

「あたしも、おばさまに、すっかり、ご不沙汰しちまって……」

「千春ちゃんは、どうしたのかって、心配してたよ」

「申訳ないわ、ほんとに……。でも、お元気？」

「元気過ぎるんだよ、この頃……。まるで、青春を、もう一度、取りもどしたみたいに、ウキブキ、なんだよ。やたらに、着物をこしらえたりしてさ……。実際、不思議でしょうがないんだが、やっぱり、あれも、更年期現象なのかね」

慎一は、何気なくいったが、千春の胸には、釘を打たれる想いだった。想像どおり、あの人のいい蝶子は、鉄也との結婚の成立に、何の疑いも持たず、衣類の準備など始めて、期待に心を弾ませているのであろう。

——飛んだことになったわ。

彼女が、溜息をついた時に、コーヒー・ショップの前へきた。

生憎、食事時で、客がタテ込んでいたが、二人は、奥まった、暑苦しい所に、やっと、空席を見出した。

「慎ちゃんは、今年も、カンカン帽ね」

帽子を脱いで、テーブルの下に入れる彼に、千春が、懐かしそうにいった。

「うん、これに、限るんだ」

久し振りに、二人は、差し向いになって坐ると、自然に、顔を見合わして、微笑んだ。

「君、少し、痩せたんじゃない？」

「そうか知ら……」

「そういえば、顔色も、よくないよ。夏痩せかい？」

「さア……。公演の稽古で、疲れたのかも知れないわ……」

千春は、軽く、いい逃げようとしたが、言葉にひそむ暗さが、慎一の耳に残った。

「今度は、大役なんだってね。稽古、うまくいってるの？」

「ウフン……」

千春の顔が、笑いかけて、硬ばった。

「頼りない、返事だね。でも、芸術なんてものは、パチンコの器械みたいに、その日の調子一つなんだろう。悲観することないよ」

「でも、壊れた器械だって、あるわよ」

「直せば、いいさ……。実はね、ぼくも、最近、不調なんだよ。いろんなことが、ぼくの計算どおりにいかないのさ。でも、よく考えてみると、みんな、ぼくのソロバンが疎漏《そろう》なので、ソロバン主義を疑う理由は、一つもないんだよ……」

彼は、今度のバーに出資するために、パチンコ店を売る経緯を、包まずに語った。千春には、秘密を残さない主義なのである。

「すると、慎ちゃんは、そのバーで、どういう位置なの？」

弱々しかった彼女の眼つきが、光ってきた。

「今のところ、会計係りみたいなもんさ」

「それだけ？」

彼女は、もっと、突ッ込んで、訊きたいのである。シンデが、モウさんから聞いた話は、そんなナマやさしいものではない。

「それだけさ」

慎一の返事は、率直とも、白ばッくれてるとも、両方にとれた。彼女は、思案に暮れたが、折りよく、テーブルを接していた男の二人連れが、座を立ったので、勇を鼓して、訊いてみた。

「慎ちゃん、あんたに、秘密ない？」

「ないね、ちっとも……」

「あたしは、あるの」

「なんだい、シンデと、深い約束でもしたのかい？　あれだけは、不健全だから、お止しよ」

「バカね、そんなことじゃないわよ」

彼女は、最近、自分の心に起きた才能への疑惑や、自信喪失のことを述べた。

「あたしにとって、こんな、重大な秘密は、ないのよ。それを、告白したんだから、慎ちゃんも、イサギよく……」

「困ったね、ぼく、秘密なんかないよ」

「だって、慎ちゃんは、バーの二階に、密室をこしらえて……」

「密室か……」

慎一は、クスクス、笑った。好男子でない男のゲラゲラ笑いに、相当する。

「どうだい、千春ちゃん、これから、その部屋を見にこないか」

彼は、冗談でもなさそうに、いった。

「いやよ、そんな、ケガらわしいところ……」

千春は、蜂が頭にとまったように、激しく、首を振った。それは、ヤキモチであるか、それとも、中性的潔癖であるか、とにかく、強烈な反応であった。

「なんだか、今夜は、いつもの千春ちゃんとちがうように、思ってたが、やっと、ホンモノに会ったようだよ……」

彼は、悦に入った笑い方をした。

「あたしが怒れば、慎ちゃんは、嬉しいの？」

「そういうわけじゃないが、この頃のように、人間が色情的になってくると、セックス(性)そのものも、ムダの一つじゃないかと、思う時さえあるよ。ところが、君は、そのムダを感じさせないんだ。尤も、セックスを離れて、芸術はないそうだが……」

慎一は、ニガ手の芸術方面から、攻撃されないように、予防線を張った。

「なんだか、あたしが、女性でないみたいなことというのね。あたしは、汚らしいことや、曲ったことが、嫌いなだけよ」

「それ、それ——その点が、賛成なんだよ。じきに、首ッ玉へカジリつくなんて、よくないよ」

「誰が？」

「誰でもいいがね。ぼくは、今日、千春ちゃんから電話があった時に、とても、嬉しかったんだぜ。今まで、君と会うのを、こんなに、嬉しく感じたことはなかったよ。ぼくはね、この世の中の女で、君が一番好きだってことを、再確認したんだ。その理由まで、わかっちゃったんだ……」

「あたしに、セックスの過剰がないからっていうんでしょう。バカにしてるわ」

今度は、千春が、クスクス、笑った。

「バカにするどころか――ぼくは、新橋へくる地下鉄の中で、決心しちまったよ」

「何を？」

「君と、早く、結婚した方が、いいッていうことをさ……」

慎一は、普通の青年なら、胸をトキめかして、いい出すことを、サラリと、口外した。近所のテーブルの客が、小耳に挿んだところで、次ぎの食物の相談ぐらいにしか、聞えなかったろう。

だが、千春としては、ドキンと、応えた。彼女は、慎一の性格を、よく知ってる。彼は、ウソや冗談をいう男ではない。また、結婚のことを、いい出す以上、彼が、他の女を念頭に置いてない証拠になる。彼は、美男子ではあるが、およそ、ドン・ファンと縁がない。

「千春ちゃんは、バレーに自信を失ったというが、それなら、一層、ぼくらの結婚の条件が、調整されたことになるじゃないか……」

慎一は、重ねて、そう説いた。だが、千春は、万感、胸に迫って、容易に返事ができない。

彼女も、曾て、これほど、彼との結婚を、身近かに考えたことはない。

「うん、そうね……」

彼女の口から、その言葉が出ようとする時に、大声で話しながら、男女の二人連れが、隣りのテーブルに、腰を下した。

「慎ちゃん、あたしも、いろいろ、話があるのよ。外へ出ない？」

千春は、体を浮かせて、慎一に囁いた。

「それがいい」

二人は、勘定を払って、往来へ出た。

「どこか、静かなところない？」

「そうさね、烏森の料理屋を知ってるけれど……」

でも、船越トミ子が、ゲロを吐いた家なんて、追憶がよくない。

「どうだい、ぼくの事務室へきたら？」

「密室？」

千春が、笑った。笑うくらいで、彼女の嫌疑は、だいぶ、晴れたらしい。

「あすこなら、誰も来ないんだ。それに、すぐ一足だからね、ここからなら……」

「だって、船越さんが……」

千春も、さすがに、良家の処女であって、そういうことを、ハッキリいえない。

「いや、彼女は、カンバンになるまで、上ってきやしないよ」

「そう。じゃア、行ってみようかな」

イヤなもの、気味悪いものを、覗いてみたくなるのも、処女の好奇心というものかも知れない。

とにかく、そう話がきまって、二人は、並木通りの方へ、曲った。

「ここの、店なんだよ」

慎一は、バー・リシェスの入口の前で、歩みを止めた。小さな窓から、燈火が洩れ、高い笑い声が、聞えた。一筋、甲高い女の笑い声が、船越トミ子のそれであることが、慎一だけには、よくわかった。

「まア、ずいぶん、繁昌してるのね……」

千春も、こういう世界は、始めてであるから、眼を輝かした。

「バカが、大勢いるんだよ、東京には……」

実際、慎一は、バーの顧客が、消費者として、浅薄なのに、失望していた。パチンコ屋へくる連中の方が、どんなに純粋で、切実な消費精神に燃えてることか——

「大きな車が、待たしてあるわ。そんなお金持まで、飲みにくるの?」

それは、イーさんの一行が、乗ってきた車らしかった。

「きっと、会社の車だろう。ほんとの金持は、バーなんかへ来やしないよ。自分の家で、保命酒でも飲んでるよ」

慎一は、いつもなら、出勤した時に、客便所の通路から、バーテンに合図して、階段を登るのだが、今日は、千春がいるから、そのまま、外から二階へ上ろうとした。

「慎ちゃん、なんだか、気味が悪い……。あたし、帰ろうかな」

千春は、バーというもののフンイキを、外側から嗅《か》いで、なにか、恐怖心を起したようだった。

「なアに、二階は、普通の部屋なんだよ。いいから、ぼくに蹤《つ》いてきたまえ」

彼は、慣れた足取りで、暗い階段を上った。

「まるで、アパートみたいね」

「うん」

慎一は、ポケットから、鍵束を出して、ドアを開けた。

開けた窓のワクに、近所の店のネオンが照り、曲りくねった風が、生暖かく入ってくる部屋のなかで、千春は、

「こんな所で、暮すのイヤね。やっぱり、パパのいうように、鵠沼《くげぬま》が一番らしいわ」

と、近代的狭斜《きょうしゃ》の巷《ちまた》に、反感を示した。尤も、部屋へ入るなり、すぐ眼に入った例のベッドや、船越トミ子の持物らしい、小さな三面鏡や、女持ちトランクなぞに対する反感も、多分であった。

「青山は、どうだい？」

慎一が、そう問いかけたのは、先刻の話の続きがしたいからだった。二人が結婚すれば、母親には、彼女の望みの日本式生活ができるよう、庭に、離れ座敷を建て、そっちに移って

貰うというのが、彼の設計図だった。

「青山なら、まだ、いいけれど……」

彼女も、慎一の問いのフクミが、わからないわけもなかったが、それ以上の答えができなかった。

彼女としては、慎一があのような申し出をしてくれたことが、勿論、嬉しかった。しかし、それは、彼が船越トミ子と何事もなかった証拠として、嬉しいのであって、急速に、結婚生活に入るには、いろいろ妨げがあった。

自分の才能を疑い出したといっても、バレーを断念するまでには、腹がきまっていない。また、自分が結婚すれば、父親を、一層、孤独に堕《おと》し入れねばならない。松に囲まれた隠《いん》栖《せい》を、愉しむなんていってるけれど、口ほどにない寂しがり屋であることは、誰よりも、彼女が一番知っている。

もう一つ、障害をつけ加えれば、シンデのことがある。彼女に、よくよく、因果をフクめないと、メソメソ泣くぐらいならいいが、デパートの屋上から飛び降りるなんて芸当を、やりかねない。

どうも、キッパリと、即答ができないのが、慎一に対しても、申訳がない――

二人は、窓を背にして、彼女は脚を伸ばし、慎一は、膝を立てて、仲よく列んでいるのだが、思うように、話が弾まなかった。

「千春ちゃん、さっきの話の相談ッて、どんなことだい？」

彼は、会話の緒《いとぐち》を、索《さが》し出した。

「あア、そのことね――あたし、実は、困ったことを、しでかしちゃったの……」

彼女も、救われたように、話に乗ってきた。

「何を？」

「慎ちゃんのママに、顔向けできないようなことを……」

そして、彼女は、一伍一什《いちぶしじゅう》を話した。片瀬川の岸で、蝶子に話したこと、それから、父親から、意外な拒絶に遇ったこと――

「日比谷公会堂で、ポール・ポーランの踊りを見た時から、君のすることは、危険性があると、思っていたが……」

慎一も、当惑の面持ちだった。

どうも、近頃、母親の様子がアヤしいと思っていたら、こんなところに、原因があった。

「うちのママが、乾いた薪であることは、知っていたから、警戒したんだけどね。もう、手遅れなんだ――すっかり、火が回って、大火事になってる……」

「ご免なさい、慎ちゃん、あたしが、よけいなタクラミをしたもんで……」

と、千春は、火イタズラを叱られた子供のように、悄然となったが、

「でも、そうした方が、パパのためにも、あたしのためにも、或いは、おばさまのためにも、いい結果になると、思ったもんだから……」

「それア、そうだよ。君ンとこのパパは、老後の世話をする人を、貰った方がいいし、君は、

自由になれるし――しかし、うちのママは、別なんだ。彼女は、今のままで、ぼくのそばで、生涯を送る方が、幸福なんだよ……」

慎一は、ひどく、分別臭い表情を、浮かべた。

「あら、なぜ？　おばさまだって、まだ、あんなに、お若いのに……」

「いや、その若さが、困るんだ。彼女が、年相応の女性だったら、ぼくも喜んで、この縁談に、賛成したろうよ。ところが、実際は、彼女の若さは、法定結婚年齢にも、達していないほどで……」

「何をいってるの、慎ちゃんは……」

「よく、説明しないと、わからないけれどね。誰も、うちのママが、幼女以下の精神年齢だということを、知らないんだよ。とても、一家の主婦なんて、勤まる人じゃないんだよ。もし、結婚すれば、離縁になるに、きまってるんだ。おじさまは慧眼《けいがん》だから、チャンと、その点を見抜いて、君の話に乗らなかったのだと、思うよ」

「だって、おばさまも、初婚じゃないし、慎ちゃんという子供まで生んで、立派に、妻の生涯を果した実績が、あるじゃないの」

「そんな実績は、インチキ会社の決算報告みたいなものさ。うちのオヤジのような、殉教的英雄でない限り、彼女を妻として連れ添うことは、不可能だよ。ぼくは、おじさまを敬愛してるんだから、とても、そんな、不束《ふつつ》かな娘を――いや、そういうオフクロを、差し上げるわけにはいかないんだよ……」

「あたしは、そう思わないな。それア、うちのパパが、若い時のことなら、いろいろ条件も必要だけれど、もう、老兵というより、敗残兵なんだからね。世の中へ、出てる人じゃないんだもの。松風の音を聞いて、お茶でも飲む対手があれば、結構なのよ」

「ところが、それが、うちのママには、ニガ手なんだ。静かに、お茶を飲むなんてことが、できる女性じゃないんだよ。とたんに、ベラベラ、喋りだすよ。おじさまは、彼女のオシャベリだけで、悲鳴揚げちまうね」

「だって、あんな、いいお声なら……。それより、おばさまのあの善意と、明るい感動性が、パパを慰める最大のものだと、思うのよ」

「それも、可容限度というものがあってね。善意も、感動性も、限界を越すと、破壊力を持ってくるんだ。君は、その恐ろしさを知らないから、そんなことをいうが、例えば、八百屋お七を見給え」

「あら、おばさまが、八百屋お七？」

「少くとも、お七と同様な、熱狂状態に、入れる人なんだ。君……オフクロは、今、熱狂的恋愛を、経験してるんだよ。君の話を聞いて、すっかり、それが、わかった……」

　恋愛というものを、経験したことがない点で、千春も、慎一と同様だった。

　彼女が、今日のように、慎一と急に会ってみたくなったり、船越トミ子に憎悪を感じたりするのは、勿論、男女の情に支配されてるからだろう。女として、男に対する感情以外のものではない。しかし、それが、恋愛かとなると、だいぶ疑問がある。例えば、番茶のように、

うすいコーヒーでも、コーヒーにちがいないが、

「こんなコーヒーがあるか」

と、客は文句をいう。

恋愛というものも、灼けつくとか、焦げつくとかいう状態に至らないと、ホンモノとは思えない。対手にすべてを献げるとか、いかなる犠牲も忍ぶとかいう感情が起るのが、本筋である。現に、宇都宮蝶子の胸のそこには、その焔が渦巻いている。

しかし、昭和の敗戦後に、青春期を迎えた千春には、その芸当がむつかしい。特攻隊を軽蔑する娘たちに、火の玉となって、男性の胸の中に突入しろといっても、ムリな註文である。そこで、ボーイ・フレンドというものと遊ぶ、便利な形態ができてきた。更に軽便なのが、同性の友好関係であるが、どちらも、自己犠牲という愚かな損失を、払わないで済む。精々、自分の食った分だけ、ワリカンで払えば、よろしい。

この男女のワリカン制度が、戦後の理想の一つらしく、面倒がない代りに、人にオゴる快感と、人にご馳走になる喜びを奪った欠点は、争われない。

蝶子なぞは、気前がよ過ぎて、人にオゴるのに、金に糸目はつけないから、ワリカン主義の男女から見れば、破産的行為としか、映らない。

「困ったことになったよ……」

と、慎一が、腕を組むのも、当然であった。

「あたしが、パパも、おばさまが好きだなんて、いったのが、原因よ……」

千春も、途方に暮れた顔になる。

二人とも、恋愛を知らないので、第三次戦争が始まったような恐怖に、とらわれる。

「だが、できたことは、仕方がない……」

慎一は、また、分別臭いことをいった。合理主義者として、ただ嘆いてばかりも、いられないからだろう。

「なんとか、収拾の道ない？」

千春も、こうなっては、慎一に頼る外はなかった。

「それを、すぐ、思いつく位なら、こんな心配はしないよ」

彼は、吐き出すようにいった。

「それア、そうだけれど、パパも反対、慎ちゃんも反対じゃ、どうにもならないじゃないの……。せめて、慎ちゃんは、あたしの立場に立ってくれない？」

こんな、懇願的な言葉を口にする、千春ではなかった。

「いや、君の考えを容れるというよりも……」

と、慎一は、苦り切った顔つきで、語を次いだ。

「こうなった以上、ママの望みを達しさせる外に、解決策はあるまいよ。それほど、恐ろしいものなんだ、恋愛ッてやつは……」

知りもしないくせに、慎一が、そんなことをいう。

「え、ほんとに、協力してくれる？」

千春は、あんまり嬉しくて、慎一の手を握ったのも、知らなかった。

「主旨として、賛成ではないが、他に、方法がないから……」

彼は、モッタイ振ったことをいった。

「なんでもいいわ、感謝するわよ」

摑んだ手を、二、三度、振ってみせたのは、よほど、嬉しかったからだろう。

「しかし、安心しちゃいけないよ。解決のカギを握ってるのは、ぼくじゃなくて、おじさまだからね」

「だけど、パパは、あたしの受持ちだから、直接、慎ちゃんを煩わさないわ。あんたは、おばさまの意志に、O・Kしてくれるだけでいいのよ」

「いや、おじさまは、そう簡単に、承諾する人じゃないよ」

「でもね、反対給付を与えれば、考え直すんじゃないかと、思うの」

「何を、与えればいいんだい？」

「フフ、それがね……」

千春は、いつもになく、羞らいを見せた。

「何だよ、ハッキリいえよ」

「笑わない？」

「笑うもんか」

「あのね、あたしが、慎ちゃんと結婚しますって、返事すれば、いいのよ……」

「なアんだ、そんなら、ワケないじゃないか。先刻もいうとおり、ぼくは、その決心しちまったんだもの……」

「あたしは、まだ、フンギリがつかないのよ……。もし、あたしたち、結婚したとして、慎ちゃんは、あたしがバレー続けること、承知する？」

「おやりなさいとも。ぼくは、バレーを、君の職業と、考えてるよ。それで、収入を穫《え》ている以上……」

「尤もね、あたし、バレーやめるかも知れないけれど、それだけの保証があるのは、嬉しいな……。それから、もう一つ――結婚後も、シンデと交際してもいい？」

「交際は、ご自由だけどね、普通の友人としての範囲で、願いたいね」

「わかったわ。それに、シンデだって、そのうち、お嫁にいっちまうわよ……。これで、あたしとしては、何にも、障害がなくなったわけだわ」

「すると、時期だがね、ぼくは、年内に式を挙げることを、希望するね」

「いいわ、公演と巡業が、済んでから後なら……。十一月ごろになるわね」

「結婚シーズンだよ、ちょうど……。旅行は、どこがいい？」

「熱海なんて、月並みだわね。北海道あたり、どうか知ら？」

「新雪で、スキーができるかも知れないね」

いくら、サッパリした同士でも、ここまで、話が運んでくると、調子や気分が出てこないでいられない。千春の手は、先刻から、慎一の腕へ絡んでるし、肩と肩は、擦れ合わんばかりの体勢となっていたのだが、思いがけなくも、入口のドアが、ガチャンと、開いた。

「あらッ！」

叫びを放ったのは、千春ではなく、入口に、棒立ちとなった、船越トミ子の方であった。イーさんと外出するために、彼女は、二階へ着換えにきたのである。

「まア、あんたたちは、よくも、よくも……」

それから、ハンニャの口が、火焰放射器となった。

筑紫こいし

それから、一月近く、日がたった。その間、慎一は、バー・リシェスへ、一度も顔を出さなかった。なぜといって、

「お前さんみたいな男は、二度とフタタビ、店へ寄せつけないよ。近所を、ウロチョロしても、水をブッかけてやるから……」

と、船越トミ子が、宣告したからである。そういわれると、慎一には、出勤の権利のないことが、わかった。あの日、やっと、筆駒さんに、パチンコ屋を売る話が、纏《まと》まっただけで、現金を出資していない以上、共同経営者の資格があるわけではない。といって、使用人という関係でもないから、給料や、退職手当の請求もできず、結局、タダ働きで、クビになったという、世にもバカらしい結果になった。

それにしても、あの晩の船越トミ子の言語態度は、すさまじい限りだった。今にも、二人に跳びかかって、八裂きにしそうな、ケンマクを示したが、さすがに、暴力に訴えなかったのは、彼女が親近している西洋人や、中国人の喧嘩を見ならったのかも、知れない。その代り、悪口雑言の方は、よく、これだけ、俗語や卑語に通じてると、感心させるほどのものを、陳列した。千春のことを、〝このジンバリ娘〟とか、〝ドロボー猫〟とか、罵ったのであるが、前者の方は、あまりに、古い慣用語なので、戦後娘の耳に、意味不通だった。あんな昔の言葉を、知ってるくらいだから、彼女の年齢が、今年三十というのは、ウソにきまってる。

男のようだといっても、千春は、やはり、良家の娘であり、慎一も、狂乱状態にある女性に逆らうことの不合理を、知っているから、何をいわれても、黙々としていた。そして、

「二人とも、サッサと、お帰りッ！」

と、命令されたから、おとなしく、靴をはいて、外へ出たのであるが、

「この恨み、いつか、きっと返してやるから、忘れるんじゃないよッ」

と、背後から浴びせられた一言も、仰せのとおり、肝に銘じているのである。

想う男が、自分の自由にならないといって恨むのは、外道の逆恨みであって、理性的でない。それは、問題にしないにしても、慎一としては、むしろ、彼女から与えられた損害の方を、容易に、忘れられないのである。

バー開業の話を、彼女から持ちかけられなかったら、彼も、円山のパチンコ店を、売る気にはならなかったのである。売るにしても、三十万か、三十五万に、売ることは、難事でな

かったのである。つい、急いだばかりに、筆駒さんから、足許を見られて、二十万に値切られてしまった。

それだけなら、まだよかった。彼女は、値切ったくせに、なかなか、買わないのである。あの日から、十日も経っても、何の音沙汰もないので、慎一は、宮益坂のアパートへ、電話をかけてみた。

「あら、お兄さん、済まないわね……。あたし、また、気が変っちゃったの……。お好み焼屋もいいけど、暑い時に始めるのは、ウンザリだわね……。それに、ウチの株主さんがね、どういうわけだか、あの店を買っちゃいけないっていうのよ。だから、すぐにッてわけに、いかなくなったの。他に買手があったら、売ってもいいわ……」

ずいぶん、人をバカにした話で、さすがの慎一も、ムッとしたが、対手がシャボン玉のように、他愛ない女で、しかも、電話の掛合いでは、胸倉をとるわけにもいかなかった。しかし、考えてみると、あんなに安く値切られたのが、ションベンになったのを、残念がるにも、当らない。また、バー・リシェスの方は、完全に縁が切れたのだから、急いで金をつくる必要もなくなった。

――結局、損はしなかったな。

彼は、そう思って、以前のように、パチンコ屋経営に、力を注ごうと思った。

ところが、バーの方に熱中して、商売をお留守にしたタタリであろうか、閑古鳥が鳴くほど、店が寂れてしまった。

筆駒さんと、あらぬ噂が立って、花柳界の連中がボイコットしたのは、だいぶ前からだったが、この頃では、カタギの人も、寄りつかなくなったらしい。

パチンコ器械が、最近、革新期を迎えて、機関銃式だの、電働式だのというものが出現してきたから、慎一の店の旧式の器械が、モノをいわなくなったとも、考えられるが、こう急に、客脚が落ちるというのも、不審であった。

そこへもってきて、突然、プロの襲来に遭った。パチンコ・プロというものは、イナゴの群れに似ている。実った田圃でないと、寄ってこない。また、大きな店なら、ちっとやそっと、プロが寄ってきたところで、その損害は、カモの客が負担してくれるから、我慢もできる。

慎一の店なぞは、とるに足らない小店だから、従来、プロに襲われることは、殆んどなかったのである。それが、どういうものか、この頃になって、連日、五、六名押し寄せて、チン・ジャラジャラと、景品をサラっていってしまう。普通の客が、まるで来ないで、プロばかりの襲来となったら、どんな店でも、立ち行くものではない。

慎一も、必死と防戦にかかって、毎夜、時計屋上りの職人を呼んで、釘を直させるのだが、不思議と、何の効力もない。プロだって、人間であるから、入らないように、釘を直されたら、お手上げの筈だが、相変らず、ドンドン、景品を持っていく。

ある日、慎一は、この秘密を看破した。器械係りの女の一人が、プロに内通していて、直した釘を、また、直していたのである。

彼は、早速、その女をクビにしたら、他の一人も、翌日から、出て来なくなった。最後の一人は、倉庫から、玉や景品の残りを、持ち逃げした。

一体、彼が女子従業員だけにしたのは、彼女も、好男子のマスターに、甚だ忠誠振りを示すからだった。それが、急に、態度を変えたのは、腑に落ちない。そういえば、突然、プロが襲来するようになったのも、誰かの指図ではないかと、疑われる節もある。

――船越トミ子の返報かな。

しかし、彼女が、渋谷方面に、それほど勢力を持ってるとは、信じられない。そして、根拠のないことを疑うのは、彼の性分でなかった。

結局、彼は、当分、パチンコ屋の店を、閉めることにした。もう、一週間も前から、出勤の必要がなくなって、毎日、家にいる。退屈でしようがないから、千春と結婚する時の諸費用の計算なぞを、やっている。

「慎一さん、お勉強？」

蝶子が、ニコニコ笑って、自分の部屋から、サルーンへ出てきた。

「いや、いいんです……」

慎一は、ノート・ブックを臥《ふ》せて、鉛筆を、その上に置いた。

「今日は、いくらか、涼しいようね」

彼女は、息子の側のイスに、腰を下した。

「そうですね、もう、秋が近いから……」

「もう、今月は、いくらもないから、後、九、十、十一と……だんだん、日が近づいて、あんた、嬉しいでしょう」

「ああ、結婚式のことですか……。嬉しくないこともありませんね」

と、顔も赤めず、ニコリともせずに、答えるのは、小面憎いが、無感動性が持ち前だから、仕方がない。

「あたしも、これで、どれだけ安心だか、知れませんよ。亡くなったお父さまにも、申訳が立ちますよ、千春ちゃんのような、いいお嫁さんができれば……」

彼女も、母親のセリフは、よく、心得ている。

「しかし、ぼくが結婚すると、ママは、一人ボッチになりますね」

「そんなこと、心配しなくても、いいのよ」

「いや、ぼくが幸福になったからといって、ママが不幸になる必要はないです」

「あら、あたし、不幸なんかに、なりはしないわよ。あたしは、慎ちゃんの身が固まって、かえって、自由になって、老後を愉しむことができるのよ」

彼女は、まるで、鉄也の口写しのようなことをいった。しかし、意味は、全然、ちがうのである。孤独を、愉しむのではない。新しい伴侶ができるのではないかと、期待に膨らんでるのである。ただ、再婚の話は、いわず語らずで、親子の間に、公然のことになっていないのである。

「そうですか……」

と、いったが、慎一は、母親が気の毒でならなかった。

あれから、千春は、度々、父親を説得したが、彼は、蝶子との縁談を、頑強に、拒絶し続けてるそうである。千春の結婚によって、彼が孤独になるのは、彼の理想であって、それを妨害されたくないという説なのである。そのくせ、千春と慎一の結婚については、非常な喜び方で、一日も早く、式を挙げることを望み、また、千春の持参金として、明治堂の彼の持株の三分の一を、与える約束まで、したそうである。しかし、自分の結婚には、耳を貸さないのであるから、反対給付どころではない。

「まるで、エサの食い逃げをされたようなものよ」

と、悲観すべき報告を、受けていた。

そんな事情を、蝶子は、少しも、知らないのである。

彼女が嫁ぎたいと思う鉄也は、彼女を好いてる。彼も、結婚を望んでるそうである。そのことを、彼女に語った千春は、もとより、この縁談に大賛成。誰も、反対者がないから、話は、スラスラ運ぶに、きまっている。ただ、慎一だけが、ハッキリした態度を示さないのが、不満であるが、それとても、反対を口にしたわけではない。

そこへ、慎一と千春の縁組みが、持ち上ってきた。これは、両家の接近であると共に、鉄也との接近ともなり、蝶子にとって、一層、期待を強めさせることではあれ、事破れる疑いを、露ほども懐《いだ》かせるものではなかった。

──それは、順序としても、若い人たちの挙式を、先きにしないと……。

蝶子も、母親であるから、そう考えてはいるものの、自分たちの番が、あまり遅れるのは、望ましくない。息子たちの結婚が十一月なら、その一カ月後でも、順序は守ったことになる。結婚は、なるべく、年を越さぬうちという、古い考えもあるし、そして、幸福への道は、誰も、駆足がしたいし──

そういう母親の気持が、慎一の金属的神経にも、感知できないことはなかった。

やがて死ぬけしきも見えず蟬の声。

ものの哀れが、肉親の情と混合して、母親が気の毒でならない。イス生活やパン食は、平気で、母親に強行させるが、来るべき悲嘆と絶望を、額面どおり、彼女に味わわさせるのは、忍び難い。せめて、その苦痛を少くするには、小さい刺戟を反復して、次第に慣れさせてから、やがて、手術を迎えさせるのが、合理的である。従って、彼は、母親から、そういう話が出ると、煮え切らない、アイマイな態度のうちに、少し宛《ずつ》、飜意の方へ持って行こうとする努力が、見える。やはり、これも孝の一つ──いつの世にも、人倫は絶えるものではない。

「それならですね、ママ、日本座敷の離れの増築を、そろそろ考えないと、いけませんね」

慎一は、わざと、空トボけていった。勿論、善意からであるが、これも刺戟に慣れさせる必要上、やむをえない。

「あら、そんなもの、急がなくていいのよ」

蝶子は、強く、遮った。

この家の建築は、二人住いを目標に設計されてるので、息子が結婚したら、庭の一隅に、八畳に二畳ぐらいの別棟を建てることは、以前から、了解済みで、そのために、彼女も、畳のない生活を忍んだようなものである。しかし、鵠沼のあの家と、あの庭の希望が湧いてからは、そんなチッポケな離れ座敷なぞ、問題でなくなった。いや、離れ座敷へ入るような身分に、なりたくないのである――

「しかし、この頃は、普請に、時間を食いますからね。それに、ママの住みいいように、充分、設計を凝らした方がいいと思いますよ。なんなら、女中部屋と台所をつけて、ママの好きなように、日本流の生活をなさったら……」

慎一としては、驚くべき、寛大な提言である。

「まア、そんな、モッタイないことをする必要は、ありませんよ。お金ッてものは、大切ですからね」

これまた、蝶子にあるまじき、発言であった。

「でも、費《つか》う時に費わなければ、蓄積の意味はありませんからね」

「そうかも知れないけれど、慎ちゃんの方の準備で、オモノイリの時じゃないの。あんたは、跡嗣《あとつ》ぎさんなんだから、準備でも、披露でも、思い切って、盛大にやって頂戴ね」

「いや、準備ッて、何もないですよ。モーニングは、持ってるし、白手袋はあるし……披露なんて、極く、少数の人だけでいいですよ」

と、息子が、突ッ放すようなことばかりいうものだから、蝶子は、ムッとしたように、座

を立って、

「あたし、ちょっと、出かけてくるわ……」

「どこへですか」

慎一は驚いて、訊いた。蝶子は少しヤケになったのか、大胆に、

「鵠沼の奥村さんを、お訪ねしたいの」

「だって、ママ……」

慎一は、弱った。母親が、鉄也に会って、真相を知ると、彼女は打撃にノビてしまうだろうし、また、千春との約束に、背くことにもなる。千春は、飛んだ口を滑らせたので、それがバレないよう、事態が好転するまでは、蝶子が父親と会うことを、極力、避けてくれと、慎一に頼んでいるのである。

「お訪ねしちゃ、いけないの？　あなたたちのご婚礼のことについて、まだ一度も、奥村のお父さまと、ご相談していないんですからね」

蝶子は、立派な口実を、持っていた。

「しかし、まだ、日がありますよ。そう急がなくても……」

「ええ、でも、そのことについて、一度、ご挨拶をして置くのは、礼儀ですよ。それに、あたしは、奥村のお父さまに、お願いしようと思って、壊れた時計を、三つも探してあるんですよ……」

実際、彼女は、鉄也を喜ばすために、自分の古い腕時計ばかりでなく、友人や親戚から、

眼ざまし時計まで、狩り集めていたのである。

「そうですか。じゃア、でも、万一、おじさまが留守だと、いけませんね。千春ちゃんに電話かけて、訊いてみましょうか」

慎一は、窮余の策を、思いついた。これには、蝶子も、反対できなかった。いつか、鉄也の不在中に訪ねて、落胆した経験があるのだから——

早速、慎一は、芦野舞踊研究所へ、電話をかけた。折りよく、彼女は、もう出所していた。

「パパ？　今日は、あたしと一緒の列車で、東京へ来たわ……。うん、ホントなの」

慎一は、ホッとして、そのことを、母親に伝えた。

「でも、千春ちゃんは、今日か明日、うちへくるといってましたから、時計は、その時にお渡しになっても……」

それを聞くと、蝶子は、世にもツマらない表情になって、時計のことには、返事もしないで、

「とにかく、あたしは、出かけますよ」

「どこへですか」

「どこだって、いいわ。今日は、外出のつもりで、朝から、支度をしてたんですからね」

そういわれて、慎一が、母親を見直すと、一時間はタップリかかったらしい化粧の跡——眉と口紅が、クッキリと鮮かだった。着物も、結城チヂミかなんかで、装いをコラしている。

——ママ、気の毒だな。

慎一は、シミジミ思った。

「デパートへでも、行ってらッしゃい。それから、映画でもご覧になって、ゆっくり、遊んでいらっしゃると、いいですよ。夕ご飯は、ぼくがこしらえて置きますから……」

蝶子は、ブラリと、家を出たが、今日に限って、好きなデパート歩きも、したくなかった。といって、友人か、親戚を訪ねて、オシャベリをする気にも、なれなかった。

彼女だって、気の沈む時がある。いや、陽気な女というものは、案外、夕立ちのような、心の黒雲に閉ざされることが、多いのだが、すぐ霽《は》れてしまうのと、他人に隠してしまうので、眼につかないだけである。

――こんな時には、お墓詣りがいい。

電車道まで、歩く間に、ふと、彼女は、名案を、思いついた。人混みにも、人の家にも、気が向かない時に、石塔を見にいくというのは、いい考えにちがいない。

尤も、彼女の墓詣りというのは、両親のそれではなく、多磨《ま》墓地。亡夫永眠の場所へ、行くことだった。これが、日本の未亡人の重大な役目の一つで、況して、慎一というセガレが、一向、墓参に興味を示さないために、彼女だけが、盆、彼岸、命日と、多磨行きを、欠かさないのである。しかし、それ以外の日にお詣りしては、悪いという理由はない。日本の未亡人の所業としては、賞められるべきことの一つである。

そこで、彼女は、信濃町駅から、国電の立川行きに、乗った。同じ乗るなら、東京駅から、湘南電車といきたかったが、今日は、すべて、反対の方向に走ることとなる。

電車の中は、暑かった。窓から、風は入るが、同時に、南側の座席は、日が射すのである。まだ、二時ちょっと過ぎで、日が傾く時刻でもないが、それだけ、太陽が南へ回る季節なのだろう。

——秋なんて、いやだわ。四十代の最後の秋なんて……。

武蔵境《むさしさかい》で、乗換えになる。

墓地行きの電車がくるのを、待ってる間に、フォームから見渡した景色が、よくない。中央線も、この辺から、やっと田舎めいてくるが、トーモロコシの畑があったり、遠い山脈が見えたり、白い雲が飛んでいたり、ツクツク法師が鳴いていたりするのが、面白くない。秋が、もう、目と鼻の先きまで、近寄ってる証拠である。

——人間は、なぜ、いつまでも、若くていられないのだろうか。

シンの始皇帝も、蝶子と同じことを、考えて、東海に仙薬を求めた。だが、近頃の日本では、美容院へ行って、わざわざ白髪をこしらえて貰う流行が、起ってるくらいで、青春は侮蔑されてる。青春時代は、ヒロポンと性典映画で、自らを虐殺してる。青春なんて、どこを見渡しても、影も形もない。誰も、青春を尊重しないからである。

しかし、蝶子は、そうではない。彼女ほど、烈しい思慕を、青春に寄せてる現代人は、少いであろう。青春ほど、よいものはない。すべてに優るものである。この思慕は、徒らな感傷ではなくて、熾烈なる信仰である。ことによったら、彼女は、まだ青春に生きてるのではないか。少くとも、その辺にいる日本人よりも、旺盛なる青春の所有者ではないのか。神を信ずること最も深き者は、最も神に近いとするならば――

墓地茶屋〝新玉〟のオカミさんは、蝶子の顔を見ると、

「まア、奥さま、お暑いのに、よくご参詣で……」

と、愛想タラダラなのは、平素、付け届けのいい証拠であろう。

「今日は、お命日じゃないけど、ちょっと、お詣りにきましたの」

「結構でございますよ、奥さま、ご供養に越したことはございません」

と、茶をいれて、持ってくるのを、

「帰りに、ゆっくり、休ませて貰いますわ。いつもの通り、いろ花と、お線香を……」

「畏まりました」

やがて、茶屋の男が、アカ桶に花を持って、自転車で、走り出した。蝶子も、同じ方向へ、歩み始めた。

日本が、少しは裕福だった時代に、造られた墓地だけあって、規模が大きく、設計も行き届いていた。ことに、中央の大道路は、見上げるような赤松の林立と、鐘楼風の噴水塔が、墓地というよりも、公園へきた印象を与えた。宇都宮家の墓所は、塔のある十字路を、右に切れたところにあった。蝶子は、この大道路を歩くのが、好きだった。その左側には、東郷元帥や、山本元帥の墓があった。後者の墓前には、彼女のくる度に、いつも、新しい花が供

えてあった。今日は、秋草の黄と紫が、鮮かだった。

墓地の門を入った時から、すでにそうだったが、彼女は、次第に、胸が高鳴ってきた。武蔵境のフォームで考えたようなことは、もう、心中になかった。彼女は、電車に乗って、下車駅までくる間に、ある重大な決心をしたのである。

――慎一は、なぜか、あたしを逃げるようにして、大切な話に、乗ってくれない。生きてる人では、息子以外に、あたしの気持を語りたい対手はないのに……。仕方はないわ、あたしは、死人に話しかける外はない。

そして、彼女は、石の下に眠ってる良人を、対手に選んだのである。

彼女は、亡夫に恋々とする未亡人ではなかった。望まれて、考える遑《いとま》もなく、結婚したためか、遂に、良人に恋愛感情が湧かずに終り、死を共にしたいなぞという気持は、ミジンもなかった。しかし、彼女は、良人を信頼していた。良人が、甘い父親か、兄のような態度で、彼女を愛したので、彼女も、娘か妹のような気持を、酬《むく》いていたのである。その気持が、今だに、生き残ってると見えて、困ったことがあると、良人に相談がしたくなる。しかし、今日みたいに、霊魂不滅を信じ、石塔も人間も、区別がなくなったようなことはない。

噴水塔を曲ると、繁った樹木の間から、白ミカゲの石塔が、招くようだった。赤松の梢《こずえ》から、大雨のような蟬の声――大部分は、法師蟬だったが、彼女は、秋を感じる余裕なぞ、もうなかった。

「今日は、ゆっくり、お詣りがしたいから、あなた、もう、帰って頂戴……」

彼女は、掃除をしてる茶屋の男に、百円紙幣を渡した。そして、アカ桶の水を、何度も、石の上に注いでから、正面に、うずくまった。

茶屋の男は、もういない。近所の墓にも、人影はない。聞えるものは、蟬時雨ばかり――精神統一に、もってこいの環境となった。

「あなた……」

瞑目して、掌を合わせながら、蝶子は、墓石に向って、呼びかけた。磨きミカゲの石の面に、宇都宮家之墓と彫ってあるが、その下に眠っているのは、亡夫の慎造だけである。

「あなた、まず、喜んで下さい、慎一の縁談がきまりましたよ……」

彼女は、千春の人物紹介から、家柄まで、細大洩らさず、報告を始めた。もし、霊魂が、全智全能のものなら、このような報告をするのは、ムダの一つである。霊魂は、何でも知ってると、思わなければならない。しかし、霊魂には、生きてる人間と同様に、儀礼の要求がある。それを欠くと、霊魂が怒ったり、祟《たた》ったりする。それで、蝶子も、亡夫がすでに知ってるかと思われることも、鄭重に、反覆するのである。

「秋には、その娘と結婚することに、なりましょう。あなたも、これで、一安心でしょうね……。でも、これからが、いいにくいんです……」

彼女は、そこで、一呼吸《ひといき》入れた。線香の煙が、鼻さきを流れ、ヤブ蚊の声が聞え、気が散りかけたが、彼女は、グッと、心を引き締めた。

「あなたは、何でも見透しでしょうから、隠さずいいますけれどね。怒らないで下さい、あ

いわねばならない。

さすがに、彼女も、少し口籠《ごも》った。胸が、ドキドキする。しかし、いうべきことは、いわねばならない。

「その男というのが、嫁にくる娘のお父さんなんですよ。いえ、べつに、好男子でも、何でもない、ゴマ塩の、齢よりも老《ふ》けた、ヘンクツ爺さんなんですけどね。一目、見た時から、その人が、好きになっちゃったんですよ。どういうわけだか、自分でも、わかりません。この齢になって、好きな男ができるなんて……。でも、あたし、とても、嬉しいんですよ。もう、一生もおしまいかと、思っていたのに、また、幕が揚って、後の舞台が見られるらしいんですもの。誰だって、こうなれば、嬉しいわ。怒らないでね……。

むろん、あなたが生きてて下されば、こんなことないわよ。それア、あなたが、あたしを可愛がり過ぎて、少しウルさい時もあったけれど、あなたは、頼りになる人だったわ。まるで、大きな樹みたいに、安心して、寄っかかっていられたんですもの。それが、ポッキリ、折れちゃって、あたし、どれだけ心細く、暮してきたか、察して下さいよ。慎一ときたら、サルスベリの木のように、人に摑まらせない男でしょう。あたし、ほんとに、寂しかったわ。あんまり寂しかったんで、好きな男ができちゃったんだわ。ご免なさいね……。

あなたは、あたしのすることを、たいがい、宥《ゆる》してくれたから、今度も、ヨシ、ヨシと、いってくれるんじゃない？　もし、絶対反対なら、何とかいって頂戴……。そんなこと、ないわね。ええ、なるべく、年内に、お式を挙げたいと、思ってるのよ……。え？　関わない？　宥してくれる？　あア、嬉しい……。やっぱり、あなたは、頼りになる、大きな樹だわ。感謝するわよ……」

蝶子は、裾の土を払って、立ち上った。あまり、一心になって、着物の上前が地に垂れていたのも、知らなかったのである。

しかし、いい気持になった。蛙が、自分のハラワタを外に出して、洗濯した後の気持は、こんなではなかろうか。身も心も、洗われたように、サッパリしてきた。こんなことなら、もっと早く、多磨墓地へくるのだった。此間うちのモヤモヤが、一度に、消えてしまったではないか――

彼女は、もう一度、墓石に礼をして、空になったアカ桶を手に、もときた道を、引き返した。

だいぶ、日も傾いてきて、松の影が、長く、地に敷いた。蟬の声は、一層、烈しくなったようだが、それよりも、大道路の歩道の叢《くさむら》に、虫が鳴いてるのが、耳に入った。夏の虫だか、秋の虫だか、悲しい声だったが、蝶子は、気にも留めなくなった。

――確かに、ヨシ、ヨシという声が、聞えたわ。

彼女は、再婚を許諾する亡夫の声が、まだ、耳に残っていた。苦笑を湛《たた》える顔つきまで、眼に浮かんだ。

腹の中のモヤモヤを、吐露したことも、嬉しいが、亡夫のO・Kをとった気持が、何ともいわれなかった。その声が聞えなかったら、彼女も、こう晴れ晴れとしなかったろう。

——だけど、あたしが、鉄也さんと結婚すると、今までのように、お墓詣りにも来れなくなるわ。

慎一はお命日に、参詣にくるかどうか、怪しいものである。千春だって、その点は、アテにならない。

そういう未来を、想像すると、蝶子は、亡夫が気の毒でならなかったが、もっと、重大なことがあるのに、気がついた。

——あたしが、奥村家の人になると、死んでも、あの墓に入れない。

日本の家族制度破壊も、かなり進捗したが、まだ、死後の世界まで、立ち入っていない。妻が死ねば、その家の墓に葬られる習慣が、更められず、死後の居住権が確立された例を、聞かない。偕老同穴《かいろうどうけつ》の理想は、結果として、生き残ってるのである。

蝶子が、亡夫に同情し、自分を責める気になったのは、当然であったが、しかし、彼女が奥村家の人となると共に、千春が宇都宮家へ入ってくることに、考えついた。千春も、やがては、宇都宮家の墓に眠り、蝶子の空席を、充たしてくれるだろう。それで、サシヒキがつくというものではないか。

——親同士、子同士の結婚というものは、ずいぶん、都合のいいことがあるわ。

彼女は、再び、明るい顔になって、茶屋の軒を潜った。

「お帰ンなさいまし」

オカミさんが、風通しのいい席を選んで、蝶子を招いた。奥に、幾間も、座敷があり、広い土間に、イス・テーブルが、沢山列んでいるが、時刻が晩いせいか、他に客もなく、蝶子は、茶を啜《すす》りながら、ゆっくり、汗のひくのを、待っていた。

そこへ、一人の客が、入ってきた。

白麻のセビロに、古い型のヘルメット帽というイデタチで、籐《とう》のステッキをついた男は、墓参を了《お》えて、戻ってきたらしく、

「お帰ンなさいまし」

と、オカミさんに迎えられて、蝶子とは、二つ三つ離れたテーブルに、黙然と、座を占めた。そして、ヘルメットを脱いで、額の汗を拭い始めた時に、蝶子が、ふと、視線を送ったのである。

「あら！」

蝶子は、呼吸が止まるほど、驚いた。その声が、大きかったので、対手も、ハンカチの手を止めて、彼女の方を見た。

「やア……」

奥村鉄也なのである。熱帯植民地の紳士のような服装で、入ってきたので、蝶子が気がつかなかったのも、ムリはない。

「まア、まア、これは、思いがけない所で……」

彼女は、鉄也のテーブルの方へ、走り寄った。

「やア、その後は……」

彼も、立ち上って、テーブルに、八の字に手を突ッ張った。

蝶子は、そのまま、彼の前のイスに、腰を下したが、急に、顔が赤くなって、胸がドキドキしている自分に、気づいた。

――ここで、この人に逢えるなんて……。これも、ホトケのお導きよ！

「あなたも、お墓参ですか」

いつまでも、蝶子が黙ってるので、鉄也が、わかりきったことを、訊いた。

「はい……」

「亡くなった、ご主人の……」

「はい……。お宅さまの墓地も、こちらに……」

蝶子は、細い声で、器械的な問答しか、できなかった。

「いや、わたしの家の墓地は、青山なんですが、ここに、ユカリの者の墓がありましてね……」

「はア、御親戚の……」

「いや、千春の母親が、葬ってあるんです」

彼は、淡泊に答えたが、蝶子の胸には、ピーンときた。

「なに、墓というほどの墓でもありません。極めて、貧弱なものですが、実家に頼んで、分骨して貰って、わたしが建てました……。あの頃は、多磨墓地も、開始匆々で、望みの場所が、手に入りましたな……」

蝶子は、千春自身の口から、彼女の生母について、多少の知識を持っていた。どんな素性の女で、どんな死に方をして、そして、彼女が死んだ実家というのが、玉川在の農家であることも、知っていた。ただ、彼女に対して、鉄也が、現在、どんな気持を持ってるのか、なにも知らなかった。恐らく、遠い昔のことだから、彼の追憶も、薄れているのであろうと、考えていたが、彼は、こうやって、一人、墓参にくる事実を、眼の前に見たのである。

「でも、よく、まア……。時々、お詣りにお出でになりますの？」

「なアに、至って、不精者ですからな。それに、鵠沼からここまでは、一日仕事で……。しかし、命日となれば、来ないわけにもいきません。今日が、たしか、二十四年目の祥月命日《しょうつきめいにち》なので……」

「たしか、お長さんとか、仰有いましたね……」

蝶子が、暫らく考えてから、口を切った。

「そう。あなたと、同音なんですがね、字がちがいます。この方のチョウは、プロレタリアに、多いようですな、ハッハハ」

鉄也は、女中に子を産ませた過去を、少しも恥じないような、笑い方をした。

「でも、よく、まア、こうして……。いつまでも、その方のことを、お忘れにならないで……」

同音の女の誼《よし》みか、蝶子は、嫉妬めいた気持を、少しも、感じなかった。むしろ、そういう鉄也の心が、頼もしかった。

「なに、ヒマだからです」

「どんな、お気立ての方でございましたの」

蝶子は、その女のことを、知りたくてならなかった。

「そうですな……一言でいえば、千春と、正反対の女でしたな。千春は、あれア、わたしに似たんです。困ったもんで……」

「そんなことございませんわ。でも……あなたは、求めることを知らない女というのが、お好きなんでしょう？」

蝶子は、千春から聞いたことを、つい、口走ってしまった。

「驚いたことを、お訊きになりますね」

「あたくし、そういう女になりたいんですけど、なれるでしょうか」

クイズの第一問のようなことを、蝶子が発した。

「ハッハハ、そんな必要が、どこにあります。わたしは、千春の性格だって、ちっとも、変って欲しいと、思ったことはありません。人間は、生まれ持った気性を、自然に伸ばすのがいいし、第一、変えようと思ったって、手に了えるもんじゃありませんよ」

彼の答えは、蝶子を突ッ放すようであり、また、許容するようでもあった。

「あたくしの亡くなった主人も、あなたと同じ考えだったのでしょうか、あたくしを、まるで子供扱いにして、何をしても、叱言を申しませんでした。そのお蔭で、あたくしは、家政ということも、世間のご交際も、何一つ覚えないで、年をとっちまったんでございますよ……。あたくしは、どちらかというと、気むずかしい、何でも、ビシビシ叱言をいってくれる人の側で、一生を送れば、よかったんですわ。そういう人の方が、あたくし、好きなんですもの……」

それは、彼女の口説文句であるが、半ばは、本音であった。

「ゼイタクを仰有っちゃ、いけませんな、奥さん。気むずかし屋だの、変人だのという奴は、まア、この世のゴクツブシみたいなもんで、他人を不幸にするのを、天職と心得てるばかりでなく、自分自身も、年中イジめてるんだから、細君にとって、これくらい、我慢のならない亭主はないでしょう……。そんな男と結婚なさっていたら、奥さんの天真ランマンな、今の世に稀《めず》らしい素直さが、メチャメチャに、破壊されていたでしょう。ご亡夫は、恐らく、その点を惧れて、奥さんを、大切にされたのですな……」

「あら、そんなこと……」

と、話が、だいぶハズむので、お茶屋のオカミさんが、気をきかした。

「いかがでございます、奥のお座敷で、ごゆっくり、お休みになったら……」

墓地茶屋なんていっても、バカにできない。奥の便所へ行く通路に、ちょっとシャれた、小部屋があって、差し向いの話ができるように、小さな紫檀《したん》の卓なぞ、置いてある。まさか、ご参詣のゴケさんと、男ヤモメが、懇談するために、設けられたわけでもあるまい。

「わたしは、べつに、お話し申し上げたいこともないので……」

鉄也は、こういう座敷で、二人が対坐するのを、憚る様子だったが、

「でも、千春さまと、慎一のことで、あたくしが、一度、ご挨拶に出なくてはなりませんのに……」

と、蝶子は、そっちへ話題を、持っていった。

「あのことですか。あれは、大変、結構な成り行きになりまして……」

「たった一人のお嬢さまを、慎一のような者に下さるなんて、なんとお礼を申しあげてよいやら……」

蝶子は、改まって、お辞儀をした。

「いや、あんな、わがまま娘を、貰って頂くことになって、さぞ、ご迷惑でしょう……。ですが、奥さん、お互いに、こんなセリフを交換するのは、愚《ぐ》ですな。わたしは、慎一君を、千春のお婿さんに好適であると、前から思ってはいましたが、是非、結婚しろなぞと、申したわけではありません。今度のことは、要するに、あの二人の自由意志で、成立したのですから、われわれは、好意ある傍観者として、立会ってやればいいのですよ。第一、何事も、彼等の責任に於《おい》て、やらせる方が、こっちの荷が軽くなって、大助かりですよ」

「それは、そうでございますが……」

「しかし、千春の奴、どうして、急に結婚する気になったか、わたしには、わからんのですよ。おとこ娘というのか、女性的な優しさが、全然、欠けてるから、婆さんになるまで、バ

レーかなんかやって、一生を送るんじゃないかと、わたしは、考えとったのですがね……」

「そういえば、慎一にしましても、少し、女嫌いみたいなところがございまして、ついぞ、浮いたことで、親に心配をかけたことがございません。ことによったら、カタワじゃないかなんて、悪口を申す親戚も、ありますくらいで……。でも、千春ちゃんとは、大変、仲よしですから、そんな心配もあるまいと、存じていましたら、案の定、結婚したいなんて……ホッホホ」

「しかし、奥さん、慎一君と千春の仲は、ちょっと、変っていますね。親密ではあるが、惚れた同士というのと、少し、ちがう……」

「そうなんでございますよ。千春ちゃんと、ご交際するのは、あたくしも大賛成だったんですから、誰憚らず、熱烈に愛し合ったらいいと、思うんでございますがね……」

「或いは、恋愛なんか、バカらしいと、思ってるんじゃないですかな、今の若い者は……」

「そうだとしたら、あんまり、気の毒じゃございませんか。奥村さん、考えてご覧遊ばせ——あたくしたちの若い頃は、坂田山心中とか、須磨子抱月とか、数限りない、美しい恋愛事件があって、誰も、夢中になって、騒いだものでございましたわねえ……」

蝶子が、ウットリと、細い眼を、一層細くしたのは、昔を憧れるというよりも、現在のわが情熱に、酔っているのかも知れなかった。

「第一、あなただって、美しい恋愛を、なさったのでしょう、今日のホトケさまと……」

「いや、これは、どうも……」

鉄也は、ひどく恐縮して、頭へ手をやった。彼も、実績を問われると、恋愛不能力者とはいえなくなる。

「あたくしは、美しい恋愛を知らずに、結婚してしまいましたの。残念ですわ、このことばかりは……」

「へえ、今でも、そんなことを、考えていられるのですか。お若いですな、あなたは……」

「女と生まれた限り、八十になっても、人を愛していたいと思いますわ。でも、あたくし、この頃は、残念でもありませんの……」

「なぜですか」

「なぜって、生まれて始めて、あたくし……」

蝶子は、チラと、鉄也を眺めてから、羞恥と幸福に燃えた顔を、伏せた。大正時代の若い女のシグサが、そっくりそのまま、彼女の体に再現された。

鉄也は、異様な顔つきで、そういう蝶子に、目を見張った。歴史が逆転した驚きというよりも、死んだお長が、同じようなシグサをしたことを、途端に、思い出したからである。彼も、習慣的に、命日の墓参をしただけで、お長のことが、そう頭にあったわけでもなかったが、今、その面影が、眼前に現われて、ゾッとした気持になった。

しかし、次ぎの瞬間に、彼は、この四十九歳の未亡人が、誰かに恋愛してるのではないかと、気づかずにいられなかった。

——気の毒だな、今頃、そんなことを始めて。対手は、きっと、不良な女タラシかなんかだろうから、この善良な女は、きっと、不幸な目を見るだろう。

だが、そんなことは、対手にいえないから、

「ところで、奥さんは、慎一君の結婚後は、日本風の座敷を建てて、ご別居になるそうですが……」

と、何の気もなく、話題を転じたが、これが、重大な結果をひき起した。

「あら、いいえ……」

蝶子は、跳び上るほどの驚きで、鉄也の顔を直視した。わが耳を、疑ったにちがいない。

しかし、やがて、彼女は、ニッコリ笑って、

「おからかいになっては、いやですわ。なにもかも、ご存じのくせに……」

今度は、鉄也が、狐にツマまれたような、顔をした。千春から、蝶子未亡人と結婚の話が、度々、持ち出されたが、その都度、キッパリ断ってあるから、自分のことだとは、思わない。彼女が匂わせる色ッぽい話は、目下、彼女が夢中になってる男のことを、意味するらしいが、気の変り易いのは、女の常と思っても、彼が深く立ち入るべき問題ではないと、思った。

「さア、だいぶ、日もかげッてきましたから……」

彼は、腰を浮かして、別れの挨拶を始めた。

「あら、ご一緒に、国電で、東京まで……」

「いや、わたしは、京王電車で参りましたから、ここで、失礼を……」

泣き出しそうな、蝶子の顔だった。

パ・ド・ドウ

千春は、ブランコに乗ってるような気持で、あれからの毎日を、送った。

船越トミ子に、呶鳴り込まれた時には、ずいぶん、怖ろしかったが、しかし、慎一が潔白であり、千春自身が勝利者となった事実には、心から、満足した。そして、あの晩、彼と婚約をきめたことを、悔いる理由は、一つもなかった。

そして、嬉しいことに、あの翌日から、稽古場へ出てみると、すっかり、調子が直ってきたのである。芦野先生も、カスを食わせるどころか、時には、激賞の言葉さえ、下すのである。

こうなってくると、彼女も、自分の才能が、ゼロであるなぞとは、考えられない。一度、地になげうった自信が、いつの間にか、彼女の胸の中へ、舞い戻ってくる。まったく、他愛のないことだが、芸術家の自信なんて、軍需株よりも、変動が甚だしいのである。

その自信が、膨らんでくると、結婚の約束なんか、するんじゃなかったと、薄情な考えも、生まれないではない。芸術家の対人感情なんて、赤ン坊が利己的なように、利己的なのだから、仕方がない。

——でも、慎ちゃんは、結婚しても、バレーを続けていいッていってくれたわ。

だから、破約を申込む必要はない。ただ、あの約束をした日のように、世間の女並みの感傷的な気持が、消え失せたのは、事実である。つまり、慎一に対する以前の感情が、復活してきたのである。サバサバして、衛生的で、永保《ながも》ちがする男女の友情が、戻ってきたのである。それは、決して、結婚生活に入ることを、妨げない。戦前の上流社会では、そのような許嫁《いいなずけ》関係が、少しも、珍らしくなかった。そして、夫婦になっても、幸福に暮したものである。

彼女が、慎一と結婚する意志は、少しも、動かない。しかし、最大の関心は、来月に迫ってきた、秋の公演である。結婚は、女の一生の最大事かも知れないが、いつ行わねばという期限はなく、また、やり損ったら、再演というテもある。ところが、新人デビュウの機会は、滅多に回ってこないし、失敗したら最後、取り返しがつかない。人生よりも、芸道出世の方が、酷薄にできてるらしい。彼女も、此間の自信喪失の経験で、芸道のアマくない所以を、今更、痛感して、以前のように、なにがなんでも、バレーで身を立てるという狂信性を、失ってきた。望みを捨てたのではない。今度の公演に、大きな賭けをしようという気持になったのである。

つまり、慎一の女房になるとしても、二通りの道がある。一つは、有名な新劇女優や新日本舞踊家のように、結婚しても、内助の方は失礼して、芸道専一に励む。但し、これは、彼女が、今度の公演に成功した場合の話である。もし、失敗したら、彼女も、イサギよく、良妻賢母の道を踏んで、バレーなんかは、見向きもしないという考え。

実際、彼女は、キッパリしたことの好きな女で、いつまでも、ブランコに乗ってるような心境は、やりきれなくなった。そして、そのような決心に、到達したのであるが、未解決事件が、まだ二つ残っていた。

いうまでもなく、父親と蝶子の問題が、一つ――この頃は、よく、慎一と会うから、蝶子の噂も、詳細に耳に入るのであるが、事態は、一しきりより、重大になってきた。

突然、彼女が、憂鬱症に罹ったというのである。あの陽気で、話し好きで、外出好きの蝶子が、ションボリして、口もきかず、毎日、家に閉じこもって、もの想いに、沈んでるというのである。

「何も、いわないけれど、何か、あったんだね。そして、ぼくの推定では、結婚問題と無関係では、ないらしい……」

慎一は、そう結論した。

「きっと、そうよ。パパが、乗気でないことを、何かの理由で、おばさまが直感なさったのよ。困ったわ、あたし、どうしよう……」

千春は、今更のように、責任の重大さを感じて、途方に暮れた。

「なぜ、戦前派は、そう純情なのか知ら……。あたしも、悪いけれど、おばさまも、純情過ぎるじゃないの」

「すべてのクリゴトは、ムダだから、やめなさい。それよりも、最後に、もう一度、おじさまに、当ってみてくれ給え」

慎一は、もう亭主になったような、尤もらしいことをいった。

「だって、パパには、もう、何度も、頼んだのに、全然、耳を傾けないいんだもの……。こうなったら、慎ちゃん自身で、交渉して貰うより、仕方がないわ」

「それも、一策だね。ぼくは、人事を尽すということを、回避しないよ。ただ、ぼく一人よりも、千春ちゃんも一緒の方が、話が円滑に運びはしないかな」

彼も、内心、あのガンコ爺さんに、このような話をするのは、成算がなかった。

「ええ、それアいいわ。あたしも、この頃、お稽古が夜だから、いつでも、都合つくわ。ただね、よほど慎重に、どう話すかという計画をたてていかないと、真ッ向から断られるのが、オチよ」

度々の失敗で、千春も、懲りていた。

「結局、うちのママが、超現代的恋愛を、おじさまに懐《いだ》いてるという事実を、認識して貰うことが、第一だよ。おじさまも、戦前派だから、不当な評価は、なさらないと、思うな」

「それを、誰が、どう話す？　あたしは、自信ないわ。おばさまの憂鬱症ッて、つまり、恋わずらいのことでしょう。そんなこと、想像もできないから、説明のしようがないわ。慎ちゃん、話してよ」

「いや、ぼくも、実物を見てるが、観念として以外に、捕捉できないんだよ。だから、おじさまを感動させるほど、説得力はないと思うんだ」

「そんなこといってたら、話は、停滞するばかりよ……。どう、慎ちゃん、いっそ、おばさま自身に、パパに、胸中を語らせたら？」

「そうだね、事実自身に、事実を語らせるという方法ね。それは、名案だ。じゃア、二人で、おじさまに、ママと会見することを、頼むんだ。それを、拒絶なさりもしないだろう」

「会見の前に、予備知識は、持たせて置く必要はあるけど……。慎ちゃん、いつ、来る？」

「明日……」

そして、慎一は、久し振りで、鵠沼の鉄也の家を、訪ねた。


「君、千春を貰ってくれるそうで、どうも、ありがとう」

鉄也の方から、二人の結婚の話を切り出されて、慎一は、さすがに照れた。

「ぼくに、千春ちゃんを下さって、どうも、ありがとうございます」

と、鸚鵡《おうむ》返しのようなことをいったら、父親と列んで坐っている千春が、クスクス笑った。

「男ッて、アイサツをする時には、ずいぶん、封建的になるのね」

「なに、男は、いつも、封建的なものなんだ」

鉄也が、平然と、答えた。

「いや、女も、なかなか封建的でして……」

慎一は、母親の問題を語り出すのに、そういう前置きをする必要を、感じた。

「とても、古風な事件が起きてしまったんですが、それについて是非、おじさまのご了解というか、ご援助というか、そういうものを、お願いしたいんです……」

問題が問題で、慎一も、汗を掻きながら、説明を始めた。

「原因は、あたしが出過ぎた口をきいちゃったことにあるんだから、パパも、なんとか、考えてあげてよ」

千春も、側から、必死になって、口を添えた。

「いや、千春ちゃんは、おじさまを、孤独にしてはならないと思って、そういう計画を立てたので、ポール・ポーランの舞踊会の時から、その気持で、うちのママを、おじさまにご紹介したんです……」

慎一も、千春を弁護しながら、母親が今日に到った気持を、いろいろと、説明した。

こういう話を聞かされた男は、彼が中年を過ぎてるなら、尚更、ウヌボレ顔とか、照れ隠しの笑いとかを、浮かべるものだが、鉄也は、どちらの表情でもなく、むしろ、沈痛な調子で、

「それは、驚いた……」

と、呟いた。

「ご承知のとおり、母は、とてもダラシのないところがありますから、おじさまのお役に立つわけがないので、ぼくも、最初は不賛成だったんですが、この頃のような様子を見ると、黙っていられなくなりました。まるで、少女の初恋のような……」

慎一は、自分の言葉に、誇張を感じなかった。

「ほんとに、おばさまにとっては、初恋かも、知れないわ。なぜッて、あたし、ずっと前に、おばさまが、恋愛の経験がないッて仰有ったのを、聞いたことがあるんですもの……」

千春が、言葉に力を籠めた。

「わたしも、この年になって、こんなことを経験しようとは、思わなかった……」

鉄也は、なんの皮肉も交えずに、そういう感慨を洩らした。此間、蝶子から聞かされた想いのタケが、どこかの男のことと早合点していたのに、彼自身が該当者であったとは、むしろ、不思議でならないのである。

「実はね、千春にもまだ話さなかったが、此間、わたしは、蝶子さんに、お会いしたのだよ」

鉄也が、やがて、話し出した。

「まア、どこで?」

千春は、驚いた。

「多磨墓地でね……。その時のご様子が、ちと、おかしいとは思ったが、まさか、わたしに……」

彼は、白いものの混った口髭のあたりから、ポーッと、顔色を染めたが、眼つきは、どこまでも、厳粛だった。

「それで、わかりました。その日から、ママは憂鬱症に罹ったんです。おじさまから、嫌われたと思ったに、ちがいないんです」

慎一が、ハッキリといった。

「いや、わたしは、べつに、蝶子さんを、嫌ってはいないし、従って、そんな、意志表示をした覚えは、なかった……」

「あら、パパは、おばさまを、お好きなの?」

千春が、一道の光明を見出して、叫ぶように訊いた。

「そう、決して、嫌いじゃないね。むしろ、好きといえるね——ああいう性格の婦人は」

静かな調子で、鉄也が答えた。

「え？」

「じゃア……」

と、慎一と千春が、同時に声を出して、顔を見合わせたが、レディ・ファーストというのか、千春の方が先きに、

「じゃア、パパ、おばさまを、お貰いになってよ、どんだけ、お喜びになるか、知れないわ。あたしだって、どれだけ、安心するか、知れないわ！」

「いや、それは、別問題なんだ。わたしが、蝶子さんを嫌いでないということと、あの方と結婚するということは……」

鉄也の態度は、相変らず、乱れなかった。

「だって、嫌いでない人となら……」

「嫌いでないから、結婚したくないとも、いえるんだ……」

「そんな、アマノジャクをいって、パパは、古時計を対手に、一生を送ろうというの」

「それも、この場合の問題ではないんだ。わたしは、今、蝶子さんを、妻にするか、どうかという問いに、答えているんだがね——わたしは、堅く、お断りをする外はない……」

「なぜよ、パパ」

「うちのママのダラしなさを、おじさまは、よく、ご存じだからでしょう」

「いや、慎一君、決して、そうじゃない。ダラシのないということも、女の魅力の一つだがね。わたしが、お断りする理由は、蝶子さんの欠点にあるのではなくて、わたし自身の欠点にあるんだ……」

「と、仰有いますと……」

「わたしは、人と結婚する資格のない男なんですよ……」

「え？」

「いや、ヘンな意味にとらないでくれ給え。これは、性格上の問題でね。わたしは、内向的、自己中心的な性格に生まれついてる上に、生活信条も、徹底した個人主義なんだ。こういう男が結婚すれば、必ず、妻を不幸に導くんだよ。わたしは、自分が不幸になるのが嫌いだが、同様に、他人を不幸に墜《おと》し入れることも、堪えられない。沉《ま》して、現代の天女といっていい、あの善良な女性を、不幸にするなんて……」

　結局、若い二人が敗けた。

　蝶子に好意を持つと、いいながら、鉄也は、それから先きを、一歩も譲らない。我見を固執する強さに、驚くべきものがあり、慎一の論理も、千春の熱弁も、鉄壁に打つ小石のように、跳ね飛ばされた。

「ガンコは、知っていたけれど、あれほどとは……」

慎一と一緒に、家を出てから、千春が、溜息を洩らした。

「他人を不幸にする公算を、あんなに重大に考えて、一体、人間生活ができるのかねえ」

慎一は、不思議な顔をした。

「こうなったら、仕方がないわ。おばさま自身の眼で、現実を直視して頂く外ないわね」

千春も、そこまで、諦めてきた。

「そうだね、とにかく、会うことは、会うと、いって下さったんだから……」

と、慎一がいったとおり、鉄也は、もう一度、蝶子と会見することを、二人から懇請されて、それを断る理由はないと、答えた。

「但し、もう、室内は、ご免だね——たとえ、墓地茶屋のような所にしてもだね。お目にかかるなら、青天白日の下に、願いたい……」

彼は、そんな、むつかしい条件をつけた。カンカン照りの広ッパで、男女相語っても、風致《ふうち》に害はないという考えなのか。

「いずれ、その打合せはするけど、あんまり、期待は持てないわね……」

千春の声は、暗かった。

藤沢で、国電に乗換えると、海岸帰りの人で、車内は混んでいた。通路に立った二人が、ロクロク話もしなかったのは、失望にとらわれたためでもあった。

新橋が近くなると、千春は、ふと、他人を不幸にしたくて堪らない女がいることを、思い出した。

「その後、何か、ヘンなことない？　あたし、船越トミ子ッて人は、きっと、あたしたちに、復讐してくると、思うの」

彼女は、あの晩のことが、忘れられなかった。あの女の凄まじい形相と、恐ろしい言葉を

――

「心配することないよ。もともと、恨まれる理由のないことなんだから……」

そういいながらも、慎一は、パチンコ屋を閉店のやむなきに到らせたのが、船越トミ子の仕業であることを、知っていた。なぜなら、彼女自身が、慎一の許に、そのことを、伝えてきたからである。

数日前に、突然、彼女から、電話が掛ってきた。

「どう？　人にウラミが、あるものか、ないものか、わかって？　でも、パチンコ屋をツブしたぐらいでは、あたしのウラミは、霽《は》れないわよ。今度は、何をツブされるか、愉しみに、待ってらッしゃい。アバヨ！」

いうことが、下品であるが、アッという間に、電話が切れてしまった。

さては、鬼女の仕業ヨナ、と覚《さと》ったが、それを、直ちに千春に語るような、慎一ではなかった。不合理な恐怖心を、彼女に与えるムダを省いたのだが、そんなウラミは、一身に受けてやるという、男性的心理も、少しは、萌《きざ》しかけてるのである。

新橋で、慎一に別れて、千春は、研究所へ行くために、バスに乗った。

——公演まで、あと二十日！

そう思うと、通い慣れたこのバスも、乗心地がちがった。座席のバネは、そう良くないのに、体がハズむのである。

此間、稽古スケジュールの発表があった。それによると、初日一週間前に、芝の音楽練習所で、〝音聞き〟があり、二日前から帝劇の舞台で、〝オケ合わせ〟と舞台稽古がある。〝音聞き〟というのは、蓮《はす》の花の開くのでも、見物にいくようだが、これは、その曲の演奏を聞いて、出演者が、体と口ずさみで、調子を会得《えとく》するので、踊りはしない。〝オケ合わせ〟は、銭湯の喧嘩というわけではなく、出演者が、稽古着のまま、オーケストラに合わせて、舞台で踊るのである。舞台稽古は、読んで字の如く、装置や、衣裳照明も、公演と同じとおりの舞台で、最後の仕上げをする。

そして、翌日が初日！

始め、大役を振られてから、ここまで来るのに、幾山坂——この三カ月のことが、夢のように、顧みられる、あの辛かったヌキ稽古、そして、自信喪失の極に達して、もう、一生、トウ・シューズを脱ごうとまで決心したあの頃が、最悪の時だったのだろう。あの時は、慎一との間も、最悪だった。それが、両方とも、急に好転して、稽古の方が、スルスルと進み出したばかりでなく、懸案だった慎一との結婚話も、バタバタと、運んでしまった。まるで、出雲の神様とミューズ（芸術の神）とが、相談し合って、彼女に祝福を垂れたように。

すべてが、うまく、行ってる。船越トミ子の呪いも、慎一の話では、効力がないらしく、少くとも、千春の身辺には、何事も、起っていない。文化国家では、妄念や執念の活動が、容易でないらしい。

まず、今のところ、気懸かりといっては、父親と慎一の母の件だけだが、よく考えてみると、若い者が、嘴《くちばし》を容《い》れるのも、誤っているかも知れない。自分が結婚すれば、対手を不幸に墜し入れるものと、頭から決め込んでいる父親の心理は、恐らく、老耄《ろうもう》性偏執とかいう、老人の病気かも知れない。また、慎一の母に至っては、いい年をして、処女の初恋の熱情を燃やすなんて、少し、どうかと思う。好きなおばさまだから、なんとか、望みを叶えてあげたいと思ったけれど、本来は、現代の常識を逸脱した事件である。殉情的恋愛なんてことが、すでに、時代錯誤であるのに、彼女は、青春をとりちがえたという、二重の過ちを犯している。秋になって、お花見をしようとする人に、ツキアう義務があるだろうか。

——そのうち、青天白日の下で、二人が会えば、話がついてしまうわ。

だから、千春は、自分自身のことだけ、考えていればいい。〝音聞き〟や〝オケ合わせ〟の日が、近づくのを、指折り算えて、待っていればいい。

そして、濃緑と赤と白の諧調の衣裳と、短いチュチュで、ヨシノヤで買った最上のタイツを穿いて、舞台の中央で、コマのように、よいバランスで、三十二回の回転をする自分が、幻のように、眼に浮かぶのである。

——あら、乗り越しするところだった。

彼女は、慌てて、バスを降りると、停留場の標杭の側に、シンデが、落葉のように、色褪せた顔で、立っていた。

「あら、もう、稽古済んだの？」

千春は、シンデの側へ寄った。シンデも、今度の公演に、コール・ド・バレー（群舞）の一人として、ちょいと、舞台に出るので、稽古があるのである。

だが、彼女は、一言も、返事をしなかった。そして、千春の顔を、ジッと、いつまでも、眺めていた。世にも、悲しげに――

「あんた、バスに乗るんじゃないの？」

重ねて、千春が訊いた。

シンデは、やはり、無言だったが、ゆっくりと、首を左右に振った。

「どうしたのよ……。あたしを、待ってたの？」

彼女の首が、縦に動いた。

「よく、あたしの来る時間が、わかったわね」

千春は、慎一と一緒に、東京へ出てきたので、今日は、時間が早めだった。

それには、シンデは、答えなかった。しかし、ジッと、千春を見つめる視線は、前よりも、強くなった。同性愛の婦人の間では、見るという行為が、愛情の重大な表現となるので、千春も、シンデのそうした視線には、慣れてるのだが、今日の強烈さは、特別だと思った。そして、真ッ直ぐに向けられた彼女の顔を見ると、夢二式の瞳が、一層大きくなり、眼窩《がんか》が落ちくぼみ、眼の周りに、茶色の暈《かさ》ができて、まるで、クマドリでもしたようだった。そのために、十八歳の少女が、ひどく、婆さん臭くなり、ヤツれた頰と、土色の血色と共に、白髪頭でないのが、不思議なほどだった。これが、シンデレラ姫と呼ばれた少女の面影だろうか。

「どうしたのよ、あんた、病気じゃないの」

いつまでも、電車道に立っていられないから、千春は、研究所へ行く坂の方へ、歩き出した。シンデも、糸に曳《ひ》かれるように、足を動かした。

「体の悪い時は、お稽古、休まなければ、ダメよ。ムリして、ロクマクになった人も、いるんだから……」

千春は、優しく、訓《さと》した。

彼女だって、シンデを、愛しているのである。シンデが彼女を慕う狂熱さは、ないにしても、理性的な良人が妻を愛するようなイタワリや、優しさに、欠けてはいなかった。慎一との今度の話が、決まる前には、彼女も、生涯の伴侶として、シンデを、考えたこともあった。バレリーナとして、結婚や出産を惧れていたので、独身の覚悟はできていたが、彼女は、自分の身の回りのことも、うまく整理できない性分を、知っているから、シンデと共同生活をすると、とても、助かると、思っていた。シンデは、とても、家庭的な女で、現在だって、千春の稽古着や、下着、ハンカチの類も、彼女が洗濯して、ちゃんと、アイロンまでかけて、持ってきてくれるほどなのである。

つまり、一度は、同棲しようとまで思った女なのだから、自分の方に結婚話がマトまったからといって、急にスゲなくするわけにはいかない。

そういうイタワリの心が、シンデの胸に通うのか、彼女は、千春の言葉に、依然として、答えはしなかったが、大粒な涙を、長いマツ毛の下に、一滴たらした。

「ね、機嫌、なおしなさい。みっともないわ、往来で、泣いたりして……」

千春の声は、一層、優しくなった。

「お姉さま……」

やっと、シンデが、口をきいた。

「なによ」

「お姉さまは、この頃、慎一さんと、また、仲よくおなりになったのね……」

弱い声だが、シンが強かった。

千春は、ギクリとした。此間うちから、それとなく、慎一との結婚決定を、仄《ほの》めかそうと、機会を狙っていたのだが、対手に、先《せん》を越されたのである。

「今日も、慎一さんと、お会いになったのね」

シンデが、畳みかけてきた。

「え？　よく、知ってるのね」

「たった今、新橋駅で、お別れになったばかりね」

これには、千春も驚いた。まるで、千里眼である。

「ねえ、お姉さまは、慎一さんと、結婚なさるおつもりじゃない？」

いよいよ、彼女は、神通力を見せた。こうなると、さすがの千春も、恐怖心を感じて、今度は、彼女が、口がきけなくなった。

一体、シンデは、妙に、直覚力の鋭い女で、映画を見にいく時に、二人列べる空席があるかないか、ピタリと当てたり、特売のキンツバの売切れを、予知してみせたり、千春を驚かせることも、再三だったが、今日のように、みごとな能力を、発揮したことはなかった。少くとも、千春が慎一と結婚の決心をしたのを、嗅ぎつけたのは、彼女の優秀な直覚力によるものだった。しかし、新橋駅で、偶然、千春と慎一を見たのは、肉眼の働きであって、彼女は、二人が別れたのを見るや、タクシーに乗って、麴町《こうじまち》のバス停留場へ、先き回りをしていたのである。

そんなことは、知らないから、千春は、啞然として、対手の顔を見まもるばかりで、イエスも、ノウもいえなかった。

「お姉さまは、あたしと一緒に、家庭を持って、一生、バレリーナとして暮すッて、仰有ったことがあったわね……」

それも、事実であるから、千春は、返答に窮した。白い横眼が、ジッと千春の方に、寄せられた。

「男性なんて、不潔で、間抜けで、ワラジ虫みたいなものだと、仰有ったこともあったわね……」

これも、額面に偽りはなかった。

「ひどいわ……ひどいわ……ウソつきのお姉さま……」

シンデの声は、次第に、激越さを加えてきた。

「シンデは……シンデは、お姉さま一人を頼りに、お姉さまの心と言葉を信じて、すべてを献げてきたのよ……。それなのに、こんなシンデを裏切って、男性のところに、お走りになるの？　男性のうちでも、シンデが一番嫌いな、冷たい、意地悪の慎一さんのところに、お走りになるの？……」

千春の稽古が、また、落ちてきた。

例のアダジオのところも、三十二回のピルエットのところも、この前の支障の時とちがって、技術的には、スラスラいくのだが、生彩というものが、まったく、見られない。何か、お義理で、イヤイヤ踊ってるような感じを、与える。そのくせ、当人は、全力を尽して踊るのだけれど。

「千春ちゃん、オケ合わせまで、もう、十日しかないこと、知ってる？」

芦野先生は、不安を感じて、そういう注意をした。

「はい……」

千春は、自分でも、情けなかった。

「あんた、まさか、役不足じゃないでしょうね」

「まア、先生……」

飛んでもない。身にあまる大役を頂いて、どれだけ感激しているか知れないのに――

そして、千春は、ムキになって、馬力をかけると、今度は、この前の時のように、調子が狂って、対手の男性舞踊手と、イキが合わなくなってくる。

すべては、シンデから、哀切極まりなき恨みを、聞かされて以来の変化だった。あれから、研究所の玄関へ入るまで、シンデは、綿々たる愍訴《びんそ》を、カイコが糸を吐くように、吐き続けた。そして、翌日も、その翌日も、千春に会うと、顔をそむけ、一言の口もきかなくなったのは、まだいいとして、千春の稽古が始まると、物蔭から、ジッと、無限のウラミを籠めた視線で、追ってくるのである。千春は、その視線を、眼ばかりでなく、背にも、脚にも感じた。その度に、ゾッと、冷水を浴びたようになるから、稽古にミが入る道理がないのである。

——困っちゃったわ、あたし。

千春は、泣くにも泣けない、気持だった。

シンデから、こう毎日睨まれては、稽古が上達する見込みもなく、第一、神経衰弱になって、体もフラフラしそうである。

——いっそ、慎ちゃんの婚約を、断ってしまおうか。

彼女は、そうも考えた。そうすれば、シンデの呪いの視線は、一遍に、解消してしまうのである。

しかし、もう千春には、その勇気がなかった。慎一に、悪いというのではない。彼に対して俄かに、女性的思慕が、燃え立ってきたというのでもない。ただ、同性の愛情の恐ろしさを、今度、始めて経験したからである。シンデと、ヨリを戻すということが、思いも寄らなくなったからである。

千春は、男女の愛慾ということに、想像的な煩わしさを、感じる女だった。それは、ベタベタと、手や着物にくッつく、ハイトリ紙のような気がした。女が男に迷い、男が女を追う姿が、醜悪で、愚劣に見えた。もっと、涼しい、盲目的でない男女関係を、理想としているうちに、ふと、シンデに慕われて、同性の愛の盃を、飲み干したのである。

彼女は、最初、それを、清涼飲料だと思った。事実、シンデとの交際は、適度の甘さと、酸味と、果実の匂いのする、衛生的なものだった。ところが、今度の彼女の嫉妬の深刻さは、船越トミ子の慎一に対するそれに、輪をかけると、思われた。この飲料は、恐ろしい火酒だと、千春は、やっと、気がついたのである。

慎一は慎一で、恋愛や嫉妬の不合理性に、ウンザリしていた。

「ママ、そんなに、クヨクヨしたって、仕方がないですよ。少し銀座あたりへ、出かけたら、どうですか」

母親が、すっかり消耗して、家にばかり引ッ込んでるので、彼も、ムダな消費を奨めるようなことを、いわずにいられなくなった。

「いいえ、どこへ行ったって、面白くはないんだから……」

蝶子も、顔にヤツレが見えるほど、痩せてきたが、それでも、普通人の脂肪量に達するには、まだ、遠かった。ただ、人工的に痩せたがってる多くの女性に、見られない、哀愁と羞恥が、彼女の体を、包んでいた。その意味で、彼女は、以前より、ずっと、美しくなっていた。しかし、慎一の眼から見ると、母親の悩みが、深ければ深いほど、バカらしくてならなかった。自分の母親の青春が、狂い咲きをしたことも、一生一度の恋愛を始めたことも、世間の神経質な息子のように、非難や嫌悪を、懐いてるわけではない。そういう点は、極めて冷静な彼であるが、ただ、母親の片想いということが、いかにも、バカらしいのである。買う意志のない顧客に、いくらサービスしたって、ムダではないか。なぜ、他の客と取引きする気にならないのか。

そういえば、船越トミ子だって、同じことである。慎一は、彼女に対して、全然、買い気がなかった。それは、あのバー・リシェスの二階の一夜で、彼女もわかってる筈である。彼女は、他の男を探すべきではないか。なぜ、ウラメしいとか、復讐してやるとか、慎一に対する執着を、忘れないのだろう。

いつかの電話で、慎一のパチンコ屋をツブした下手人は、彼女自身であると、宣言したが、まさかと思ったことが、事実であると判明した。

彼は、銀座の裏通りで、ふと、筆駒さんに遇ったのである。

「お兄さん、悪く思わないでね。あたしは、お兄さんの味方なんだけれど、株主さんが、バー・リシェスのマダムに頼まれて……」

と、彼女は、慎一が事情を知ってるものと、思ったのか、ベラベラと、内情を話した。彼女の旦那であり、且つ区会議員だか、電鉄会社重役だかの男は、以前から船越トミ子と知合いで、現在はバー・リシェスの常連だそうであるが、筆駒さんが、慎一と接近するのに、ヤキモチを焼いていた折柄、船越トミ子からの依頼があって、彼の渋谷に於ける勢力を動員して、一挙に、彼の店を叩きツブしたのだそうである。そのくせ、彼は、浮気者であって、船越トミ子にも、食指を動かしてるそうで、筆駒さんも、腹が立つから、すべてを、慎一に打ち明けたのかも知れない。

しかし、慎一とすると、船越トミ子の所業は、まったく、無意味である。あのパチンコ店をツブしたって、彼女に、一文の利益もないではないか。むしろ、パチンコ・プロを雇うのに、多少の散財をしたろう。

その上、彼女は、まだ、愚行為を、続けるらしいのである。

「お兄さん、用心なさいね。あの女、お兄さんをイジめようとして、いろいろ、企んでるらしいわよ」

筆駒さんが、親切に、教えてくれた。

怪　異

朝風が、すっかり涼しくなって、松の間のスస్キの叢《くさむら》に、白い穂が見えるようになった。

鉄也は、細かい縞《しま》の浴衣では、肌寒さを感じながら、朝飯の膳についていた。例によって、自分で紅茶をいれて、トーストを齧《かじ》ったり、新聞を読んだりしているのだが、彼の顔色は、いつになく、活気を帯び、動作も、急がしかった。

そのくせ、新聞を読みかけても、長くは続かず、老眼鏡を外して、考えに耽ったりした。そして、食事を終って、口ヒゲを拭いたナプキンを、膝の上に置いたまま、座を立とうともしなかった。いつもなら、すぐ、時計修繕の仕事にかかるのに――

そこへ、千春が、洗顔を終って、現われた。

「お早う、パパ」

「珍らしく、早いな、今日は……」

彼は、千春を待ち受けていたらしく、喜色を現わした。

「公演が、近づいたから、昼間は切符売りに、駆けずり回らなけれア……」

彼女は、すぐ、食卓に向った。

「なんにしても、女の寝坊は、いいもんじゃないよ……。ところで、千春、ちょっと、話があってね」

「あたしも、パパに、話があるんで、そのためにも、早起きしたのよ」

「そうか。それも、伺うとして、わたしの方のことから、先きに話そう……。実は、昨日、兄貴から、電話で呼ばれて、会社へ行ったところが、意外なことを、頼まれてね……」

鉄也の話によると、明治堂製薬会社は、やがて開かれるかも知れない中共貿易に備え、売薬や化粧品の販路を索《もと》めるために、一先ず、渡航可能な香港に人を派することになった。ところが、対手の中国商人を信用させるには、幹部級の社員でなければ、工合がわるく、そして、その数人のうちで、英語を流暢に喋るのは、鉄也一人しかなかった。

「兄貴の奴、頭を下げて、わたしに、出張を頼むのだよ。そうなると、わたしも、永年、会社から、捨扶持《すてぶち》を頂戴してる関係上、ムゲに断ることも、できなくなってね……」

彼も、年をとって、兄の社長に、タテつくばかりが、能でないということを、覚ったのか、それとも、長い間、戸棚に納い込んだ、ロンドン仕込みの英語を、再び、役に立たせるのが、嬉しいのか、香港出張がマンザラでない、表情だった。

「まア、結構な話だわ。あたし、パパが、古時計のお対手をして、老け込んでしまうなんて、見ちゃいられないと、思っていたのよ。いいわねえ、香港……。飛行機で、いらっしゃるんでしょう。パパ、きっと、若返ってよ、今度の旅行で……」

「タカが、香港だから、面白いこともないさ。まア、ヒスイの土産ぐらい、買ってきてあげるがね……。ただ、困ったことに、滞在期間が、少し、長いのだ。今年一杯ぐらい、かかるかも知れない」

「あら、いいじゃないの」

「よくないよ。出発が、来月だから、君たちの結婚の時に、こっちにいられない。そこで、ちょっと、頼みがあるんだが……」

と、鉄也は、言葉を切ってから、

「わたしも、君の結婚ということは、永年の大きな期待であるし、その式に、列席できないのは、いかにも、残念だ。で、勝手をいえば、君たちの予定を、少し、繰り上げて貰って、出発の前に、挙式するわけにはいかんかね……」

そんなことも、懇談的にしかいえない、父親だった。

「ええ、それア、きっと、できるでしょう。慎ちゃんと、相談してみるわ」

千春としても、秋の公演さえ済めば、何の差し障りもあるわけはなく、慎一にも、繰上げのできない事情は、想像されなかった。

「わたしの方は、式の翌日に、出発しても、関わない。だから、十月の初旬に、式を挙げて貰えば、いいわけだ。まア、予定より、約一カ月の繰上げだから、そう甚だしい変更にもならんと、思うんだが……」

「それは、そうよ。だけど、それまでに、もう一月もないと思うと、気が急《せ》けるわ……」

対手が、幼な馴染みの慎一のせいか、結婚ということに、一向、改まった気のしなかった彼女も、急に、ソワソワしてくるのである。

「どうだね、準備の点で、差支えるようなことは……」

「慎ちゃんが、あんな主義の人だから、嫁入り道具なんて、一切、要らないッていうし、式服も、洋装にするつもりだから、大丈夫、間に合うと、思うわ。ただね、慎ちゃんところのおばさまが、どうなさるか……」

青山の家は、二人住いに設計されてるので、千春が嫁せば、蝶子は、増築の家に入ることになってるが、いくら急がせても、一カ月以内で、普請はできない。

それにしても、父親が、蝶子を貰ってくれれば、すべてに、都合がいいのだが――

「いや、その点は、少しも、心配することはない。新夫婦は、わたしの留守番がてら、この家で、暮したらいい。婆やもいるし、君も、家事に慣れる練習期間を置くことは、必要だろう」

「いくら、練習したって、巧くなりそうもないけれど、当分、ここで暮せるのは、有難いわ。でも、慎ちゃんは、なんていうかな」

「是非、君から、奨めるんだね。長期の新婚旅行というつもりになれば、いいのだから……。その間には、蝶子さんの住む家も、新築できるだろうから、そしたら、青山へ移ればいい……」

父親は、すっかり、独りで、きめ込んでいた。

「ねえパパ、あたし、きっと、パパの希望に添うようにするから、パパも、あの問題、もう一度、再考してくれない？」

千春は、必死の表情を浮かべた。

「あの問題ッて、蝶子さんと、結婚することかね」

「そうよ、ウンといって、頂戴よ。八方、うまくいくことになるんだから……」

「気の毒だが、あれだけは、再考の余地がないよ。二度と、口にしないで貰いたいね」

相変らず、ニベもない答えだった。

千春は、深い溜息をついたが、やがて、

「じゃア、一度だけ、おばさまと会うことは、承知してよ。近いうちに……」

「それは、前約だから、仕方がない。但し、必ず、青天白日の下にだよ……」

千春から、その話を聞いて、慎一は、早速、神宮外苑の近くにある、結婚式場へ出かけた。彼自身は、結婚日繰上げに、異存はないが、式場の方の都合はどうか、確かめる必要があったからである。

明治憲法に由緒のある、御殿風の建物は、古びているが、帝国臣民の生んだ子供や孫が、ここで、盛んに結婚するらしく、玄関に掲げられた、今日の婚礼掲示札が、ズラリと、その数の多いのに人を驚かせた。尤も、時間が早いので、花嫁花婿の姿は、まだ、見当らなかった。

慎一は、ヌカリのない男だから、もう一カ月も前に、十一月八日という日を、申込んであるのだが、こんな盛況を呈してる結婚シーズンに、日取りの変更なぞできるかと、あやぶまずにいられなかった。

とにかく、事務所で、訊いてみると、

「エート、宇都宮、奥村ご両家のご縁組でございましたね……。それを、十月上旬の佳き日に、お繰上げに……」

と、水色のワンピースを着た女が帳簿を繰っていたが、

「お気の毒ですが、なにしろ、この通り、重なっておりまして……」

と、指先きで、示すところを見ると、午前九時から、結婚を行う御両家もあるくらい、十月上旬の予定表は、一ぱいになっている。

慎一は、失望と同時に、何だって、人々は、こんなにムヤミに結婚するのかと、合理神経を、刺戟された。

「おや、この日と、この日は、結婚式が空欄になってますね」

ふと、彼は、帳簿の記入に、疑問を懐いた。

「はア、その日は、仏滅と、友引になっておりますので……」

「すると、休業なんですか」

「休業というわけではございませんが、どなた様も、お避けになりますので、自然、ご婚礼以外の会合に……」

「とにかく、式を挙げようと思えば、挙げられるのですね」

「それは、もう、お望みでしたら……」

「一体、仏滅というのは、オシャカサマの死んだ日か、何かでしょう。しかし、こちらは、神式でおやりになるのじゃないですか」

「はア、理窟から申せば、かまわないわけで……」

「友引というのは、何が悪いのです」

「仏滅ほど凶日ではないでしょうが、事が重なるとか申して、再三、婚礼を行うのを、忌むのでしょうか」

「そうですか。じゃア、友引の十月五日を、申込みましょう」

慎一は、断乎としていった。そういう日を選べば、空いてるから、必ずサービスもよく、ゆっくり食事もできると、早くも、睨んだのである。そして、もしも、世間の迷信が当ってるとしても、恐れる理由はなかった。

宇都宮奥村両家に於て、二度の結婚式が挙げられれば、これに越した喜びは、ないからである。

そのことを、慎一は、家へ帰ってから、早速、千春に電話した。

「あら、そう。それなら、友引に限るわ。パパは、悪い日なんて、気にしないタチだから、大丈夫よ。でも、結婚が重なるという迷信は、黙っていた方がいいわ。キキメがなくなると、いけないから……」

彼女は、フザけた声で、答えた。

そんな風に、結婚の日も、早められると、慎一だって、木石ではないから、少しは、若い血潮も、騒いでくる。自分では、知らなくても、髪に櫛を入れたり、ネクタイを結んだりすることが、入念になるとみえて、生来の美男子が、一層、ミガキが掛かり、母親の蝶子が見ても、ホレボレとするくらいで、第二の船越トミ子が出現しはしないかと、気づかわれるほどである。

その上、都合のいいことに、円山のパチンコ店が、彼の望みの値段で、買手がついた。誰の智慧も同じとみえて、跡は、お好み焼屋を始めるそうだが、買手は、筆駒さんでないから、顧問の義務なぞ、負わないでもよかった。

彼も、パチンコ屋や、バーの経験で、人間の消費行動ということも、金銭の本能についても、研究を積んだので、〝極く小さい事業〟には、もう、手を出す気がなくなった。結婚を好機会に、いよいよ、本事業に乗り出そうかと、考えている。といって、資本は、パチンコ屋の権利を売った、三十万円があるだけで、百貨店だの、造船業を、始めるわけにいかない。そして、小さく始めて、無限に大きく育てることのできる事業は、そうザラにはない。

——然り。金融業こそ、わが道である。

彼は、船越トミ子から示唆された、カネカシという職業が、天与のものであると、考えずにいられない。彼は、金が好きであり、且つ、金に冷静であることができる。また、奥村鉄也のように、人嫌いではないが、蝶子のように、人に溺れることのできない性分である。加うるに、ソロバンをハジくこと、ピアノをカナでる如く、音楽的感興を覚えるのだから、これ以上の職業が、見当るわけもない。たとえ、日ナシ、カラス金の小規模金融から、第一歩を踏み出しても、やがては、丸の内に、宇都宮銀行本店を設立するミコミが、ないこともない。現に、彼の大学先輩の一人は、百円に満たない金をモトデに、目下は、日本一の大高利貸と名を謡われる、億万長者になっている。この男には、文筆を弄ぶ道楽があるが、慎一は、そんな悪癖はゼロであって、一心に、金を回す道に、励むことができる。

結婚の翌日から、高利貸。

そう決心ができたから、一層、若い血潮がタギるのであるが、この間うちから、憂鬱症に罹って、彼を心配させた母親が、ケロリと、全快したことも、気の浮き立つ原因の一つだった。

鉄也との青天白日会見の日取りが、決定したとたんに、彼女の病気が、本復したのである。日は、秋分の日の前日の九月二十二日で、千春の待ち焦れる公演の初日と、同日だった。場所は、向島の百花園。いくら、屋根の下を避けるといっても、上野公園や、後楽園外野席も、不向きであった。二人は、百花園の秋草を愛でてから、夕刻に、帝劇の公演に回るプログラムを、慎一と千春とで、仕組んだのである。

すべてが、好調に進んで、慎一も、寝起きのいい子のように、ニコニコした顔で、ある日、朝飯を食べてる時のことであった。玄関の郵便入れに、ガチャリと音がして、ハガキと封書が、配達されたが、その手紙の方に、恐るべきことが、書いてあった。

怪文書というものは、粗末な封筒に入れられ、ガリ版かなんかで刷った本文が、ずいぶん、長々しいものだが、慎一の受け取ったのは、舶来じゃないかと思われるほど、立派な封筒と用紙で、その上、文句が、ひどく短かかった。

宇都宮さん

あなたの愛してる人は、女性ではありませんよ、ウソだと思ったら、お医者に見せてご覧なさい。

あなたが男性と結婚したいというなら、その必要はありませんけれど。

サヨナラ　忠告生

それだけしか、書いてない。書体は、筆蹟をクラますためか、活字風に、丁寧に書いてあるので、大変、読みいい。

慎一は、その手紙を読み終ると、フンという顔つきで、封筒の裏を見たが、無論、住所姓名は書いてない。

「ママ、世の中には、ずいぶんヒマな人間が、いるもんですね」

彼は、列んで食事してる母親に、話しかけた。

「なぜ？　なにか、面白いお手紙でもきたの？」

「ええ、面白いといえば、かなり、面白い着想ですよ」

彼は、一向、面白くもなさそうに、手紙を、ズボンの尻のポケットへ、納い込んだ。そして、食事を終ると、テラスのデッキ・チェアに身を横たえて、本日第一本目の新生を、ケースから、抜き出した。

——誰だ、そんな、ヒマな奴は？

静かに、煙を吐きながら、彼は、怪文書の差出人を、想像した。

——彼女だな。彼女にきまってる。

船越トミ子の外に、こんな、無用な手段を弄する者はあるまい。わざわざ、金を費って、パチンコ屋攻略を企てたくらいだから、十円切手一枚で済む嫌がらせなぞは、問題であるまい。いつかも、電話で、彼女自身が予告してきたし、筆駒さんの話でも、いろいろタクらんでるそうだから、これも彼女の復讐の一つと、算《かぞ》えていいだろう。

——それにしても、バカバカしいことを、考えたものだ。

慎一は、一笑に付すという文句を、絵にかいたような、笑いを浮かべた。

そして、煙草を捨てて、デッキ・チェアを立ち上ると、サルーンへ入って、テーブルの前に座を占めた。

日本間の離れ座敷増築について、昨日から、設計を練ってるのである。どうせ、青天白日の会見をやったところで、母親の野望が達しられる見込みはない。結婚後、自分だけは、当分、鵠沼《くげぬま》へ行くとしても、その間に、増築工事を始めねばならない。しかし、そのことを、母親に話すのは、マズいから、ひそかに安価にして、堅牢なる家屋の間取りや、材料の研究を凝らしている。

今朝も、ノート・ブックを開いて、鉛筆をケズリ始めたところへ、電話のベルが鳴った。母親は、すでに食事を終って、ご不浄入りらしく、部屋の隅で、うるさく鳴り続ける卓上電話に、慎一が出ていく外はなかった。

「……モシ、モシ、宇都宮さんですか」

千春の声が、聞えた。

「ああ、ぼくだよ」

「あ、慎ちゃん？　よかったわ。おばさまは、電話の近くに、いらっしゃる？」

「いないよ……。なぜさ」

「人に聞かれたくない話なのよ。だから、あたし、うちの電話使わないで、藤沢の公衆電話から、かけてるのよ……」

彼女の声は、ウワずっていた。

「なんだい、秘密の話ッて?」

「それが、お話にならないようなことなのよ。不潔で、不条理で……」

「一口にいうと?」

「一口なんかでいえないのよ……。慎ちゃん、昨日の〝東京好色夕刊〟読んだ?」

「読まないよ、そんな新聞……」

しかし、慎一も、全然、知らない新聞ではない。社説や、外電はない代りに、いつも、裸体女の写真や、猥談を満載した新聞である。

「あの新聞に、あたしのこと、とても、ひどく書かれちゃったの」

「へえ、どんなこと?」

「シンデとのことを、とても、イヤらしく、デカデカと……」

「だから、いわないことじゃないんだ。シンデとの交際は、いい加減にやめなさいと……」

「でも、慎ちゃんのことも、書いてあるの」

「え? ぼくまでかい?」

「某映画俳優に似た美男子で、やはり、あたしの毒牙にかかってるんだって……」

「毒牙は、よかったね」

「それで、稀代の女宮本武蔵ッて、大きな標題が出てるのよ」

「なるほど、両刀使いという意味か……。しかし、少し、おかしいね。千春ちゃんのことなんか書いたって、ニュース・ヴァリューはないじゃないか」

慎一の不審は、尤もだった。千春は、バレリーナとして、まだ、世間に名が売れていない。そんな女の醜聞なんか書いて、何になるか――

「あたし、ウソなんか、いくら書かれても、関わないけど、それが、研究所に響いて、困ってるのよ。昨夜は、その新聞のことで、稽古場は、大騒ぎ……。なにしろ、ウチは、堅いので評判のバレー団でしょう。新聞種なんかにされた団員は、一人もないんだから……」

「だって、それは、書いた新聞が悪いので、書かれた君の責任じゃないよ」

「先生も、その点は、理解して下さるんだけど、とにかく、今日の稽古だけは休めッて、いわれちゃったの……。でね、慎ちゃんに、お願いがあるんだけど、今日、研究所へ行って、先生に会って、慎ちゃんに関わることだけでも、事実を釈明してくれない？」

「ああ、いいとも」

「それで、その結果を、あたしに聞かしてくれない？　今晩、六時ごろ、新橋駅のいつものところに、待ってるから……」

慎一は、もう、増築の設計どころではなくなった。

――フーム、これは、怪事件だ。

テーブルの前で、彼は、腕組みを始めた。

「ずいぶん、長いお電話だったわね。どこから？」

蝶子が、サルーンへ入ってきた。

「いや、千春ちゃんから、ちょっと……。ところで、ママは、今日、家にいますか。ぼくは、午後から夜まで、出かけますから、食事は、自分でやって頂かないと……」

「あら、あたしも、今日は、お買物やら、訪問やらで、じきに、出かけて、おそくでないと、帰らないわ」

「それア、好都合ですね」

慎一は、母親の饒舌に妨げられないで、怪事件の探求ができるのを、喜んだ。

十時頃に、蝶子が着飾って、外出すると、慎一は、安楽イスに、ドッカと腰かけて、煙草をフカし始めた。この姿勢は、シャーロック・ホームズが、難事件にブツかった時と、よく似ていて、マドロス・パイプの代りに、ヘナヘナした新生をクワえてるだけの相違である。しかし、頭の働きは、名探偵の推理力に、どこまで追従するであろうか。

——その新聞記事は、中傷の目的で書かれたことが、明らかである。そして、中傷の意志の所有者は、新聞社内になくて、外部にあるのではないか。

なぜといって、奥村千春という無名のバレリーナの噂なぞ、いくら、赤新聞だといって、デカデカと、掲載するわけがない。しかし、赤新聞というものは、他から金銭を貰って、中傷記事を載せることが、珍らしくない。

——千春ちゃんを、中傷しようとする人物の存在は、すでに、明らかである。

なぜといって、今朝の怪文書が、その証拠ではないか。いうことに、ことを欠いて、千春ちゃんは、女性ではないと、知らせてきたのである。中傷も、これより甚だしきものは、考えられないではないか。

——そして、事件は、結果的には、昨夜と今朝にかけて、起った。何人かが、新聞社へタネを提供した時間と、あの手紙を発送した時間とは、極めて、近いと、見なければならない。してみると、二つの中傷行為の発生を、無関係とは認められない。つまり、同一人物の意志に基づく公算が、甚だ高くなる。

探偵小説を、近頃は、推理小説と呼ぶくらいで、こういう思考は、慎一に、適していた。

——そして、その人物とは、何者であるか。われわれ二人に、敵意を持ち、復讐のためには、あらゆるムダを嫌わない人物といえば、船越トミ子以外に、考えられない。

この結論が出てくると、冷静な慎一も、ムラムラと、腹が立ってきた。

あまりといえば、執念深いハンニャではないか。一度ならず、二度ならず、波状攻撃を加えてくるが、パチンコ屋をツブした時のように、慎一だけに危害を及ぼすうちは、まだ忍ぶべし。今度のように、千春の身辺を狙うに至っては、もう、我慢ができない。

——あの女に会って、面詰を加えてやろう。

彼は、そう決心した。

急いで、身支度を整えると、慎一は、すぐ、わが家を飛び出した。腕時計を見ると、まだ、十一時半である。船越トミ子は、やっと、寝床を起き上って、朝飯という時刻であろう。

――対手は、曲者だ。パチンコ屋の件は、自ら宣言したくらいだから、認めるだろうが、怪文書や、〝好色夕刊〟のことは、空トボけるにきまってる。そこを、うまく、誘導訊問にかけて……。

品川行きの都電に、乗ってる間も、彼は、胸中に、秘策を練った。

彼女の家は、高輪の高台にあって、坂の途中から、少し入ったところに、一郭をなしてる、外人住宅の中の一軒だった。白いコンクリートに、赤屋根の二階家で、緑色に塗った低い木柵に囲われ、玄関を隠すものは、ヒマラヤ杉の葉だけだった。

彼も、たった一度だけ、お茶に招かれて、この家を知っているから、木柵と同じ造りの門扉を開けて、玄関に立つと、充分に気を落ちつけてから、ベルを押した。

奥で鳴るブザーの音が、ハッキリと、彼の耳に聞えるほど、家の中は、森閑としていた。

――まだ、寝ているかな。

彼は、続けて、ボタンを押した。

誰も、出てこない。

女主人は、ベッドにいるとしても、女中は起きてる筈だから、彼は、ベルを鳴らす手を、止めなかった。

やがて、内部でスリッパの音が、かすかに聞えた。

「そんなに、ベルを、押さないで下さい。奥さんは、お留守ですから、新聞の方には、お目にかかれませんよ」

ツッケンドンな、女中の声が、聞えた。

「新聞の者なんかじゃ、ありません。いつか伺った、宇都宮ですが……」

慎一は、外から、呶鳴った。それにしても、新聞記者に居留守を使うとは、どういう理由かと、不審に思った。

「あら、宇都宮さんですか」

女中の声は、俄かに変った。一度しか来なくても、美男子の姓名は、忘れなかったのだろう。

鍵音がして、ドアが、開けられた。

「やア、今日は……。奥さんに、お目にかかりにきたんですがね」

彼が、帽子を脱いで、靴脱ぎに、足を踏み入れると、女中さんは、彼に縋《すが》りつくように、人懐っこくなって、

「まア、宇都宮さん。今日は、朝早くから、大変——五時ごろに、警察の人が、ドヤドヤ踏み込んできて、家の中を、引ッ掻き回して、引き揚げたと思うと、今度は、入れ替え、引き替え、新聞記者がやってきて、あたしに、奥さんのことを、シツコク訊き出そうと、するんですよ。その連中が、やっと帰って、ヤレヤレと思ったところへ、また、ベルが鳴ったから、てっきり、また、記者がきたかと思って……ご免なさいね」

「一体、何事が、起きたんです」

「それが、あたしにア、サッパリ、見当もつかないんです」
「で、奥さんは？」
「昨夜から、お帰りにならないんですよ。あたし一人のところへ、この騒ぎで、心細くて、心細くて……」

これには、俄か探偵の智慧も、及ばなかった。

――家宅捜索？　新聞種？

やはり、本職の探偵の方が、船越トミ子の罪状を、早く嗅ぎ出したのであろう。しかし、どんな罪だか、彼女はどこにいるのか、皆目、見当のつかぬことであった。

女中さんが、しきりに、引き留めるのを、振り切って、彼は、また、街頭に出た。

――とにかく、バー・リシェスへ、行ってみよう。

この怪現象を解くのに、あの店へでも行くより、手がかりがないのである。

彼は、品川駅から、国電に乗った。急いでも、タクシーに乗ったところで、到着時間に差違はないと、こんな場合でも、計算は忘れなかった。

それでも、慌てているとみえて、新橋で降りて、土橋通りを歩いてる時に、やっと、彼は、気づいた。

――まだ、バーテンも、女給も、出てくる時間ではない。

何か、聞き出そうとしても、店が閉まっていては、仕方がない。それまでの時間に、千春ちゃんから頼まれたことを実行しよう。

芦野舞踊研究所へ行って、芦野先生に、事実を釈明するには、ちょうど、いい時刻である。それにしても、問題の〝好色夕刊〟の記事を、一覧して置く必要があるから、新橋駅の売店ででも、売れ残りを探して、駅前から、バスに乗ろうと、歩を返した時に、

「いよう、坊ッちゃん、どこへ……」

と、声をかけた者がある。驚いて、振り返ると、モウさんの偉軀が、ノシノシと、近づいてきた。

「やア、その後は……」

慎一は、バー・リシェスを離れてから、一度も、彼に会っていなかった。

「その後は、どころじゃないよ、坊ッちゃん。あんたに、会いたくて、病院でお宅の番地を、聞き合わせたくらいなんだ……」

モウさんは、薄色のギャバの服から、ハンカチを出して、秋暑の汗を拭った。

「そうですか。何か、用でも……」

「用というわけじゃないが、あんた、新聞見たでしょう?」

「ああ、〝好色夕刊〟ですか。実物は、まだ、読んでいませんが、話だけは……」

「あんたのことも、出てるが、可哀そうに、新子ちゃんが、写真入りで、大きく書かれちゃってさ……」

新子というのは、シンデの本名であり、彼女がモウさんと懇意であることを、慎一は、思

い出した。

「写真まで、出てるんですか」

「トップ記事だよ、坊ッちゃん……。だが、誰が、あんなネタを出しゃアがったか、あたしには、見当がついてるから、あんたに、教えてあげようと思って、それで、会いたかったんだ。ところが、今朝になって、またまた、事件続出で、いよいよ、あんたに会いたくなったんだ……いや、こんなこと、立ち話もできないから、ちょっと、店へお寄んなさい」

と、モウさんが、案内したのは、すぐ近くのキャバレだった。

その店も、彼の経営に属しているのだが、時間が早いので、人ッ気もなく、わずかに、右手の事務室に、若い男が、デスクに対《むか》っているだけだった。

「おい、お茶でも持ってきな」

モウさんは、そこへ、声をかけただけで、真っ暗なホールへ、先きに立って、歩み入った。昼間のキャバレなんて、牢獄のように陰惨で、一つのテーブルへ寄ったモウさんが、卓上燈のスイッチを入れると、紅い笠が、暗夜のシグナルのように、浮き上った。

「生憎、湯が沸いてませんから、ジュースを……」

若い男が、コップを二つ、捧げてきたのに、モウさんは、

「昨夜の〝好色夕刊〟が事務所にあるだろう。大急ぎで……」

と、取り寄せさせた新聞を、早速、慎一が覗いてみると、なるほど、稀代の女武蔵の大活字の下に、思い切って、煽情的な記事が、書き連ねてある。芦野バレー団は、まるで、同性

愛の巣のような書き方で、その中でも、奥村千春というソリストが、若い研究生をナゼ切りにしていたが、彼女は、最近、男性の方にも毒牙を向け、某映画俳優に酷似した美青年宇都宮慎一と、関係を生じたため、同性愛の藤谷新子が承知せず、刃物三昧《はものざんまい》の騒ぎが起り、公演を間近かに控えた同バレー団は、稽古もできない混乱に墜入《おちい》っている——というようなことだった。

慎一は、千春から、大体を聞かされてるので、驚きはしなかった。しかし、三人列べられた写真の中央が千春、右端がシンデ、左端が彼自身のそれに、彼は、見覚えがなかった。

「これア、ぼくじゃない。こんな服、持ってませんよ。ぼくは……」

よく見ると、延原謙とか、上原謙とかいう美男俳優の若い頃の写真が、そのまま、流用してあった。

「でも、似てるじゃありませんか……。まア、そんなことは、どうでもいいが、坊ッちゃん、この記事を書かした奴に、心当りはありませんか」

モウさんは、慎一の顔を見た。

「人を疑っては悪いが、バー・リシェスのマダムを、有力な容疑者とする理由が、ないことはありません」

「ご名答！　ズバリでさア」

モウさんの大きな拳が、テーブルに音を立てた。

「やっぱり、そうですか……。しかし、あなたは、どうして、彼女の仕業であることを、ご存じなのですか」

慎一も、テーブルに、乗り出さずにいられなかった。

「いや、最初から、あの女は、油断のならねえアマだと、睨んでいたね。第一、あんなに、流行っていながら、G・B・Sにも入ろうとしないんだ。素人のくせに、ナマイキでさアね……」

「そんなことは、別として……」

「それでも、あたしア、坊ッちゃんといい仲なんだと、思っていたから、大眼に見たんだがね。ところが、そういうワケじゃなかったんだってね。バーテンの三島が、そういっていたよ。おまけに、坊ッちゃんを追ン出したというんで、腹を立てたところへ、ちょうど、一週間ばかり前のことだ。このキャバレへ、あの女が現われてね……」

モウさんは、ジュースを、一口、飲んでから、

「バーのカンバン過ぎに、ここへ、流れ込んできやがったんだが、無論、あの女一人じゃなかったね。あたしア、テッキリ、客のお供と思ってたんだが、あの女が、パッパと註文をするし、それに、客の風体がシケてるし、妙だなと睨んでると、後から、駆け込んできやがったのが、〝好色夕刊〟の記者なんだよ。こいつは、銀座をウロチョロしてるから、見覚えのある面さ。様子を見てると、先きにきたのが、あの新聞の上役らしい。二人に、ご馳走して、テーブルの蔭で、金を摑ませていたが、こいつは、よくある手でね。ああいう夕刊には、バーや喫茶店の宣伝記事が、毎日、載ってるんだから……。なアんだと、思って、あたしア、気にも留めなかったんだが、昨日の〝好色夕刊〟を見て、とたんに、ピンときた。なるほど、

宣伝記事を書かせるにしちゃア、ご馳走に、念が入っていたよ。あんなものは、包み金でいいんだから……。坊ッちゃん、これアもう、まちがいなし――あの女の仕業なんだよ。あんた、なにか、恨まれる筋があったね、へッへ。だけど、新子ちゃんは、飛んだトバッチリで、あの子が、一番、貧乏クジだよ……」

と、長い説明を、終った。

「そうですか。それで、事情がよくわかりました」

慎一としても、そこまで、証拠がそろえば、船越トミ子を真犯人と信じて、少しも、差支えなかった。ただ、飛んだトバッチリというのは、シンデよりも、むしろ、芦野バレー団で、公演を目前に控えて、あんなことを書かれては、迷惑も甚だしいし、その影響が、千春の身に及びはしないかと、彼は、心配になってきた。

「実際、坊ッちゃんは、いい時に、あの女と手を切りなすったね。あんな女と、いつまでも、係り合ってたら、あんたも、エロ新聞に浮名を流すぐらいじゃ、済まなかったよ。ことによると、臭い飯を食わされたかも、知れないよ。なんしろ、今朝の事件だもの……」

モウさんは、それから、驚くべきことを、語り出した。今朝五時に、バー・リシェスが、警官の一隊に、家宅捜索を受けた。すると、あの二階のベッドのマットから、ナンキンムシや、コカインなぞが、山ほど出てきたそうである。彼女は、白人や三国人と組んで、以前から、密輸を行っていたらしく、バー営業は、迷彩に過ぎなかったというのである。

「あたしア、G・B・Sの関係で、朝ッぱらから、新聞記者に叩き起されて、えらい目に遇っちまったよ。腹癒せに、うんと、あの女の悪口を、いってやったがね。尤も、お蔭で、誰より早く、この事件がわかっちゃったわけさ」

「で、あの女の行方は？」

「風を食らやがったんだね。昨夜から、姿を消して、自宅にも帰らないそうだ。大方、外人の家にでも、匿まわれているんじゃないかね」

と、モウさんが、答えた時に、バー・リシェスのバーテンが、飛び込んできた。

「毛利さん、方々、探しました。えらいことになりましたね……。やア、マスターもお出でですか。困っちまいますよ、今夜から、うちの店は、どうしたら、いいんですか……」

バーテンの三島は、今月の給料を、まだ貰ってないというので、この事件を、誰よりもヤキモキしていたが、結局、モウさんの智慧で、彼が二人の女給と共に、従業員の営業管理をやって、マダムが世の中へ出てくるまで、待つことになった。

「でも、なんだか、心細いですな。宇都宮さん、もう一度、マスターになって、采配を振ってくれませんか」

と、慎一に頼んできたが、彼も、金融業の大望を確立した後だから、

「いずれ、適当な人を、探してあげるよ」

と、いい逃れた。

それから、彼は、匆々に、モウさんに挨拶して、そこを出た。今日は、忙がしい日で、こ

れから、芦野女史を訪ねねばならず、夕方には、千春と会う約束がある。

パッと、眩しい往来に出て、慎一は、夢から覚めたような、気がした。高輪の船越トミ子の家から、持ち越した謎も、千春を悩ませた怪記事の正体も、これで、すっかり、判明した。証拠のつかめないのは、今朝の怪文書だけだが、これとても、船越トミ子の仕業と見て、差支えあるまい。あの手紙を出したのは、昨日の午過ぎあたりだろうが、その時刻には、まだ、彼女は、身辺の急を知らなかったのだろう。さもなければ、千春を男性であるなんて、ナンセンスな中傷文を書く余裕は、なかったろう。

——しかし、彼女が密輸業者とは、意外だったな。

一生遊んで暮せる財産があるなぞと、いっていたが、やはり、ウソだったのである。よほどの巨富を擁さぬ限り、あんなハデな生活ができるものではない。バー営業は、モウさんのいうとおり、世間をゴマかす看板であり、或いは、彼女等一味のアジトに用いたのかも知れない。

——そんな、危険な女とは知らなかったが、また、そんな、語るに足らぬ女とも、思わなかった。

慎一は、はじめて、船越トミ子を、軽蔑する気になった。金儲けの同志として、彼女の頭脳と手腕に、尊敬を惜しまなかったこともあったが、密輸なぞという幼稚な、非合法手段に出るようでは、タダの慾張り女である。デパートの万引き女と、変りはない。そんな女だから、世にもバカげた中傷文なぞ、書く気になったのだろう。

——わが道は、高く、遥かなり。

彼は、昂然たる自負と共に、彼女の脅威が、まったく去ったのを感じた。日本も、半分ぐらい、独立国だから、いくら、外人の家に潜んでも、やがて、彼女は逮捕されるだろう。されないまでも、潜伏中に、慎一と千春の仲を邪魔する手を、伸ばすわけにもいかないだろう。──あの女の存在は、もう、忘れていい。

彼は、あらゆる意味に於て、彼女を念頭に置く必要が、なくなった。そして、今夕、そのことを、千春に語って、彼女を安心させてやりたいと、思った。

新橋駅へくると、ちょうど、豊島園行きのバスが出るところだった。彼は、すぐ、飛び乗った。

芦野舞踊研究所には、千春を迎えにきたこともあるので、慎一は、迷うこともなく、玄関に立った。昼間は、中級クラスの教習があるらしく、単純なピアノの音律が、稽古場の窓から、流れてきた。

彼は、応接間へ通されて、五分ほど、待たされた。

「ご免遊ばせ、お待たせして……」

黒いタイツの脚を、軽く運ばせて、芦野女史が現われた。外部の人には愛想のいいという評判は、慎一に対する態度でも、裏書きされた。

「この度は、おめでとう。千春ちゃんも、身が固まる方が、かえって、芸が進むかも知れませんわ。あたしみたいに、わがままの未亡人が、一番いけないの……ホッホホ」

彼女は、慎一の訪ねてきた用向きを、察しているのか、努めて、和解的に、まず二人の結婚の祝いなぞを述べた。

「実は、千春ちゃんのことで……」

「ああ、昨日の夕刊のことでしょう。バカなこと、書いたものね。あたし、ちっとも、気にしてやしないわ……」

と、先き潜りをして、答えた言葉は、ほんとに痛痒を感じてないのか、それとも、何かの詐略《さりやく》か、慎一の判断に余った。

「ただね、問題は、うちのバレー団より、千春ちゃん自身に、どういう影響があるかと、いうことなの。誰だって、あんなこと書かれれば、悲観しますわよ……」

「電話で、話しただけですが、多少……」

「それは、そうよ。その心理状態が、舞台へ現われることを、あたしは、一番惧《おそ》れているの……。一体、今度のお稽古が始まってから、千春ちゃんは、少し、妙だったわ。大変、調子がいいかと思うと、急に、ドカンと、落ちてしまうの。それが、波状的にくるのね。その波が、公演中にくると、大変だと思って、あたしは、念のために、代役に稽古はさせてあるんですよ……。いいえ、決して、昨夕の新聞を見てからじゃないわ」

「すると、千春ちゃんの役は、他の方がなさるかも、知れないんですか」

慎一は、驚いて、訊いた。

「それは、病気ということもあるし、あの村の娘は、大役だから、万一に備えて、品川ミエ子に、稽古をつけてあるから、公演間際に替えることが、できなくもないの」

「でも、それじゃ、千春ちゃんが……」

「そう。あたしも、替えたくはないの。でも、千春ちゃんの利益——長い将来の利益を考えると、今度は、休んだ方がいいんじゃないかッて、気がするのよ……。宇都宮さん、よく、考えてご覧なさい。あんなことを、新聞に書かれて、平静を失ってる時に、観客席から、ヘンなヤジでも飛んだら、おしまいよ。それも、ヴェテラン（古参）ならいいけど、千春ちゃんは、今度が、ほんとの意味の初舞台よ。あの大役に、成功するか、しないかで、未来がきまるのよ。その大切な舞台に、マイナスの多い条件で出るのは、考えものだわ。それよりも、今度は、休んで置いて、来年の公演に、眼にもの見せてやる——その方が、賢明じゃないか知ら。公演は、一度きりじゃないのよ。そして、次ぎの公演には、千春ちゃんに、今度に優るいい役を、振ってあげるわ。あたし、堅く、お約束してよ。だから、宇都宮さん、あなたから、千春ちゃんを説いて……」

　合理主義者は、合理的に説得されると、モロいもので、慎一も、千春に休演を承知させる役回りを、いつか、引き受けさせられてしまった。

——理窟は、その通りだが、少しは、芦野先生の口車にも、乗せられたかな。

　と、彼が気がついたのは、もう、玄関で、靴をはいてる時だった。あの新聞記事は、芦野バレー団にとっても、打撃であり、対外的にも、対内的にも、千春を今度の公演から除くことが、無事な対策にちがいなかった。それを、芦野女史は、オクビにも出さず、千春の利益一点張りで、押し通したところが、老獪な未亡人との評判に、背かなかった。女の身でも、この一団を背負って立つからには、小さな人情に関《かかわ》ってはいられず、また、慎一のような青二才を、口先きでマルめるぐらい、易々《いい》たるものだろう。

——しかし、弱ったことになった。千春ちゃんが、おとなしく、いうことをきいてくれる女なら、いいが……。

これは、今夕の会見は、俄然、重大化してきたと、彼は暗い気持になった。それも、ただの休演ならいいが、あの役が、日頃の競争者、品川ミエ子に回るとなっては、彼女のオサまる道理がない。ことによると、船越トミ子は退散しても、また、新しいハンニャが、出現するのではないか。

——まったく、女性とは、面倒なものだな。十二章や、十五章で、書き切れるようなイキモノでは、ないらしい。千春ちゃんのパパの心境も、少しは、わかるというものだ。

彼も、多少、女嫌いになったというのも、合理主義者の運命だろう。そして、歩みも遅く、玄関を出たが、誰も、見送る者がなかったから、お辞儀をする必要もなく、黙想を続けた。

玄関から、お粗末な、洋風の門まで、距離にしたら、十メートルに足りないのであるが、薄く、砂利を敷いた道を、見下しながら、彼の歩みは、牛のようだった。ふと、彼は、うつむいてる頬の左側に、ムズムズした刺戟を、感じた。何気なく、その方に眼をやると、そこは、ちょうど、稽古場の窓になっていて、頭に、黄色いリボンを結んだ、稽古着の少女が、半身を現わしながら、ジッと、こちらを見ている。

——おや、シンデだ。

彼は、まず、槍のように鋭い、彼女の視線に、脅やかされた。千春なんかは、慣れてるだろうが、普通の人間に、あの眼つきは、気味がよくない。そして、彼は、著しい彼女の面変りに、驚かされた。一言にしていえば、幽鬼である。この世の者とは思われない、顔色、眼ざし、頬のやつれ——

しかも、鋭い視線は、いよいよ鋭く、憎悪とも、詰問ともいえる力を、満身にこめて、ジリジリと、彼に迫ってくる。

こういう場合、知らぬ顔をして、素通りをしてしまえば、無事であるが、慎一には、できなかった。とにかく、知合いの仲である。こんなに、ハデに、顔を見合わせては、ちょいと、帽子をとって、会釈をするのが、当然のナリユキだった。

彼が、そうした途端に、ペッと音がして、白いものが、飛んできた。背広の袖に、唾の弾丸が、みごと、命中。

「何をするんです」

彼が、叫んだ時には、もう、窓に人影もなかった。

慎一は、すぐ、家へ帰って、ツバキをかけられた背広の片袖を、ショウコウ水で、消毒した。ついでに、顔や手も、石鹸で、ゴシゴシ洗った。べつに、シンデを保菌者と、疑ったわけではないが、何か、ひどく、不潔な気持がしたからである。

——あれだから、女は、かなわない。

チンピラとはいえ、シンデも、女性の一人にちがいなかった。あの行為で、彼女が、慎一に対して、いかに、烈しい憎悪を懐いてるかが、わかった。ツバキをかけるというのは、女として、最大の憎悪の表現であろう。ひッかいたり、ツネったりすることの比ではない。

——また一人、新手が現われた。

彼をウラむ女は、陸続として絶えない。美男子に女難は、ツキモノかも知れないが、少しも、女に手出しをしないのに、かくも、ウラまれるというのは、ワリが合わない。およそ、色魔的要素のない彼が、こういう運命に墜入るのも、美人薄命の男性版というのか。

——男と女の関係を、もっと、合理的にするには……。

と、彼は、腕組みをした。

男の方が、女より合理的であるなぞとは、俗説であって、愛慾の世界では、男女ともに、テンヤワンヤである。人間の歴史で、恋愛や愛慾のために生じた不幸は、集積的には、戦争の惨禍より、大きいかも知れない。どちらも、非生産的で、反経済的で、不合理行為たる点に、変りはない。しかも、男が男であり、女が女である限り、この愚かな繰り返しは、永遠にやむものではない。

——男女は、生殖から、解放されなければならない。すべては、男女合して生殖を行うことから、生じた禍《わざわい》である。もし、科学の進歩により、人工生殖が行われるようになれば、この問題は解決される。それによってのみ、男女の関係は、理性的になり、人生の前途も、光明的だろう。

ふと、気がつくと、彼は、そのような思索に、二時間を、空費していた。

――あまり、長い将来のことを考えるのは、空想であり、ムダの一つである。千春ちゃんと会う時間に、遅れぬようにするのが、刻下の急務である。

彼は、鏡の前に立って、ネクタイを結び始めたが、急に、腹が減って、堪らなくなった。考えてみると、今日は、朝から飛び歩いて、午飯を食うことを、忘れていた。しかし、もう時間がないから、電気冷蔵庫から、牛乳壜とバターを出して、立ちながら、パンを頬張った。忙がしい一日だったが、千春と会えば、プログラムは、終るのである。彼は、ドアにカギをかけると、足速やに、わが家を出た。

一丁目から、地下鉄に乗ったが、夕方でも、浅草行きは、渋谷行きほど、混んでいない。間もなく、新橋へ着いて、階段を駆け上ると、時計は、六時ジャスト。今日も、遅れずに済んだのを、喜びながら、いつもの場所に眼をやると、三十分も待ちクタびれたような、千春の顔が見えた。

「千春ちゃん、お腹、減ってるかい？」

「それほどでもないけど……」

「じゃア、食事は後にして、ブラブラ、歩きながら、話さないか」

慎一は、来る途中で考えたのだが、今夕の会談は、喫茶店やコーヒー・ショップで行わない方が、無事のようである。話の内容が、同性愛とか、性の転換とかいうことに亘る上に、千春が出演休止の申し渡しを聞いて、どんなに激昂するか、知れないのだから――

結局、二人は、内幸町まで歩いて、それから、日比谷公園に入った。

「ポール・ポーランの踊りを、見にきたのは、春だったね」

公会堂の建物を仰ぐと、慎一は、あの夜のことを、思い出さずにいられなかった。

「そうよ。あれから、まだ、半年足らずなのに、いろいろのことが、起きたわね」

千春も、感慨を洩らした。彼女の父と、慎一の母とを、会わした企ても、あの晩から始めた。船越トミ子との因縁も、あの晩から起きた――

「少し、いろいろのことが、起き過ぎたよ。今日なんか、特に、起き過ぎてる――まるで、探偵小説を、読むようだ……」

「だから、早く、話してよ。慎ちゃんたら、言葉をマギらしてばかり、いるんだもの……」

「往来で、話せる話じゃないんだ。まア、あのベンチへ、腰かけよう……」

彼は、花壇に面した場所に、彼女を導いた。

もう、日が短くなって、周囲は、宵闇の色が濃く、人通りも、少なかった。その代り、あちこちのベンチで、男女牽引の図解が見られ、二人の話の妨害になるようでもあったが、どの一対も無我の境で、人なきに等しかった。

「あの新聞、見たよ。ずいぶん、思い切ったことが、書いてあるね」

慎一は、落ちついて、話を切り出した。

「でも、よく調べたものね。針小棒大にしてもよ……」

千春も、今朝の電話ほど、昂奮していなかった。

「あれは、君とぼくとの中傷であるのは、読めば、すぐわかるが、ぼくたちのような無名の人間が、新聞から、恨みを受けるわけがない。これは、隠れた犯人が伏在すると、睨んでいたら、果して、そうだったよ」

「まア、誰?」

「君の嫌いな、船越トミ子さ」

そして、慎一は、先刻、モウさんから聞いたテンマツを、逐一、彼女に語った。

「なんて、執念深い女――これからも、何を謀むか、知れたもんじゃないわね」

「その点は、心配ないと、思うんだ。彼女は、地下へ潜ったからね」

「え、なに?」

慎一は、彼女の運命について、説明を続けた。

「まア、いい気味――きっと、今日の夕刊に、出ているわよ。人のことを、新聞に出した翌晩に、自分が出されるなんて、愉快ね。あア、愉快!」

「そう、嬉しがっても、いけないんだ。今日は、いろいろのことがあったのだからね……」

「そうね、あたしたちは、我慢するとしても、シンデや、芦野先生は、何の関係もないんだから、気の毒ね」

千春は、反省の色を見せた。

「シンデは、怒ってるぜ。今日、研究所へいったら、ぼくにツバキをひっかけた……」

「まア、ご免なさい。慎ちゃんが、新聞へ出したわけでもないのにね。あの子、とても、思い詰める性分なのよ」

「とにかく、危険な娘だよ。ああいう娘には、あまり、近寄らない方が、無事だね」

「ええ、わかってるわ……。でも、慎ちゃん、研究所へいって、芦野先生に、会ってくれたのね」

「うん……」

慎一の口が、重くなった。

「明日のお稽古のこと、何ていってた?」

「それが、話せば、長くなることなんだが……」

それから、慎一は、極めて慎重に、千春の感情を刺戟しないように努めながら、芦野女史の意志を、伝えた。

「すると、今度の公演に出るな、と……」

千春は、甲高い声と共に、ベンチから、立ち上った。

「まアさ、結果としては、そうなんだが、懲罰的意味なんか、全然ないんだぜ。先生は、どこまでも、君の将来を考えて……」

「オタメゴカシは、先生の特技なのよ。慎ちゃんは、オメオメと、承知して、引き下ってきたの」

「そういうわけじゃないが、女史のいうことに、一理あるんでね。今度は、君に、いろいろ悪条件が揃ってるのは、確かなんだから、ムリを押すよりも、来年のチャンスに……」

「それア、あたしだって、知ってるわ。でも、あたしは、今度の公演に、あたし自身を賭けたのよ。慎ちゃん……あたし、もし、失敗したら、もう、バレーから、足を洗うつもりだったの……」

千春の声は、切々たる響きがあった。

「そんな、気持だったのかい」

「だから、あたし、失敗しても、関わなかったのよ。そしたら、何の迷いもなく、慎ちゃんのいいオカミサンに、なってあげようと思って……」

——そんなら、芦野先生と喧嘩しても、彼女を舞台に出させるところだった。

と、慎一は、後悔に襲われた。

「賭けは為されず、か——映画の題にも、ならないわ」

彼女の溜息は、闇に沈んだ花壇の方へ、尾を曳いた。

「しかし、中止じゃない。延期なんだ。来年、もう一度、その賭けを……」

「さア、来年は、どういう気持になるかな……。ねえ、慎ちゃん、人間が、賭けをする気持は、よくよくのものなのよ。況《ま》して、あたしは、自分の一番大切なものを、賭けたのよ。眼をツブって、呼吸を殺して……。そんな気持に、度々、なれると思って？」

千春の言葉が、あまり、悲調を帯びてるので、慎一は、答える術を知らなかった。

公演に出られなくなったことで、千春が、失望落胆するのは、慎一も、覚悟の前だったが、その理由が、そんなところにあろうとは、夢にも思わなかった。

——やはり、彼女も、女ごころを、持っていたのだ。少くとも、バレーへの情熱と同じ強さで、結婚、家庭、主婦への関心を、持っていたのだ。それだから、彼女は、そんな賭けを、する気になったのだ。彼女は、気の強い女であるだけに、やはり、女なんだ。或いは、最もよいオカミサンになれる女かも、知れない。

彼は、今まで知らなかった彼女の正体を、発見したような気になった。

「慎ちゃん、あたし、ガックリ、参っちゃったわ。体中のハリが抜けて、立っていられないような気持……」

「わかるよ、わかるよ……」

彼は、熱心に、アイヅチを打った。

「あアあ、明日から、どうして暮そうかな……」

その声には、遠寺の鐘のような、虚無感があった。

「毎日、ぼくの家へ、遊びにお出でよ」

「慎ちゃんとこへいっても、面白いことはなさそうだな。おばさまの問題はあるし……」

「いや、百花園の会見が迫っているから、オフクロも、機嫌がいいよ。あの日は、われわれも、介添人として、途中まで、同行するとしようじゃないか」

「なんだか、あのことにも、興味がなくなってきたわ……」

彼女は、よほど、気が沈んでいるらしかった。

「ところで、君の役は、品川ミエ子が、やるそうだよ」

慎一は、気つけ薬のつもりで、そのことを、いい出した。むしろ、ハンニャになるほど、彼女が元気を奮い起すことを望んだのである。

「フン、そんなこと、どうだっていいじゃないの……」

彼女は、問題にもしなかった。よくよく、絶望の淵に、沈んでしまったらしい。これだけ彼女に打撃を与えたとすると、船越トミ子の計画は、大成功といえるだろう。

「どうだい、どこか、明るいところへいって、ご飯食べようじゃないか」

慎一は、ベンチを、立ち上った。なんとか、彼女の気を変えてやらねばならない。

「お酒なら、飲んでもいい」

下戸の彼女が、飛んでもないことを、いい出した。

「え？　まア、いいや。じゃア、その辺のバーへ……」

二人は、肩を列べて、日比谷の出口の方へ、歩き出した。慎一も、バーには馴染みはないから、いっそ、タクシーを拾って、マダムを失ったバー・リシェスへ、乗りつけてみようかとも、考えた。

「おい、千春ちゃん、とても、面白いことがあるんだ」

慎一は、ふと、思いついて、話しかけた。

「なによ」

「今朝、とても、奇抜な怪文書が、飛び込んできたんだよ。どうやら、これも、船越トミ子の仕業らしいんだが……」

彼は、ズボンのポケットから、例の手紙を取り出した。

彼女は、興味もなさそうだったが、ちょうど、公園の街燈が、明るく灯ってるので、立ち留まって、読み始めた。

と、見る見る、彼女の顔色が変った。

性に関する一章

今朝は、珍らしく、鉄也が、まだ〝仕事場〟へ入っていなかった。

時計修繕の熱が、醒めてきたわけではないが、彼も、久し振りに、日本を離れる日が、近寄ってきたし、そのために、会社へ顔を出す時が、多くなってくると、自然、世《せ》外人《がいじん》のポーズも、崩れるのである。誰だって、そう世間と敵対して、暮せるものではない。

「旦那さま、この頃、メッキリ、お若くおなりになりましたね」

と、此間も、婆やにいわれたが、自分ではわからなくても、どこかに、精気が吹き出してきたのだろうか。尤も、東京へ出る機会が多くなったので、調髪も、銀座の名有る店へ行くようになったから、刈り上げの工合も、鵠沼の床屋さんとは、ちがっていた。ゴマ塩頭ではあるが、ハゲでないので、手入れが効くというものである。

彼は、茶の間の縁近くに、アグラをかいて、今朝早く届いた小包の紐を、解いていた。一昨日、田村町の専門店で買ったスーツ・ケースを、送らせたのである。

——こんなものまで、すっかり、変った。

彼は、今度の旅行に、二十何年前の洋行の時の古カバンも、持っていけないので、新品を買う気になったのだが、昔のスーツ・ケースのような、革の厚い、巌丈な品物は、一つもなかった。

「ちょいと、外国へいくんだが、もう少し、ドッシリしたものはないかね」

ジュラルミンや、ビニールの製品は、安物染みて、彼の気に入らなかった。

「はア、しかし、どなた様も、飛行機でお立ちになるので、手荷物重量の制限上、軽いものばかり、お好みになりますので……」

店員の答えを聞いて、彼は、苦笑しないでいられなかった、それを、ウッカリ忘れて、二十何年前のように、船へ乗る気分になっていたのである。

結局、彼は、比較的巌丈そうな、ジュラルミン製を買ってきたが、包みを解いて、出てきた品物を見ると、想いは、先ず、空の旅に馳《は》せた。彼が、イギリスにいた頃にも、すでに、ロンドン・パリの航空路は、開かれていたが、そんなものに乗るのは、一部の好事家か、多忙の商人に限られていた。

——誰も、飛行機で、旅をする。二昼夜で、ロンドンへ行ける。

彼は、空の初旅を、香港で打ち切るのは、惜しい気持がしてきた。序に、翼を延ばして、懐かしいロンドンの街々を、見てきたくなった。尤も、この頃は、欧米行きの旅券が、容易に下りないそうだが、空想は、切ないほど、彼の心を揺るのである。それも、彼の若返りの兆候の一つに、算えていいだろう。

「旦那さま……」

台所仕事を、終ったのか、婆やが、内廊下から、入ってきた。

「こんなことを、お耳に入れて、どうかと思いますけど、昨夜、お嬢さまが、たいそう酔って、お帰りになりましてね」

と、彼女は、ヒソヒソ声ではあるが、重大報告の力を籠めた調子である。

「しかし、この頃の娘は、ビールを飲むのが、流行じゃないのか」

鉄也は、そんなことを、雑誌で読んだように思った。

「へえ？　女が酔ッぱらうのが、ハヤリなんでござんすか。でも、お嬢さまは、人真似の嫌いな方ですよ」

「それア、そうだ」

「あんなに、酔ってお帰りになるなんて、タダゴトじゃございませんよ。夜半に起きて、お吐きになったし、酔ってらっしゃるかと思うと、洗面所の鏡で、ジッと、ご自分の顔をご覧になったり……。今朝も、早くから、お目覚めなんですがね。いつものように、すぐ、お起きにならないんですよ」

「そうかも知れませんが、あたしア、なんだか、気になってならないんで……。旦那さま、ちょいと、お嬢さまのお部屋を、見舞ってあげて下さいましよ」

と、婆やに、クドく勧められて、しまいには、鉄也も、腰をあげずにいられなくなった。

千春の部屋は、彼の仕事場の廊下を隔てた北側にあるのだから、タマには、覗《のぞ》く機会もありそうなものだが、何年にも、足を踏み入れたことはなかった。大きくなった子供の部屋というものは、父親にとって、不思議な、シキイの高さを感じさせるものなのである。

「おい、起きてるかね」

わざと、大きな足音をさせて、歩いてきた彼は、フスマの外から、声をかけた。

「ええ……」

すぐ、千春の返事が、聞えた。案外、落ちついた声だったが、沈んだ調子があるのは、確かだった。

「もう、十時過ぎだぜ。そろそろ、起きたら、どうだ」

「そうね。でも、あたし、今日は、ゆっくり、寝ていたいの」

「寝ていたいッて、もう、眼をさましてるじゃないか……。グズグズしてると、稽古に遅れるぜ」

「お稽古なんか、もう、いいの……」

「今日は、お休みかね」

「でもないけど、あたしだけ、お休み……」

とたんに、彼女の声が湿って、咽《むせ》ぶように、急降下した。

やはり、タダゴトではない。

「おい、入ってもいいかね」

「待って……。すぐ、戸を開けるわ」

やがて、窓の戸が、繰られる音がして、大急ぎで、寝具をかたづける気配がして、

「どうぞ……」

と、フスマが開いた。

「この部屋も、だいぶ、様子が変ったな」

鉄也は、わざと、気軽るそうに、壁のバレー写真や、日本窓にとりつけた、グリーンの模様のカーテンなぞを、見回した。

「散らかってて、ご免なさい……」

殊勝なことをいって、千春は、自分用の座布団を、父の前に出した。彼女自身は、二つ折りにした敷布団の上に、パジャマの膝をそろえたが、そのチョコナンとした様子が、少女時代に帰ったように、父親の眼には、可愛らしく、映った。

——子供の時に、病気をすると、よく、こんな恰好を、していた。

鉄也は、自分の手で、彼女を育てた遠い昔のことを、思い出した。

「時に、昨夜は、だいぶ、きこし召したそうだね」

少しも、咎める調子でなしに、彼がいった。

「うん……。慎ちゃんと、バーで……」

千春は、さすがに、恥かしそうに、笑った。

「バーとは、驚いたね。慎一君に、誘われたのかね」

「うウーん、あたしが、誘ったの」

「いよいよ、驚くね。何を、飲んだ？」

「何だか、知らないけど、ジャンジャン、飲んじゃった……」

「バカだな。慎一君に、愛想をつかされるぜ……。何だって、また、そんな、ムチャ飲みを、したもんかね」

「ヤケ酒よ」

「へえ、何が、原因で？」

「だって、あたし、今度の公演に、出れなくなったんですもの、芦野先生の命令で……」

「どうして？」

「稽古の成績が、悪かったからでしょう、たぶん……」

彼女は、あんな不潔な新聞記事のことを、父親の耳に入れる気にならなかった。そして、酒を飲む気になった、もう一つの原因の方については、なおさら、口を噤《つぐ》みたかった。

「なんだ、そんなことか……」

鉄也は、カンタンに、安心した。

「婚礼も、間もないことだから、却って、その方がよかったかも知れない……」

何気なく、そういうと、千春は、急に、下を俯いてしまった。

「どうしたんだ?」

「何でもないの……」

とはいっても、彼女の顔に、見る間に、悩みの雲が、拡がった。

「酔っ払って、慎一君と、喧嘩でもしたんじゃないのかい」

「いいえ、そんなこと……。パパ、ちょっと、訊きたいことがあるの」

千春は、居ずまいを、更めた。

「何だい、えらく、開き直ったね」

と、冗談めかす父親の言葉を、耳にもかけず、

「パパは、どうして、あたしに、千春なんて、名をつけたの?」

と、彼女は、もう一度、ヨッパライに返ったように、眼を据えた。

「おかしなことを、訊くじゃないか。急に、親のつけた名が、気に入らなくなったのかね」

「そんなことないわ。いい名をつけて貰ったと思って、感謝してるくらいよ……」

実際、公演のプログラムなぞに刷られると、奥村千春という名前は、ハデで、且つ、品位もあり、芸名かと、人に訊かれるほどだった。

「じゃア、なぜ、そんなことを……」

「いいえね、千春ッて名前は、あたしの最初の名じゃなかったということを、パパは、いつか、仰有ったわね」

彼女は、愚にもつかないことを、生死の大問題のように、掘り返そうとするのである。

「そうだよ。君の最初の名前は、春子というんだ……」

だが、その名が付けられたのは、いつのことやら。普通は、七夜に命名されるが、その日は、彼女を生んだお長の葬式と、ブツかったという話だから、ゴタゴタ騒ぎで、それどころではあるまい。それに、その赤ン坊が、娘のフシダラから生まれたとあっては、大切に扱われる筈もなく、役場へ届ける時になって、

「三月に生まれたんだから、春がよかんべえ」

慌てて、命名されたような、名であろう。だが、すべては、遠い昔のことだ。鉄也の心にも、古写真のように、黄色くなった過去である。それを、今頃になって、千春は、なんで、問題にするのか――

「ええ、それは、わかってるわ。でも、パパの手許に、引き取られるようになって、なぜ、千春と改めたの？　春なら春で、いいじゃないの？」

これは、驚いた質問である。しかも、眼の色変えて、ムキになって――

「それア、春でも、いいようなものだが、わたしは、最初のわが子に、もう少し、気のきいた名が、つけたかったのだよ。それに、玉川の百姓家の記憶から、君を切り離したい気持も、あったかな……。しかし、千春という名を選ぶまでには、ずいぶん、苦心したぜ。春江、小

春は、平凡だし、春日は、軍艦みたいだし……」

「でも、千春と名づけるには、何か、理由があったでしょう」

「理由といえば、まア、わたしの趣味になるね。千春という名は、雅にして華の感じを、含んでるからね……」

鉄也は、得意そうに、答えた。

「それでは、パパに伺うけれど、戦前に、渡辺千秋だの、千冬だのという人が、いたんですってね」

「うん、たしか、華族だったね。そのうちの一人が、宮内大臣を勤めていたが……しかし、よほど古い話だぜ」

「その人たち、兄弟でしょう。二人とも、男でしょう」

「無論だよ。つまらんことを、訊くね」

「いいえ、あたしは、千秋、千冬が、男の名なら、千春だって、女の名じゃないと、思うのよ」

「そこが、漢字というか、日本語というか、語感の微妙なところで、千秋、千冬は男名前としても、千春となると、女めいてくるのだな。その辺は、理窟で説明できないだろう」

「でも、男名前としても、通用しないことはないわね」

「そうさね、少し、柔弱の感じはあるが……」

「パパ、秘《かく》さずにいってよ。あたしを、田舎から引き取って、パパが、あたしの体に注意すると、何か、異状があったんじゃない？」

「異状というと？」

「例えば……あたしが、肉体的に、純粋の女の子と、少し、ちがうというような……。それで、パパは、千春なんて名を、つけたんじゃないの？」

「バカなことを、いうもんじゃないよ」

「いいえ、パパは、その秘密を知っていながら、あたしが可哀そうと思って、誰にも……」

やがて、茶の間へ帰ってきた鉄也は、手を叩いて、婆やを呼んだ。

「わたしは、ちょいと、東京へいってくるがね。留守を、よろしく頼む。特に、千春に、気をつけてくれ……」

「畏まりました。でも、一体、お嬢さまは、どうなすったんでしょうね。ワケが、おわかりになりましたか」

「それが、わかったような、わからんような——まア、しかし、一時の昂奮だろう。心配しなくても、よろしい……」

そういって、彼は、外出の身支度を始めた。

しかし、靴下をはく間も、ネクタイを締める間も、彼の心中は、慌しい雲が、往来した。

——自分のセックスを、疑うとは、何事であるか。

彼は、呆れて、ものがいえないという気持だった。

近頃の若い者が、資本主義を疑い、天皇制を疑い、恋愛至上主義を疑い、立身出世主義を疑っていることは、よく知っているが、自分の持って生まれた性別まで、信じなくなってきたとは、何という心の混乱と、荒廃であろうか。

性とは、厳然たる一つの事実であり、同時に、最も大きな権威でもある。それによって、男女の道が開け、人倫が定まり、あらゆる人間らしい葛藤と調和が生じ、人類の進歩向上の根元となっている。これを疑惑し、否定するほど、恐るべき破壊思想はない。

――わしも、一応は、あらゆる権威を、疑ったが、まだ、自分が男であることを、疑ったことはなかった。

戦後日本人の価値感喪失が、ここまで及んでいようとは、彼も、気づかなかった。そして、何という、恐ろしい世の中になったかと、身の毛がヨダつ想いがするのである。

しかし、親の慾目というのか、彼は、千春が、腹の底まで、破壊思想に感染してるとは、信じられなかった。

――つまり、千春は、ヤケになったんだ。あれほど、待ち焦れていた公演に、出られなくなったために、ヤケ酒を飲み、ヤケの自己否定を、試みたんだ。無論、一過的のものと、思うが……。

ただ、結婚が迫っているし、彼自身の国外旅行もあるし、ノンベンクラリと、彼女の気分が落ちつくのを、待ってはいられない。そこで、昨夜を共に過ごした慎一に会って、委細を訊き、且つ、善後策の相談をしたいと思って、出京する気になったのである。

──慎一君は、あのとおり、冷静な男だ。きっと、いい智慧を出すに、ちがいない。

彼は、そう思って、家を出た。

しかし、江ノ電の停留場まで行く間に、青山の家を訪ねるのは、少し、工合が悪いと、気がついた。蝶子と顔を合わす懸念が、あるからである。彼女とは、二十二日に、百花園で会うことになっている。今日は、慎一だけと、シンミリ話したい。

──そうだ。電話で、呼び出して、銀座あたりで、午飯を食おう。


慎一は、心配ごとがあっても、神経に影響を来《きた》す男ではないから、眠ることは眠った。しかし、翌朝、いつもより、早く眼覚めて、一人で、朝飯を食べて、人なきサルーンのイスに坐ると、忽ち、昨夜から持ち越しの問題について、頭脳を活動させた。

母親は、まだ、熟眠中であろう。五時二十五分──やっと、日の出の時刻である。

──千春ちゃんは、あの怪文書を、否定しなかった。事実無根の中傷ではないと、いった。これぐらい、近来、驚いたことはない。いや、生まれてから、最大の衝動と、いっていい。

「そんなことをいって、君、何か、身に覚えがあるのかい」

公園の樹の下で、彼は、啞然として、問い詰めたのである。

彼女は、うな垂れた頭を、もっと、低くして、カスれた声も、絶え絶えと、

「あたし……あたし、自信がない……自信がない……」

「女たることに、自信がないというの」

「そうなの……女ではないかも、知れない、あたし……」

そうまで、彼女自身が、告白したのである。

それを聞くと、慎一は、顚倒する驚きと共に、勃然《ぼつぜん》たる怒りを覚えた。

「それなのに、なぜ、君は、ぼくと婚約したんだ。これ以上の不合理行為が、あるというのかね」

これは、彼が怒るのが、アタリマエ。間貫一が、熱海の海岸で怒ったのは、女の変心であったが、この方は、女の変身であって、絶対に、結婚へ漕ぎつけることが、むつかしい。

「宥《ゆる》して、慎ちゃん……。でも、あたしは、その疑いを、打ち消していたし、また、対手が、慎ちゃんなら、同棲生活をしても大丈夫だと、思っていたのよ……」

彼女は、自分が完全な女性ではないと、知ってはいたが、女性でないとまでは、考えていなかった。それで、非愛慾的で、友愛的な慎一とならば、結婚の意志が動いた。しかし、その怪文書を見てから、彼女の心は一変した。手紙の発信人が、船越トミ子にせよ、誰にせよ、第三者が、そういう認定をする以上、彼女の疑いに、客観性が生じてきたのである。彼女が、女でないことを、天知る、地知る、人知るというのか——

「でも、慎ちゃん、今夜は、何にも訊かないで頂戴……。あたし、苦しいの。とても、苦しいの……。お酒、飲みましょう。先刻、約束したじゃないの……」

彼女が、しきりに、せがむので、慎一も、タクシーで、バー・リシェスへ、乗り込まずにはいられなかった。そして、バーテンや女給から、大歓迎をうけたが、千春は、出される酒を、片ッ端から、飲み干し、お替りまで、請求するのである。男に劣らぬ、勇敢な飲み振りを見ていると、慎一は、多少、怪文書の信憑性を考え、恐怖に襲われずにいなかった。

しかし、女性のビール飲み競べ大会まで、催される世の中だから、千春が、アルコールの大量摂取を行ったことだけで、彼女の性が、アベコベであると、判断はできない。

――肉体的に、いかなるアベコベ性があるか、それが、問題を決定する。

慎一は、昨夜の回想を終って、推理の段階に移った。

まず、彼女の第一次性的特徴であるが、これは、いくら、親しい仲の慎一でも、窺い知ることはできない。衣服の下の問題であるばかりでなく、皮膚や筋肉の奥に潜む問題だからである。そこで、もっぱら、第二次性的特徴に、頼らねばならぬが、例の胸の隆起――あれは、彼女がニセモノを使用していることが、すでに、分明であった。彼女自身が、ある日、恐るべき手品を、使って見せた。サン・ドレスの脇から、かけ声と共に、白いお椀を取り出して、

「タネモ、シカケも、ございません！」

と、フザけたことがあった。

バスト・パッドとかいう道具は、戦後の詐術的製品の最たるものだが、千春も、ヨソイキの時の外は、あまり、使用しなかった。その日は、午飯の会から帰って、着換えしたところへ、慎一が訪ねたのである。

だが、その時の怪奇な印象を、彼は、未だに忘れられなかった。一つのパッドを取り出したが、もう一つの方は、まだ、胸に残っている。たった一つの乳房の胸――これは、バケモ

ノだった。

——そうだ。片一方は、まるで、平地だった。

今にして、慎一は、その事実に、思い当った。平常は、眺める気もしなかった場所のことである。

そういえば、彼女は、胸の出ッぱりを欠いてる上に、後部の出ッぱりも、不足してるようだ。つまり、大変、オシリが小さいのである。女性の体は、Sの字を描くことによって、特徴を示すのに、彼女は、Iの字しか、描かない。まるで、ハリ板を立てたようなものである。しかし、そのハリ板が、いわば、ゴムのハリ板であるのか、弾力ある伸長と、屈折とを以《もっ》て、芦野研究所の女性の誰もが、羨望するような、美しい脚と手の線を、描き出すのである。元来バレーの踊手の理想は、性と反逆するところにあるのか。名あるバレリーナの脚は、例外なく、中性的に美しい。男でも、この間のポール・ポーランなぞは、女性的曲線を、臀部《でんぶ》に所有していた。中性的肉体が、バレーに適しているのか、バレーに長じるのは、中性的人物の証拠であるのか。とにかく、千春が、バレーに入ったのは、偶然でない気がする。

——それに、彼女の声も、二次的特徴が、豊かでない。

蝶子の声を、金の鈴とすれば、千春の声はブリキのラッパである。障子を隔てて、聞いていれば、女の声と思う者はあるまい。

——次第に、悪条件が揃ってくるのは、困ったものだ。その上に、シンデとの関係がある。慎一も、ハッと、そのことに、気づかずにいられなかった。

今まで、彼は、千春とシンデとの交際を、感傷的な、不健全趣味として、嫌っていたのであるが、今日は、性科学的観察の対象とする外なくなった。

同性愛というものは、決して、同性としての相互を、愛し合うものではない。必ず、どちらかが男性の立場、一方が女性の役を、演ずるものらしい。そして、千春とシンデの場合、前者が支配的な良人であり、後者が献身的妻であったことが、数々の実例と共に、彼の頭に、甦ってきた。

――うウん、これは、だいぶ、アヤしくなってきた。

懐疑の雲は、拡がり出したら、キリがない。合理主義なんか、逆風どころか、むしろ、追風になる。

――そういえば、この頃は、世間も、アヤしいことだらけだ。

英国の空軍中尉コーウェル氏という人は、勇敢無比な戦闘機乗りで、且つ、夫人との間に、二児をあげていたに拘らず、ある日、身体の異常を感じ、医師の手当や手術を受けていたが、本年五月に入り、遂に、医学的にも、法律的にも、一人の女性であることを、認められた。それより一年ほど先きには、米軍の兵士ヨルゲンソン氏が、同様の転換を起し、艶麗なるヨルゲンソン嬢として、世間に現われたので、大評判となり、ニューヨークの寄席なぞに出演して、金を儲けてる最中だという。

外国の軍人ばかりが、性的転進を得意とするかと、思っていたら、日本の女子バスケット選手、塙《はなわ》富喜嬢が、九大医科かなんかの世話になって、男子と転じ、女籍を去る送別会が、旧同性の間に、賑々しく開かれた写真が、新聞に出ていた。男性の方の歓迎会は、催されなかったらしい。

どうも、戦後は、いろいろの意味で、男女の別が、乱れてきたようである。銀座の街には、西洋学童のような髪で大工さんのモモヒキのようなものを穿いた女が、闊歩するし、上野の森では、白粉を塗って、ハイ・ヒールの男が、出没する。学者や評論家が、ソプラノの声を張り上げて、平和論を説くかと思うと、女代議士は、議場でレスリングの真似をやって、喜んでいる。

しかし、それらの現象は、一種の民主主義的傾向として、ガマンもできるが、最近のように、性の実体が、手軽に、転換されては、人類の生活は、どうなるか。男だと思った者が女であり、女だと思った者が男であったら、社会の安寧は、どうなるか。わが妻は、ことによったら、男ではないか、わが父は、ことによったら、母ではないか。そういう疑惑に、不断に悩まねばならぬ良民の心にも、なって見よ。出生届を、一々、疑わねばならぬ戸籍係りの身にもなって見よ。女子スポーツの新記録も、銭湯の入口も、いかなる認識によって、これを定めることができるか。

——性とは、それほど、不安定なものであるか。それほど、タヨリないものであるか。一体、性は、存在するものであるか。

慎一の、懐疑は、果して、キリがなくなった。

思索というものは、とても、ヒマを食うので、

「慎ちゃん、お早よう。なにを、ボンヤリしてるの？」

と、母親の声に、驚かされた時は、もう、九時に近かった。母親が、起き出て、顔を洗って、飯を食って、長いお化粧を終ったのを、まるで、気がつかなかったのだから、いかに、彼が真剣に思索したか、知れる。

しかし、彼には、まだ考えねばならぬことが、沢山、残っていた。仮りに、千春の性が、アベコベだったとしても、その秘密を、あの怪文書の主は、どうして、知り得たか。船越トミ子を、最大の容疑者とすると、話は、いよいよ、わからなくなってくる。

——そんなことは、二の次ぎとして、一刻も早く、千春ちゃん自身の問題を、解決しなければならない。結婚の日は、迫っている。またまた、式日変更なんていっても、会館が承知してくれる筈がない。

しかし、思索を継続することも、考えものだった。三時間を費やして、獲《え》たものは、何もありはしない。かくなる上は、玄人に頼る外はない。性の絶対性は、考えれば考えるほど、わからなくなるが、専門の科学者は、一応の区別を立ててくれるだろう。単に、区別を立てるのみならず、英国空軍中尉の実例を見ても、性の修繕や改装の仕事さえ、科学者の手にあるらしい。

さて、どこの医者を訪問したら、いいか。近くに、K大医科があるが、慎一の母校であっても、部がちがうので、一人の知人もなく、その上、あの病院へ、当人の千春を連れていくなら、わかっているが、慎一が出かけていっても、対手にしてくれないだろう。といって、

普通の開業医のところへ、駆け込むわけにもいかず、思案に暮れていたが、

——うん、そうだ。ウチの病院へ行けば、いい。

彼は、妙案を思いついた。彼の家では、風邪でも、胃腸病でも、畑ちがいの宇都宮外科の厄介になるのが例で、今度の問題を担ぎ込んだところで、べつに、気がヒケることもない。それに、遠慮なく、何でも訊ける一得がある。

「ママ、ちょっと、病院へ行ってきます」

彼は、上着をきると、母親の前に立った。

「あら、まだ、お金を受け取る日でもないのに……」

「いや、他の用事がありまして……。ところで、済みませんが、ママは、ぼくの留守中に、外出しないでくれませんか。実は、千春ちゃんのことで、少し、問題が起きたんですが、彼女が、ぼくを訪ねてくるかも知れないし、或いは、電話してくるか……。とにかく、家に、誰かいてくれないと、マズいんです。お頼みします……」

「なにか、起ったの」

「いえ、なに、公演のことで……」

彼は、急いで、玄関を飛び出す時に、郵便受けに、新聞が入ってるのに、眼をとめた。

今朝は、波の如く心が揺れて、まだ、新聞も見ていなかった。歩きながら、それを読み始めると、社会面の中段ぐらいのところに、船越トミ子一味の密輸事件の記事を見出したが、切迫した彼の心境に、ほとんど、衝動を与えなかった。

駿河台下で、都電を降りて、病院へ行くと、慎一は、直ちに、事務長に面会を求めた。

「やア、慎一さん、お早いですね。バーの方の景気は、いかがですか」

半白の事務長は、慎一の子供の時からの馴染みだった。

「あの時は、いろいろ……。あの店は、もう、手を引くことにしました。ところで、今日は、医局の人に、話を聞きたいことがあって……」

彼は、千春の名は出さないが、彼が直面してる難問題の相談を、打ちあけた。

「性の転換ですか。どういうものか、この頃、あの訴えを持ってくる患者が、時々、あるんですよ。一種の流行病ですかな……。それなら、いい先生がいます。K大の助教授のK博士を、ウチの泌尿科へ引ッ張りましてね。あの人は、その方の権威ですから……」

やがて、慎一は、医局の応接室で、K博士に会うことになった。外来患者が、だいぶ待ってるようだったが、その方は、助手に任せて、白衣を着たK博士が、慎一の話を、聞いてくれた。旧院長の息子で、且つ院主である身分を、尊重したのであろう。

「一度、診察して見ないと、何とも申せませんが……」

坊主刈りで、質素な眼鏡をかけたK博士は、淡々として、性の変異について、語り始めた。

「一体、半陰陽というものは、仮性と真性とがありまして、真性の方は、解剖学的にも、男性と女性の両特徴を、兼備してるのですが、これは、医学史が始まってから、二十数例しかないくらい、稀有な現象ですから、まず、ご心配ありますまい。次ぎに、仮性半陰陽の方ですが……」

それは、器官的に、外観は女性であるが、その実質を備えていない。むしろ、埋れたる男性というべきで、その例に乏しくない。

「まア、産婆なぞの誤認で、女性として、育てられてきた場合が、多いですな。こういう患者は、第二次性的特徴も、やはり、不顕著ですよ。胸部が扁平で、臀部が小さくて、一見、スラリとした体格です。脂肪の蓄積がないから、脚なぞ、細く、長く、ダンスなぞやるには、向いてますな。そして、声が、ガラガラして、女らしい優しさがなく……」

慎一は、俄かに、顔色を変えた。一々、思い当ることばかりである。

「すると、そういう患者は、手術の結果、男になるのですか。それとも、女に改造するのですか……」

「無論、男にするのですよ。元来が、男に生まれてるんですからな。それを女性に変えるなんて、医学の目的に反します」

慎一は、深い吐息をついた。

「一体、ご本人は、どういう自覚症状があるのですか」

K博士が、やがて、訊いた。

「女性としての自信が、ないというのですが、それが、どの程度か、見当がつかないので……」

「毎月の生理現象は、どうです。全然、ないのですか」

「え？」

これには、慎一も、返答に窮した。いくら、親しい仲でも、そこまでは、つきとめていない。

「それがあれば、診察するまでもなく、立派な女性ですよ。まず、その点を、確かめられたら、どうですか」

慎一は、K博士に、もっと、いろいろ質問をしたかったが、あまり、診察の邪魔をしては、悪いと思って、座を立つと、

「午後なら、ゆっくり、お話ができるのですが……では、ご参考に、本をお貸ししますから、まア、お読みになってご覧なさい」

博士は、医局の書棚から、英語とドイツ語の厚いクロース本を、抜き出した。

それを抱えて、事務長室へ戻ってくると、

「何です、慎一さん、婦人科の勉強を、始めるんですか。今からでも、遅くありませんぞ。医者になって、お父さんの跡を、継いで下さい」

と、早合点をした。

「いや、先刻の話の参考書だそうですよ。ちょいと、この部屋を貸して下さい。早く、読みたいですから……」

彼は、青ラシャの掛った応接テーブルの上で、英語の本の方から、読み出した。事務長も、

席を外してくれたので、一心に、読み耽《ふ》けることができたが、語学は得意の彼も、イヤに綴りの長い医学術語は、チンプンカンプンで、首を捻《ひね》るばかりだった。しかし、随所に出てくる写真版は、一目瞭然であって、甚だ、奇々怪々の事実を、彼に教えた。

——うウむ、神様も、このような、手落ちをなさるのか。

彼は、声を出して、唸《うな》ると共に、そんな、性の戸惑いが、千春の体に起っていたらと、気もそぞろになった。

「ご免下さい……」

突然、女事務員が入ってきたので、彼は、慌てて、本を伏せた。

「あの、お宅から、お電話でございまして……」

さては、千春が訪ねてきたかと、彼は、早速、事務室の電話口へ出た。

「あア、慎ちゃん？　いま、奥村さんから、お電話でね……」

と、母親の声だった。

「千春ちゃんでしょう？　何て、いってました？」

「いいえ、千春ちゃんじゃないのよ」

「誰です？」

「あの方からなのよ」

「あの方ッて？」

「あら……お父さまじゃないの」

「そんならそうと、仰有ればいいのに……」

「だって……」

「いいから、用件を、早く、聞かして下さい」

「あのね、あの方が、慎ちゃんと、お午飯《ひる》を一緒に、あがりたいんですッて……。いいえ、あたしには、お招きはないの」

「そんなことも、どうでもいいです。で、時間と、場所は？」

「あのね、十二時に、銀座の〝クウポール〟という、フランス料理で……」

「わかりました」

「あの、服部の横を曲って、暫らく行くと……」

「知ってます」

「で、あなたがもし、都合が悪ければ、明治堂へ、お電話して……」

「いいえ、参ります」

「じゃア、くれぐれも、あの方に、およろしくね……」

地下室のフランス料理屋で、鉄也が、慎一を待っていた。

「君、ブドー酒を、飲むかね。ここには、樽詰めがきてるのだが……」

「いいえ、お酒なんか、欲しくありません。それよりも……」

慎一は、早く、話に入りたかった。

「そうだったね。君は、酒好きの方ではなかった……。それなのに、昨夜は、千春が酩酊して、ずいぶん、迷惑だったろう」

娘の酒の上を、詫びるというのは、父親として、普通のアイサツではなかった。

「いえ……でも、あんなこと、始めてです」

「再三やられちゃ、かなわんが、公演の出場が、お流れになって、よほど、コタえたらしい……」

彼は、静かに、オウドウヴルを、皿へとりわけながら、微笑を浮かべた。慎一に比べると、彼の方が冷静であるのは、年の功というよりも、事態の知り方が、浅いためだろう。

「勿論、それもあります。しかし、おじさま、千春ちゃんの悩みは、もっと、深刻なところに、潜んでるんじゃないでしょうか」

「というと？」

「おじさま、お驚きにならないで下さい。千春ちゃんは、その……自分が、ことによると、男じゃないかッて、疑い始めているんです」

「あア、そのことかね……」

「おじさまも、ご存じなんですか」

「いや、今朝、娘が、突然、千春なんて男名前をつけたのは、何か、秘密な理由があるだろうなんて、いいだしてね。よく、訊いてみると、お話にならぬバカバカしいことを、考えているらしいんだ……」

「おじさま、ほんとに、秘密はないんでございますか」

「おやおや、君まで、そんなことを、疑ってるのかね」

「千春ちゃん自身が、自信がないというし、医者に訊いてみますと、仮性の方は、実例が乏しくないと、いうもんですから……」

「君自身は、どう？　男性たることを、疑ったことはない？」

「ぼくですか。まア、ホンモノのつもりですが……」

慎一も、そういわれてみると、絶対的確信がないような気がしてくる。

「真に受けられては、困るな……。しかし、君も、千春との結婚を、間近かに控えてるんだから、彼女がホンモノか、どうか、心配するのも、ムリはない。まア、それやこれやの相談で、君にきて貰ったんだけれど……」

と、鉄也は、ナプキンで、口を拭ってから、

「一体、千春は、なんだって、そんな、バカな疑いを、起したもんかね。自然に、そんなことを、考えるようになったとすれば、精神病の疑いが、起るわけで、むしろ、そっちが心配になってくるが……」

「それは、ぼくのところに、ヘンな手紙がきまして……」

と、慎一は、事の次第を、説明した。

「なんだ、そんな理由が、あったのか。それア、君、安心し給え。それア、第三者の悪意による中傷だよ……」

「おじさまは、そう断言なさいますか」

「断言はできないが、常識として、そういう判断が生まれるじゃないか。仮りにその手紙の事実が、当ってるとしても、そんなことを、わざわざ、君に知らせてくる親切な人が、いるだろうか。また、その人は、いかにして、その事実を知ったか。当人以上に、肉体の秘密を知ってる人が、どこにいるだろうか。ヘンなことをいうようだが、わたしは、千春の小さい時分に、よく風呂に入れてやったが、べつに、異状は認められなかったね」

さすがに、鉄也も、親であって、自分の子がデキソコナイでない所以を、大いに力説した。

「でも、千春ちゃん自身が、自分のセックスに、自信を欠いてるというのは……」

慎一は、鉄也の言葉を、父親の弁護と考えた。

「それは、君たちの世代が、いかに、気の毒な混乱に墜入《おちい》ってるか、その証拠みたいなものだよ。君たちは、自信をもって主張できることが、一つもないんだろう」

「いや、ぼくは、富による幸福を、信じています」

「そう、そう、君は、例外だっけね。しかし、千春は、そうじゃない。また、彼女の懐疑には、多少、根拠があるのだ。彼女は、君のお母さんなぞに比べると、十分の一も、女性ではないんだよ。非常に、Wが少いんだよ」

「え、W？」

「うん。わたしは、若い頃に、オットー・ワイニンゲルという人の本を、読んだがね。たしか、〝性と性格〟という本だ。人間の性格を、M（男性性格）と、W（女性性格）とに、大別してるのだな。その配合と分量によって、個人の性格が、形成されるというのだが、そういわれてみると、思い当ることが、沢山ある……」

「待って下さい、おじさま。少し、頭がコンガラがってきたんですが、ワイニンゲルという人は、男女の別を認めないんですか」

「いや、認めてはいるんだが、世間の男女の別と、一致しないのだろうな。女のうちに男あり、男のうちに女あり、という説なんだ。つまり、世の中には、女のような男や、男のような女は多いが、百パーセントの男性とか、絶対女性とかいうものは、存在しないというわけなんだろう。お互いにしたって、男と名乗ってはいるけれど、何パーセントかは、看板に詐《いつわ》りがあることになるな——尤も、それは、どこまでも、性格の問題で、それ以上に考える必要はない」

「ぼくの性格が、多少、中性的なのは、認めますが、誰が見ても、男性的な人が、世間にいないことはないでしょう。例えば、吉田茂という人なぞ……」

「そう思うかね。わたしは、あの人の頑固さの中には、多分に、婆さん性が含まれてると、思うんだ……」

「はア、Wの変形というわけですか」

「実は、今度のことは、千春の妄想で、君は、一笑に付するだろうと、考えていたんだが……」

と、鉄也は、やや皮肉に、慎一に笑いかけた。

「最初は、そんな気持だったんですが……」

「しかし、無理もないね。戦後現象の一つとして、女性の男性化、男性の女性化が、著しいからね。男らしい男、女らしい女の払底してきたのは、日本ばかりじゃない、世界的傾向だろう。WやMのハッキリした人間は、アフリカの食人種部落へでも行かないと、発見できないかも知れない。だから、性の区別が、アイマイになってきたのは、文化的現象ともいえるよ。君のような合理的頭脳には、耐えられない事実かも知れないが……」

「いえ、千春ちゃんとの結婚問題さえなければ……」

「それは、そうだろう。誰も、性格的にも、異性と結婚したいので、M＋《プラス》Mは、閉口だからね。しかし、慎一君、千春に、いくらMが多くても、彼女が女であることは、疑って欲しくないね。彼女にMが多い原因は、わたしには、よくわかってる。これも、ワイニンゲル説なんだが、女性のMは、後天的原因で、発生するんだよ。つまり、環境の支配なんだ。わたしの家には、母親がいなかった。わたしの男手一つで、育てた。そこへもってきて、彼女の思春期が、悪いことに、日本の敗戦後に始まった。女性の男性化、男性の女性化の甚だしい時に、彼女は成人したのだ。これじゃア、君、Mのカウントが、激増せざるを得ないよ……」

「そう仰有れば、確かにそうです。しかし、ぼくの直面してる問題は、性格的に、千春ちゃんが、どれだけ男性であるかということではなくて……」

「そうか。肉体的に、Wであるかということまで、疑ってるのかね。思ったより、深刻だね。

いや、それは、大丈夫だ。先刻もいったとおり、彼女が女性であることは、わたしが保証する……」

「決して、おじさまの保証を、疑うわけではありませんが、合理的に解決しようと思えば、やはり、医学者の意見を、尊重しなければなりませんので……」

「というと、どういう点を明らかにすれば、いいのかね」

「それが、ちょっと、いいにくいんですが……つまり、アレが一度でもあれば、女性として、疑いないんだそうです」

と、慎一も、さすがに、照れながら、K博士から聞いたことを大略、語った。

すると、鉄也は、忽ち、困惑の色を浮かべて、

「弱ったな、その問題は……。わたしも、よく知らんよ。そんなことは、全然、閑却《かんきやく》しとったからね……。君、一つ、千春に、聞き合わせて見ないか」

「いくら、親しくしていても、どうも、訊きにくいですな……。おじさまこそ、親なんですから、そんな質問は、何でもないでしょう」

「いや、君は、男親の心理を知らんから、そんなことをいう……。イヤだよ、わたしは……。そんなことは、母親の受持ちだ」

「そうですね。女同士なら、何でもないことでしょうね……。どうでしょう、おじさま、うちのママに、訊かして見たら？」

「うん、そいつは、名案だ。それは、是非、ご足労を願って……」

萩のトンネル

鵠沼《くげぬま》の家では、最近、家族の習慣が、反対になった。つまり、鉄也が、外出の機会が多く、千春が、終日、家にいるのである。婆やは、その方が、気詰まりでないと、喜んでいるが、鉄也が仕事場へ籠るように、千春も、自分の部屋へ、引ッ込んでばかりいるので、家の中の静かさは、変らなかった。

「お嬢さま、少し、外へお出にならないと、毒ですよ」

婆やが、心配した。

「たまに、家にいるのも、いいものよ」

千春は、いい紛らせた。

「家にいて下さるのは、結構ですけど、散歩ぐらいはなさらなければね。ご飯を、ちっとも、上らないじゃありませんか」

これは、事実だった。何しろ、今まで、何年間というもの、毎日、飛んだり跳ねたりの生活で、腹ばかり空かしていた女が、ピタリと、活動を止めたのだから、忽ち、消化不良を起したのである。

「晩は、ご馳走をこしらえますから、その辺を、一回りしていらッしゃい」

あまり、婆やが勧めるので、千春も、シブシブ、散歩に出ないでいられなくなった。

「近所を歩いたって、つまらないから、西浜へ行って、海でも見てくるわ」

「そうなさいまし。水族館が、できたそうですから、見物してらッしゃい」

「いやよ、お魚の顔なんか、見たって……」

千春は、裏口から、外へ出た。

空は、よく晴れてる。台風が、二度も、中心を外れて、弱い吹き降りに終った後で、天候は、彼岸の入りらしい穏やかさであった。砂地の往来に、松の影が濃く、昼の虫が鳴いていた。

彼女は、海岸まで、ブラブラ歩いていくつもりだったが、気分が勝れないためか、大儀になって、小田急の駅から、終点まで乗った。江ノ電よりも、海までの距離が短いので、そうしたのである。

それほど、彼女は、外へ出てみると、歩きたくなかった。ただ、海が見たかった。海近く住んでいながら、去年の夏も、今年の夏も、一度も、泳いだことがないばかりか、潮の匂いさえ、忘れているのである。毎日、列車の窓から、海を見るが、それは、横浜あたりの鼠色の水に、限られていた。

週日のことで、遊覧地の駅も、下車客が少なかった。海水茶屋の列んだ道を通っても、大半は、店を閉じて、夏の過ぎた寂しさが、アリアリと見えた。

しかし、海水浴地に住む人の常として、彼女は、その寂しさが、好きだった。東京から押し寄せる人々が、絶えると、いくらか、海が海らしくなってくるのである。その変り目に、詩趣のようなものがあった。

渚へ出ると、湖水のような、凪だった。江ノ島が、むしろ、眺望の邪魔をするように、頑張って、見えた。渡橋のコンクリートが、安物の箸箱《はしばこ》のようだった。千春が、子供の時に見た風景と、似てもつかない気がした。

それでも、秋の海らしい展望が、西の方に拡がってるので、彼女は、その方へ向けて、腰を下した。裏返しになって、砂の上に列んでるボートに、背をもたせて、脚を伸ばすと、キユーッと、下腹に痛みを感じた。

——あのせいよ。

彼女は、忌々しそうに、首を振った。

飲みつけないアルコールを、無茶飲みしたせいか、千春は、大酔の翌日から、体の異状を覚えた。べつに、病理的現象ではない。彼女は、十八歳で、始めて、それを経験したくらいで、以後も、正常な周期を、知らなかった。それだけに、偶々《たまたま》、それを迎えると、何ともいえず、腹が立ってくるのである。

——なんて、イヤらしい、そして、なんて、メンド臭い！

実際、研究所の稽古の時なぞは、三割方、活動を鈍らされる。バレリーナは、そういう場合でも、堪え忍ぶ訓練をして置かないと、公演の時に差支えるから、休む者は一人もない。しかし、皆、ツマらなそうな顔をして、踊っている。

今度は、休場を命じられてる間に、起ったのだから、都合がいいともいえるが、精神的苦悩を、倍加させるので、何にもならない。アレは、体ばかりでなく、心にまで異状を及ぼすので、いよいよもって、イケ好かない。

──あア、男はいいな。

彼女は、いつも、その時に、そう思う。同じ人間でありながら、女だけが、こんな、屈辱的な重荷を背負わされるのは、不公平ではないか。女が、常に、男に対して、劣等感を懐かされる理由は、ここにあるのではないか。

──いっそ、どこかの病院で、手術して貰って、男の仲間に入ろうかな。

そんなことまで、彼女は、考えたことがある。勿論、性の転換事件が、内外で、頻発したからである。尤も、男の仲間入りをすると、バレリーナという名を、返上しなければならないが、倖《さいわ》いにして、日本のバレー界では、男性舞踊手が欠乏してるから、転換を不利益ともいえなかった。

一体、彼女は、あの怪文書を見なくても、自分の体が、女性的特徴に富んでいないことは、知っていた。月例的現象の不正常さも、そのうちに算えていた。あの手紙を読んだ時の驚きは、むしろ、誰が、いかにして、彼女の秘密を知っていたかということにあった。

──もしかしたら、あたしは、男かも知れない。名前からして、男名前だもの。

そう思っていたところへ、第三者が、あんな手紙を寄越したので、ガンと、きたのである。医者に診て貰えばわかる──とまで、書いてあったではないか。

男性になりたいと、空想していたほどの彼女は、その奇怪な示唆を、迷惑とばかりは考えなかった。ただ、もし、自分が女でなかったとしたら、差し迫った結婚問題を、回避しなければならない。慎一は、やはり、彼女が完全な女性であることを、望んでいるらしいが、済まないけれど、このことばかりは、相談に乗れないと、あの晩一夜、考え明かしたのである。

ところが、翌日の午後――つまり、昨日のことだが、ここ数カ月、彼女を訪れなかった、不快な客が、来襲したのである。

彼女の狼狽――そして、落胆といっていいかも知れない、感情の弛緩が、彼女をヘトヘトにしてしまった。こう運命の波に、上下されると、誰だって、船酔いのような状態になる。食事の進まないのも、当然であろう。

千春は、K博士の医学的説明を聞いたわけではないから、その現象によって、決定的に、自分が女性に属することを、確認したわけではなかった。また、父親の〝性と性格〟の受売りも、聞いていないから、自分が女性であるにせよ、M性格が大量に混入してるなぞと、意識することもできなかった。

それで、いつまでも、五里霧中をウロついたせいか、性なるものの思考に少し、ウンザリしてきたことは、確かである。そして、こうやって、秋の海の青さを、眺めていると、想いは、遠く、性の彼方へ馳せがちだった。

――公演は、明後日だわ。

あんなことがなければ、彼女は、今日のオケ合わせに、出場しているのである。明日の舞台稽古には、あの気に入った衣裳をつけて、背景の前に立つのである。

――あア、踊りたい、踊りたい！

芸術の世界は、性の彼方にある。メスとオスが結合しなくても、単性生殖によって、偉大なる作品が生まれる。ことに、バレー芸術は、アポロの体のように、第二次性的特徴を、アイマイにすることによって、肉体の線と動きが、美化される。

——あたしの未来は、踊ること以外にないわ！

そう思うと、彼女は、なぜ、慎一と婚約してしまったかと、後悔に襲われずにいない。慎一は、結婚後も、バレーを続けるようにいってくれるけれど、家庭の人となれば、心は二つに割かれるだろう。第一、彼女自身に、慎一のよいオカミサンになってやりたい志が、志として、あるのである。

——困っちゃったなア。

彼女は、もう、海も見ず、伊豆半島も、烏帽子《えぼし》岩《いわ》も眺めないで、考え込んでしまった。

「あら、よかった……。ここに、いらッしたの」

突然、ハデな声が、静かな渚に響いた。蝶子の着物の大きな模様が、千春の眼に映った。

「今、お宅へ伺ったのよ。そしたら、婆やさんが、あなたは西浜へ散歩だっていうもんで、すぐ、追ッ掛けてきたの。よかったわね、行きちがいにならないで……」

彼女は、急いだとみえて、フウフウ、呼吸《いき》を弾ませていた。

「まア、おばさま、よく……」

千春は、立ち上って、スカートの砂を払った。

「お電話下されば、散歩になんか、出やしませんでしたのに……」

「いいえ、それが、急なことで……。それに、あなたは、きっと、お家だと、慎一も、申すもんですから……」

「ほんとに、申訳ありませんわ。じゃア、もう一度、家までご一緒に……」

「いいのよ、そんなに、急がなくたって……。あたしも、久し振りよ、西浜の景色……」

蝶子は、眼を細くして、海を眺めていたが、何か思いついたように、

「千春ちゃん、海岸を、ブラブラ歩いて、話さない？　その方が、お宅へ行くより、いいと思うの……」


蝶子は、生まれて始めて、役目というものを、仰せ付かった。死んだ良人でも、慎一でも、彼女に、用を頼んだことは、一度もなかった。彼女だって、郵便をポストに入れるぐらいのことは、できないわけでもないが、不思議と、人が彼女に、用を頼まないのである。まア、まア、あなたは遊んでいらッしゃいと、いわんばかりに、扱われてきたのである。彼女としては、大いに、人の役に立ちたい気持はあるのだから、そういう扱いは、不服であった。

ところが、今度、慎一から、開き直って、用を頼まれたのである。考えようでは、ずいぶん、大切な使者の役目である。それに、依頼者は、慎一ばかりでなく、鉄也も関係してると聞いては、勇み立たずにいられなかった。そして、千春に会って、訊き質《ただ》すことが、どんなことかといえば、女同士には、人に道を訊くぐらい、カンタンなことで、使命を辱しめる心配は、少しもなかった。

——男ッて、偉そうにしていながら、これぐらいのことを……。

彼女は、よい機嫌で、鵠沼へ出てきたのである。

「千春ちゃん、今度の公演、お休みなんですッてね。つまらないわ。あなた出なければ、あたし、観にいくのやめるわ」

「済みません、切符まで、買って頂いて……」

「でも、すぐ、ご婚礼なんだから、かえって、休養になって、いいかも知れないわね」

「………」

千春は、何とも、答えなかった。

二人は、波打ち際を伝って、辻堂の方角に歩いていた。海水茶屋や、新聞社の海の家も、後にして、松林なぞが、眼に入ってくると、

「おばさま、一昨日からの騒ぎ、ご存じでしょう」

千春が、話しかけた。

「いいえ、なんにも……」

蝶子が、即座に答えた。まったく、何も知らないのだから、そう答える外はない。今日の使命にしたって、何のために、慎一や鉄也が、そんな下らないことを、知りたがるのか、不思議に思ってるくらいである。

「船越トミ子さんのことも？」

「ええ、あの人、どうかしたの？」

「新聞に、出てますわよ」

千春は、怪文書やエロ新聞のことは、話さなかったが、大新聞にも出てる密輸事件のことは、概略を語った。

「まア、驚いた——そんな、悪人だったの」

蝶子は、新聞を読まないでも、毎日を送れる女だった。

「あたし、始めッから、虫が好きませんでしたわ、あの人……」

「あア、怖い。慎一は、そんな人と、平気でつき合って……。で、あなた方に、どんな騒ぎが、起ったの、その事件で？」

「いいえ、これといって……」

千春は、蝶子が、何も聞かされてないのを知って、巧みにいい紛らせた。

「それは、よかったわね……。ところで、千春ちゃん、あたしが、今日伺ったのは……」

蝶子も、用件に取りかかった。

「ほんとに、こんな、バカバカしいこと、訊けたもんじゃないけど……」

と、前置きして、蝶子はその質問を始めた。

「ええ、ありますわよ」

千春の答えは、渓流で布を洗うように、サラサラしていた。

「ねえ、きまってるじゃないの」

「それに今、そうなの」

「え？　じゃあ、こんな確かな証拠は、ありアしない……」

「でも、あたし、とても、不順なんですの」

「あたしも、どっちかっていえば……」

「あら、おばさまは、まだ……」

千春は、少し、失言かと思ったが、対手は平気だった。

「ええ、時々……。メンド臭いわね」

「ほんと！」

慎一と鉄也にとっての重大な問題は、それで、アッサリ、片づいてしまった。二人とも、眉毛一つ、動かす必要がなかったのである。

「でも、それだけのことを訊きに、おばさまは、わざわざ、鵠沼まで……」

千春が、呆れた顔をした。

「あたしだって、そんな、ツマらないことのために、来たくはなかったわ」

「誰ですの、そんなことを、おばさまに頼んだのは？」

「それがね、バカバカしいじゃないの、慎一と、それからお宅のパパさん……」

「まア、パパまで？」

千春は、突然、腹を抱えて、笑い出した。蝶子も、釣り込まれて、笑いながら、

「ほんとに、男ッて、バカなものね」

「でも、わかったわ、あたし、慎ちゃんやパパが、どういう目的で、そんなことを訊くのか

……」

彼女は、急に、真面目になった。

「ねえ、おばさま、お願いがあるの」

「なによ」

「あたしが、全然、その気配もない女だっていう風に、二人に、返事して下さらない？」

「あら、そんなこと、ダメよ。だって、ウソつくことになるじゃないの」

「そうね、おばさまは、ウソのつける方じゃないわね……」

千春は、立ち止まって、砂の上に、脚で輪を描き始めた。

「じゃアね、慎ちゃんに、お伝言《ことづけ》して下さらない――あたしたちの結婚を、一時、見合わすようにッて……」

「まア、あなたは、何をいうの」

蝶子は、重い体を、弾ませるほど、驚いた。

「もう、お式まで、半月しかないのよ。お披露の招待状も、明日、印刷屋から届くという時になって……」

「でもねえ、おばさま……」

千春は、必死になって、口実を探そうとした。

「今更、延期するなんて、そんな理由があって？」

「でも……先刻、申しあげたでしょう、あたし、とても不順なの……」

「あア、そのこと？　それにしても……」

「それが、普通の人と、よっぽど、変ってるのよ、滅多にない代りに、始まり出すと、キリがなくて……」

と、マコトしやかに、述べ立てる。

「まア、変ってるのね。珍らしいわ、そんなの……。とにかく、慎一と、よく相談してみますわ。明後日、百花園でパパさんとお目にかかる時に、そのお返事することにして……」

その日は、快晴に恵まれた。

宇都宮家では、母親が、息子より早起きをするという、異例を生じた。そして、この小説の発端のように、サルーンの三面鏡の前に、雪のような、或いはカマボコのような、豊かな肌を露《あら》わした彼女が、早くも、お化粧にとりかかった。あの時とちがう点は、昨日、美容院でかけたパーマが、整然としてるばかりでなく、爪の紅も艶やかに、そして、鏡を見入る眼つきが、まるで、比較にならない真剣さで、据《すわ》っていた。

もう一つ、ちがうところは、支度のでき上った息子が、側にいて、まだか、まだかと、催促をしないことだった。

息子は、自分の寝室で、ベッドの上に、仰臥《ぎょうが》していた。しかし、彼も、眼は、すでに覚めていた。ただ、思索をする便宜上、母親のいるサルーンよりも、ベッドの上を択《えら》んだので、寝坊は、彼の主義に反するのである。

——千春ちゃんは、医学的に女性であった。

母親の報告で、彼女を、K博士に診断して貰う必要はなくなった。しかし、鉄也から聞いたワイニンゲル説は、また、別であって、彼女が何パーセントのMを所有するか、それは、分明でない。鉄也も、その定量分析の方法は、本にも書いてなかったと、述べた。

しかし、素人眼から見ても、彼女が、多分に、男性的性格を有することは、明らかだった。医学的に半陰陽でないにしても、精神的な半陰陽の疑いは、充分にあった。問題は、そういう女性を、女房に持って、良人は、果して、幸福かどうかという点にある。

彼は、論理的に、MとWは調和し、MとMは衝突すると、考えた。それでは、なぜ、彼が多くの女性のうちで、千春を最も好きであったかという事実を、検討しないでいられなかった。

——ことによると、ぼくの体のなかに、Wがウヨウヨしてるのではないか。そうなってくると、ぼく自身の方が、念のため、K博士の診断を受ける必要がありはしないか。

彼の懐疑は、此間うちから、キリのないことになってる。そして、こんなに、心の迷いの多い時に、千春との結婚を行うことは、慎重といえるかどうかと、反問も起きてくる。

ところが、そういう彼を、一層、懐疑の奥へ、引き込むような事実が、起きてきた。

昨日、彼は、ある週刊雑誌を、読んだのである。どういうものか、この頃の週刊雑誌には、必ず、連続対談が載っている。この雑誌では、カブキ役者の元老のEと、漫画家で、文章をよくする今度目出度《こんどめでたし》とが、芝居の世界のことを、いろいろ語っていた。

慎一は、芝居など好きではないから、飛ばして読んでいたのであるが、ふと、女形《おやま》俳優のことを論じてる箇所で、重大な記事が、眼に入った。

今度　中村歌右衛門は、男一〇パーセント、女九〇パーセントと、何かに書いてありましたね。ぼくは、市川松蔦を、女一〇〇パーセントと、感じました。

E　あの人は、一所に舞台へ出ていても、オカミサンのような心使いをしてくれました。

今度　ほんとのオカミサンは、心使いなんかしてくれないもんで……。（笑声）

E　ほんとの女ってのは、案外、男性的なものでね。（笑声）

カブキの女形というものが、舞台以外でも女性的であり、むしろ、女性よりも女性的でありながら、時には、芸妓遊びをしたり、また、十人の子の父親であったりすることを、慎一も、考えないでいられなかった。彼等は、多量なWの所有者ではあるが、結局、完全な医学的男性なのである。してみると、千春の含有するMが、いかに度を越しても、心配は要らないことになる。

それよりも、彼の心を揺ったのは、老優Eの最後の一言だった。

——ほんとの女ってのは、案外、男性的なものでね。

こうなってくると、整然とした彼の頭脳も、渦巻が起って、判断が怪しくなってくる。ホントの女性は、男性的だとすれば、女性的な女性は、ウソの女性である。つまり、女形である。いや、これは、何が何だか、わからぬことになった。あらゆる点で女らしい、シンデなぞこそ、K博士の診断を受ける必要があるし、同時に、千春の如きは、女性の典型ということになる。そういえば、彼女は、慎ちゃんのいいオカミサンになってあげる、というようなことをいったが、彼女の胸の底には、真の女性の魂が、うごめいているのか——

あまり、事件が続き、あまり、思想が動揺すると、慎一のような男でも、疲労と昏迷に墜《おち》入《い》ってくる。彼は、クタクタになって、ベッドに横たわっている自分を、見出した。

——とにかく、千春ちゃんに会って、話し合わないことには……。

結婚の日の延期を、彼女が申し出ているが、その理由については、信が置けなかった。母親も、その点では、彼と同意見だった。だから、彼女の希望を、そのまま容《い》れる気にはならなかった。恐らく、彼女は、まだ、女性である自信を、恢復《かいふく》しないのではないか。それならば、ホントの女性は、男性的であるという老優の一言を、是非、伝えねばならない。それに、婚約の破棄なら、別問題であるが、この期《ご》に及んで、式日の延期なぞは、実に、バカバカしいことといわねばならない。第一、あの会館に、違約料を払わされるが、この金は、まったく、ムダな消費である。その上、年内は、予約が一杯で、割り込む隙がない。

——よし、今日のうちに、どうしても、彼女と、話をつけよう。

そう決心すると、彼は、疲れた体を起して、ベッドを離れた。そして、サルーンに出てくると、母親は、

「あら、お早よう……」

という声も、上の空で、鏡に向っている。肩も、胸も露わな姿を見て、慎一は、眼を背けたが、あの若々しい皮膚の中に、充満しているものは、果してWか、Mかと、疑わずにいられなかった。

「ママ、今日、千春ちゃんは、確かに来ると、いっていましたね」

「ええ、そう……。一時に、雷門の地下鉄の出口で、待ち合わすことになってるの……」

それを聞いて、慎一は、安心して、洗面所の方へ、行こうとすると、

「慎ちゃん、グズグズしてないで、早く、服に着換えて、頂戴ね」

と、今日は、蝶子の方が、急《せ》き立てる役回りだった。時間は、まだ、九時を過ぎたばかりなのに——

鵠沼の奥村家では、その日の十時ごろになると、千春が、茶の間へ出てきて、

「パパ、そろそろ、お支度……」

と、催促をした。

「まだ、早いよ」

鉄也は、新聞から、眼を離さなかった。

「だって、十一時十分に、乗らなければ、間に合わないわよ」

彼女は、もう、着換えを、済ませていた。

「しかし、新橋着十二時十分じゃ、早過ぎるだろう」

「でも、その次ぎは、一時着だから、遅過ぎるの。さ、お支度……」

「そんなことをいって、午飯は、どうする？」

「新橋で、何か、軽いもの食べれば、いいじゃないの……。何でもいいから、早く、お着換えなさいよ」

千春は、父親を引ッたてるようにして、北側の四畳半へ、連れて行った。暗い部屋だが、そこに、洋服ダンスや、タンスや、衣桁《いこう》も置いてあって、鉄也の更衣室に、宛てられていた。

「はい、靴下……」

「いや、自分でするよ」

鉄也は、長い独身生活に、慣れてるから、着換えは、人手を借りたことがない。婆やも、寄せつけないくらいで、娘の世話になるのは、始めてだった。

「いいわよ。手伝った方が、早いわよ」

彼女は、新しいナイロンの靴下のレッテルを、剝がした。

「洗濯したので、結構だ」

「ケチなこと、いうもんじゃないわ……。ネクタイは、どれになさるの？　この横縞のが、いいかな」

「そいつは、もう、わたしにはハデだ」

「そんなこと、ないわよ。お洋服は、無論、今度、新調したのに、なさいね」

「いや、あれは、香港へいく時に、着るために……」

「いいじゃないの、日本でお初をオロしたって……」

千春は、サッサと、洋服ダンスの上から、ボール箱を下した。薄鼠のフレスコの合服が、畳み込まれてあった。

「そんなに、シャれる必要はないよ」

鉄也は、そういいながらも、悪い気持はしなかった。年はとっても、身ギレイにするのは、彼の趣味に適うが、そんなことよりも、娘のマメマメしい世話振りが、嬉しいのである。

彼は、少し、娘を見損っていた気がした。何をさせても、不器用で、家庭的な能力は、ゼロだと思っていたのに、始めて、彼の身の回りの世話をさせてみると、案外に、テキパキしている。旅館の女中なぞが、着換えの手伝いをすると、ワイシャツも着ないうちに、ズボンを出したりするものだが、千春は、そんな不手際をやらないばかりか、細かい注意と、敏活な手の動きが、十年も連れ添った、細君のようなところがある。

——宇都宮からの報告で、例の心配は、解消したが、それどころか、これなら、Wの含有率は、相当高いと、見ていい。立派に、細君として、勤まらないものでもない——

鉄也は、意外の発見に、父親の喜びを感じたが、彼個人としても、ホノボノとした感情を、味わった。つまり、着換えなんていうものは、一人でやるより、隔てない仲の女性が、手伝ってくれる方が、便利であり、且つ、悪い気持のしないものだと、知ったのである。

——こんなことなら、千春に、早くから、手伝わせるのだった。しかし、もう、半月も経てば、娘は、他家の人になる。

彼は、ちょっと、寂しい気がした。こんな孤独感は、まったく、意外のことだった。千春が縁づいたら、彼は、悠々と、自由な隠栖を、愉しむ夢を、もう十年も、描き続けていたのである――

しかし、痩せ我慢の強い彼は、そんな気持を、少しも、面に出さず、

「いやはや、ご苦労なこッた……」

と、いかにも身支度をするのが、面倒だったようなことをいって、明るい茶の間の方へ、戻った。

「ああ、ステキ……。パパ、その服、とても、似合うわ」

千春が、前へ回って、覗き込んだ。

「いや、こんな、アメリカ式の仕立ては、好かんよ」

照れた顔で、横を向いた彼は、なるほど、工業倶楽部あたりに出入りしそうな、現代紳士風の面影が見えた。

千春は、そういう父親を、待ち望んでいたかのように、満足の眼を輝かし、ネクタイの曲りを直したり、胸のハンカチを、引ッ張り出したり、挙句の果てには、オード・コロンの瓶を持ち出して、父親の頭に振りかけた。

「おい、おい、いい加減にしなさい」

「だって、オード・コロンは、男のタシナミだって、パパはいったじゃないの」

彼女は、まるで、父親を息子のように扱って、文句をいわせなかった。結婚したら、慎一

も、こんな目に遇うのではなかろうか。

「しかしだね、一体、今日、蝶子さんと会って、何事を語ろうというんだね」

鉄也は、立て膝をしながら、煙草に火をつけた。

「何事なんて、語らなくてもいいわよ。秋の彼岸に、戦前派のお二人が、百花園なんて古風なところを、散歩なさるだけで、一幅の絵みたいになるわ」

千春は、冗談でゴマかした。

「人を、古画扱いにするのか。これでも、飛行機に乗って、近々、海外に旅立とうという人間だぜ」

「その意気よ。ほんとに、パパも、この際、若返って頂戴ね」

「だから、百花園なんて所へ、行きたくないのだよ。とにかく、長い時間は、ご免だぜ。一時間も、おつき合いしたら、いいだろう。帰りは、会社に寄るから、千春も、やってきたら、どうだ？　夕飯をご馳走するぜ」

「そうね。あたしも、ちょいと、用があるんだけど、夕方までには、体が明くわ……。あら、パパ、もう時間よ。急いで頂戴……」

「やれやれ、ご苦労なこッた……」

鉄也は、先刻の言葉を、もう一度、繰り返して、重そうに、尻をもちあげた。

鉄也と千春が、雷門の地下鉄終点に着いたのは、午後一時を、五分ほど過ぎていた。

二人とも、近来、浅草という土地に、馴染みがなく、フォームへ降りても、出口の方角に、迷うくらいだった。

「大変、パパ！　出口が、いくつもあるらしいわよ。どこで、待ってらッしゃるか知ら」

千春は、時間に遅れて、気が急いてるところへ、待ち合わせ場所の打合わせをしてなかったのに気づいて、一層、イライラした。

「まア、いいさ。とにかく、そっちの出口へ、行ってみよう」

鉄也は、落ちつき払って、アッシュのステッキの尖《さ》きで、方向を示した。

その出口を、往来へ上ってみると、雷門の反対側で、人通りは多いが、待ち合わせをするような、場所ではなかった。

「いないわ……どこへ、行っちまったんだろう」

千春は、気忙しく、四辺《あたり》を見渡した。

「都合が悪くて、来られなくなったのかも、知れんよ。序だから、久し振りに、仲見世でも歩いて、帰ることにしようか」

結局、その方がよかったという調子で、鉄也が、歩みを移そうとすると、

「あ！　あんな所に、慎ちゃんが、立ってる。でも、側にいるの、誰？」

と、千春が、眼を疑ったのも、ムリはない。斜め向うの舗道に、大輪のダリヤが咲いたように、眼にもアヤな衣裳、髪かたち——紺のセビロの慎一と、列んだところは、新夫婦の外出姿と思われる、若々しさだった。

「まア、おばさま。メカしたわねえ！」

さすがの千春も、今日は、感嘆の声を、発した。

「悪趣味だな。まるで、チンドン屋だ」

父親の悪口を、聞き流しながら、千春は、高く手を揚げて、振ってみた。じきに、慎一が、気づいた。やがて、蝶子が、大きなお辞儀をした。こちらの二人は、時間に遅れたのだから、向側へ渡っていくのが、当然だった。

「やア、お待たせしまして……」

鉄也も、対手の前へ出れば、悪びれない挨拶をした。

「まア、まア、今日は、お忙がしいところを……」

と、蝶子の舌は、縺《もつ》れを知らないけれど、どこかに、羞《はじ》らいの調子を、隠せなかった。

親たちが、頭を下げ合ってる間に、千春は、慎一に眼配せして、小側《こわき》へ呼んだ。

「どうする？　百花園まで行く？」

「その必要はあるまい」

分別臭く、慎一が答えた。

やがて、二人が、親たちの側へ戻ると、

「じゃア、おばさま、タクシーで参りましょう」

千春が、話しかけた。その意を体して、慎一が、直ちに、空車に手を揚げた。

「どうぞ……」

「では、お先きに……」

二人を、車内に送り込むと、慎一が、バタンと、外から扉を閉めて、

「運転手さん、百花園まで……」

「なかなか、手数が掛かるよ」

と、いったのは、慎一だった。

「でも、これが、最後よ。これ以上、慎ちゃんの手を煩わさなくても、済むと思うわ」

千春は、急に、真面目な態度になった。慎一と二人になったら、彼女自身の現実に、当面しなければならなかった。

「どう？　その辺で、お茶飲まないか」

慎一が、誘った。

「あたし、これから、行くとこがあるの」

彼女は、いつもになく、それを逃げた。

「用かい？」

「用ッてば、用だけれど……」

「オフクロから、君のコトヅケを、聞いたんだ。そのことについて、相談したいんだがね……」

慎一の態度も、固苦しくなってきた。

「あたしも、そうなんだけど、今、とても、急ぐの」

彼女は、逃げ腰を続けた。

「じゃア、何時になったら、体が明くの？」

慎一の追求は、鋭くなった。

「そうね、夕方までは、かからないと思うけど、パパが、帰りに、会社へ寄れッていってたから……」

「おじさまが、ご一緒だって、ぼくは関わないよ。むしろ、その方がいいかも知れないんだ……」

「そう、じゃア……」

千春は、少し考えてから、観念したように、

「じゃア、五時に、新橋のいつものところで、待っててくれない？」

「わかった。じゃア、まちがいなくね……」

慎一の答えを、半分聞いて、千春は、地下鉄の入口の方へ、駆け出した。

――まるで、いつもの千春ちゃんとちがう。何か下ごころが、あるんじゃないかな。

彼は、疑惑を深くしないで、いられなかった。

――さて、五時まで、どうするかな。

母親たちを、百花園へ送ってから、千春と、ゆっくり話し合うアテが外れて、彼は、時間を持てあます身となった。時間のムダが、大嫌いな性分で、何か有効適切な利用法はないか

と、思案を回《めぐ》らしたが、今日に限って、いい智慧も浮かばない。仕方がないから、復興途上の金竜山浅草寺に詣《まい》って、信仰による消費の研究でもしようかと、仲見世を、ブラブラ歩いていくと、

「あら、お兄さん！」

と、群集の中から、筆駒さんの姿が、現われた。

「やア、暫らく……」

「お詣りにきたら、すぐ、もう、ご利益が顕われたわ——お兄さんに、遇えるなんて。ねえ、お兄さん、あたし、また、気が変っちゃってね」

「そうですか。驚きませんよ」

「今度こそ、株券廃業よ。人間として、独立することにしたの……。あたし、バー・リシェスのマダムになるのよ」

「へえ、そいつは、適材適所ですな」

慎一も、思わず、嘆声を揚げた。

「それで、商売繁昌のお願いに、観音さまへお詣りにきたわけよ。それについて、いろいろ、お話があるんだけど、お汁粉食べながら、聞いてくれない？」

彼女は、またしても、汁粉屋で会談するために、慎一を促して、仲見世の裏通りへ曲った。

千春は、半ば、駆足で、地下鉄の階段を降り、切符を買うと、急いで、止まってる電車に、

飛び込んだ。終点なので、空席はあったが、停車している時間が長く、ジリジリしながら、発車を待っていた。

なぜ、彼女が、そんなに急いで、慎一と別れたかというと、勿論、結婚延期の理由について、彼の究明を避けたかったからである。論理的に、ピシャリピシャリと、駒を打ってこられると、彼女は、とても、敵対の能力がないことを知ってる。

しかし、それだけではなかった。

今日は、〝白鳥の湖〟公演の初日であった。そして、初日のマチネーは、一時半の開演だった。彼女は、それが観たいのである。

いや、正直にいえば、〝白鳥の湖〟なんて、どうでもいい。第一幕のあの彼女の持ち場——村の娘と若者とのパ・ド・ドゥ、ソロになって三十二回のピルエット、それを、競争者の品川ミエ子が、どう演じるかを、シカと、わが眼に留めて置きたいのである。自分が踊る時の参考に——なんて、生優しい心理ではない。競争者の技術の欠点を発見して、喜んでやろうなぞと、ハッキリした、嫉妬でもない。ただ、もう、無性ヤタラに、彼女の舞台が観たいのである。これは、ちょっと、男性の心理とちがう。惚れた女が結婚すれば、男はヤケ酒を飲む。どんな男と結婚したか、知りたくもない。その男の面なぞ、てんで、観たくもない。しかし、女が同様の場合に置かれると、ヤケ酒の代りに、青酸カリを飲むかも知れないが、飲まなかったとしたら、対手の女が、どんな素性で、どんな容貌か、それを知ろうとして、三度の食事も、喉を通らないほどである。

千春も、競争者の舞台を、どうあっても、観ずにいられないというのは、彼女が、紛れもない女性の証拠であって、此間うちからの容疑は、霽《は》れたといわねばならない。尤も、それを、深刻にして微妙なる、女性の嫉妬心と、考えてもいいが、数日前から、彼女の胸に、俄かに再燃してきた、芸術への情熱のさせる業と、解釈することも、決して、不当ではない。

——初日は、開演が遅れるから、うまくすると、間に合うわ。

彼女は、轟々と走ってる車中で、何度も、腕時計を眺めた。そして、地下の闇の黒い窓に、眼をやると、あの白と濃緑と赤を点じた、村の娘の衣裳で、独楽《こま》のように回転する幻影が、明滅した。

銀座駅で降りると、彼女は、すぐ、タクシーに乗って、帝劇へ駆けつけた。果して、開幕は、少し遅れたらしく、正面入口に、多くの人影が見えた。彼女は、急いで、裏の楽屋口へ回って、

「お早ようございます」

と、門衛に挨拶しながら、入口を通り過ぎようとすると、

「あら、奥村さん！」

背後から、中等部の研究生のB子に、呼び留められた。

「暫らくね」

千春は、気が急くので、いい加減に、言葉を返して、奥へ進もうとすると、

「奥村さん。あなたが、休んでる間に、大変なことが、できちゃったのよ。シンデちゃんが、

喀血《かっけつ》してね、K大病院へ、入っちゃったの。あなたに、とても、会いたがってるんですッて……」

千春は、頭から、ザーッと、水を浴せられた気がした。

——シンデが、シンデが……。

研究所に顔を出さなくなって以来、あまりに多事多端で、彼女の存在を、まったく忘れていたところへ、その凶報で、千春は、われを失う衝動を受けた。

「で、どんな？　容態は……」

「さア、よく知らないけれど、入院するくらいだから、重態じゃないかと思うわ」

そう聞くと、千春は、もう、ジッとしていられなくなった。公演は、今夜もある、明日もある。それより先きに、シンデを見舞わなければ——

彼女は、すぐ、楽屋口を飛び出して、再び、濠端《ほりばた》通りへ出た。そして、通りかかった小型タクシーをつかまえると、

「信濃町のK大病院まで……」

と、命じる言葉も、浮の空で、車中の人となった。

——そういえば、最近、シンデの顔色が、とても、悪かったわ。

稽古場で、千春が踊ってる時に、ジッと、片隅から、呪いの視線を送ってきた彼女の顔が、アリアリと、眼に浮かんだ。

——きっと、前から、そんな病気に罹っていたんだわ。でも、急に、そんなに、容態が悪

化したのは……。

千春は、それが、自分の罪ではないかと、気がトガめてならないのである。いつか、麹町のバス停留場で、彼女を待ち合わせていたシンデが、

「ひどいわ……ひどいわ、ウソつきのお姉さま……」

と、涙まじりに、罵った声が、また、耳に聞えてきた。

「シンデは……シンデは、お姉さま一人を頼りに、お姉さまの心と言葉を信じて、すべてを献げてきたのよ……。それなのに、お姉さまは、シンデを裏切って……」

千春は、その声に、耳を塞ぎたいほど、良心の苛責を感じた。

——そうよ、シンデは絶望のあまりに、血を吐いたのよ。あたしに捨てられたと、思って……。

実際、千春は、シンデの深刻な嫉妬に、辟易して、同性の愛情は、もうマッピラだと、思ったのである。心の中で、彼女を捨てたのである。

しかし、そのために、彼女の生命まで危くしたと思うと、不憫で、愛しくて、あの香りのいい蜜のような、過去の交情と、彼女の献身的な愛が、思い出され、自分の薄情さが堪らない気持だった。

小型タクシーの動揺と共に、千春の心も、落ちつく暇もなく、病院の門へ着くと、通りかかった看護婦に、結核病室の方角を訊いた。そして、幾つもある病棟の奥の方に、新しいコンクリート建てのその一陳に辿《たど》りつくと、すぐ、受付に、面会を申込んだ。

「昨日までは、面会謝絶だったんですがね……。ええ、もう喀血は、止まっていますが、疲労するといけませんから、長くお話しにならないように……」

受付の看護婦は、そういって、彼女に、スリッパを出してくれた。

千春は、静かに、ドアを開けた。

病室の中央に、ベッドがあった。淡緑色の壁に向いて、病人の頭が見えた。それは、物音を聞いても、少しも、動かなかった。

——あッ、死んだんじゃないか知ら！

千春が、胸を轟《とどろ》かしたほど、シンデは、安らかな眠り方をしていた。しかし、その頰の痩せよう、眼の窪み——ただ、顔色だけは、ホンノリと、紅かった。

足音を忍ばせて、千春は、枕もとのイスに腰かけた。付添人も、看護婦の姿もなく、一人きりで、眠ってるシンデが、いいようもなく、不憫だった。熱はないと見えて、氷嚢や氷枕を用いてはいなかったが、ベッド・テーブルに、痰壺や吸飲みと共に、数本のコスモスが、飾られてあった。その花を見ると、千春は、激しい感傷に襲われ、シンデの魂が、コスモスになって、笑いかけてるような気がした。

——そうよ、シンデは、この花のように、弱く、優しかったわ。

あらゆるシンデの美点が、彼女の頭の中で繰り展げられ、そして、再び還らぬ人のように、悲しかった。彼女は、ジッと、病人を凝視しながら、流れ落ちる涙を、抑えかねた。

するとと、静かに眠ってるシンデの眼尻にも、同様の水滴が、湧き出してきたのである。やがて、彼女の唇が、ゆっくり、動いた。

「お姉さま……ありがとう……」

「あら、シンデ、眠てたんじゃないの」

「ええ、知ってたの……お姉さまのくる前から、お姉さまのくることを……」

また、シンデは、気味の悪いことをいった。しかし、涙を浮かべてはいながら、彼女は、少しも昂奮の色がなく、声も、調子も、悟りすました人のように、静かだった。

「先刻、帝劇の楽屋で、はじめて、あんたが病気だってことを、聞いたの。で、お見舞いも、持ってくる暇もなしに、飛んできたのよ……。でも、よかったわね、容態が軽くて……。顔色なんか、とてもいいわ」

千春は、元気をつけるように、声を励ました。

「ありがとう。お姉さまに会えれば、あたし、いつ死んでもいいの……」

「なにを、死ぬなんて……。喀血ぐらい、何でもないわ。それに、入院してるんだから、手当は充分だし……。早く癒《なお》って、また、一緒に、お稽古しましょうよ」

「うウん、お姉さま、そんな気休め、いって下さらなくてもいいの……。あたし、もう、なにもかも、諦めたのよ、なにもかにも……」

「そんな、気の弱いことといっちゃ、ダメよ。研究所の人だって、前に胸を悪くした人、いくらもいるわ」

「うウん、お姉さま、バレーのことばかりじゃないの……。シンデは、血と一緒に、いろんな悪いものを、体から吐き出しちまったような気がするの……。例えば、お姉さまに対する恨みも……」

「ほんとに、シンデ、宥《ゆる》してね。あたし、ほんとに、悪かったわ、あんたの気持を、踏み躙《にじ》るようなことをして……。でも、あたし、すっかり、反省したの。もう、大丈夫だわ。一生、シンデと離れないわ。あんたが癒ったら、二人で、家庭持つつもりよ……」

千春は、病人に慰めを、いってるのではなかった。哀れなシンデの顔を見たら、途端に、本心から、そういう覚悟が、湧いてきたのである。男との結婚なんか、真ッ平ご免――この愛すべき少女と、一生、苦楽を倶《とも》にしたいと、熱望してきたのである。

ところが、シンデは、静かに、首を振って、

「ダメよ、お姉さま、そんなこと……。あたし、お姉さまのこと、すっかり、諦めちゃったの。血を吐いた途端に、気持が変っちゃったの……。お姉さまは、慎一さんと、結婚なさらなければ、いけないわ。それが、お姉さまの幸福の道なの……」

「まア、どうして……」

「いいえ、それが、一番いいことなんだわ……。それなのに、あたしは、とても悪いことをしちまったの、慎一さんに……」

「慎ちゃんに？　何をよ」

「お姉さまは、ご存じないかも知れないけど、あたし、慎一さんに、手紙差し上げたのよ、

名前を隠して……。お姉さまとの結婚を、妨害するために……」

「あら、あの怪文書、あんたが出したの？」

千春は、イスから跳び上るばかりに、驚いた。

「宥してね、お姉さま……あたし、病気の前は、それほど、バカな子だったの……」

「まア、あんただとは、知らなかったわ……。それにしても、よく、そんな智慧を、考えついたものね。それに、あたしが、女でないことが、お医者に行けば、わかるなんて……」

「ご免なさい……。あたし、一時は、ほんとに、お姉さまが、男のような気がしていたの。心の底で、お姉さまが、男であって欲しいと、思い詰めた結果かも知れないわ。あたし、男は大嫌いで、男を憎み続けていたけれど、それは、世間の普通の男のことで、理想の男は、お姉さまのような人だと、思っていたらしいわ。それで、あたしは、お姉さまを奪う慎一さんを、敵だと思って……まるで、慎一さんが、あたしの男を奪う憎い女のような気がしていたの……。すべては、幻影なのよ」

シンデの言葉は、複雑ではあったが、難解ではなかった。

「でも、慎一さんは、自分は男だと思ってるでしょうし、事実、男なんだから、あんな手紙をあげたら、きっと、結婚を中止なさると、思ったのよ。男同士じゃ、結婚できないでしょう。これなら、絶対的に、結婚の妨害ができると考えたのよ……。なんて、おバカさんのシンデでしょう……。幻影と、真実の区別が、つかなかったんですもの……。でも、幻影が消えると、なにもかも、ハッキリするわ。お姉さまは、女らしくはないけれど、やっぱり女だということも、あたしは、獣のような男は嫌いだけれど、清らかな魂を持った男を求めていたということも……。すべては、アタリマエのことばかりだったわ。幻影が消えると、アタリマエのことだけが、眼に映るわ……」

シンデは、微笑しながら、千春の方を顧みた。もう、頬に、涙の痕もなかった。千春は、シンデが、急に大人びて、まるで、こちらから、お姉さまと呼びたいような、地位の逆転を感じた。

その時刻に、向島の百花園の小径《こみち》を、鉄也と蝶子とが歩いていた。

「あたくしは、子供の時に参っただけで……」

「あたしも、何年になりますかな。虫聞きの会というのに呼ばれて、隣りの料理屋で、飯を食ったことがありましたが、それらしい店も、見当りませんな……」

「そういえば、桑の茶屋だの、御成座敷だのという古い建物が、あの辺にあったように、思いますけれど……」

「戦災で、やられたんでしょう。第一、樹木が、大変、少くなった。その代り、周囲の煙突が、森林のようです……」

二人は、葛《くず》や藤袴や薄《すすき》の叢《くさむら》に添って、爪先き上りの細い通を、ゆっくり進んだ。風流ということの尚《とうと》ばれた時代に、わざと野草と梅樹をあつめた、この民間植物園も、バカ巨きくなった東京の世帯の中では、富豪の庭よりも狭く、貧弱だった。その上、由緒を懐かしむ人も、次第に減ってくるし、アベック連中には、古風過ぎる場所なので、入園者の数は、算えるほどもなく、東京都の経営で、辛うじて命脈を保ってる寂しさが、別天地といえば、それにちがいない空気を、漾《ただよ》わしていた。そして、今日は、秋分の日という休日を、明日に控えたためか、好天気にも似ず、二人の外に、ほとんど人影がなかった。それは、蝶子にとって、願ってもない環境ではあるが、鉄也の方は、いい年をして、女慣れないギゴチなさを、倍加させる原因ともなった。道が狭いので、自然、二人は、肩を列べて歩いていくが、時として、衣服の接触が起ったりすると、鉄也が、慌てて、足を速め、蝶子は、その跡を追い縋《すが》った。

しかし、彼も、口先きだけは、落ちつき払って、

「ご覧なさい。茂みの中に、いろいろ、碑が残ってる。こういう書体は、もう、現代人には書けんでしょう。何です——紫のゆかりや、すみれ、江戸生まれ、か。代表的な月並み調で、かえって、面白い……」

なぞと、ステッキを揚げて、碑面を示すのだが、蝶子は、一向、面白くもなく、

「はア、ほんとに……」

とはいっても、側見をしながら、溜息をついた。彼女が、いつもの多弁に似合わず、言葉少なに、モジモジしてるのは、鉄也と二人きりになれた嬉しさの余りでもあるが、今日の機会を逸しては、心の中を訴える時がないと、その潮時をつかまえるのに、苦心してるからである。

「こういう碑を建てたのが、吉原大黒楼主人とか、魚河岸の某というところが、面白いです

な。つまり、当時の風流人――文化人が、そういう職業を持ってる人の中に、いたということですな。江戸時代には、庶民の間に、文化があったのです。ところが、現代は……」

鉄也は、色恋に関係のないことに、駄弁を弄した。

「あの……」

蝶子は、何とかして、話を、二人だけの問題の方へ、持って行きたかった。

「はア？」

「いえ、あの……萩《はぎ》のトンネルというものが、ございましたわね、ここに……」

イザとなると、彼女も、やはりいいそびれる。

「ええ、ありましたね。あっちの方に……。しかし、恐らく、もう、残っておらんでしょうな」

せっかく、側に寄り添ったと思ったら、鉄也は、急に、大股で歩き出した。蝶子は、また、溜息をついて、その跡を追った。

天気だけは、いよいよ、いい。丸竹に縄を張った、素朴な垣の中に、尾花の黄が輝き、桔《き》梗《きょう》の紫が浮き上った。どこにも、西洋種の花が、咲いていないのは、現代の奇蹟的風景だが、蝶子は、それに気づく余裕もなく、心も、体も、汗だらけだった。

「ありますよ、ありますよ。昔のままで……」

先きに歩いた鉄也が、立ち留まって、高い声をあげた。叢の中の遊歩路が、導く先きに、細い竹でトンネルをつくり、それに、萩を絡ませたものが、建っていた。内気で、奉仕的な、古い日本の女性のような花が、真ッ盛りだった。

昔あったものが、そのまま残ってるというのは鉄也のような男にとって、嬉しいことに相違なく、

「これア、よかった。戦争前というよりも、震災前の東京を、思い出させる……」

と、一人で、ウケに入りながら、トンネルに、一歩を踏み入れた。日本の花には、香りがないというけれど、そこはかとなき微香が、葉の匂いと混り合って、温和な快感をそそった。

「萩なんて、考えてみれば、古い花ですね。万葉集あたりから、われわれの祖先が、こんな質素な美を……」

鉄也も、いささか警戒心を忘れて、蝶子と、肩を列べた。花のトンネルの中は、狭いのである。

「奥村さん……」

不意に、彼女が、思い詰めた声を出した。

「はア？」

「あなたは、求めることを知らない女性を、求めてると、仰有いましたね」

「ハッハハ。いいましたかね、そんなこと。冗談ですよ」

「いいえ、お隠しにならないで下さい。そのお気持、よくわかります……。でも、一生、何にも求めない覚悟の女でも、たった一度だけ、人の心を、求めていいんじゃないかと、存じます。そうでなければ、女ではございません」

「仰有る意味が、よくわからんのですが……」

「いいえ、あなたは、よくおわかりのくせに、そんなことを、仰有います。あたくしが、どれだけ、あなたを……」

彼女の糸のように細い眼が、磨いだ刃の鋭さで、鉄也を見据えた。一心というのは、この眼のことだった。彼は、人格的な圧迫を受けて、二、三歩、後退《あとずさ》りをした。蝶子が、ジリジリと、その距離を縮めた。

鉄也は、押されるように、萩のトンネルを出て、池の端まできた。澱《よど》んだ、茶色の水を湛《たた》えた汀《みぎわ》に、藤棚のようなものがあり、その下まで、追い詰められた彼は、

「しかし、……しかし、わたしは……」

と、狼狽の声を立てた。

「わかりました。よろしゅうございます。もう、この上、何も、お願い致しません……」

彼女は、ジッと、彼を凝視した後に、汀の方へ、静かに降りて行った。やがて、彼女の草履が、ピチャリと、水音を立てた。

「何をなさるんです！」

「あたくし、生きてるわけに、参りません」

「冗談じゃない……。第一、そんな浅い池で、死ねやしませんよ」

「いいえ、死ねます、死のうと思えば……」

その顔色に、ミジンも、詐《いつわ》りはなく、彼女は、一歩、足を進めた。

「待って下さい。参ったな、これは……」

鉄也は、生まれて始めて、人に屈した。

話変って、仲見世の古いノレンの汁粉屋で、筆駒さんと話し込んでる慎一は、今日は、イソマキを食わずに、御膳汁粉の甘さに、堪能していた。しかし、筆駒さんの砂糖のきいた声には、少し、食傷気味で、

「あなたも、よく気の変る人ですが、今度は、意志を鞏固《きょうこ》に、バーのマダムとして、大成して下さいね。では、これで、ぼくは、失礼します……」

と、座を立ちかけたが、

「待ってよ、お兄さん。まだ、いろいろ、話があるのよ……。ちょいと、あたしに、栗ゼンザイ頂戴」

女給に、お代りまで、命じてしまったから、詮方《せんかた》なかった。

彼女は、〝株主〟の渋谷のボスが、船越トミ子と懇意だった関係上、バー・リシェスの経営をもちかけられたというのだが、店の売上げを、ソックリ貰う代りに、株の配当はないというのだから、一種の手切れ金というわけかも知れない。しかし、彼女は、人間筆駒に帰れるとかいって、喜んでいるばかりでなく、これからは、浮気も自由だから、慎一とも、大いに交際を望む旨を、明らかに、述べた。

「だって、お兄さん、お好み焼屋なら、勝手がわかってるけど、バーとくると、お酒の名前

を覚えるのだって、一苦労よ。それに、お兄さんは、前に、あのバーに、関係してたんでしょう。だから、なおさら、頼みになるわよ。お願いだから、一肌、脱いでくれない？」

「いや、此間も、あすこの従業員から、復帰を頼まれたんですが、断りました」

「じゃア、せめて、顧問に……」

「また、顧問ですか。いや、ぼくも、今度、結婚をするんで、これを機会に、小さい事業には、関係しないことにしました」

「あら、お兄さん、ほんとに、結婚するの？　あら、そう。まア、そう。へえ、そう……」

それから、急に、筆駒さんの態度が変って、高速度で、栗ゼンザイを食べ始めた。そして、相談ということも、自然消滅をしたので、慎一は、勘定を払って、別れを告げた。

「そう。じゃア、サイナラ……」

彼女が、些《いささ》かの未練も残さなかったのは、見上げたものだった。

慎一は、また、仲見世通りに出たが、天気ばかりよくても、一向、気持は晴れない。飛んだ女に会って、無用の散財をさせられたばかりでなく、忘れていた胸のワダカマリが、再び、首をもち上げてきたのである。

――筆駒さんには、今度、結婚をすると、いったけれど……。

先刻、雷門で別れた千春の態度は、まったく、解せなかった。まるで、慎一を、エロ・ジジイかなんかのように、恐怖の眼で見て、逃げ出す算段ばかりしていたのは、どういう理由であろうか。あのように、急ぐ用事というのは、どんなことか。いつもの千春に、考えられない態度ではないか。

もう、結婚式の日が迫ってきて、披露の招待状も、印刷屋から届いているのに、肝心の花嫁の気持が、グラグラしていては、どうなることかと、不安の雲が、湧き上ってくるのである。

慎一は、約束の五時より、少し早く、新橋駅の国鉄改札口と、地下鉄階段の間に、きていたのである。

そこは、千春と彼との間に、〝いつもの所〟と呼び慣《な》らわされていて、何度、待ち合わせを行ったことやら。そして、彼は、改札口上の時計と、負けぬほど、正確な時間に、姿を現わしたが、千春の方はずっとズボラで、早くきてみたり、十五分も遅れてきたり、アテにならなかった。

——しかし、今日のようなことは、始めてだ。

慎一は、心の中で、呟かずにいられなかった。

時計は、すでに、五時二十分を、指している。同じ場所に、待ち合わせの男女は、何人もいたが、それぞれ、一組となって、散っていくのに、ボンヤリ立っているのは、慎一と、後から現われる新手だけだった。

——バカにしている。こんなに、待たせるなんて……。

彼は、ジリジリしてきた。慎一が、苛立つなんて、滅多にあることではない。千春が、十五分遅れてきた時も、べつに、仏頂面はしなかった。しかし、今日は、十五分も前から、眼を尖らせているのである。彼も、船越トミ子事件から、千春の性の転換問題まで、だいぶ気を揉んだので、さすがに、神経症状を起してきたのだろう。それで、やっと、人並みになれたというものだが、腹を立てて、待ち合わせの場所を去る芸当には、まだ、年季が不足だった。

——まさか、故意に、待ちボケを食わせるわけではあるまい。これには、何かの原因があるのだろう。例えば、電車が、脱線したとか……。

そういう解釈の下に、彼は、更に、十分間を、待ち続けた。

——三十分の遅刻である。これは、単なる遅刻の公算が、減ってきた。もし、脱線事故で、時間が長びくとすれば、電車を降りて、タクシーに乗る手段がある。それなら、すでに、彼女は、到着していなければならない。すると、やはり、故意の待ちボケを食わせるのである。

彼の心が、暗くなると共に、外の景色も、夕づいてきた。日没は、ちょうど今頃であるが、秋の宵の冷たい青さが、すでに、建物の間から湧き上って、店々の灯が、キラキラと、眼を射った。それは、いかにも、人恋しくなるような、都会の一刻だった。

——千春ちゃん、どうしたんだい、一体。

彼は、曾て知らない感傷の波に襲われて、潤む眼で、暮れいく駅前広場を眺めた。やっと、彼も、青春の所有を、証明したようなものだが、当人自身は気がつかなかった。

その時、一台のタクシーが、徐行規則を破るように、広場へ飛び込んできて、俄かに、止まった。すぐ、扉が開いて、中から、急いで出てきたのは、千春だった。

——やっと、来た！

慎一は、心に歓声を揚げたが、その跡から、鉄也が、降りてきた。

——すると、千春ちゃんは、パパの会社に寄って、遅くなったのだな。

だが、まだ一人、客が乗っていた。鉄也の次ぎに、母親の蝶子が、姿を現わした。そして、彼女の白足袋と草履が、新品に履き替えられ、着物の裾に泥水の痕《あと》があることなぞ、夕闇のなかで、彼に見分けられる道理がなかった。

そして、奇妙なことに、車から降りた三人は、少しも口をきかず、まるで、葬列の人のように、厳粛な足どりで、シズシズと、〝いつもの所〟の方へ、進んでくるのである。

「あ、よかったわ。慎ちゃん、まだ、待っててくれたわ！」

千春が、彼を発見して、走り寄った。

「ずいぶん、待たしたねえ。どうしたのさ」

と、訊いても、彼女は、返事をしないで、近寄ってきた父親の方を、顧みた。

「やア、慎一君……」

鉄也は、会釈はしたものの、ニコリともしない表情で、

「君、この辺に、どこか、静かな家を、知らんかね。皆で、食事をしたいのだが……」

「そうですな……」

慎一も、千春と一緒に食事をするような、喫茶店やトンカツ屋なら、いくらも知ってるが、鉄也や母親を連れて行くとなると、思案に余った。

「駅前のA軒は、いかがですか」

「あれは、レストオランだろう。入れ混みの店は、思わしくないな。日本座敷で、隣りの部屋と隔絶してるような、静かな家がよろしい。料理は、問題にしないが……」

「あア、あります」

慎一が、そう聞いて、すぐ、思い出したのは、いつか、船越トミ子に連れ込まれた、鳥森の料亭である。あまり、エンギはよくないが、鉄也の註文に叶《かな》ってることは、まちがいなかった。

「じゃア、その家へ、案内し給え」

そういったきりで、鉄也は、また、口をきかなくなった。

駅の構内を抜けて、鳥森へ出るのに、案内役の慎一は、自然、先きに立つことになったが、千春が、彼と列んで、歩き出した。

「どうしたんだい、千春ちゃん、何だか、様子がヘンじゃないか」

と、彼は、すぐ後についてくる鉄也と、母親とを、眼配せで示しながら、彼女に訊いた。

「ええ、今にわかるわ」

千春は、それだけしか、いわなかった。

やがて、あの料亭へ着くと、

「静かな座敷が、空いとるかね」

鉄也が、臨検警官のような、コワい声を出した。

「はい、どうぞ……」

案内されたのは、いいアンバイに、船越トミ子ときた部屋ではなかった。恐らく、この店の最も大きい座敷らしい十畳で、床の間に、オカメと熊手を描いた軸が、掛けてあった。その床の前に、慎一が坐らされ、鉄也は、その隣りに席を占めた。慎一の向側は、千春だった。

「ちょいと、酒を飲んで、じきに食事にする。料理は、いいように、見計らって……」

鉄也の註文を聞いて、女中が、引き退《さが》ったが、後は、お通夜のように、シンとしてしまった。

鉄也は、煙草ばかりフカし、蝶子は、小娘のように、モジモジと、膝を見詰めているし、千春は、わざと、横を向いてるし、慎一も、ウカツに口がきけなくなってしまった。

やがて、ツキダシとお銚子が運ばれ、一同の盃に、酒が満たされたが、気詰まりな座敷と見て、女中は、すぐに、退却した。

また、沈黙が始まった。暫らくすると、鉄也が、エヘンと、大きな咳《せき》払いをしてから、突然、口を開いた。

「慎一君……わたしと、君のお母さんは、今度結婚することにしました……」

彼は、ひどく厳粛な顔で、盃をとりあげた。

秋爛漫

その翌日だった。

宇都宮家の母親と息子が、サルーンのイスに坐して、向い合っていた。正確にいえば、向い合ってるのではなく、蝶子のイスが、よほど、斜めにズラされてるが、それは、彼女が、故意に、そうしたのである。なぜと、訊くまでもない。今朝、彼女は、息子に対して、非常に、キマリが悪いのである。

「紅茶でも、あがる？」

彼女は、何か口実を見つけて、座が立ちたいらしく、慎一に、話しかけた。彼女が、自分で紅茶をいれるなんて、滅多にないことだった。そういえば、今朝の食事も、慎一より早起きして、彼女が整えたのである。掃除も、彼女がしたのである。

「いや、結構です」

慎一は、落ちつき払った返事をしたが、彼も、内心で、いろいろ考えているらしい。昨夜、新橋駅で、奥村の親子と別れ、家へ帰るまでも、帰ってから後も、彼は、母親に訊きたいことが、沢山あったが、蝶子が、生まれ替ったように、無口になってしまったので、どうにも、話のキッカケがなかった。今朝も、食事を済ませてから、かれこれ、三時間近くも、対坐しているのであるが、母親は、気の毒なように、オドオドと、彼の顔色をうかがうばかりで、自分から、昨日の急転直下のナリユキについて、少しも、語ろうとしないのである。

ただ、慎一が、眼をそばたてて、驚いてることは、彼女が、化粧術の庇護によらないでも、十歳――ことによったら、二十歳も、若く見えることである。眼の輝き、声のツヤなぞに、まったく彼女が娘時代に返ったかと、疑わせるものがあった。妙なもので、そういう母親の変化を見ると、息子の気持も、影響を受ける。つまり、ひどく、気持が老けてくるのである。慎一は、自分が、母親の良人の年齢、或いは、彼女の父親であるかのような錯覚を、起してくるのである。

――彼女の縁も、きまったのか。

その既成事実を、根掘り葉掘りして、訊きただすよりも、むしろ、彼女の今後の幸福を計ってやる方が、至当なのではないか、という気持も、湧《わ》かないではない。あれほど、キマリを悪がって、神妙この上なく、立ち働いている母親をイジめるようなことをいう必要も、ないではないか――

「ママ、昨夜の話、何よりのことだと、思うんですが……」

慎一は、無表情の顔に、精一杯の柔らかい微笑を、浮かべた。母親を、イジめないにしても、この大事件に、一言も触れないで、彼女との対坐を続けるわけにはいかなくなった。

すると、蝶子は、忽ち、顔色を紅く変じ、声さえ、糸のように細く、

「ほんとに、慎ちゃん、あんたには、済まないと、思うんだけれど……」

「いや、ぼくに済むも、済まないもありませんよ。最初は、反対だったことは、事実ですけれど、今となっては、かえって、よかったと思ってます……」

「いいえ、今更、お嫁入りをするなんて、慎ちゃんにも済まないし、死んだお父さんにも、申訳がないんだけど、実は、お父さんには、いつか、了解を得て……」

「え、パパの了解?」

「あのね、お墓詣りした時、よく、あたしの気持を、お伝えして置いたの……」

「あア、そういう意味ですか。しかし、ママも、ずいぶん、用意周到だったんですね。そんな前から、決心を固めていたんですか」

「だって、あたし、あの方のことが、どうしても、忘れられなかったんですもの……」

蝶子は、やや、平常の彼女の調子に、戻った。羞らいのうちにも、天真の流露があって、慎一も、心のなかで、笑いを感じた。こういう場合、息子というものは、父親の代理嫉妬を起すらしいが、彼は、反対に、朗らかな気持になった。

「ママは、幸福ですね。ぼくも、千春ちゃんが好きだが、ママのような気持には、かなり遠いんですよ」

「あら、おかしいわ。どうしてなの。あんたは、そんなに若いのに……」

「千春ちゃんの方だって、同じことですよ。ぼくを忘れられないなんて、想ったことは、一度もないでしょう」

「それで、あんなに仲がいいのは、どういうわけ？」

「仲がいいってことと、別な問題らしいですね。千春ちゃんと、結婚できなくても、ぼくは、一生を棒に振ったなんて、考えませんよ。彼女だって、ぼくと離れるより、バレーを捨てる方が、辛いでしょう」

「まア、あんた方は、なんて、不真面目なの。あたしは、想いが叶わなければ、死ぬ気だったから、あの方も……」

彼女は、そういいかけて、慌てて、口を噤《つぐ》んだので、慎一も、百花園の事件を、想像することができなかった。

「恋愛論は、とにかくとして、ぼくが、最初、ママと千春ちゃんのパパの結婚に、反対だった理由を、申しあげましょう。それは、つまり、ママが、主婦としての才能に、恵まれていないということです。お嫁にいけば、ママが、とても、苦労なさるだろうと、思ったからです」

「まア、ありがと。そんなに、あたしのことを、思っていてくれたの」

「しかし、今となっては、多くをいう必要がありません。ただ、ママの悪癖のうちで、最大なものを、慎んで下さい……。それは、濫費です」

「あたしもね、それは、大変、よくないと、思ってるのよ。でも、今度は、大丈夫じゃないかと、思うの。なぜって、あたし、求めることを知らない女になろうと、決心したのよ」

「え？　それア、ムリでしょう」

「いいえ、あたしは、そういう女になって見せますわ。お料理も、お裁縫もできないけれど、その代り、気持だけは、そういう女になって見せますわ……」

「ママ、そんな大望を起すよりも、せめて、正確に家計簿をつける習慣でも……」

「それも、大切だけど、あたし、なんにも、欲しがらないことが、もっと、大切だと、思うわ。あたし、あの方に、お金をネダるまいと、思ってるけれど、愛情もネダらないつもりよ……。愛情なんて、あたしの胸の中に、沢山あるから、人から貰わなくても、結構だわ。これだけは、少しは、濫費してもいいでしょう、慎ちゃん……」

その時に、玄関のベルが鳴った。

訪客は、鉄也と千春の二人だった。

「まア、大変！　あたし、こんな恰好で……」

蝶子は、化粧も、着換えもしていない自分を、どうしていいかと、ウロウロしたが、なに、今日は、素顔で、二十歳も若く見えるのだから、心配することはないのである。

「さア、どうぞ……」

慎一に、促されて、客は、サルーンへ入ってきた。部屋数の少いのも、こういう時は不便なもので、蝶子は、もう、逃げ隠れもできなかった。

「やア、こんな早くから、突然、伺って……」

鉄也は、昨夜とひきかえて、悠然たる態度を、取り戻していた。さすがに、五十男ともなれば、神経がちがうと、慎一が、感心した。

しかし、父の後から入ってきた千春は、ひどく、固くなって、慎一の顔を見ても、目礼をしただけで、横を向いた。

「いや、なかなか、結構なお住いですな」

鉄也は、イスにつくと、型の如き挨拶をしたが、腹の中では、なるほど、これでは、蝶子が閉口するのもムリはないと、微笑を浮かべていた。

「よく、いらッしゃいました……。でも、ずいぶん早い汽車に、お乗りになったわけですね」

　慎一は、それとなしに、彼等の来意に、サグリを入れた。

「ラッシュ・アワーの、乗物に乗ったのは、久し振りでね。わたしも、人を押し分けたり、突き飛ばしたりする能力が、まだ残ってるのを知って、自信を得ましたよ……ハッハ」

　鉄也は、別人のような、朗らかな笑い声を、揚げた。

「でも、おじさまは、まだ、お若いんですからね……」

「いや、有難う。君も、なかなか皮肉をいうことを、覚えたね」

「いいえ、そんな意味では……」

　二人が、笑ってるところへ、蝶子が、調理場から、紅茶茶碗を載せた盆を、運んできた。

　彼女は、その盆を、テーブルの上に置いた。そして、居ずまいを直すと、鉄也の方に向って、

「昨日は……」

　と、いった。それが、精一杯の挨拶のように、初々しかった。見合いの席に、お茶を運んでくる娘だって、彼女以上の含羞《はにかみ》は、見せなかったかも知れない。

「や、昨日は……」

　鉄也も、イスから、軽く腰を浮かして、同様の言葉を返した。その瞬間、彼の面上にも、サッと、赤さが流れたが、対手を労わるように、すぐ、洒然《しやぜん》となって、

「あの料亭も、せっかくの慎一君の案内だったが、料理は、あまり結構といえなくて、お気

の毒でした……」

と、わざと、ちがう方へ、話を転じた。

「ほんとに、大変、ご馳走になりまして……」

慎一が、更《あらた》めて、礼をいった。

「いや……。ところで、こんな早朝に、お邪魔したのは、実は、千春の頼みなんでしてね。お二人が、外出なさらないうちに、と思ったものだから、せいぜい、早起きをして……」

と、鉄也は、蝶子が座についたのを見て、話を切り出した。

「わたし共――つまり、蝶子さんとわたしは、大変、唐突なことではあったが、婚約を致《いた》すことになって、幸福なことと思っていますが、昨夜、夜ッぴて、千春から口説かれたことは、それとは反対の……まア、縁起のよくない方の話で……」

と、鉄也は、努めて、和《やわ》らぎのうちに、話を展開させたいらしく、

「早く申せば、十月五日ときまった結婚の日取りを、解消させて頂けないか、ということなので……いや、この期に及んで、そんな身勝手なことを、申上げられるものではないと、いろいろ説得したのですが、どうしても、頷《き》きません。あまり、頑然としているので、根負けがして、今日、同道して参ったようなわけで……」

と、彼は、二人の顔を、見回した。

「まア、そんなこと、いけませんわ。千春さんと慎一のお話の方が、先きにきまっていたのですから、その方を済ませて、それから……」

蝶子は、驚いて、強い反対を示した。若い組が先きに結婚してくれないと、彼女の組も、順送りで、延期になるかも知れない――

「それは、おじさま、結婚の日取りを解消なのですか。それとも、結婚そのものの解消なのですか」

慎一が、突ッ込んで、訊いた。

「さア、どうやら、後者らしいのだが……」

と、鉄也は、自分でいうより、千春自身にいわせたいのか、娘の方を顧みた。

「慎ちゃん、そのことについて、あたし、いろいろ話したいんだけど……」

ここでは、工合が悪いという意味を、彼女は、目顔で示した。

「こういう話は、早く、決定する方が、いいと思うんだ。君、ちょいと失礼して、外へ出てみない？」

慎一の誘いに、千春は頷いて、立ち上った。

「そうなさいよ。二人で、よく話し合えば、解消なんて、そんなバカな気持は、一ペンに、飛んでしまいますよ」

蝶子は、二人を送り出すために、玄関へ立った。

「その辺を、ブラブラするだけですから、じきに、帰ってきます……」

上着も被《き》ないで、彼は、外へ出た。千春も、バッグを置いて、後に続いた。

「まア、一体、どうしたことなんでございましょうね」

座に帰った蝶子は、まだ、驚きの消えぬ面もちで、鉄也と二人きりになった恥かしさも、忘れたようだった。

「この頃の若い者は、慾が深いんです。深いというよりも、多いというのですかな。それで、あれこれと、迷うんですよ」

鉄也は、娘の気持を、よく知ってるらしかった。

「あなた……」

突然、蝶子は、不安に襲われた。

「なんです」

「あなたは、解消なんか、なさらないでしょうね」

「ハッハハ、大丈夫。わたしは、若い時から、あまり、慾がない方で……」

千春と慎一は、閑静なこの界隈でも、特に閑静な、乃木坂下へ出る裏道を、歩いていた。塀と門ばかりの町で、垣に溢れた樹木の間から、木犀《もくせい》の匂いがした。

「一体、どうして、そんな気持になったんだい？」

慎一が、口を切った。

「フ、フン……」

千春は、キマリの悪そうな顔で、笑った。

「ぼくたちは、情熱で結ばれてるんじゃないから、急に、嫌いになるとか、ソッポを向くなんて、考えられないことなんだ……。何か、事件が、起きたのかい？」

慎一の態度は、いつもより、ムッとしていた。彼のような男でも、婚約解消という言葉は、自尊心を傷つけるのか。

「慎ちゃん、あの怪文書、誰が書いたと思う？」

千春は、落ちついた調子で、反問した。

「さア、船越トミ子あたりだろうが、そんなこと、どうだっていいよ。もう、済んでしまったことだ……」

「でも、あたしは、あの手紙を誰が書いたかを知って、結婚する気持が、変ったのよ……。あれは、船越さんが書いたんじゃなかったの……」

「へえ？　すると、誰さ」

「シンデよ」

「え、シンデ？」

さすがの慎一も、驚いた。しかし、彼を目がけて、パッと、唾を吐きかけた、彼女の形相が、瞬間に、眼に浮かんだ。

「シンデは、あたしが結婚するのが、それほど悲しくて、あんな手紙を、あんたに書いたのよ。尤も、中傷というより、半分は、あたしを一種の男性だと、思い込んでいたらしいわね……。そして、悲しみの挙句に、喀血して、病院へ入っちゃったの……」

千春は、昨日のことを、細大洩らさず、語り出した。

「あたし、生まれてから、昨日ほど、大きなショックを、受けたこと、なかったわ。まるで、人一人、殺しちまったような、気がしたの……」

「だから、いわないこッちゃないんだ。同性愛は、危険だって……」

「それだけは、身に沁みて、感じたわ。あんなこと、タバコ喫うぐらいのことだと、思っていたら、ほんとは、ヒロポンだったのね。フッフッ、思い当ったわ……」

「後悔したら、それでいいよ。なにも、シンデが、呪ってるからッて、ぼくらの婚約を、解消することはないさ」

「いいえ、シンデも、すっかり後悔して、あんな手紙出したことを、慎ちゃんに、謝ってくれッて、いってるの。そして、あたしたちに、一日も早く、結婚してくれッて、いってるの……」

「なら、問題はないじゃないか」

「いいえ、シンデがそういえば、いうほど、あたしは、結婚しては、済まない気になるの。だって、あたしは、シンデという犠牲者を生んだ、自分の罪を、そう簡単に、忘れることはできないわ……」

「なんだい、それア、同性愛の仁義かい？　そこまで、責任をとる必要はないよ。やはり、君は、男性的だね……」

「いいえ、男性的でも、女性的でも、そんなことは、どうでもよくなったの。あたしは、シンデのことで、無常を感じてから、一層、芸術の世界が、恋しくなったわ。そして、一生、バレーに身を献げようと、決心したの」

千春は、動かし難い意志を、結んだ唇に示した。

「そうかい。それも、いいだろう。しかし、そのために、婚約を解消する必要はないよ。前にもいったとおり、君は結婚しても、バレーを続けるがいいし、芸術で君が成功すれば、共稼ぎができて、経済的に、むしろ、結構なんだ。それに、ぼくは、此間うちから、性の問題を研究した結果、君の真価がわかってきたんだよ」

「あら、どんなこと？」

「つまり、君は、真の女性と、いえるらしいんだ。現代に於ては、最も女性らしき女性は、男性的にならざるを得ないらしいんだよ」

「ずいぶん、妙な議論ね」

「現代という時代が、妙だからだろう。そして、ぼくが、ケチンボだということは、とても、男性的特徴らしいんだが、それはとにかく、ぼくは、君の真価がわかってから、ただ、君が好きという以上の感情を、懐《いだ》くようになったね。たぶん、これは、恋愛というものかも、知れない。しかし、ぼくは、合理的に恋愛するよ。結婚なんか、ちっとも、急ぐ必要はない。君が、そんなに、シンデのことを、気にするなら、彼女の病気が全快するまで、式を延ばそうじゃないか」

「だって、シンデは、いつ癒るか……」

「いつまででも、待つよ。ぼくたちは、若いんだ。結婚を急ぐのは、老先きの短い連中のすることで……」

「そう。慎ちゃんが、それほどまでにいうなら、あたしも、考え直すわ。その代り、決して、急がないでね……」

「その点は、信用してもらいたい。ところで、ぼくたちの結婚は延期しても、老人組には、むしろ、繰上げを願おうと思うんだが、どうだろう」

「それはいいけど、一体、あの二人は、どうして、急に、結婚する気になったの？　パパは、ちっとも、理由を話してくれないのよ」

「うちのママもだ。おシャベリのくせに、一言も、洩らさないんだ。ヘンだよ」

「百花園で、きっと、何かあったのね」

「うちのオフクロが、キスでも、要求したかね」

「まさか……。そんなことで、動かされるパパじゃないわ」

「まア、原因は、不問に付そうよ。それよりも、二人を、いつ結婚させるかということが、問題なんだ……。ぼくは、できれば、十月の五日に、挙式して頂きたいな」

「あたしたちの予定日に？」

「そう。そうすれば、会館に、違約料を払わないで、済むんだ。実に、あれは、ムダな消費だからね」

「だって、新夫婦の名が……」

「しかし、奥村宇都宮両家の結婚式に、変りはないんだよ。他人の定期乗車券を使うような、不正行為にはなるまい」
「そういえば、そうね。それに、十月五日なら、パパの香港行きの前に、式が挙げられるわ」
「万事、都合がいいよ。これから、帰って、二人を、説得しよう。なに、ワケはないよ……」

こちらは、鉄也と蝶子が、卓を隔てて、対《むか》い合っていた。一枚ガラスの引戸から、明るい光線が流れ込み、近代風の室内は、眩しいほどで、どうやら、海浜のホテルの朝を、想わせた。何十年も、苦楽を倶にした夫婦が、久し振りに旅に出て、朝の食事を終った後の一刻を、無言で送ってるのに、似ていた。つまり、彼等は、これといって、語る話題はないのだが、また、強いて語り合う必要もないほど、心が融け合ってると、いったような――

ところが、それは外観だけで、蝶子は、わが家にいながら、石のように固くなってるし、鉄也も、竹筒のように突ッ張ってるので、会話が進展しないのである。しかし、二人列べて見ると、肥った細君に、筋骨型の良人の組合せのような、好もしい調和が、見られないこともなかった。

「あの……あたくし……」

蝶子が、俯いたまま、口を開いた。

「なんですか」

「昨日、あんな、ハシタないことを……」

「いや、それは、もうお忘れなさい……」

「でも、ムリ強《じ》いに、あなたに……」

「いや、決して……」

「きっと、お心の中で、愛想をつかして、いらッしゃるだろうと……」

消え入るように、彼女は、円い体を縮めた。

「蝶子さん……」

鉄也は、やがて、キッパリした態度になった。

「わたしも、この年になって、人から強いられて、妻を迎える気はありません。わたしが、ああいうお返事をしたのは、わたし自身が、あなたにプロポーズ（申込み）したのと、同じことだと、思って下さい……。それ以上、何もいう必要はありません。あなたも、昨日のことは、一切、お忘れなさいよ。誰にも、いわん方がいいです。ただ、あのお気持だけは、あなたの胸の中に、大切に、納って置いて下さい。何かの役に、立ちますよ。わたしも同様、あなたの有難い贈物として、死ぬまで、保存します。男と生まれて、本望のようなものですから……」

「あら、そんな……。でも、そういって頂いて、あたくし、今、死んでも、思い残すことはございません……」

「冗談じゃない。昨日から、わたし達には、未来が生まれたんですよ。わたし達は、一度に、若くなったんです。世間じゃ、茶飲み友達を貰うと思うかも知れないが、わたしは、もう一度、青年の婿さんに返った気持なんですよ。独りで送るつもりの人生が、二人になったんだから、わたしには、まったく、新しい暦ができたようなものだ。その暦を、二人で、めくりましょう」

「まア、嬉しい。あなたは、今まで、老人振っていらッして、ほんとは、そんなに、お気持の若い方だったのね」

「いや、お若いのは、そちらだが、現代の若い者に比べて、わたし達の方が、若い心を持ってるというのは、事実かも知れませんよ。わたし達の心には、まだ、誠実だの、羞恥だの、献身というようなものが、残ってる。わたし達の心は、打てば響くんです。ところが、今の若い者ときたら……」

と、鉄也が、気焔を揚げかけたところへ、玄関のドアが、ガチャンと、開いた。

「ただいま……」

「遅くなりました」

千春と慎一が、明るい顔で、入ってきた。

親たちは、十月五日に結婚した。

友引の日だから、式場もすいていて、花嫁が、廊下でハチ合わせすることもなかった。従って、四十九歳の花嫁が、キマリの悪い想いをすることもなく、まことに、四海波静かな、婚礼だった。尤も、花嫁は非常に若く見え、式場側の人は、最初の申込みの奥村千春でないかと、疑ったほどだった。

さすがに、蝶子も、島田に結う勇気はなかったが、生涯の努力を注いだ化粧と、思い切って大きな裾模様とで、正確に、二十五歳は、若返ったので、側に付添う慎一は、いつか、彼女自身が人に答えたように、実弟そのものとしか見えなかった。

鉄也の方は、モーニングを着て、口をへの字に曲げたりするので、年より老けて見えたが、これは、彼が、曾て、結婚の経験がなく、初婚の厳粛な気分に支配されたためで、神前の盃事に際しても、無用な咳払いばかりしていた。誓詞というものを読むのに、

「……今より後、互いに相和し、相敬し、以て一家を整え、苦楽を倶にし……」

と、月並みの文句も、声が震えた。

披露宴は、洋食で、慎一は、自分たちの式は、質素という建前から、Bの一五〇〇円というのを選んだが、親たちも、変更を望まなかった。従って、鶏のローストの後で、すぐ、デザートになったが、俄か仕立ての媒酌人の明治堂重役は、静かに立ち上って、一通りの紹介を行って後、

「……承りますれば、本日の新郎新婦は、将来の新郎新婦たるべき、お似合いのお子様をお持ちだそうで、何卒、近き将来に、重ねて、ご両家のご慶事が行われますよう……」

と、愛嬌を振り撒いた。慎一は、真向いの席の千春の顔を見たら、素速く、舌を出して、引ッ込めた。

来賓は、極く近親に限ったので、人数は少なかったが、それだけに、両家の親戚も、打ち解けて、食後の時間を送った。

「弟の奴も、いいお嫁さんができて、運のいい男です。私も、あの年まで、独身でいるのでした……」

と、明治堂社長の敬也が、蝶子の姉に、冗談をいった。

「妹こそ、仕合わせでございますわ。新婚旅行に、香港へ連れてッて下さるなんて……」

その話のとおり、新夫婦は、今夜から帝国ホテルに泊り、明後日の早朝には、飛行機で、羽田を立つことになっていた。

やがて、七時になると、新夫婦を迎えに、自動車がきた。一同は、玄関まで見送り、花束を抱えて、散会した。

慎一と千春は、信濃町の方へ、ブラブラ歩いた。

「なんだか、一丁上りという気がするね」

慎一が、話しかけた。

「ほんと……。あたし、自分で計画して置きながら、こういう結果になったのを、空恐ろしい気がするわ」

千春は、何か、感慨に打たれてるようだった。

「互いに相和し、相敬し……か」

「以て、一家を整え、苦楽を倶にし……。どう、慎ちゃんは？」

「フ、フフ」

「ホ、ホホ」

信濃町の駅で、二人は別れた。千春は、舞踊団の巡業中、研究所の夜間授業の代稽古を、仰せつかってるので。

〔付録〕

「青春怪談」の執筆にあたって

今度、読売新聞に小説を書くことになって、これが、九回目か、十回目の新聞小説である。世間の標準からいって、多く書いたともいえないであろう。自分では、新聞小説のコツというものが、いつまでたってもわからず、そんなものがあるかどうかも、疑問に思ってるが、世間では、私を新聞小説家の一人にきめて、その技術について何か書けと、この間も、ある雑誌がいってきた。べつに書くこともないから、お茶を濁して置いた。

昔は、新聞小説もタダの小説だったが、近ごろは、特別扱いする傾向が強い。あれは新聞小説だからとか、新聞小説としてどうとか、いうけれど、それほど別物になっているかどうか。このさき、ジャーナリズムの進歩発達で、どういうことにならぬとも限らぬが、今のところ、特別の腕だの、量見だのを、必要とせぬようである。少くとも、私は、そんなものを準備して、新聞小説を書いたことはないし、今度も同様である。読者から何とか好評を博したいという欲念だけは、いよいよ旺盛であるけれど。

今度の「青春怪談」というのも、例の如きものだが、少し趣向を変えたい考えは持ってる。戦後、私は「てんやわんや」、「自由学校」、「やっさもっさ」と、三つの新聞小説を書いた。ひそかに、私はそれらの自作を、敗戦小説と呼んでいる。戦争に敗けたカナシミを、書いて置いたつもりなのである。戦争に敗けなければ、あんな小説を書きはしない。しかし、敗戦小説なんて、三つも書けば、読者も沢山だろうし、こっちも少し飽きてきた。

今度は、近ごろの日本人の青春というものの所在やら、様子やらを、書いてみたい。一体、そんなものがあるやら、ないやらも、近ごろはハッキリしないし、ありとしても、とんでもない所にあったり、ヘンな形をしているかもわからない。そんなことを、少し研究してみたい。

なるべく泰平なことを、書いてみたいのだが、このごろ、また物情騒然だから、うまくいくかどうか。そして、現在、青春に関係ある人物をかくとなれば、どうしても、戦争の灰をかぶった経験がある年齢であることを免れず、その影響は、ビキニのそれと同様に、長く続くだろう。やはり、病気になったり、傷痕《しょうこん》がなおらなかったりしているだろう。とても「金色夜叉」時代の健全なる日本人みたいなわけにいかないだろう。そうすると、結局、今度の作品も、敗戦小説になるかも知れないが、しかし、敗戦の根を明治維新に求めるという考え方もあるから、なるべく、ノンビリ書くことを心がける。

〈昭和二十九年四月十九日『読売新聞』〉

（『獅子文六全集』第十四巻「あちら話こちら話」より　朝日新聞社　一九六九年）

〔付録〕

新聞小説私観

私は、新聞小説を特殊の文芸と考えていない。新聞小説と雑誌小説のちがいなぞ、どこにあるのだろうか。長いと短いの相違だけではないか。尤も、現在、私は新聞小説よりも長い小説を、雑誌に書いてるから、この相違だって、いい加減なものである。

大勢の人が読むという点だって、新聞も雑誌も変らない。同人雑誌は別として、企業として発行されてる雑誌ならば、「大勢」という読者感を持たずに、ものが書けるものではない。文芸雑誌も、大衆雑誌も、ありはしない。ただ、婦人雑誌というものは、女ばかりの読者を想像しなければならない。といって、女を人類の外のものと考える必要はない。やはり「大勢」だと思えばいい。

新聞小説を「大勢」に向って書くけれど、その「大勢」を、具体的に考えたことはない。畑に働いているオジイサンと、大学の哲学教授とを、頭に浮かべたら、おしまいである。その両方を、均等に満足させる小説なんて、誰に書けるものか。

「大勢」ということも、私は、いい加減に考えてる。尤も、「大勢」の心というものは、あるものと、信じている。オマジナイのようなものかも、知れない。

従って、新聞小説に特別の技術があるものと、考えないし、また、考えられない。

一日々々のヤマをこしらえるなぞというけれど、雑誌小説だって、一回とか、一章とかのヤマを製造してるではないか。そのヤマというものも、べつに大したものではない。明日を待たせるのがコツだというけれど、雑誌小説だって、来月を待たせるテを用いているではないか。

なるほど、一回三枚とか、三枚半とかに、纏《まと》め上げることは、技術といえば技術であるけれど、よくよくイキの長い文章を書く癖のある人なら知らぬこと、普通の作家なら、誰にもできる仕事ではないか。

会話がイキイキと書かれなければいけぬというけれど、これも、新聞小説に限らぬではないか。

以上、私は、新聞小説の特殊性を、否定することばかり書いた。しかし、それは現在のことである。

将来、新聞小説が、どういうことを要求されるか、わからない。ジャーナリズムは、無限に発達していくから、新聞小説独特の内容とか、書き方だとかいうものが、限定されてくるかも知れない。何か規格が生まれ、それに合わないものは、掲載しないということになるかも知れない。

また、朝刊と夕刊は、読者の読み方がちがうから、それに適合する小説というものが、研究されるかも知れない。現在、すでに朝刊小説とか、夕刊小説とかいう区別があり、新聞社側では、何か目算があって、それぞれ掲載してるようだが、まだ、試験的時期であるに過ぎない。新聞社側だって、ほんとに自信があってやってる仕事ではない。まず、手探りのようなものである。

ジャーナリズムは、貪婪飽《どんらんあ》くなきものであって、いかなる苛酷な要求をするか、計り知れないが、今のところ、日本のそれは、まだ甘いということができる。私小説だって、書きように変ったものを書く気持なしに、新聞小説たることができる。文芸雑誌で、文学青年を喜ばせている作家も、別に変ったものを書く気持なしに、新聞小説を書くことができる。従って、まだ、新聞小説を特別に考える必要はないのである。

少くとも、私はそう思っているが、ただ一つ新聞小説を書くのに、特別な必要を認めている。

それは、体力である。一八〇回から二〇〇回——いい換えれば、六カ月とか七カ月とかの間、毎日、欠かさずにものを書くことは、重い労苦であり、それに堪えるものは、体力以外にない。
私は、大体、二年に一度ずつ、新聞小説を書くことにしているが、次第に、それも重い負担になりつつある。

〈昭和二十九年六月『文学』〉

（『獅子文六全集』第十四巻「あちら話こちら話」より　朝日新聞社　一九六九年）

［付録］私は自分のために書く

新聞小説について、何か考えを持っていないかと、よく聞かれるのですが、私ほど、この質問に答える資格を欠いている人間は、まずありますまい。

私は、新聞小説を、何か特別のものと、思っていない。雑誌小説なり、書下し小説なりと、新聞小説と、どこがちがうのかと、考えている。それア、一回分、三枚半で書くとか、一回宛《ずつ》に小さなヤマをつくるとか——いろいろありましょう。そんなことは、小さな形式の差であって、小説の本質とべつに関係のないことでありませんか。

いや、そんなことはない。新聞は大多数の読者を持っている。何百万の読者を持っている新聞へ載る小説と、数千か数万の文芸雑誌へ載る小説とは、本質的にちがうという人もありましょう。

そうかも知れない。しかし、文芸雑誌へ書く人は、果して数千とか、数万とかの読者を限定して考えているのか。一体、具体的に、そういう読者というものが、考えられるかどうか。恐らく、彼は自分自身のために、書いているのではないか。或いは、世界中の人類に向って書いているのではないか。もっとも、この頃はセチ辛くなって、そんなことは考えず、文壇の一部の意識を狙って書いている人が、案外多いかも知れないが、まア、カンバンからいえば、文士たるもの、自分自身か、或いは人類のために書くということになっている。

ところで、新聞小説だって、同じことなのですよ。何々新聞の読者が三百五十八万だからといって、三百五十八万人の一人残らずの気に入る小説なんて、書けるものではない。読者のうちには大学教授もいるし、農村のお婆さんもいる。両方から受ける小説なんて、書きようがないじゃありませんか。

少くとも、私はそんなものは書けない。では誰に向って書くかといえば、いつも、いい加減にしとくのです。強いていえば、自分自身のために書く。自分自身のために書く小説を、何も文芸雑誌・小説ときめることはないでしょう。不愛想で、難解な表現を用いたから文芸雑誌向きというのも、オカシナ話。私はわかり易く、自分のために書くことにしている。

要するに、私は、新聞小説という特別の小説は、ないものと思っている。新聞小説家という特別の小説家は、いないものと、思っている。どうも、この頃の世間は、やたらにレッテルを貼りつけることばかり考えて、よくないことです。私はそういうレッテルを返上することにしているから、新聞小説についてどう考えるかなぞと、聞かれても、返事のしようがないのです。

もっとも、新聞小説を頼む側の方では、いろいろ考えているでしょう。絶対当る新聞小説の型とか、質とか、いろいろ設定してるでしょうけれど、そんなことは、露の干ぬ間の朝顔みたいな話で、今日最も受けなかった小説の型や質が、明日バカ当りをすることが、決してないとはいえない。当る作者が出てくれば当るのです。皆、作者が、現実に決定することです。だから頼む側の新聞小説観というものも、私はあまり信用しないことにしています。

（『獅子文六全集』第十四巻「遊べ遊べ」より　朝日新聞社　一九六九年）

解説

山崎まどか

雑誌の記事でも、自分の本でも、とにかく機会さえあれば、自分がどんなに獅子文六の小説が好きかを、これでもかとアピールしているのに、一向にちくま文庫から解説の依頼が来ない。でも来るなら、『青春怪談』が来い！　と世田谷から送っていたテレパシーがやっと蔵前に届いたようです。ロマンティック・コメディの達人、獅子文六の小説の中でも、極めつけにロマンティックで楽しい作品がようやく復刻し、かつ自分が解説を書けることが嬉しくて、はたから見ると気持ち悪いくらいニマニマしながら私は現在、この文章を書いています。

『青春怪談』は獅子文六が戦後、四番目に書いた新聞小説になります。読売新聞の朝刊において昭和二十九年、つまり一九五四年の四月二十七日に始まり、同年の十一月十二日まで半年以上にわたって連載されています。自衛隊の発足、ボーイング707型機の初飛行、ヴェネチア国際映画祭で黒澤明の『七人の侍』と溝口健二の『山椒大夫』が銀獅子賞を受賞して日本映画の復興を世界に知らしめ、アメリカのワールド・シリーズではニューヨーク・ジャイアンツのウィリー・メイズが相手の決定打となりそうなビク・ワーツのすごい打球を捕って、スポーツ界の伝説に。『青春怪談』が掲載されていた頃に新聞を賑わしたニュースというと、そんな感じでしょうか。

『青春怪談』はそれまでの彼の戦後の新聞小説『てんやわんや』『自由学校』『やっさもっさ』と比べても、一際お洒落で洗練されています。コンクリートの文化住宅に、日比谷公会堂のバレエ公演、新橋や銀座のカフェやレストランの様子なども非常にモダン。モダンな時代にはドライな若者がマッチします。主人公の一人、戦後育ちの宇都宮慎一は大変な合理主義者。興味といえばお金儲けだけで、それもがめついというよりも、無駄を省き利益をあげるというクールなゲームに興じているかのようです。しかし、周囲の女性たちは彼の美男子ぶりにメロメロで、それが原因で色んなトラブルが起きているのに、まったく気がつかないという鈍感さも持ち合わせています。クールな男子にはドライな女子がお似合い。彼のお相手となるのは、疎開時代の幼馴染でバレエ・ダンサーの奥村千春嬢。マニッシュで冷静、ルックスの描写を読んでも美女というよりハンサムと言った方がぴったりのサバサバした女子です。クールでドライな二人は低温なおつきあいで、一向に恋の火が燃え上がりそうにありません。ロマンティックなことなど無駄と決めつけている草食系男子と、自分の興味に心奪われていて、恋愛の暇などない独身女性。まるで、ロマンス不足が少子化に拍車をかける現代の日本の若者たちの原型のようではないですか。

一方、この二人の親は戦前派で、これまた恋愛とは縁がないまま中年になってしまった世代。慎一の母の蝶子はいまだに乙女のように恋愛を美化し、夢見ています。一方、千春の父の鉄也は明治生まれの頑固一徹さとシャイな性格で、恋愛など寄せ付けないという風情。未亡人と男やもめの二人をくっつけて介護問題から逃れようと、もとい、自分たちの独立後に味わう寂しさから彼らを救おうと若い二人が案じたことから、『青春怪談』の物語はあれよあれよとおかしな方に転がっていきます。

戦前世代と戦後の若者、二組の恋模様が絡む様はそれだけでも読んでいて楽しいのですが、この小説の白眉は、スキャンダルと怪文書によって、千春の性の問題に踏み込んでいく後半にあるといえます。まるで恋人のようにバレエ団の妹分であるシンデ（新子）を可愛がり、ロマンスや女らしいこと全般に一切興味のない彼女は本当に「女性」なのか。アイデンティティ・クライシスに陥った彼女に代わって、プラグマティックな慎一は色々と調べてまわるのですが、その結果、性というものが非常に曖昧であることを知るのです。異性と同じように同性に惹かれたり、魂と身体の性が一致しなかったりするだけではなく、男性の中に女性性があり、女性の中にも男性性がある。そんな獅子文六のジェンダー論が展開されるこの小説の新しさときたら！「（女性というものは）十二章や十五章で書きされるものではない」と連載当時ベストセラーだった伊藤整の『女性に関する十二章』をチクリと批判しているのも見事。男はこうだとか、女はこうあるべきだという思い込みなど捨てて、老いも若きも自由に生きるといいのだ。そんな獅子文六のメッセージにハートを直接叩かれたかのように、私の胸はときめきで高鳴り、解放感でいっぱいになったのです。

さて、獅子文六の小説の当時の人気ぶりはその映画化作品の多さが物語っていますが、『青春怪談』も三回、映像化されています。連載完結の翌年となる一九五五年には新東宝が阿部豊監督で、日活が市川崑で映画化。競作となりました。私は双方見ていますが、阿部豊版は、くりっとした瞳で普段はキュートな役をやることが多い安西郷子がショートカットにスラックス姿で千春を演じているのが印象的です。慎一は美男子というよりも育ちが良くて朴訥な感じのする宇津井健。船越トミ子を粋な越路吹雪が演じているのも嬉しいし、軽やかで楽しい仕上がりですが、鉄也役の上原謙はまだしも、高峰三枝子は蝶子さんにはちょっと美形過ぎるような気がしました。

一方、市川崑版の轟夕起子は無意識過剰な蝶子さんにぴったりのふくよかさ。鉄也役の山村聡と千春役の北原三枝は百点満点のはまり役です。特に北原三枝のハンサムぶりは素晴らしい。スラックスを穿かなくても、ぴったりとしたトップスとサーキュラースカート、ペンシルスカートのツーピースといったファッションで十分にマニッシュに見える鋭利なシルエットのスタイル。シンデ役の芦川いづみとのコンビネーションは、そのまま日本版『キャロル』のようなレズビアン・ロマンスをやらせてもはまりそうなムードでした。慎一役の三橋達也が、新東宝版の千春の安西郷子と実生活では夫婦というのも、不思議な縁です。

一九六六年には、ＴＢＳでドラマ化。こちらは旧世代のカップルが三木のり平と森光子、新世代が北大路欣也と吉村実子で、コメディ色が強い作りなのでしょうか。森光子は『コーヒーと恋愛』の映画化作『「可否道より」なんじゃもんじゃ』(一九六三)で既に獅子文六のヒロインを務めているので、このドラマの出来も気になります。

映画版はどちらもクライマックスとなる萩のトンネルのシーンをちゃんと向島百花園でロケしていて、それぞれ素敵でした。都内の植物公園でも日本的な草花を集めた向島百花園ほど可憐なところはありません。胸がキュンとなるようなロケーションを心得ていて、さすが獅子文六、ロマンティック・コメディの達人だなと思うのです。

(やまさき・まどか　ライター・翻訳家)

・本書『青春怪談』は一九五四年四月二十七日から十一月十二日まで「読売新聞」に連載され、一九五四年十二月に新潮社より刊行されました。
・文庫化にあたり『獅子文六全集』第七巻（朝日新聞社一九六九年）を底本としました。
・本書のなかには、今日の人権感覚に照らして差別的ととられかねない箇所がありますが、作者が差別の助長を意図したのではなく、故人であること、執筆当時の時代背景を考え、該当箇所の削除や書き換えは行わず、原文のままとしました。

ちくま文庫

青春怪談《せいしゅんかいだん》

二〇一七年一月十日　第一刷発行

著　者　獅子文六（しし・ぶんろく）
発行者　山野浩一
発行所　株式会社　筑摩書房
東京都台東区蔵前二―五―三　〒一一一―八七五五
振替〇〇一六〇―八―四一二三

装幀者　安野光雅
印刷所　株式会社精興社
製本所　加藤製本株式会社

ISBN978-4-480-43408-1 C0193